文春文庫

オーガ(ニ)ズム

下

阿部和重

JN018758

文藝春秋

Orga(ni)sm　下

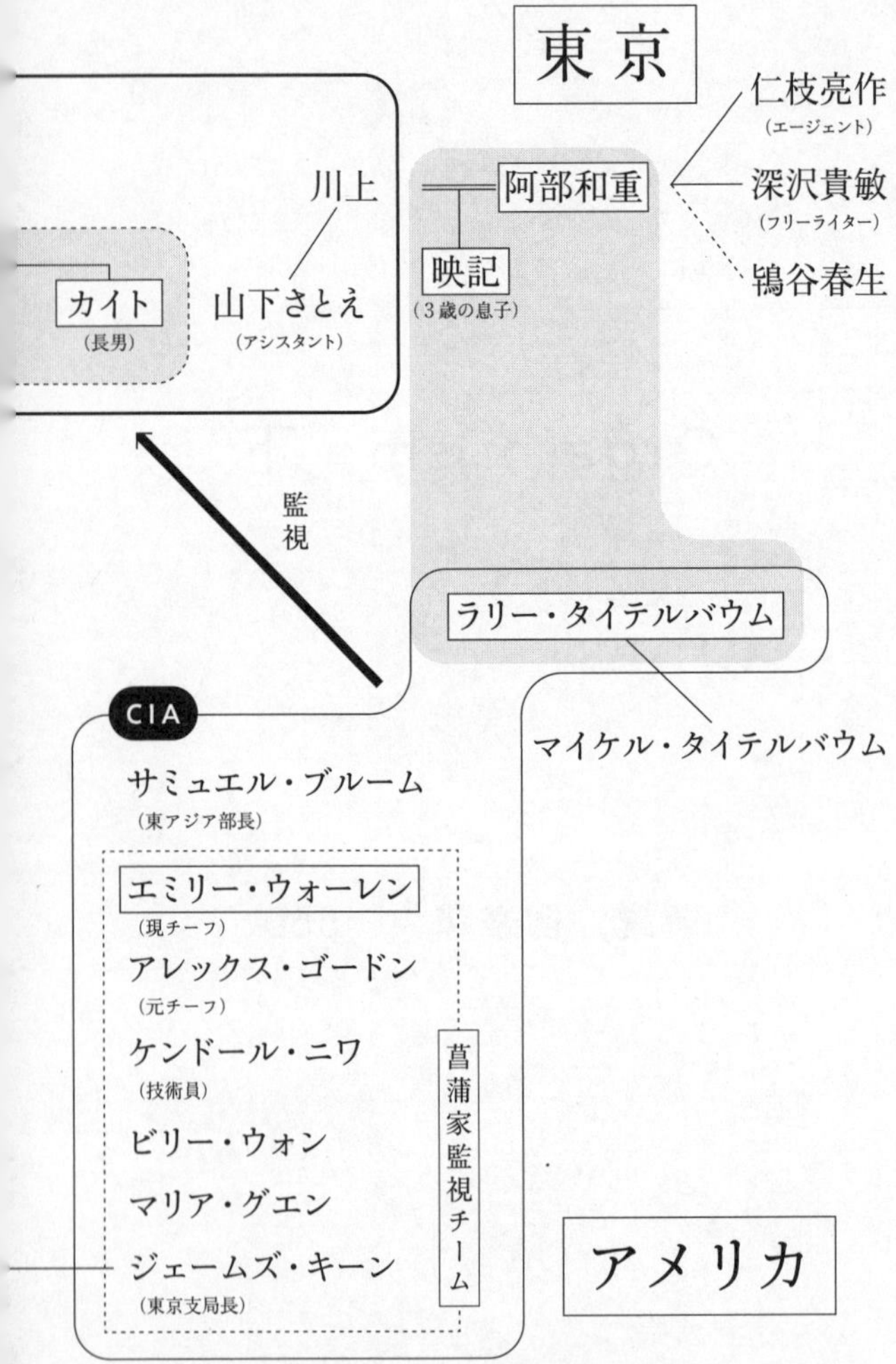
東京
仁枝亮作
（エージェント）
深沢貴敏
（フリーライター）
鴇谷春生
阿部和重
映記
（3歳の息子）
川上
山下さとえ
（アシスタント）
カイト
（長男）
監視
ラリー・タイテルバウム
マイケル・タイテルバウム
CIA
サミュエル・ブルーム
（東アジア部長）
エミリー・ウォーレン
（現チーフ）
アレックス・ゴードン
（元チーフ）
ケンドール・ニワ
（技術員）
ビリー・ウォン
マリア・グエン
ジェームズ・キーン
（東京支局長）
菖蒲家監視チーム
アメリカ

主な登場人物

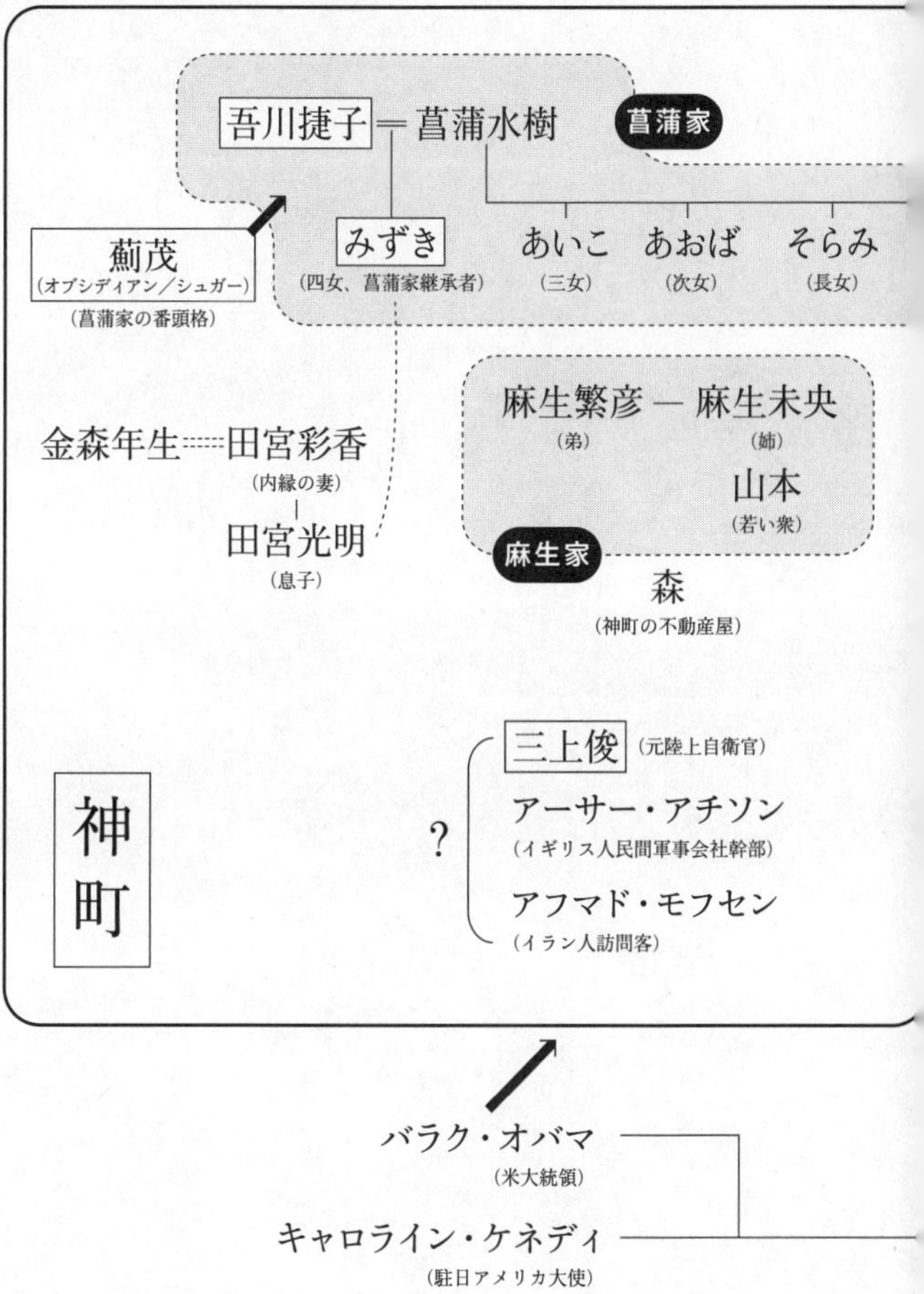

菖蒲家
吾川捷子 ＝ 菖蒲水樹
みずき
（四女、菖蒲家継承者）
あいこ
（三女）
あおば
（次女）
そらみ
（長女）
薊茂
（オブシディアン／シュガー）
（菖蒲家の番頭格）
金森年生
田宮彩香
（内縁の妻）
田宮光明
（息子）
麻生家
麻生繁彦 ― 麻生未央
（弟）
（姉）
山本
（若い衆）
森
（神町の不動産屋）
神町
三上俊
（元陸上自衛官）
?
アーサー・アチソン
（イギリス人民間軍事会社幹部）
アフマド・モフセン
（イラン人訪問客）
バラク・オバマ
（米大統領）
キャロライン・ケネディ
（駐日アメリカ大使）

アレックス・ゴードンと聞いて腕ぐみをほどき、畳一畳大の押しだし窓のほうへ目の色を変えて歩みよっていったラリーは、単板ガラスに掲示されたインベスティゲーション・ボードを至近距離から注視しだした。それから数秒もしないうちにつぶやかれた彼の感想はこれだった。

「What the hell is this?」

彼が素直に驚いているらしいことは、中学生なみの英語力しか持たない四五歳六ヵ月の男にもただちに察知できた。ラリー・タイテルバウムがこんなにも唖然とする姿を見せるのはこの一ヵ月半の完全密着生活でもはじめてかもしれず、いやがうえにもことの重大性を感じさせる。「テロリズム、インターネット、ロリコンといった現代的なトピックを散りばめつつ、物語の形式性を強く意識した作品を多数発表している」作家としてもたいへん興味をそそられる展開だ。おそるおそる近づいていって熟練ケースオフィサーの隣に立った阿部和重は、知られざるアーティストのコラージュ作品としても通用しそうな人物相関図にじっくりと視線をはわせた。

ラリーが二の句をつげなくなった理由は一目瞭然だった。菖蒲家を根とする系統樹の枝があまりにも多すぎるのだ。ポスト・イットに記されたメモは英文なのですべてを正確に読みとるのは困難であるものの、国名や有名団体名くらいは察しがつくから枝の数量ばかりが驚きを誘っているのではないことも理解できる。このひろい地球上において、菖蒲リゾートとのつながりを持たぬ地域のほうがむしろ少ないのではないかと思えるほど、枝は世界中の国々に伸びつつさまざまな組織にひろがって節点を形成しており、なかには政府機関の中枢へと葉がおよんでしまっている国連加盟国さえいくつか見うけられる——とりわけ安保理常任理事国への勢力伸長はきわだっている。はっきり言って、素人目にはもはやお手あげじゃないかと即くじけそうになるような隙のないすさまじい枝ぶりだ。これがはったりやでたらめでないとすれば、菖蒲家はいったいどうやって、あるいは何年かけて、ここまでの国際人脈を築きあげたというのだろうか。

驚きがややおちついてくると、次に目につきだしたのは配置の規則だ。このインベスティゲーション・ボードじたいは三つのセクションで構成されていることがわかる。相関図の中心に菖蒲家がすえられ、そのまわりには同家とつながりのある神町住民、さらにそれをとりかこむのが神町の外側にいる国内外の関係者たち、というふうに三段階に区別されて顔写真やポスト・イットが配されているのだ。

「エミリー、そろそろ説明してくれないか。こうも厖大な情報をいっぺんに見せられては頭の整理が追いつかない。詳細を検討する前にそもそもの前提を把握しておきたいんだが、どういう経緯できみはこれにたどり着いたんだ？」

「ブックマッチよ」今度はエミリーのほうが腕を組み、背後の壁にはめこまれた姿見によりかかっている。

「ブックマッチ？」

「監視チームのセーフハウスで見つけたの」

そう言って、エミリー・ウォーレンは左手でちいさな四角いものを放ってきた。それを右手でキャッチしたラリー・タイテルバウムの手のひらをうしろからのぞきこんでみると、黒地にピンク色でＰＥＡＣＨと印刷された、ふたつ折りカバーのペーパーマッチが載っているのを阿部和重は認めた――喫煙全盛時代に飲食店や宿屋や娯楽施設などでよく見かけた販促品《ノベルティー》のロゴ入りマッチだ。ふたつ折りをラリーが開くと、カバーの裏側は白地になっていてそこに「３０３」の走り書きがあるのもわかった。

「アレックスの持ち物をつめてある収納ボックスのなかにあったの。彼が行方をくらましたいきさつを突きとめたくなって、わたしひとりでひそかに探りだしていたところで箱のなかを調べてみたらそれが出てきたわけ」

「いきさつを突きとめたくなったということは、指示を受けたわけじゃなく、自発的な動機か。きっかけはなんなんだ？」

「彼の最後のレポートを読んだからよ」

「なるほど、それじゃきみはわたしが電話で――」

「ええそう。あなたにレポートの感想をもとめられたときはわざとしらを切ったの」

「しかしその必要はあったのか？　わたしが水責《ウォーターボーディング》めまでやって菖蒲カイトから情報をひきだそうとしていたのはきみもご存じの通りだ。あの場に居あわせても、わたしがどちら側の人間なのか見きわめられなかったとはな。あそこで事情をすっかり話してくれていれば、こんなに遠まわりしなくて済んだはずだが」

「わたしがそうしなかったのはなぜなのかを知りたければ、あなた自身のこの一ヵ月半の行動を振りかえってみればいい」阿部和重を顎で指し、エミリーは言葉をつづける。「そのひとの家にずっと潜んでいなければならなかったほど、あなたは身内のだれも信じられなくなっていたのじゃないの？」

「ということは、きみもわたしと似たような状態に追いこまれていたのはほんとうなんだな——いつからだ？」

「ずっとよ、一年前に菖蒲家監視チームのチーフをひきついだときから、少しずつね」

ラリーが眉間にきゅっと皺を寄せたのが姿見ごしに見えた。「似たような状態に追いこまれていた」経験者として、エミリー・ウォーレンがどんな目に遭ったのかをとっさに思い浮かべてしまったのかもしれないと阿部和重は想像する。

「最初のうちはわたしもアレックスを『壊れたひと』くらいにしか思っていなかった。交代のタイミングでいなくなられたせいで日常業務のひきつぎもしてもらえなかった不案内な後任者としては、アレックス・ゴードンはメンタルに問題があったってさんざん聞かされたのを鵜のみにするしかなかったわけ。彼の最後のレポートにはじめて目を通してみて、例のスーツケースのくだりを読んでも、正直、その思いこみを振りはらわなければという気にはならなかったわ。だって、『壊れたひと』はえてしてそういう荒唐無稽な話を書きたがるものじゃない」

「ああ」

「でも、先入観が邪魔して出足が遅れたのは、かならずしも悪いことばかりではない。考える時間があったからこそ致命的なまちがいは避けられたと思うしね。それに急いで成果をあげようとしてひとりよがりな行動に出たり、打つ手がないからといって無茶をやろうとしたらすぐにつぶされてしまうでしょ、あなたみたいに」

鏡のなかの男はいつもの微笑みでやりすごしていた。短気なフィリー・ファナティックも年がら年じゅう荒れ狂ってしまうわけではないようだ。とっとと話を進めてもらって早く要点をつかみたいのだろうとラリーの心理を推しはかると、阿部和重はふたたびインベスティゲーション・ボードに心ひかれて視線をそちらへもどした。スター名鑑でも眺めるみたいに国際的組織犯罪人脈の顔写真をチェックしつつ、現役ＣＩＡの生トークに耳を傾けるというのはなかなか乙なひとときでありじつに得がたい体験だからだ。

「しかしきみは、その荒唐無稽な話の評価をほどなくあらためることになるわけだ」

「おなじ立場に立ってみるとね、前任者がなぜ『壊れたひと』になってしまったのか、だんだんと無関心ではいられなくなってくるのよ」

「なるほど」

「こんなちいさな生まれたての首都で、不思議な術をあやつる特異な一家を見はるだけのチームの指揮をとるなんて滅多にある任務じゃないし、今までの自分の知識や経験は活かせそうにないって気づくと心もとなくて、参考にできるものならなんでも欲するようになってしまうわけ。おなか空かせた雛鳥みたいにね。それで内実が知りたくなって、アレックスの最後のレポートを再読してみると、一度目とはまったくちがったものに見えてきたの」

「どんなふうに？」

「荒唐無稽な内容はともかくとして、メンタルに問題がある人間が錯乱状態でまとめたにしては、あれは特におおきなみだれのない筋の通った文書に読めるけど――」

「いかれたやつが常にいかれた文章を書くとはかぎらないからな」

「ええそうね。ただ、説明が妙に具体的なところと言葉をにごして書いているような部分の落差に、ひっかかりは感じなかった？」

「どうだろうな、たとえばどのあたり？」

「この窓の相関図を見ても明らかな通り、アレックスは、スーツケースの件それじたいよりも菖蒲家の周辺人脈や接近者を調べあげることに専心していたようね。きっと彼なりの考えがあったんでしょう」

「結局それが核心に迫る近道だと思っていたのかもな」

「なのに彼は、自分があつめた情報をチームと共有したがらなくなっていったわけ――そのこともふくめて、支局内ではメンタルの問題と見られていたようだけど」

「いつ頃からアレックスはそういう状態だったんだ？」

「異常な言動が見られるようになったのは、わたしがここにくる一ヵ月前からだとビリーは言っていたけど、情報隠しのはじまりもだいたい同時期だったとしか聞いていないわ」

「どちらが先だったのかは気になるところだがな」

「いずれにしても、転任が決まって行方をくらます間際の二〇一三年二月の時点で、菖蒲家への接触をはかっている派遣工作員が神町に何人もいることを彼は独自につかんでいたらしいのに、その詳細はチームのだれにも明かしていない。たとえば最後のレポートには、九つの機関や組織は確認できていると書いてはいたけど、どこのだれを指しているのかわからない書き方しかしていないでしょ。不自然だとは思わなかった？」

「言われてみればそうだな。スーツケース型核爆弾については国会議事堂崩落の原因だと断定までして具体的に書いている割には、そこらへんはあいまいに済ませている。その差はなんだ？」

「『壊れたひと』の文章だから書き方にむらができたという可能性ももちろん捨てきれないでしょう。わたしも一度目はそう読んだ。でも二度目は、なんらかの意図が働いたせいじゃないかと考えたわけ。つまり必要があって彼はいくつかの事実を伏せた」

「どういう必要？」

「おそらく似たようなことがあったんでしょう、わたしたちが追いこまれていたのと」

「なるほど、アレックスも身内の裏切りを疑っていたのか」

「それが監視チームだけにおさまる話か、支局や情報コミュニティーのぜんたいに関わる規模のことだったのかはさだかでないけど、身内と情報を共有するのをためらわなきゃならないような事態に彼が直面していたのはたしかだと思う」

「それできみも？」

「そうよ。アレックスの受難に気づいてから、わたしは慎重になったの」

「その孤立状態で、一年間ずっと？」

「ええ、ロビンソン・クルーソーみたいにね」

「わたしの遠まわりなどとるにたらんというわけか。そういう場合、普通はまっさきに――」

「直属上司に相談するものじゃないかって言いたいんでしょ」

「ああ――で、したのか？」

「ええ」

「エミリー――」

同僚が口にしかけた憂慮をさえぎるようにエミリー・ウォーレンは言葉を重ねた。

「早とちりしないで。わたしはまず、アレックスが報告していない情報がありそうだとだけ、ジミーに伝えたの。最後のレポートに書かれている内容は、監視チームの情報管理システムに登録されているデータと数が合わないから、彼が独自に作成した菖蒲家の周辺人脈や接近者のリストがどこかにあるのかもしれないとね。ジミーは至急それを探しだせと言ってきたから、わたしはさっそくそうすることにしたわけ」

「それで、彼の持ち物から調べてみたってことか」

「必然的な流れでしょ」

「そうだな」

「収納ボックスのなかにそのブックマッチが転がっていたから、アレックスは喫煙者なのかとビリーに訊いてみたら答えはNo。チームのなかにも煙草を吸う人間はいない。とするとあとは、そのPEACHっていうホテルをのぞいてみるしかないってことになる」

「そしてここにたどり着き、ジミー・キーンの写真まで見つけてしまったというわけか」

そのラリーの指摘を耳にしたとき、阿部和重はちょうどCIA東京支局長ジェームズ・キーンの顔写真を見つめていたところだった。『NCIS〜ネイビー犯罪捜査班』のギブス捜査官みたいな顔だちの男であり、いかにもダンディーなナイスガイに見えるが、「信用ならない人間」と言われればそうとしか思えなくなってくるのは、内幕をすでにいろいろと知りすぎているせいかもしれない。

「薄々そんな気がしていたとはいえ、まさかというショックはあったわ。転任して三ヵ月やそこらでこんなものに出くわしてしまったら絶望的な気分にもなるじゃない。どこに裏切り者がいるのかわからない状況に放りこまれただけじゃなく、直属上司が敵にとりこまれている可能性も高いなんて、いったいこの先どう立ちまわればいいのかってね。日が替わらないうちに帰国してそのまま転職して、なにもかも忘れられたらさぞかし楽だったでしょうけど」

「同情するよ」

「おまけに菖蒲家と接触を持った連中は、九つなんて数字ではとうていおさまらない。この窓にある通りなら、両手でもたりないくらい世界中にびっしり根が張られてるって状態だから、わたしの少人数チームだけじゃ手のほどこしようもないって感じだったけど、それでもまあ、見すごすことなんてできやしないでしょ」

「なら、アレックスのこの置きみやげとご対面したあと、きみはどう動いたんだ？」

「どうもこうも、そこからはまっ暗なコンサートホールにでも迷いこんで豆粒みたいな明かりのスイッチを地道に探しまわるような日々よ。とにかくほんのわずかでも、信じられるものを見つけだすしかないって思いながらね。表面上はチームワークに徹してきたけど、周囲のだれにも真意をさとられないようにして、とりあえずこのアレックスの置きみやげをひとつずつ検証してゆくのがわたしの日課だったわけ」

「チームにいるのは、きみのほかに、あの三人か」

「ええそうよ。ビリーとマリアはわたしよりも前からチームにいて、ケンは一ヵ月おくれで加わったわ」

「せめてその三人のなかに、安全認証つきのやつがひとりでもいればな」

「三人とも、特に疑わしいところは見られなかったけど——」

「けど？」

「喉から手が出るほど味方をもとめてたわたしとしては、信頼にあたいするという確証がどうしてもほしかった。ただ、身内の身辺を洗いだしたとジミーに察知されたらなにもかもおしまいでしょ。だから裏で手をまわすこともむつかしくて、結局あの三人とは、つかずはなれず程度の距離を維持するしかなかったわけ」

「どのみちチームは解散だし彼らはもう神町にはいないんだろ?」

「そのはずよ」

「ケンはどうなんだ?」

「どうって?」

「あの技術職員はいつもセーフハウスにいたから、わたしは二度ほど仕事を頼んだんだ。目だった不審は感じなかったし、寝不足でいらだってる印象しか残っていないが、きみはあいつをどう見てる?」

「ケンは献身的よ。よく働いていたわ。わたしにも協力的だったし問題はなかった。若木通り三丁目のセーフハウスであなたが違法な行動に出ようとしているとすぐに知らせてきたのも彼だし、あなたの匿名Twitterアカウントを突きとめたのも彼」

「Twitterもあいつか――」

「わたしがとどけたUSBメモリーを、あなたはまっすぐケンのところへ持っていったでしょ。それからファイルの中身を読んで、わたしに電話をかけてきた」

「ああ、そうだ」

「赤坂への直通電話ではなく、わたしとの連絡を優先したことは、ラリー・タイテルバウムはこちら側かもしれないと思った最初のきっかけよ」

「あのまわりくどい受けわたしは一度目のテストだったわけか——」

ここで現役CIAの生トークにかぶさるように、ギャオーだのウボォーだのというおどろおどろしいおさな声が聞こえてきた。釣られてそちらへ目をやると、いつの間にやら浴室からシャンプーやらボディーソープやらのボトルを持ちこんでベッド上で遊んでいる三歳児の姿を父親は目撃することになった。それらを怪獣に見たててふかふかの舞台で戦わせている様子だが、運搬時に卑猥なガジェットなどが息子の視界に入ってやしないかと阿部和重はいささか心配になる。わが家の風呂場で隙あらば興じているみたいに、映記はシャンプーボトルのノズルを何度も押しまくって液状洗剤をぴゅーと噴出させようとしていた。しかしどうやらなかは空っぽらしく、ゴジラの放射能を再現するにはいたっていない。

「エミリー」

「なに？」

「この置きみやげにたどり着いたあと、ジミーにはどう報告したんだ？」

「ひたすら答えの先おくりよ。そうする以外ないでしょ」

「まあ、そうかもな」

「彼の不信感をかわすのには苦労したわ。餌になるようなものを定期的になにか差しだしておかないと、例のリストをさっさと持ってこいって矢の催促がきちゃう。だからこっちが裏切りに気づいているってばれないように見せかけの仕事もやって、まぬけのふりをつづけたのよ」

「菖蒲家を過小評価するレポートを提出したのも、ジミーの目をくらますためだったってわけか」

「そう。菖蒲家の調査を、ジミーがどういう方向へ持ってゆきたがってるかだんだんつかめてきたから、彼が気に入るようなことを書いておいたの。時間かせぎにね」

「しかしどうかな。それは結果的に、ホワイトハウスに神町訪問のリスクを低く見つもらせて、大統領を危機にさらす遠因にもなっているんだから、あまりいい手ではなかったと思うが」

「でも、こうしてあなたが神町にやってくることになって、菖蒲家を調べる人間がわたしひとりではなくなったわ」

「それはそうかもしれないが、実情はわたしも似たような状態に追いこまれただけで、好転したと言えるような状況にはなっていない」

「一面的に見ればその通りだけど、あなたがひとつふたつ騒ぎを起こしてジミーの注意を惹きつけてくれたおかげで、わたしが動きやすくなったというメリットもあるわけ」

「なるほど。とにかく菖蒲家の核疑惑が解決できればわたしも申し分はないが」

「それはこちらもおなじよ」

「そういえば、あのことはどうなんだ？」

「なに？」

「きみが彼女を切りすてたのは――」

現役CIAの生トークが重要な局面に差しかかっているのは側頭葉のあたりで受けとめていたものの、ここで不意に後頭葉へ送りこまれてきた情報がいっそうセンセーショナルだったことから、驚いた阿部和重はいきなりすっとんきょうな声を発してふたりのやりとりを邪魔してしまった。「あれ、こいつって昨日のあいつじゃん、ちょっとラリーさん――」

「なんです？」

「昨日のクリスティアーノ・ロナウドの写真が貼ってあるんだけど」

素人工作員の指摘を受け、ラリー・タイテルバウムとエミリー・ウォーレンが近よってきて問題の顔写真に注目した。ラリーが「たしかに彼ですね」と口にするとエミリーがすかさず「金森年生と逢ったの？」と訊いてきたので、CR7のにせものを車で轢きかけた当事者がそのエル・クラシコの経緯を説明してやった。

「つまり偶然に出くわしたってこと？」

「ええ、まったくのアクシデントですよ」

阿部和重がそう応ずると、勝手な真似してんじゃねえよという具合にエミリーははっと短く息を吐きだしてラリーへ目をやり、おちつきはらった声色で同僚を非難しはじめた。

「ねえラリー、昨日わたしは、まだ動くなってあなたに言っておいたはずだけど」

「ああ、だから神町営団エリアにしか行っていない。菖蒲リゾートには立ちよっていないんだ」

「立ちよってないからなんなの。動くなっていうのはなにもするなって意味よ。わかってる？」

またまたふたりのあいだがルーズベルトとタフトみたいな雲ゆきになってきた。おまえのあれがやぶ蛇だったとかなんとか、あとでラリーにねちねちなじられかねないと警戒した阿部和重は、この一ヵ月半寝食をともにしたユダヤ系男子への助け船のつもりで、ふたたびスパイどうしの会話に割りこんだ。

「これってほんとに金森年生なの？」

律義な応答の実行プログラムでも書きこまれているかのように、反射的にエミリーがこちらを向いて「そうよ」と答えた。

「そらびっくりだけど、でもさ、なんでこいつひとりだけ何枚も写真あるの？　つうかどれも微妙に顔がちがわない？」

次にエミリーが即答したのは意外な事実だ。「整形をくりかえしているからよ」

「え、顔まるごと何度も変えてるってこと？」

「金森年生はね、二〇〇〇年八月末の深夜に仲間四人と車で暴走事故を起こして顔に大怪我を負って以来、整形をくりかえしているの。この男の趣味みたいなものよ」

そう説き明かしてからエミリーは向きなおり、インベスティゲーション・ボードをまじまじと見つめて気配を消しているラリーに問いかけた。「それで、さっきはなにを言いかけたの？」

「言いかけた？　わたしが？」説教のつづきかとラリーは少々どきどきしている様子だ。

「彼女を切りすてたとかなんとか」

「ああ、オブシディアンの件だよ」

「あの情報源《アセット》を切ったのもまちがいじゃないかって言いたいわけ？」

「というより、それもジミーの目くらましのためだったのか、あるいは別の理由だったのか、知っておきたいと思ってね」

「あなた自身がリクルートした情報源《アセット》だから、思い入れもひとしおになるのはまあ理解できる。でもあいにく、彼女に対するあなたの評価にわたしは同意できないの。思わせぶりな情報で振りまわすだけで、ちっとも役に立たないから切りすてたのよ」

「そうか」

「それに、わたしは彼女に――」

「なんだ？」

「わからない、ただなにか、いつからか、彼女と接触するのはどことなくあやういような気がしてきたわけ」

エミリー・ウォーレンは溜息をつくと、急にそのやりとりへの意欲をなくしたみたいにベッドのほうへ歩いてゆき、寝ころがって液状洗剤ボトルによる怪獣バトルを演じている映記のかたわらに腰をおろした。いつくしむように三歳児の頭をなでている同僚に対し、ラリー・タイテルバウムはひと呼吸おいてから別の話題を振った。

「エミリー、この状況をジミーにはどう伝える？　これはなかなか厄介だぞ。監視チームのセーフハウスを閉鎖された今となっては、きみとわたしが手を組んでいることを彼に勘づかれたらどうにもできなくなるからな。オバマの来日まで残り五日しかない。一週間後にはこの町の公道を大統領の車列がぞろぞろ走っているわけだ。なにをするにも時間がなさすぎるよ」

それをラリーが述べているあいだにエミリーはベッドサイドから立ちあがっていた。そして今度は四〇インチほどのシャープ製液晶テレビのそばまで行くと、テレビ台に載っているリモコンを手にとり彼女はこんな問いを放ってきた。

「あなたがじかに伝えてみれば？」

「なんだって？」

「彼と直接しゃべってみればって言ってるのよ」

その発言と同時にシャープAQUOSクアトロン液晶テレビの電源が入れられた。すると画面には、どこかの一室の模様をとらえた監視映像が映しだされ、椅子に座ったままうしろ手に縛られているらしいダンディーなナイスガイの姿が登場した。数分前に顔写真を見たばかりだから、それがＣＩＡ東京支局長ジェームズ・キーン当人であることは、諜報世界の門外漢の目にも明らかだった。

「きみひとりで、彼を拘束したのか？」

「ええ」

「いつやった？」

「昨日」

「昨日？　わたしたちと会ったあとか」

「アレックスに関することで気になるものを見つけたから、内密に確認してほしいと言ってわたしが神町に呼んだのよ。それで昨夜、空港へむかえにいってそのままここにつれてきたわけ」

「なるほどわかったぞ。どうやってわたしの話の裏づけをとるつもりなのか、いまいちつかみきれずにいたが、こちらが先に伝えておいた東京上京中の顚末とジミーの説明を照らしあわせたんだな」

「まあそういうこと。最後は食いちがってたけど、だいたいの経緯は一致していたわ」

「この部屋はどこなんだ？」

「地下一階のカジノバー。そこのＶＩＰルームよ」

親子ふたりで買い物を済ませて車にもどり、イグニッションキーをまわすと、インパネ時計は午後三時五三分を表示していた。夕飯にはまだ早いから少し時間が空くことになる。せっかくできた暇なのだしバカ正直にすぐ帰る必要もあるまいが、かといってほかに寄りたいところはなく、座席に縛りつけられっぱなしのドライブに三歳児も飽き飽きしている様子だ。

カーオーディオにつないだiPod classicでMFSBの「愛はメッセージ」を再生させると、小説家の心はたちまちおだやかになったものの、道草の名案はひとつも浮かばない。ジュニアシートの映記がおとなしくチョコビを食べているのを見てとってからトヨタ・アルファードを発進させた阿部和重は、やむなく直帰することにしてマックスバリュ天童店の駐車場をあとにした。

口うるさいフィリー・ファナティックは不在なので気がねなく運転に集中できることのありがたみがアクセルを踏みこむたびにじゅわっと押しよせてくる。助手席とセカンドシートには種々の食料品が大量につまったレジ袋を載せてあり、さらにうしろのサードシートには最安値ホテルからひきとってきた着がえ入りのドラムバッグと核爆弾ではないほうのスーツケースを置いている――ラリー・タイテルバウムのダッフルバッグはといえば、いつでも本人の手もとにある。

スパイ映画の典型的現地協力者はさしあたり、PEACHにもどったら従業員控室のせまくるしいキッチンで四人ぶんの晩ご飯の支度にとりかからねばならない――じゃんけんやくじびきでの公平な選定ではなく、アメリカ帝国主義により否応なしに炊事係を押しつけられた地政学的現実の産物だ。食卓をともにかこむ各人のアレルゲンやらタブーやら好き嫌いやらの有無をたしかめたうえで、今夜のメニューは悩んだすえに全年齢対象と言いうるハヤシライスに決めたが、つくった経験はないから化学実験にひとしい調理になるだろう。

アメリカ帝国主義が活動拠点をPEACHにさだめると決定したのは悪いことじゃないと阿部和重は思っている。宿代とガソリン代の節約になるし、自分だけのプレールームが一気に四〇室に増えて映記もきっと二、三日は退屈しないと見とおせるからだ。天童温泉最安値ホテルは二泊のみでひきはらうことになり、食材を買いこむ前に精算してきたところだが、最安値は最安値なのでキャンセル料もやはり業界最安値圏内にあるらしく、クレカを差しだす手がぶるぶるふるえるような事態は幸い避けられた。

CIAの新たな足場となったラブホテルPEACHは、戦後から地元裏社会を牛耳ってきた麻生《あそう》興業の直営事業のひとつであり、地下一階を占める会員制カジノバーはバブル景気の初期より接待利用されてきた知るひとぞ知る秘密の社交場だ。賄賂に根まわしづくしの甲斐あって摘発をことごとくまぬかれてきたその賭場は、霊山若木山に由来する赤瑪瑙のご加護に守られているのだとスピリチュアルな賭博好きらのあいだで噂され、県内外の政財界関係者や各界セレブリティーがつどうアンタッチャブルな場と長らく見なされてきたのだった。

エミリーによると、麻生興業の代表であり麻生一家の会長として先代にも増しておそれられてきた麻生未央は、神町特別自治市の都市開発に逆らうかのように特例法施行後もしばらくは土地を明けわたさず数々のラブホテルや遊技場や接待飲食店の経営をつづけていたらしい。しかし名うての辣腕家も所有地売却額の吊りあげが思うようにはかどらずついに根まけし、昨年末よりひとつずつ営業をやめていってこのPEACHも二月に閉館したばかりなのだという。

だとすると、アレックス・ゴードンの置きみやげをエミリーが発見したときには表のネオンサインは依然カラフルであでやかな光を放っていたことになる。すなわちホテルは営業中だったわけだが、そんななか、客が勝手にこさえた窓の飾りつけを一年いじょうも撤去させずに維持できた秘訣はいったいなんなのか――これをラリーが問いかけると、エミリー・ウォーレンは淡々たる口調でその内幕を説明していった。

「アレックスはカジノバーの常連だったの。ただの常連じゃなく、オーナーと親しい特別な顧客ね。でももともとは、菖蒲家とのつながりを調べるためにここに近づいたのではなかったみたい。この町で有益な情報を収集するにはまず、PEACHの地下に通いつめるか、その会員を協力者《エージェント》に仕たてあげるのが監視チームの伝統だったとアレックスは非共有のメモに書きのこしていたけど、それはあなたが赴任していた頃からの話？」

「いいや。ここの評判はわたしにも聞こえてきたし、内情もそれなりに把握していたが、中高生の英語指導員をやっているガイジンが足を踏みいれるにはリスキーな場所だから自分では近よらず、もっぱらオビーを通して探る程度だったな――ところでエミリー」

「なに？」

「わたしの知らないメモがあるようだが――」

「例のファイルにはふくめなかったからよ。あなたがどちら側なのかわからなかったから。伏せたことは全部これから話すわ」

「ならＯＫだ、つづけてくれ」

「アレックスはベガスの人間だと名のっていたらしいわ。ＩＲ法案の成立を見こしてカジノ運営会社から派遣された共同事業交渉の担当者だと自己紹介して、麻生興業との距離を徐々に縮めていったみたい。それで麻生未央と懇ろになっていって、彼女にとって菖蒲家は好ましからざる存在だという事実も見えてきたところでさらに踏みこんで口説いて、神町のアングラクイーンを協力者《エージェント》にするのに成功したというわけ」

「麻生未央にとって菖蒲家は好ましからざる存在というのは？」

「カジノバーにはずっとおおきな赤い石が祀ってあったらしいわね。若木山から採掘されたレッドアゲート、彼女は赤瑪瑙と呼んでいたけど――伝説上では若木神社の力を証明するとされている Sacred Stone、つまりそういう代物のようだけど、ほんものではなくレプリカだとする見方もある。とにかくその神秘の赤い石をゆずってほしいとミューズに迫られて、言われるままにむざむざ譲渡してしまったことを麻生未央はとても悔やんでいたの」

「流出した石川手記のはじめのほうで触れられていた話だな。たしか、二〇〇六年の秋分の日の出来事だ」

「ええ、それよ」

「なぜ麻生未央は後悔を？」

「赤い石を菖蒲家にあげちゃって以来、麻生興業のビジネスがトラブルつづきになって、どの店も客足が目に見えて減ってしまったらしいの。どんな手を打っても持ちなおすことはできなかったみたい。絵に描いたような没落だったとクイーン本人が言っていたわ」

「しかしそれ全部、石を渡してしまったせいだというのか。とんだ言いがかりだな」

「ただおもしろいことに、赤い石を受けとってからの菖蒲家は急に路線転換して事業拡大へ向かい、露骨に商売っ気を出すようになったわけ。それが今のホテルビジネスとかにも行きつくんだけど、ご存じの通り、いちおうの成功をおさめている。その意味では、赤い石の移動にあわせて菖蒲家と麻生家とで明暗がきれいにわかれたとは言えるでしょ」

「幸運の石をゆずってやったほうとしては、言いがかりのひとつやふたつぶつけたくなるというわけか」

「そこにつけこんで、アレックスが麻生未央を味方にひきいれたのはただしい判断だったわ。この部屋を借りきって、ひそかな情報保管庫にしていたからこそ、彼のメッセージはこうしてわたしたちにとどいたんだしね。おかげで仕事もつづけられる。彼がここに置きみやげを残していなかったら、どうなっていたことやらよ」

「アレックスなしで、人材《アセット》のひきつぎはスムーズにいったのか？」

「麻生未央のこと？　ええ問題なく。彼女のジャッジの速さに助けられたわ。わたしは彼女にいつも助けられている」

「石をもとにもどしてやるとでも持ちかけたのか？」

「それはあとで、あなたから言ってあげたらどう？」

「そうしてみるよ」

本気かよと思い、阿部和重はとっさにラリーのほうへ視線を向けてしまうが、目に入ったのは見なれた中年男のにやつき顔のみだ。

「アレックスからはこう言われていたそうよ。いずれここに後任がくるかもしれないが、そいつが菖蒲家の敵に見えたら話を聞いてやればいいし、ちがったら追いかえせばいいと。麻生未央は、二、三の言葉をかわしただけでわたしをむかえいれて、この部屋の鍵をくれたわ」

「お眼鏡にかなったというわけか」

「裏でも表でも、いかがわしい人間とばかり渡りあってきたからひとを見る目には自信があると彼女は言っていたわ。女がくるとは予想してなかったそうだけど」

「アレックスは今、どういう状態なんだと思う？」

「さっき見せてもらったスクリーンショットの通りなんじゃない？」

「いや、わたしが気になっているのは、彼の今の考えだよ。アレックスはなにを考えて、菖蒲リゾートにとどまっているんだろうか」

「こんな置きみやげを残している以上、彼が自分自身の意志で菖蒲リゾートにとどまっているとはさすがに思えないけど――正直ちょっと見当もつかない。もしかしたら、『壊れたひと』のままなのかもしれないし、さっきの防犯カメラ映像だけではなんとも言えない。どのみち菖蒲家が彼の自由を奪っているのはまちがいないんじゃないかしら」

「つまりきみは、アレックスはあやつり人形にされていると見ているのか。しかしそれにしては、彼がこの一年のあいだに利用されたような形跡はどこにも見あたらないんだろう？　そこはどう考える？」

「だってわからないじゃない。案外わたしたちのあずかり知らないところで、彼は菖蒲家のために働かされているのかもしれない。いずれにしても、まだまだ不明瞭なことばかりで、可能性をひとつにしぼりこめる段階ではないんだから、あまり予断を持つべきじゃないわ」

「それもそうだが、しかしわたしの見るかぎり――」

「ラリー」

「なんだ？」

い癖よ」

「そういうのはね、自分はなんだってお見とおしなんだと思いたがる、わたしたちの悪

こんなやりとりがあったのは、拘束された東京支局長の監視映像を肴にランチをとったあとのひとときだ。ホルスの目を欲するふたりのケースオフィサーは、裏切り者の尋問をすぐには実施せず、ファミリーマート愛情むすび直巻牛カルビをぱくつきながら慎重な口ぶりで極秘の作戦を練っていた。合衆国憲法にも連邦法にも抵触しかねず本部の許可すらえていないこの重要情報取得のチャンスを最大限に活かすべく、直属上司である上級職員の口をいかに割らせるかと、最善最適の方法をあれこれ模索していたのだ。

属国人炊事係がわが子をともない、最安値ホテルの宿泊キャンセルと食料の買いだしをおこなうために天童温泉エリアへと向かったのはその直後だった。

道草せずにPEACHへもどったトヨタ・アルファードのインパネ時計は午後四時四分を表示していた。野ざらしの駐車場は素どおりし、出かける間際に教わったカジノバー特別会員専用のシャッターつきガレージへとまわった阿部和重は、エミリー・ウォーレンの乗用するホンダ・インサイトの隣に車をおさめた。

iPod classicが再生しているザ・スリー・ディグリーズの「天使のささやき」を最後まで聴きとどけてからエンジンを切り、“When Will I See You Again?”と口ずさみつつ運転席を出た四五歳六ヵ月の男は、ジュニアシートの映記を降ろしたところで「あ」ともらし、しばしその場に立ちつくした。運ぶ荷物が多すぎるし、三歳児は抱っこを望んで

いるからだ。ＣＩＡは食材の運搬になど手を貸してはくれまいから、典型的現地協力者としては屋内外の往復を少なくとも二回はくりかえさなくてはならない。二度手間はめんどいがこんな程度でぐずぐず言っている場合でもないから、国際平和貢献にいそしむ父の姿を息子の記憶に焼きつけるいい機会だとおのれをだまくらかしてすかさず実行に移る。

ハヤシの王子さまとこくまろハヤシにプレミアム熟ハヤシを混ぜてオリジナルブレンドしちゃう夢のドミグラスソース実験の成否はたしかめるまでもなかった。調理した当人自身の舌がすでにふた口目にして意気消沈を味わっていたが、米帝男女に供した皿の行方を見てもそれは一目瞭然だった——いずれもはんぶん近くの食べのこしが認められる。

さらに駄目を押すかたちとなったのは、食器の音がやんだのを聞きつけたかのようなタイミングで従業員控室を訪れた、麻生未央からの差しいれだった。壺ふりを演ずる江波杏子みたいなきりっとした中年女が、二匹のマルチーズを両脇にかかえて室内にあらわれ、角刈りの若い衆に運びこませたピッツァ・マルゲリータとエビチヂミをふるまうと、米帝男女も三歳児もゾンビなみに旺盛な食欲をあらわにしてあらかたたいらげてしまったのだ。属国人炊事係もその例外ではなかったことが余計にハヤシライスの悲劇性を高めたディナータイムだった。

腹がふくれてしまえばほどなく現実にひきもどされる。調理人にとってのそれは食事が済んだあとの寸胴鍋の中身だ。

大人が三名に幼児が一名ならばゆうに三食ぶんは見こめる大量のハッシュドビーフがぶっといステンレス容器のなかにたまっているが、味を知ったうえで眺めていると泥んこにしか見えなくなってくるところがわが認知力の性能的限界であり、残飯に対する人類の冷酷非情を物語っていると阿部和重は思う。社団法人公共広告機構（のちに公益社団法人ACジャパンへ改称）によってもったいないおばけに恫喝される悪夢を刷りこまれた昭和世代ゆえ、食べ物の廃棄処分には強い抵抗があるためどうすべきか悩んでいると、ラリー・タイテルバウムが横に立って鍋をちらりとのぞきこみ、痰は吐かないまでもきっぱりとこううながしてから出入口のほうへ去っていった。

「阿部さん、それはジミーに食べさせましょう」

おしまいにウインクすらつけ加えて従業員控室を出ていった四六歳のアメリカ連邦政府職員もまた、人類の冷酷非情を率直に物語っていると阿部和重は思う。

そんな父親の憂いをよそに、映記はすこぶる上機嫌で二匹のマルチーズとたわむれている様子だ。これでまた、三歳児のドギーフィーバーはひときわ盛りあがり、わんわん飼いたい飼いたいとうわごとみたいにくりかえし訴えてくることになるだろう。その強硬な直訴をいかにかわせばいいものやらと溜息をついていると、チャンピオンのベロアジャージをセットアップで着用し、電子煙草を吹かしている麻生未央と不意に目が合ってぎくりとしてしまう。

ただでさえ、息子と早晩かわされるであろうタフな折衝を予期してびくついていた四五歳自由業は、いきなり鋭いまなざしににらまれてますます身が縮む。初の謁見となったアングラクイーンにはへらへら笑いかけるしかなかったが、ひとを見る目には自信があるという姐さんがかえしてきたのは次の質問だった。

「何歳?」

「四五歳です」

「あんたじゃない、この子だよ」

「ああ失礼、三歳です」

「名前は?」

「映記です」

「え? もっかい言って」

「映記です。映画の映に記述の記と書いて、映記です」

それだけ聞けばおまえにゃ用はないとでもいうかのように、麻生未央は電子煙草をポケットにしまってしゃがみこむと、二匹のマルチーズとじゃれあいを演じている三歳児にやさしく話しかけていた。おいしい物と犬をセットでとどけてくれた、神町最後の侠客にまでかわいがってもらえたのだから、今夜の映記はこわがってふるえたりはせずぐっすりよく眠れるにちがいない。Hush, hush, sweet baby.

電話が鳴って目ざめたが、PEACHの固定電話はすべて不通の置物でしかないから、今しがた電子音を発したのはベッドヘッドボードに置いた自分のiPhone 5以外にない。さっそく手にとると、音声通話着信ではなく、LINEのメッセージがとどいたお知らせだとわかる。送り主は山下さとえだ。今日の午後なら撮影現場を抜けられるので会ってじかに話をつけようと書いてきている。

そういえばおととい来、川上監督の仕事を子づれで邪魔しにきたと敏腕アシスタントを勘ちがいさせたままだったと思いあたる。待ちあわせの時刻は午後三時、場所は空港のカフェを彼女は指定してきている。ことわる理由もないし誤解もはらしておきたいと思い、「オールオッケーですー」と阿部和重は返信した。

かくして四月一九日土曜日がはじまった。CIAの下請けとなり新都入りして今日で四日目になる。宿をPEACHに移したことのポジティブな効果は絶大だ。寝床からラリーを追いだせたのはまことによろこばしく、営業を終えたラブホの貸しきり利用というのは前代未聞の快適感をもたらしてくれている。やはり映記も熟睡安眠がかなったらしく、お目ざめはまだ先のようだ。

そんな心地よい午前、翌月デビュー二〇周年をむかえる四五歳の小説家はトイレで用をたしてから朝の身支度にとりかかるが、持ち前のおひとよしっぷりも手つだってか、おのれがなにものなのかだんだんと忘れかけている。洗面所で顔を洗ううち、最初に思いだされたのは原稿の執筆ではなく炊事係のつとめだったこともその一歩だ。

とりあえずは冷蔵庫にサンドイッチの材料やヨーグルトやオレンジジュースなどをたんまり収納してあり、朝食は各自適宜にセルフサービスで食べる約束になっているのでキッチンへ急ぐ必要はない。今朝は運転手の役目もなさそうだから、食後はゆっくりネット閲覧でもしながらコーヒーを味わえるはずだと寝ぼけた頭で思いめぐらした阿部和重は、うがいを済ませて息子を起こしにかかる。今日は午後までのんびりできるのかとふと考えると、PEACHのでかいベッドに親子ふたりで横になり、パンダみたいにごろごろしてすごす極楽浄土じみたイメージで脳裏がいっぱいになってしまう。なんという至福のひとときか。

「阿部さん、ジミーに食事を運んであげてください」

従業員控室で息子とともに朝食を食べおえ、コーヒーをひと口飲んだところで宗主国からこの指示が飛んできた。属国人炊事係にとってなんら不自然な任務ではないが、極楽浄土を遠ざけるきっかけのひとつにはなるかもしれない。見た目はトトロみたいでも、ラリー・タイテルバウムの出してくる注文はいつだってこれで終わりにはならないから、パンダコパンダとしては身がまえざるをえないのだ。

「ほんとに昨夜のハヤシライスでいいの？」

「ええもちろん」

そのままトトロにつれられてエレベーターに乗り、パンダコパンダの親子ははじめてPEACH地下一階のカジノバーに足を踏みいれた。バブル初期より県内外の政財界関係者や各界セレブリティーをあつめてきた知るひとぞ知る秘密の社交場は意外なほどひろい。フロアの各所には今なお五つのバカラ台とルーレット台がすえられていて、バーカウンターやカウンターチェアのハイスツールや革ばりソファーなどもとりのぞかれずきれいに残されている。

荒れはてた様子はどこにもなく、壁のあちこちには印象派やらポップアートやらの複製画が原理的なまでにいっさいの思い入れを感じさせず無秩序に掲げられている。グラスなどの食器類や洋酒ボトルもひびひとつなく整然と棚にならんでいるのが見えてくると、実際の情景に接したことはなくとも創作映像諸作の記憶が呼びおこされてきて、次第にかつてのにぎわいの模様が想像されてくる。場所柄を考えれば、ここではきっと折々にあまたの悲喜劇が起こっていたにちがいないが、なかにはひどく血なまぐさい事件も一度や二度ではなく生じていたのだろう。そんなところを三歳のわが子と一緒に歩いてきょろきょろ見まわしている現状にいささかの戦慄をおぼえるも、四五歳六ヵ月の男がほんとうの緊張を味わうことになるのはこのあとだった。

「映記くんはこっちにおいで」

二ヵ月前まではこの賭場をとりしきっていたのであろう神町最後の侠客が、昨夜につづいて二匹のマルチーズとともに映記を歓待してくれようとしている。たいへんありがたいことだが、目下のシチュエーションを踏まえれば、パンダのくつろぐ極楽浄土はさらに遠ざけられつつあると見るのが妥当かもしれない。すでにその場にいたのは麻生未央だけでなく、エミリー・ウォーレンの姿もあるということは、どうせラリーもずっと一緒だったにちがいない――だとすれば、炊事係の仕事は配膳のみにとどまるわけがないぞとたちまち不安が押しよせてくる。確実にこれはパンダコパンダの親子がひきはなされる悲劇的な流れだ。すっかり心ぼそくなってしまい、肩をすくめて立ちつくしているパンダに対し、邪悪なトトロはこう話しかけてきた。

「阿部さん、そのトレーをいったんここに置いてください」

地上階から運んできたハヤシライスをバカラ台のうえに置けと言ってきている。おひとよしが素直にそれにしたがうと、次にラリーはハンズフリー通話用のワイヤレス・イヤホンを差しだし、これを片方の耳に装着しろとうながしてきた。スクリーンやテレビ画面上に展開される似たような場面を幾度となく目にしてきた映画学校出身者たる小説家は、極楽浄土がもはやまったく手のとどかないはるか彼方へ遠ざかってしまったことを痛感させられる。

「聞こえますね？　ＯＫ、このまま通話状態にしておくので、あとはイヤホン越しにこちらが指示を出しますから、言われた通りにジミーとやりとりしてください」

かくして、スパイ映画の典型的現地協力者は炊事係から昇格し、ＣＩＡ東京支局長をつとめる国家反逆罪容疑者の尋問担当官に任命されてしまった。できませんなどと口に出せる時機はとうに逸している。「NOと言える日本」などしょせんは空想世界のたわごとにすぎぬとでもいうかのごとく、ラリーとエミリーのきびしい形相は属国人の退路を完全に断っている。

これはどうやらやるしかなさそうだが、トム・クルーズどころかスティーヴン・セガールですらないこのおれが、そんなにも都合よくコックからの華麗なる転身をはかれるわけがないじゃないかと言いつつのりたくもなる。わがコパンダにマルチーズという新たなお友だちができたことだけが今の救いだ。目の前ではVIPルームの重そうなドアが存在感を放っているが、その奥にひろがるスペースがどの程度のおおきさでなかにいる人物がどんな人柄なのかは毛ほども見えてこない。

「阿部さん、ジミーはあなたがだれなのかを知りませんから、おそらく正体を探ろうとしてくるはずです。話し相手がなにものかわからないと、答えるべき内容を決めにくいためです。こちらはその不安定な心理をつきながら情報をひきだしてゆくつもりです。だから阿部さんはまずだいいちに、本業のことは忘れてしまってください。自分は作家ではないと思いこむんです」

「それは大丈夫です。言われるまで忘れてましたから」

「家族のことも忘れてください」

「なんでよ」

「殺伐とした世界の住人だとにおわせたいからです。そのぼろぼろのファッションをやっと活かせるときがきたわけです」

「かっこだけじゃん」

「見え方が大事なんです」

「ならいっそ、ケイシー・ライバックって名のりますよ」

「駄目です。どうがんばってもあなたはSEALsには見えませんから」

じれったくなったのか、エミリー・ウォーレンがいらだたしげに横から口を出してきた。「とにかく腰ぬけだと思われないように強気でいって。無理だと感じたらすぐに中断すればいいのよ」

やけに捨て鉢な言い草だなといぶかしんでいると、「彼女はこの作戦に反対なんです、だから誤解しないでください」などとラリーが耳もとでささやいてきた。ふたりいるうちのひとりが反対しているような作戦をなぜ強行するのか聞きかえしたかったが、そのチャンスはあたえてもらえぬ代わりにハヤシライスのトレーを持たされた阿部和重は、今となってはVIPルームのドアが目の前で開けられてゆくのをただ見まもるしかなかった。

●

VIPルームのなかはまぶしいくらいに明るかった。そのうえ予想していたよりずいぶんとひろびろしている——天井から床まで白一色に染まったインテリアの膨張効果で余計にそう見えているのかもしれない。室内の中央にはロングテーブルが配されていて、壁沿いにいくつもソファーがならべられているが、どちらも当然のように白い。『2001年宇宙の旅』の白い部屋よりもここは白い。

が、部屋の白さにばかり驚いている場合ではないと阿部和重は思う。テーブルの片はしの上座の位置にすえられたスツールに、ホワイトシャツを着てグレーのトラウザーズを穿いた人物が腰をおろしてじっとしているが、ダンディーなナイスガイの面影はみじんもない——というのも、CIA東京支局長であるはずのその男は、黒いレザーマスクをすっぽりかぶらされて頭部ぜんたいを覆いかくされてしまっているため、そもそも顔の判別ができないのだ。レザーマスクのうえにボーズのヘッドホンを装着しているのもじつに異様で滑稽にすら感じられる。

呼吸に支障はないのか気にかかり、おそるおそる近づいていってみると、レザーマスクの鼻孔のあたりに鳩目がふたつあって窒息はまぬかれるつくりになっている。ヘッドホンケーブルをたどるとテーブル上にiPod nano第六世代モデルが置かれていて、稲川淳二の「あなただけに語りかけるリアル怪談－1」を再生していることがわかったが、こんなシチュエーションなのだから娯楽として聞いているわけではないだろう。

両手両足にも黒いレザーの拘束ベルトが巻かれていて、足首のあいだには金属製の棒枷までとりつけられているから、レクター博士なみに身動きを制限されているようだ。アメリカへの国家反逆罪が疑われる拘禁者への仕うちとはいえ、まだ容疑者の段階であり、重警備刑務所に収監された凶悪犯でもあるまいし、少々ゆきすぎではないかと思えてくる。準軍事的な手段の行使どころかＳＭ趣味の緊縛刑にしか見えないし、この処遇が国際法に違反せず人権侵害にもあたらないと言いきるのはさすがに苦しい。おまけにこれを身内に対してやっちまっているというのは、端的にあとで大問題になるんじゃないのかと、同盟国人の素人尋問官たる阿部和重はあやぶまずにいられない。

「阿部さん、食事のトレーをテーブルに置いて、ジミーのマスクとヘッドホンをとってください」

言われた通りにハヤシライスをロングテーブルのうえに載せるが、次の行動に移る意欲が湧いてこない。人食いハンニバルならばマスクをとっぱらった拍子に噛みついてくる流れだが、そんなことはむろんどうでもよろしい。それよりもこういう尋問の場で、証人への侮辱や虐待めいた行為に加担しちゃならんだろうとおのれのなかの人道主義者が主張している。ただちに捕囚のマスクをはずしてやるのがここでのただしいひとの道にちがいないものの、その先に待っている残忍な展開が色濃く浮かんできて二の足を踏ませてしまうのだ。

二〇〇〇年代の対テロ戦争において強化尋問手法《EIT》なる拷問プログラムを実施していた前科のあるＣＩＡなのだから、裏切り者のさらした顔面を即刻ハッシュドビーフにぎゅっと押しつけて息ができない状態にしてやれとか、そういうむごい命令を次々に発してきかねない。気持ちがみるみる萎えてしまい、いったんテーブルの反対側へとしりぞいていった阿部和重は、ラリーと話しあうつもりで監視カメラを見あげつつ、ほんとうに大丈夫なのかとひそひそ声で問いかけた。

「わたしの指示にしたがっていれば心配ありませんから進めてください」

「でもなんなのよ、彼のあの格好は」

「拘束具があれしかなかったんです」

「ここにあったやつを使ったってこと？」

「そうですよ」

「性具じゃん」

「用途はおなじですから」

「でも全頭マスクまでかぶらせる意味あんの？　稲川淳二まで聞かせちゃってさ、あれ拷問でしょ？」

「まさか、ちがいますよ」

「適当なこと言わないでよ。アブグレイブの捕虜虐待のときも似たようなことやってたじゃん」

「そんなことはありません、一緒にしないでください」

「やってることは一緒だって」

「そんな気がするだけですよ」

「写真で見たもんおれ」

「だとしても、それとこれとは状況がぜんぜん異なりますから」

「どこがだよ」

「阿部さんには言っていませんでしたが、ジミーはおとといの夜、特殊な性的サービスを受けることを目的にこのホテルを訪れているんです。彼がそういう趣味の持ち主であることはアレックスが突きとめていますし、ファイルにもそれは書きのこされています」

あきれて阿部和重ははあと溜息をもらしてしまう。

「つまり本人のお楽しみでやってることだから、拷問にはあたらないって筋書に持ってこうとしてるわけ？　そんな虫のいい話、おたくらの国で通らんでしょ？」

「とがめられるとしてもせいぜい議会で政争の具にされる程度です。それは阿部さんが案ずるべきことではないですし、問題の本質でもありません。目前に迫った破局的事態の解決こそがここでのわれわれの責務です」

「人権問題だよ？　ないがしろにしていいの？」

「見方を変えてください。仮にジミーがいくらかの苦痛を味わう羽目になるとしても、一週間後に大量破壊兵器で一般市民が何千人も死ぬよりは増しでしょう？　裏切り者がちょっと苦しむだけで大勢の命を守れるのなら、そちらをとるべきではありませんか？背に腹はかえられないというやつですよ、ちがいますか？」

いかにも9・11以降ならではのトロッコ問題的な問いかけだが、「白熱教室」で思考実験に取り組んでいるわけではなく、ほんものの破局的事態が迫る現実を前にしては、一介のにわか人道主義者風情では反論がむつかしく、結局は口ごもるしかなかった。そりゃあこの国際社会において、大量死の危機をふせぐ以上に優先されるべきことなどありはしないだろう。そう考えれば、どのみちこれも使い走りの属国人がひきうけるしかないのかもしれないが、だからといってどれほどの暴力行為を強制されるのかはわからぬし、自分がいったいどこまで嗜虐的になれるのかもさだかではない。

「それにどうも誤解があるようですが、阿部さんに直接なにかひどいことをさせるつもりはありませんから」

毎度ながらの大嘘だろうと思いつつ、それはほんとうだなと阿部和重は念を押した。

「ほんとうです。阿部さんのことだから、どうせジャック・バウアーみたいな尋問でも想像していたんでしょう？」

「だいたいそんな感じです」

「そういうことはいっさいやりませんから」

「4cc追加だ、とか絶対ない？」

「そんなのは絵空事ですよ」

「今までだって絵空事みたいなことばかりだったじゃないですか」

「しかしどれも合法の範囲内です」

「そうだっけ」

「少なくとも阿部さんはクリーンです。同盟国の民間人の手をよごさせるなんてありえませんから」

「おれ、アメリカまで呼びだされて公聴会とか出たくないなあ」

「そんなところで吊るしあげを食らうのは上級管理職の人間ですよ。心配いりませんから、さっさとジミーのそばへもどって彼のマスクをとってしまってください」

「はいはい、わかりました」

ヘッドホンをはずしてレザーマスクをはぎとってやると、汗まみれの素顔をあらわにしたダンディーなナイスガイがすぐさまうつむいて瞼をきゅっと閉ざした。カーボンフリーズから解凍された直後のハン・ソロみたいにうろたえて、明かりに目がくらんでいる様子だ。ほどなくほそめた目を向けてきたジェームズ・キーンは、かたわらに想定外の見知らぬ人間がいたためかはたまた稲川淳二の影響か、阿部和重の人相を認めた途端おばけにでも遭ったかのごとくぎょっとしてみせて、その後はしばらくあたりを見まわし、最後に視線をテーブル上のハヤシライスにおちつけた。瞳が料理に釘づけになっているということは、特殊な性的サービスを受けるに際して一食たりともあたえられていないのかもしれない。別室のラリー・タイテルバウムはこの模様を監視カメラを介してつぶさに観察しているらしく、即座にこういう指示を送ってきた。

「彼にご飯を食べさせてあげてください」

拘束されている男もそれを望んでいるようだから、阿部和重はさっそくジェームズ・

スティーヴンスでも演ずるつもりで給仕をひきうけ、スプーンでひと口ぶんをすくって口もとへ運んでやった。ハヤシライスの小山にぱくりと食いつき、口をもぐもぐさせる一連の動作を見てとるうち、離乳食を食べていた頃の映記が思いおこされ、そこからわが子の成長をしみじみと意識させられるというありがちな親心の短絡がこんな場面であっても生じてしまうさもしい心理をひそかに恥じらいつつ、四五歳六ヵ月の男はスプーンを往復させた。

眼前の国家反逆罪容疑者には乳幼児のあどけなさが欠如しているせいか、世話するほうとしてはだんだんと神経を逆なでされているかのように不愉快な心地になってくるのが人道主義者にとってはなんとも不可解だ。ごっくんしてはマルコム・マクダウェル的にぽっかりあーんと口を開けるCIA東京支局長は、もうひと口くれもうひと口と何度も要求をくりかえしてくるから、もともとそうとうに飢えていたか、奇特にもこの失敗作の味に魅了されてしまったかのどちらかだろう。

いずれにしても、自称ケイシー・ライバックお手製のハヤシライスをひとつぶ残らず食いつくす勢いでハンニバルはむさぼりつづけているが、皿の中身を三分の一ほど給餌してやったところでワイヤレス・イヤホンから無情なるストップの声がかかった。とつぜんに手をとめてしまった給仕を怪訝そうに見ているジェームズ・キーンが、拘禁中の身であることなど端から頭にないかのような物言いでせっついてきた。

「なあおい、きみ、いつまでも休んでないでそのおいしいやつをもっとくれよ」

ダンディーなナイスガイはどうやら奇特な味覚の持ち主だったらしい。調理人としてはよろこばしいものの、普通の味覚の持ち主としては困惑を隠せない。

ポーカーフェイスの維持に苦労しつつ、次なる指示を待っている阿部和重に対し、スプーンをトレーに置いてその場にあるスツールに座り、ジミーからかたときも目を離さず口をつぐんでいるようにとのお達しが出た。黙ってにらんでりゃいいのか楽勝だな、という楽観はほんの一〇秒も持たない。ＣＩＡ東京支局長という肩書きは伊達じゃないぞと言わんばかりに、ジェームズ・キーンがあれこれ言葉を投げかけてきてこちらを会話に誘い、舞台裏の状況を探ろうとしてくるためだ。押し黙っているだけでもしんどいのに、同時に相手の目を見つづけて高姿勢をつらぬくのはなかなかにきつい試みである。

「なあきみ、なぜずっと黙ってるんだい？　せっかくだからわたしと少ししゃべろうじゃないか。きみもそのつもりでここにきたってことはわかってる。ああそうだ、わたしにはよくわかってるんだよ。ほんとうだ。こう見えて、わたしはおしゃべりが好きでね。意外だろう？　見た目はどちらかというと寡黙なタイプらしいから。でもちがうんだ、わたしは結構なおしゃべり好きさ。ほっとくとね、どんどんしゃべっちまうほうなんだ。口が減らないやつだとしょっちゅう言われるよ。こうしてるあいだにもほら、とまらなくなっちまってるのがわかるだろう？　ひとと話すのがバカみたいに好きだからね。そして見たところ、きみもわたしとおなじ、おしゃべりがめっぽう好きなタイプだ。わたしにはそれがわかるんだよ。なにしろおなじタイプどうしだから、こうして一緒にいるだけでわかっちまう。すっかりお見とおしというやつさ」

なにがつらいかといえば、笑いそうになるのをこらえるのが最高につらいと阿部和重は感じている。ここで吹きだしてしまえば、「殺伐とした世界の住人」はフェイクでしかないとたちどころに見ぬかれてしまうだろう。緊張して笑っちゃうようなやつがどんなにきびしく問いただしたところで、裏切りの事実を素直に自白してくれる寛大な国家反逆罪容疑者などおるまいから、すべておじゃんにしたくなければこのむずむずする感情を抑えつけていなければならない。

「まずは名前だ。なんと呼べばいい？　わたしはジェームズだ、ジミーと呼んでくれていい。もちろんジェームズでもOKだしジムやジェイミーだってかまわないよ。きみはなんて名だい？　どう呼べばいい？」

笑いをこらえるには自分自身を逆の感情へみちびけばいいのだと思いあたる。すなわち怒りか悲しみのいずれかにみずからの心を傾けるわけだが、この場合は相手を威圧したいのだから前者がふさわしかろう。そう考え、阿部和重は眉間に皺を寄せつつ奥歯を嚙みしめてみるが、力が入らぬおかげで思いきりに欠ける変顔みたいにしかならない。当然ながらジェームズ・キーンはまるで意に介さず、先ほどの宣言どおりにどんどん話しかけてくる。なるほどひとと話すのがバカみたいに好きだというのもうなずける口数の多さだ。

「ならここは、わたしがきみの呼び名を決めようじゃないか。そうだな、きみはどことなく、アッシュ・ケッチャムって感じだから、わたしはきみをアッシュと呼ぶことにしよう。悪くないだろう？　ところでアッシュ、わたしはまだ空腹でね、ちっとも食いたりないんだよ。そこのポケモンフーズの残りを、さっきみたいにスプーンでこっちに運んでくれないか。わたしがひと口ぶんを咀嚼する回数は正確に一五回だから、きみも一五かぞえながらスプーンを往復させてくれればいい。簡単だろう？」

さすがにCIA上級職員というべきか、あわれな子羊は口車に乗せられてあやうく沈黙をやぶりかける。アッシュ・ケッチャムってなんなんだよと、反射的に言いかえしそうになったのだ。それもこれもいっこうに次なる指示がこないせいだ。このままでは、レクター博士のたくみな話術で反対にこちらのほうが隠しごとを洗いざらい白状させられてしまいかねない。阿部和重はさらに奥歯を食いしばるが、もはや笑いを押し殺すための力みではなくなっている。

「なあアッシュ、いつまでそうしてるつもりだい？　黙ってこっちを見てるだけなんて、きみがしたいことじゃないだろう？　それはきみがほんとうにしたいことじゃない。絶対にそうじゃないよ。だっていい加減、疲れるじゃないか。きみはおしゃべりが好きなタイプだし、黙ってるだけなんてつらいに決まってる。つらすぎるしそんなのは不健康だ。きみだって、こんなのはそろそろおしまいにしたいところなんじゃないか？　そうだろうアッシュ、わたしにはわかるんだ」

たしかにその通りだ。阿部和重は心でそう即答する。もしかすれば、顔にもイエスと出てしまっているかもしれない。とにかくもう限界なのだが、依然として司令塔はなにも言ってこない。映像と音声の両方で、目下の状況をちくいちチェックしているはずなのに、いつもながら薄情な宗主国男子は助け船ひとつよこさないというありさまだ。これは見殺しにされる流れかと思うと胸さわぎが高まる。拷問対象はむしろこのおれのほうなんじゃないのかという疑いすら湧いてくる。「I Can't Stop The Loneliness, どうしてなの、疑心暗鬼がとまらない」という感じだ。

「聞こえているよアッシュ、きみの声が。なんとも苦しそうじゃないか。ぼくもおしゃべりしたいおしゃべりしたいと泣いているね。そのきみの本心を、わたしが今すぐ解放してやろう。饒舌な、ほんらいのきみ自身を、このわたしが解きはなってあげようというわけだ。きみはただ、気持ちを楽にしてくれればいい。つまりリラックスだ。深呼吸して、ふうと吐きだして、あとは肩の力を抜くんだ。できるね？　準備はいいかな？」

釣られてついうなずいてしまった自分自身に気づいたのは、顎をさげきったときだから手おくれだ。タイミングもばっちりの反応であり、ごまかしようがないまじりっけなしの首肯である。ぶざまにも、拘束中の尋問相手にカウンセリングをほどこされ、やすやすとあやつられてしまったわけだ。それをさとった拍子に頰が赤らむのを感じた阿部和重は、赤面したからといって顔をそらすわけにもゆかず、「殺伐とした世界の住人」像ががらがらとくずれおちるのをなす術もなく実感するばかりだった。そこへようやく天のお告げがとどいた。

「阿部さん、足もとにあるプラスチックのケースをテーブルに載せて、その中身がひと目でジミーにもわかる位置に置いて蓋を開けてください」

あまりに遅すぎるものの、とりつくろうきっかけとしてもたらされたかのようなその指示に阿部和重はすがりついた。うっかりさらしてしまったど素人っぷりに積極的で攻勢なイメージを上書きするべく、突如きびきび動いて言われた通りのことをやる。ジェームズ・キーンはアッシュの動揺を見すかしてなおもべらべら話しかけてきて、立場逆転の誘導尋問へ持ちこもうとしていたが、真正面にあらわれたケースの蓋が開いてそこに各種の工具がずらりとならんでいるのを目のあたりにすると、とっさに「ＯＫ」とつぶやいてそれきりぴたりと黙りこんだ。

　おそらくはこれもこのラブホテルに常備されていた工具箱なのだろうが、大小さまざまなペンチやレンチやドライバーがぎゅうぎゅうにつまった光景は、両手両足の自由を奪われた拘禁者からすれば重くるしいほどの殺気を放っているにちがいない。彼にとって、それはまさしく脅威いがいのなにものでもないはずだ。実際、おしゃべりジミーはだしぬけの形勢暗転に警戒しているらしく、顔つきがややこわばっている。

「効いているようですね。阿部さん、つづけて脅しをかけてみましょう。どれでもいいので好きな工具をみっつよっつとりだして、テーブルのうえにならべてみてください」

「愛とは決して後悔しないこと」だとすれば、「前言とはあっさりひるがえされるのを待つもの」なのかもしれない。ラリー・タイテルバウムに指図されて動いているうちにふと、そんな思いに囚われてしまうのは、たとえば今このような瞬間だ。たった数分前、直接ひどいことはさせないと約束していたにもかかわらず、案の定、いよいよ話がちがってきた。

とはいえ、ここでひきさがってしまえばおしゃべりジミーが息を吹きかえしかねない。国家反逆罪容疑者をつけあがらせぬためには、この自分がやれるところまでやるしかなさそうだ。要するに、ジョディ・フォスターからローレンス・オリヴィエへの転身がもとめられるおそるべきシチュエーションである。果たしてそんな役づくりが、こんなしがない四五歳自由業の妻子持ちに可能なのか。

考えこんでいる猶予はないのでまずはすみやかに言われた通りの行動に出てみる。いかにもそれっぽくふるまおうとしておもむろに、ペンチ二種類とレンチ一種類とドライバー三種類とカッター一種類を異様に映るほど丁寧にテーブル上にすえてゆく。時間をかければかけるだけ、無骨な小道具の用法をめぐるネガティブな想像がふくらみ、拘禁者は不安や恐怖をつのらせるにちがいない。傍から見ればナンセンスでしかなかろうひとつひとつの配置にもこだわり、いくらかの猟奇性を醸しだす演出もつけ加える。その儀式的な威嚇行為に従事するうちに、やにわに急成長してゆく加虐心を自覚して阿部和重ははっとなった。

さっきはあんなに声高だった内なる人道主義者がなぜだかぱたっとおとなしくなっている。その代わりに、わが身のなかで悪党退治を買ってでるうさんくさい正義漢がいつの間にやら幅を利かせているのは不穏な兆候ではあるまいか。

わたしの罪も従順だったことだと小役人的に吐露する日がこないように、ミルグラム効果に抵抗せねばとあわてておのれに言いきかせるが、自分自身の主体性が頼りなさすぎてさっぱり自信が持てない。現に今も進んであたえられた役割にはまり、わざわざ神経質な冷血漢をよそおって工具を一定の間隔にならべるなどの威圧的小細工をみずから添えているくらいだから、やっておしまいと命じられればあらほらさっさーと即応しかねぬノリのよさがこのおひとよしには認められる。CIAは、みだりな真似はつつしむべき肝心のときだというのに、いちばんまかせちゃいけないやつに拷問の下請けをひきうけさせようとしているのではないか。

「アッシュ、ひとついいかな」工具箱を開けたあとの阿部和重の様子におだやかでないものでも感じとったのか、ジェームズ・キーンが探るような声色で話しかけてきた。「少し無駄話がすぎたようだ。きみが自分の意志では会話できない立場だということは理解したからもう余計なおしゃべりはひかえよう。わたしがこれから言うことは、きみのその耳についている通信機の向こう側の相手に話していると思ってくれていい。つまりきみは無反応のままでOKということだ、気楽にしててくれ」

どっちが囚人かわからなくなるほどの尊大ぶりは相変わらずだが、工具の牽制を意識してか、ジェームズ・キーンはこちらの顔色をうかがいつつ情勢の変化をねらっているようだ。その目前で黙然とたたずみながら人道主義にわかれを告げかけている阿部和重は、さらなる牽制を試みるべく、右手のひとさし指でモンキーレンチのグリップをまっすぐすうっとなでるしぐさをくりかえした。最小の動きで心理的圧力を加えてやろうという意図から出た動作である。凶器になりうる鈍器に触れてうずうずしているバイオレンスガイを演じてみたわけだが、CIA上級職員に値ぶみするような目つきでにらまれているから一瞬も油断はできないし、今度こそ変顔や赤面は禁物だ。

「なあアッシュ、まあおちつこうじゃないか。その通信機で聞き耳を立てているのはエミリーなんだろう？　いきなりこんな暴挙をしでかすなんてまったく彼女らしくない行動だよ。どういう事情かは知らんが、それだけ追いつめられてるってことは読みとれる。闇雲に、だれかれかまわずこういう違法な脅しに出るというのは、打つ手がなくて八方ふさがりになってる証拠だからな。全部まるわかりだぞと彼女に伝えてやってくれないかアッシュ。あとのやりとりはおたがい法律顧問にでも相談してからにしようじゃないかと、ついでに言っといてくれ。わたしはもう、敵味方の見わけもつけられなくなった自制心のない部下と面と向かってしゃべる気はさらさらないからな。しかしね、よくやるよ。だれの許可もえずにこんなバカげた作戦を進めるようなやつじゃなかったのに、いったいなにをとち狂っちまったのか——」

　CIA上級職員が、値ぶみするような目つきにいっそう力をこめ、こちらの頭のなかまでのぞきこもうとしている。それに対し、阿部和重も負けじとモンキーレンチのグリップをひとさし指でなでつづけるが、気圧され気味だ。やがてジェームズ・キーンは、いったん閉ざしていた口をぽかっと、スイッチが入ったみたいにちいさく開けて「あぁ」ともらした。どうやら自力で答えを見いだしたらしい。

「なるほどわかったぞ、ラリーだ、そういやあいつがいたな。エミリーの隣に今いるのは、ラリー・タイテルバウムなんだろう？　彼女はあいつと組んだ、そうだなアッシュ」

これは悪い流れだ。釣られてついうなずくことはかろうじてふせいだが、顔にはイエスと出てしまっているかもしれない。CIA東京支局長が、紅潮や発汗の度あいなどから心のうちを見とおす洞察テクニックでも身につけているような凄腕でないことを祈るばかりだ。ワイヤレス・イヤホン越しにもこのあせりがびんびんに伝わったらしく、別室から間髪いれずに新たな指示が飛んできた。

「阿部さん、および腰に見えないように胸を張ってしっかり立って、とりあえずレンチを手に持ってください。そしてゆっくりジミーに近づいて、肩に触れるくらいの位置で立ちどまってください」

なにをやらせるつもりなのかと思わず声に出しかけてしまった。こいつでぶん殴るとか指をへし折るとかだったらいやだなあ——拷問の関連動画が次々に脳裏で自動再生されてゆき、暗い気持ちになるのを抑えられなくなってしまう。かといって、じっとしてただ見つめあっていたらたちまちこちらのほうがまるはだかにされかねない状況ゆえ、阿部和重はここでも言われた通りに動くしかない。

「阿部さん、右手でも左手でもどちらでもいいので、ジミーの小指をレンチではさんでみてください。ヤクザの制裁だと思わせてみましょう。阿部さんは麻生興業の組員というわけです。レンチで小指をはさんだら、そのまま彼の手をテーブルに強く押しつけながら阿部さんはカッターを持ってください。同時に野菜かなにか切りきざむイメージでも思い浮かべてみるといいでしょう。ジミーにはっきり見えるところでカッターの刃をカチカチ出すのを忘れないように。彼は抵抗してくるでしょうが、そうなったら――」

指示が途中で聞きとれなくなってしまった。かたわらにいる男の声がとつぜんおおきくなったせいだ。力みがちになっているのだとすれば、ジェームズ・キーンは内心それなりにうろたえているということなのかもしれない。ならばこの場合も指示どおりヤクザのふりに徹し、流血寸前くらいになるまでは裏切り者を懲らしめてやったほうが世界の安全保障に貢献できるのだろうか。迷いながらも阿部和重は左腕を伸ばし、眼前の国家反逆罪容疑者の右手首をつかみとりにかかる。

「腑に落ちたよラリー、どうりで妙なことばかり起こるわけだ。つまりはそういうことか。きみもあの奇怪な一家に関わっていかれちまった口なんだな。結局アレックスとおなじことになっちまったわけかラリー、ミイラとりがミイラにってやつだ――ところでアッシュ、わたしの右手をどうしようっていうんだ？　おいラリー、彼になにをやらせる気だ？　これ以上はいくらなんでもまずいことになると忠告しておくぞ。今ならまだ嘘の報告でごまかしてやれるからあともどりはできる。しかしわたしの小指がなくなっていたらだれだって不審に見るから、ありのままの事実を本部に伝えざるをえなくなるぞ。その先は説明するまでもないだろうが――」

「OK、じゅうぶんよ、今回はこれくらいにしておきましょう」

ワイヤレス・イヤホン越しに不意に割りこんできたエミリー・ウォーレンの言葉に阿部和重はぎくりとなった――彼女が直接こちらに語りかけてくることを想定していなかったからだ。「ジミーにマスクとヘッドホンをかぶせたら、食事のトレーと工具箱を一緒にかかえてこっちにもどってきて」とつづけて聞こえてきたことにより、空耳でも怪談でもなかったと理解して安堵をおぼえた使い走りの属国人は、ただちにその指示にしたがって行動した。

移り変わる情勢の裏側を知りたがっているらしいジェームズ・キーンがなにやらやいやい言っていたが、それにいちいち耳を傾ける義務はもうないのだと思うとすさまじい解放感に満たされていった。エミリーからの「OK」が二分か三分ほど遅かったら、はじめて会ったばかりの男の小指をおれは無言で切りとってしまっていたのかもしれないのか――瀬戸際まできていたこのおそろしい可能性から一刻も早く自分自身を遠ざけ、ここであったすべてをなかったことにしたくて、四五歳自由業の妻子持ちは身ぶるいしながらまっ白い部屋を出ていった。

●

山形空港のカフェを出たあと、トヨタ・アルファードを停めてある北側駐車場のはしっこまで映記を抱っこして歩いてきた阿部和重はくたくたになってしまった。運転席に着いた途端、しばらく身動きがとれなくなって溜息も出なかった。

病気かなという気がするくらいに疲労感がはんぱなく、体力のいちじるしいおとろえを思い知らされる。息子はぐずっているわけではないどころか、空港売店のかたすみでほこりをかぶっていたボーイング747ジャンボジェット機のダイキャストモデルをあてがわれてひときわ上機嫌だ。それが父親にとってはかえって仇となり、三歳児はすっかりおもちゃに夢中になってちっとも歩いてくれなくなってしまったという次第である。おかげでずっと抱っこで空港内を移動する羽目となったわけだが、たとえそうだとしてもわが身のこの消耗っぷりは普通じゃなく、一時的な力仕事や加齢のみが原因とは思いがたいほどの疲れを四五歳六ヵ月の男は味わっていた。

山下さとえとの話しあいは三〇分で終わった。話しあいといっても相談や交渉ではなく、ブラック企業の入社式ってこういう感じかなと想像させられたひとときだった。新都滞在中の不条理なルールをあらためてひとつひとつ言いわたされた阿部和重は、それらをかならず守ると三度つづけざまに念仏みたいに口頭で約束させられたばかりでなく、書面にサインまで書かされた。敏腕アシスタントは働きすぎで明らかに頭がおかしくなっていた。何日もまともに寝ていないのだと、血走ってぎらついた目が訴えてきていたし、口のほうはやたらとあまいものをほしがってホットケーキと山形県産だだちゃ豆アイスクリームとクレームブリュレをいっぺんに注文し五分とかからず三品ともたいらげていた。そんな人間にはどんな正論も通用するわけがない。

じかに会ってみると、LINE の文面にも増して山下さとえはぴりぴりしていた。映画撮影の作業は万事快調だとしきりに強調していたが、これはおそらく連戦連勝の大本営発表と似たような主張であり、実際のところはそれ以上のなにかに達していることがうかがえた。現場製作が佳境をむかえるなか、監督の才気もまた手がつけられぬほどの大爆発を起こしているらしく、続々くりだされる無茶な新案演出をあらかた実現に近づけるべく、スタッフ一同つねに神経をとぎすまして働きどおしの日々を送っている――敏腕アシスタントの発言を整理すると、だいたいそういう状況なのだと把握できた。

要するに、修羅場の段階がぐんとあがっているのだ。バイカーらしく古着っぽいラムレザーのジャケットをはおり、短髪を栗色に染めて小柄ながらもいかつい体つきをしている山下さとえは、上目づかいの三白眼をこちらに向けて「コッポラなんすよ」とつぶやいてもいた。フランシス・フォード・カワカミの助手として、『地獄の黙示録』撮影中のジャングルで仕事しているとでも錯覚してしまっている模様なのだ。

そんな人間にはどんな正論も通用するわけがない――とはいえ、核危機回避のため秘密裏にCIAに協力している立場としては、ここでうまいこと敏腕アシスタントの気をひき、川上班に爆弾テロへのそなえをうながしておきたい。せっかくおなじ町内にいるのだから、破局的事態の急迫を暗ににおわせて妻らに注意喚起したいと阿部和重は考えているのだが、こまったことに説明できる内容はかぎられているし目の前にいる唯一の連絡役はどうも正気じゃない。

この滅多にえられぬ機会を無駄にしたくなければ、異常な興奮状態にある闇の心の奥にも響くほどの澄みきった言葉を急いで見つけださなければならない——しかもその警戒の必要性を、具体的な事実には触れずに相手に深く感じとってもらわねばならぬという難題を突きつけられている。翌月デビュー二〇周年をむかえる四五歳の小説家としては、まさに腕の見せどころだが、なにを伝えてみても山下さとえにぴんときた様子はなく、キャリア二〇年のむなしさばかりが身に沁みてくる始末だ。やむをえないので、せめてモーターサイクルガールとのホットラインだけは維持していつでも連絡がとれるようにするために、バッドファーザーは最終手段として息子を盾にとることにした。

「こっちだって仕事の邪魔なんかしたくないし、不要な連絡はしませんよ。現場が今たいへんなときだってことはよくわかってますから。それでもね、子どものことでどうしても妻と連絡とらなきゃいけないときだってあるわけです。そこんとこ、よくおぼえといてください。お願いしますよ山下さん。こっちから電話かけたりLINE送ったりするときは、そういう緊急事態、特に映記にまつわることなんだって頭に入れといてください。これを約束してくれるのなら、おれもさっきのルール確実に守りますから」

しぶしぶながらも、それならまあしゃあないという具合に、山下さとえは了承のうなずきをかえしてきた。競艇場で予想紙を熟読しているおっさんみたいな憮然たる面持ちで腕を組んではいるが、有能なプロだけに、たとえ狂気の渦中に片足をつっこんでいても話の落としどころは見のがさないようだ。

「でもルール厳守は絶対で。真面目な話っすよ？　できます？　できます？」

「できますよ、大丈夫ですって」

「それだけは容赦しませんから。本気っすよ。ここで水さされちゃかなわないすからね。監督も、わたしらもね、全員、人生かかってるんでこれ。そういう映画なんすよもう。予算だってオーバーしまくってて、正直、ワルキューレがんがんに鳴っちゃってるんすよ阿部さん。わかります？」

「わかりますよそれは、ええ」

「だからとにかく足ひっぱらないように、絶対にルール厳守で、よろしく哀愁、お願いしますわ」

「了解しました、約束します」

「嘘とかつかないでくださいね。監督と会ってしゃべったりさえしなきゃオーケーだろうとか、そんなのもアウトすから。約束やぶってどっかでこっそり現場のぞいてたりしてても全部ばれますからね」

「やんないよそんなこと」

「わたしらドローン飛ばしていつでも見はってるんで、ルール違反はすぐにわかりますから」

「ドローン？」

「マルチコプター三〇機、あっちこっちで飛ばして素材撮りしてるんで、阿部さんが神町のどこでなにやっててもリアルタイムでチェックできますから」

どんな映像演出の場面構成《コンテ》が意図されているのかは見当もつかないが、HDカメラ搭載のマルチコプターを三〇機いっせいに飛行させて神町各所の模様を連日空撮しているのだという。なるほど「ワルキューレがんがん鳴っちゃってる」というのもうなずける破天荒な撮影体制である。

現場の様子にもがぜん興味が湧き、映記に母親の仕事ぶりを見せてやりたいとも思うが、緊急事態発生というまんがいちを考慮すればホットラインは死守せねばならず、たった今かわしたばかりの約束を反故にはできない。安全第一のスローガンに共鳴する創作者のはしくれでもある男としては、いろいろあっても我慢し、さしあたってはつくり手にとって申し分ないかたちで現場作業が無事にかたづくことを一心に祈るべきところだろう。そんなふうに考えて阿部和重は自制したが、テーブルチェックで支はらいを済ませて席を立ちかけた矢先、監督の夫の心のうちを察していたかのように、山下さとえはこんな提案をしてくれた。

「まあ、わたしらも鬼じゃないんでね、明日のどっかで現場見物できるようにセッティングしときますよ。わざわざ神町まできたのに、ママがお仕事してるとこ見られないってのは映記くんかわいそうだからひと目くらいはね。でも監督には見つかんないように、声もとどかない離れた場所で物陰に隠れながらとかですよ。呼びかけたりとか、そういう緊張とぎれるようなこともいっさい駄目。ガイジンの技術スタッフも呼んでるんすけど、連中がまたアホみたいに要求がうるさいんで、ここで気がゆるんで示しつかなくなるとマジで面倒くさいことになっちゃうんで。そんなんでもよければ、明日のどっかで一席もうけますけど、どうします？」

有能なプロだけに、たとえ狂気の渦中に片足をつっこんでいてもとっさに他人に気をくばれちゃうのかと感心させられる。思いがけない配慮に感謝しつつ、阿部和重はその申し出を受けることにした。するとふたたび「わたしらも鬼じゃないんでね」と、仏心に目ざめて間もない鬼が照れくさそうに自嘲していたが、それについては聞かなかったことにしてやった。現場見物の時間と場所は追ってLINEで知らせてくれるとのことだった。

●

トヨタ・アルファードの運転席でしばらく身動きがとれなくなった阿部和重は、あるいは午前中のあれにたたられたせいで、目下わが身はこんなありさまになっているのかと思いいたる。おしゃべりジミーに追いこまれ、人道主義と呆気なくおわかれしかけたあの油断ならぬ数十分間が、自分で感じている以上に心身に応えたのかもしれない。そしてその影響から、山下さとえとの話しあいも終えて緊張が解けたところでがくっときてしまい、指いっぽん動かせなくなったというわけか。

幸い、ジュニアシートの映記はなおもボーイング747のアクロバット操縦に熱中しているから、あと一〇分かそこらならこのまま車内で安静にしていても問題なさそうだ。こうしてなにも考えず、黙ってじっとしていれば、四五歳六ヵ月の体もやがて調子をとりもどすだろう。とりあえずはそう期待するしかない。

あの数十分間をめぐっては、午前中のうちに三〇三号室へと移動して、休憩もはさまず即座に反省会が開かれていた。

カジノバーのVIPルームを出て即、約束とちがうじゃないかと阿部和重は拷問の指示についてラリーに抗議したが、むろん聞く耳など持ってはもらえない。まあまあとなだめられつつエレベーターに乗せられて三階へあがり、遅れて合流するエミリーを室内で待っているあいだにまるめこまれ、さらに会話をかわすにつれてうやむやにされてしまうという毎度おなじみのパターンだ。そもそもなんのことわりもなく抜きうちであんなおそろしい役まわりを押しつけることじたいが不誠実だとクレームをつけると、どうしてもたしかめたい事実があったので仕方がなかったというのがトモダチを自称する男からの返答だった。

「そりゃたしかめたい事実なんていっぱいあったでしょうよ。つうか、もうずっとたしかめたい事実だらけじゃん」

「それはそうなのですが、じつはわれわれが直接ジミーへの尋問をはじめるにあたって、事前に確認しておきたい個別の案件があったのです」

「ほんとかねえ」

「ほんとうです」

「具体的には？」

「アヤメメソッドに関して、アレックスの残したファイルにひとつ気になるメモがあったのです。エミリーが伏せていた箇所にふくまれていて、走り書きみたいなまとまりのない文章なのですが——」

「え、そっちの話？」

「そっちとは？」

「いや、てっきりジミーさんの件かなと」

「彼にも関係ある話ですよ」

「あ、そうなんだ」

「疑っています？」

「どうだろうね、最後まで聞いてから判断するよ」

ラリーはいつもの微笑みを浮かべつつ、話を先に進めた。

「アヤメメソッドの継承者は、一子相伝の掟にしたがわなければならないということは阿部さんもご存じですね？」

「ええ、石川手記ぜんぶ読んでますから」

「石川手記によれば、それは一二〇〇年ものあいだ守られてきたという厳格な掟なので、アヤメメソッドはほんらい現役の家伝継承者ただひとりにしか使えない秘術とされているわけですが――」

「逆に見れば、そんな掟があるおかげで継承者問題なんかが発生しちゃって、菖蒲家代々の悲劇もくりかえされてきたってわけでしょ」

「そうとも言えます」

「それがなんなのよ、まさか今さら分派もありましたとかいうわけ？　南斗乱れる時、北斗現るとか、そういう話ですか？」

「よくわかりませんが、それとはちがうでしょうね」

「じゃあなんなんですか」

「結論から言うと、そんな掟はとうにやぶられているというのです。ミューズが継承者となった時点ですでに男系男子の伝統はとぎれていたわけですが、直系一子に限定するという取り決めすらいつの間にか廃止されているらしい。つまり、アヤメメソッドの使い手は現在、菖蒲みずきのほかに何人もいるようなのです」

いささかの戸惑いをおぼえた阿部和重は、一、二秒ほどの沈黙をはさんでから訊ねた。

「何人もって、どんくらいいんのよ」

「あれを見てください」

そううながして、ラリー・タイテルバウムがインベスティゲーション・ボードを顎で指したため、だいたい一〇人前後かと少なめに見つもっていた阿部和重は思わぬ展開に直面し「え」ともらしてしまった。

「これ全員てこと？」

「いえ、そこまでではありません」

「なんだよ、びっくりしたじゃん」

「ただ、これ全員ではないにしても、ここに顔写真が掲示された面々のうち、ヒーリングサロンの上級顧客やガーデンパーティーへの招待客として菖蒲家を訪れていた連中はみんな秘術の心得があると見られています。アレックスのメモによれば、ヒーリングサロン・アヤメやその後身の菖蒲リゾートには上級顧客向けのスペシャル・プログラムなるものが用意されていて――」

「ちょっと待ってよ、それってこの外側にいる全員ってことじゃないの？」

「そうなりますね」

「だったらこれ全員ではないにしても、ほぼ全員ではあるんじゃん」

阿部和重が「この外側」として指さしたのは、インベスティゲーション・ボードにおいて最もひろいスペースを占めているセクションにあたる。そこに示されているのは、相関図の中心たる菖蒲家と同家の周辺にいる神町住民をぐるりととりかこむように配置された、国内外の人脈だ。家伝継承者の掟やぶりとアヤメメソッドの拡散事情がラリー・タイテルバウムの述べた通りだとすれば、「この外側」とは神町をとりまく世界ぜんたいとほとんど同義であり、菖蒲家につながるネットワークはそのまま「秘術の心得がある」ひとびとを意味してしまうことになるわけだ。

「どういうことなのそれ。菖蒲家は、アヤメメソッドを餌にして全世界から協力者をあつめてたってこと？」

「可能性のひとつとしてはそういうことも考えられます」

「それがマジなら、アメリカに技術供与するのは先代が拒否したのに、当代の菖蒲みずきは率先して情報公開して秘伝の中身を世界中にばらまいたってわけ？　どういうつもりで？」

「たぶん、今のこの状況をつくりだすためでしょう」

「なら、ここではいおしまいってわけじゃないよね」

「どこにゴールを設定しているのかはさだかでありませんが、なんらかの遠大な計画に沿って何年も前から菖蒲家が動いているのはまちがいないでしょう」

「ホテルの開業も関係あるんだろうし、なんかますます抜かりないって感じで気が遠くなってくるな」

「だからといって思考停止はいけません。それにどれも疑惑の段階で、事実と確定したわけではないのですから」

「しかしさあ、これに加えて菖蒲家は核爆弾まで手に入れたのかもしれないって、そんなのもうスペクターとかと変わんないじゃん」

「でもここにボンドがいるじゃないですか」

「ああ、はいはい」

「いずれにしても、そういう動きの先にある目的がなんなのかさえ突きとめられればいいんです。目的がわかれば、阻止する方法も決まりますから」

「だとしても、それこそがいちばん至難のわざなんじゃないんですか？」

「それとは？」

「スペクターの目的を突きとめることですよ」

同意しているということなのか、ラリーは言葉をかえさなかった。阿部和重も応答をせっつかなかったことから、音量のつまみをくるりとまわされてフェードアウトしたみたいに、インベスティゲーション・ボードを見つめるふたりのあいだでしばし無言がつづいた。

菖蒲家の広範な人脈に眺め入るのはこれで何度目かになるが、悪の組織にまつわるさまざまなフィクションの一場面が思い浮かび、それだけで映画いっぽん観てしまったような気分にひたれそうだった。が、現状で映しだされるエンディングは大団円とはほど遠いものだ。ハッピーな結末をもとめるあまり、続篇に続篇を重ねて永遠に脱けだせなくなってしまいかねないと阿部和重はおののき、会話を再開させて当初の話題にもどした。

「整理すると、程度の差はあるにしても、ひとをあやつれるような人間が敵方に大勢いるってのはかなり深刻だから、それが事実かどうか早いうちにはっきりさせておこうとしたってこと？」

「ええ。見わたすかぎりアヤメメソッドの使い手だらけというのはそうとうに厄介ですし、ここまできて足をすくわれるわけにはゆきませんからね」

「東京支局長もそのひとりってことになるの？」

「そうかもしれないと、アレックスが書きのこしていたのです」

「でもどうなのそれ。秘術の心得があるってどんなレベルの話かは知らんけどさ、よくよく考えてみるとちょっと信じられないな。だって、会得するのはそんな生やさしいこっちゃないって手記にもさんざん書いてあったじゃん。ここに写真か名前があるのって、役人とかロビイストとかＮＧＯとかの連中なわけでしょ？　みんなあの虐待まがいの修行をやりきったってわけ？　継承者が奥義きわめるのだって何年もかかって死にものぐるいだったような修行を？　いくらなんでもそりゃ無理でしょう。ほかはともかくそこの部分は『壊れたひと』の妄想とかなんじゃないの？」

「アレックスは詳細をメモに残していないので、そのあたりのことは不鮮明です。おっしゃる通り、彼の妄想という可能性もなくはない。ですが、われわれとしては――」

「事実かもっていう見こみを捨てられなかったと。そう思いたがる根拠はなんなのよ」

「まず、現時点で明らかになっているのは、ヒーリングサロン・アヤメや菖蒲リゾートには上級顧客向けのスペシャル・プログラムなるものが用意されていて、表むきにそれは完璧なトラウマ克服法や強力なセルフコントロール術の習得と謳われているのですが、実態はアヤメメソッドのビギナークラスを受講する七日間のカリキュラムだということです」

「ビギナークラス？　七日間のカリキュラム？　えらいカジュアルじゃん」

「だからまあ、フルパフォーマンスを発揮できるようになるわけではなく、あくまでアヤメメソッドのほんの一部を教わるだけなんでしょう。これはわたしの想像ですが、テクニックのひとつかふたつを学んで、ちょっとした催眠術を使いこなせるくらいにはなれるのかもしれません。仮にそうだとすれば、虐待まがいの修行なんて経験せず、保養がてらの七日間のカリキュラムでだれもが身につけられるようになるというのも、信憑性のある話に思えませんか？」

そのラリーの推測に耳を傾けるうち、阿部和重の脳裏にはＶＩＰルームのまっ白い室内でのひとときが呼びおこされていた。レクター博士みたいな男にしつこく会話に誘われたすえ、わが身に起こったあれを果たしてどうとらえるべきなのか。あれというのはすなわち呼びかけに釣られてついうなずいてしまったことなどだ。あの首肯はおれ自身の意志ではなかったはずだ。握った両手がたちまち汗にまみれてゆくのを感じつつ、四五歳六ヵ月のクラリス・スターリングはみずから口を開いてこの事実を認めざるをえなかった。

「言われてみればおれさっき、軽くあやつられてたような感覚あったわ」

「ジミーに？」

「うん」

「軽くあやつられてたというのはどの程度？」

「軽くは軽くですよ」

「監視映像からは特にそういう印象は受けなかったのですが、こちらの指示にないことをやってしまっていたという自覚はありますか？」

「ええまあ、多少は」

「無理矢理なにかやらされた？」

「どっちかっていうと、それはラリーさんに言われてだけど」

「自分自身の意志に反するような行為は？」

「それもラリーさんだな」

「ではジミーにあやつられたという感覚は、どういうところでどんなふうに？」

「いやほら、しゃべりかけられてもこっちはずっと無反応でいなきゃならなかったのに、彼があんまり親しげに準備はいいかなとか訊いてくるからさ、反射的にうんてうなずいちゃったんだよね」

「それだけですか？　ほかには？」

「むつかしいな。催眠術にかかったひとみたいに、いきなり鶏の真似とかはじめたわけじゃないし、あやつられちゃったなあっていう感覚があるだけだから、これといって説明できるほどのことはないですね」

「なるほど」

「それよりラリーさん」

「なんです？」

「今になって気づいたんだけど、要するにあのときのおれって、あんたらのためのモルモットとかカナリヤみたいなもんだったわけ？」

ラリー・タイテルバウムはにわかに日本語わかりませんみたいなすっとぼけた顔になり、「どういう意味？」と聞きかえしてきた。

「だからさ、東京支局長を尋問するのにアヤメメソッドの使い手かどうかたしかめとかなきゃならないから、先におれを毒見役に差しだして見きわめようとしたってことなんでしょ？」

「単純に言えばその通りよ」

とうとつに女性の声が聞こえてきたので開けっぱなしのドアのほうを見やると、エミリー・ウォーレンが学校の先生みたいにすたすた歩いてきた。男たちがいる窓辺で立ち話をする気はないらしく、ベッドのはしっこに腰をおろした彼女はこうつづけた。「だからわたしは反対だったけど、無事に済んだし成果もゼロじゃなかったからよしとするわ」

ベッドに座って足を組むと、本題に入る前にという具合にエミリーは阿部和重と目を合わせてきて、映記は麻生未央と一緒に従業員控室のテレビで教育番組を見ていると知らせてくれた。属国人男子としては、今しがた判明した人権侵害被害のせいで新たなもやもやをふくらませつつあり、勝手に「よしとするわ」などとかたづけられてかちんときたところだったが、結局これもうやむやとなってクレームをつけるタイミングを逸してしまった。息子の現況をさらりと報告される不意撃ちを食らった父親は、その安心感で出ばなをくじかれてしまい、そうこうするうちに宗主国男女はさっさと次の話題へ移っていたのだ。

●

ジェームズ・キーンの尋問に支障はないというのがエミリーの見解だった。もしも彼がアヤメメソッドのビギナークラスを受講していたとしても、こんな民間人の中年男ひとり意のままにできず拘束ベルトひとつはずせなかったのだから、たとえ秘術の使い手だろうとなんだろうと底が知れているというのだ。依然カジノバーのVIPルームに閉じこめていることに変わりはないが、拘束具の類いはすべてとっぱらってあらためて彼に食事と飲み物をあたえてやったと黒髪ボブの同僚が述べると、それはさすがに気が早いのではないかとラリーが即座に不服を申したてた。

「彼の拘束を解くのはわたしの尋問が終わってからという約束だったはずだが」

「ええそうね、おぼえてるわ」

「ならなぜ？」

「言ったでしょ、彼は危険じゃない。それにあれはどう見ても虐待よ」

「わたしは賛成できないな。エミリー、監察官の顔でもちらついたのか？　のちの調査を想像しておびえているのかもしれないが、こういうのはもっと慎重に進めるべきだ。たった一回の早合点が命とりになるかもしれないんだぞ」

「お言葉だけど、あの変態趣味の行きすぎた拘束こそがあなたやわたしがおびえている証拠だとジミーに見すかされるとは考えないの？」

「あのジミーにそこまでの余裕はないだろう」

「余裕がないのはあなたのほうよラリー」

またこの展開かようんざりした阿部和重は、雲ゆきがあやしくなってきたふたりから離れようとしてさらに窓へ近より映画に逃げこもうとした。ところが今回はそれもうまくゆかない。菖蒲人脈の顔写真にふたたび眺め入りながら自分だけの『ラ・ジュテ』でも脳裏に組み立ててみようかと思うが、好奇心旺盛な聴覚がどうしても現役ＣＩＡの生トークをひろってしまうためだ。

「わたしに余裕がないのは認めるよ。なにしろ時間がないからな。しかしきみが急に腰がひけたみたいになっているのはなぜなんだ？　あの部屋で彼とふたりきりになったときになにか持ちかけられたのか？」

「本気で訊いてるの？　バカらしい、あなたやっぱりおかしいわよ」

「わたしだって今さらきみを疑いたくはないさ」

「それならまずあなた自身がこの状況を冷静にとらえなおすべきよ」

「ああそうかもな、まあ、そうなのかもしれない――」

「ここで仲間割れしてどうするわけ？　慎重に進めろと言ってる自分自身が性急にやろうとしてるってことにあなたは自覚的になるべきよ」

「それもそうだな、OK、気をつけよう」気の短い四六歳も少しは成長したのか、意外にはやばやと口論をおさめるつもりかと思われたが、それでも声音は露骨に心なく響いている。その理由はこれだと言わんばかりに、ラリーは次なる質問をぶつけてなおも同僚を責めたてようとしていた。「ところでエミリー、大使はきみになんと言ってきてるんだ？」

「今日はまだ連絡をとってないけど、なぜ？」

「今のきみに指示できる人間は彼女だけだからだよ」

「わたしが怖じ気づいたんじゃなく、大使からストップがかかったんじゃないかと勘ぐってるわけね」

「きみの報告いかんによってはそれもありうる話だ」

「安心して。CIA東京支局長をラブホテルの地下に閉じこめて、性倒錯者の顧客が愛用していたボンデージで拘束しながらジャパニーズ・ホラーのオーディオブックを聞かせているなんてことは伝えちゃいないから」

ふたりが話題にしている「大使」とは、キャロライン・ケネディ駐日大使のことだ。エミリーとラリーをのぞけば、連邦政府が現在この国に派遣している外交官のなかで唯一、ジェームズ・キーンの拘禁状況と菖蒲家をめぐる調査内容を把握している人物でもある。

アレックス・ゴードンの置きみやげにたどり着いて以来、国家反逆罪容疑者たる直属上司のもとで真意を隠して仕事に取り組みつつ、喉から手が出るほど味方をもとめていたエミリー・ウォーレンは、昨二〇一三年一一月一九日火曜日のキャロライン・ケネディ駐日大使の着任を千載一遇の好機と受けとめた。

国内外の菖蒲人脈を網羅しているインベスティゲーション・ボードには、新駐日大使と結びつくような人間はひとりもいない。大使自身、政治や外交の分野で働いてきたわけではなくその力量も微妙視されている素人であり、しょせんは大統領選の論功行賞で就任したにすぎないお飾りと目されてすらいる立場ゆえ、今の菖蒲家にとって利用価値はなかろうし、過去にも同家関係者が接触をはかった可能性は低いと見られた。

したがって、この新大使ならば菖蒲家監視任務の行きづまりを打破するキーパーソンとなりうる。日本に目下潜在する脅威を正確に伝えうまく彼女を説き伏せられれば、支局長の頭ごしに情報を共有しつつ、内々で作戦の許可をえられる状態をつくりだせるかもしれない。エミリーはそう期待したという。

新大使キャロライン・ケネディが、バラク・オバマとの個人的なつながりを持っていることもおおきな利点だった。これにより、菖蒲人脈の汚染が疑われるＣＩＡ本部《ラングレー》や国家安全保障会議《ＮＳＣ》を通さずに、大統領へじかに報告をあげられるはずだとエミリーは考えた。菖蒲家やジェームズ・キーンもそれに気づき、なんらかの策を講じてこないともかぎらないことから、新大使に神町の現状を理解させるまでの一ヵ月間はプロトンポンプ阻害薬やジアゼパムが手ばなせず、体重が八ポンド近くも減ってしまった。よいダイエットになったと彼女は笑っていたが、胃痛じたいはいまだにやむ気配がないようだ。

　そうしてむかえた翌二〇一四年、エミリー・ウォーレンはついに孤独ではなくなった。彼女の味方となったキャロライン・ケネディ駐日大使は菖蒲家ファイルに目を通し、同家の歴史とアヤメメソッドとはなにかを知り、その人脈が連邦政府に浸透している現実も頭に入れ、ＣＩＡ東京支局長に対する強い警戒姿勢で結束した。

　ふたりは不定期ながら日曜日に極秘のミーティングを重ねてゆき、菖蒲家の危険性をどのようにして伝えれば大統領がこの深刻な事態への対処を決断するだろうかと模索した。経験の浅い素人の新大使だけに、キャロライン・ケネディは明らかなおよび腰になることもしばしばあり、外交問題への発展もおそれるあまり、日本政府にも反論の余地を残さぬ決定的な脅威の証拠を提出できなければオバマ大統領には報告できないと言いつのった。そんな証拠はどこを探しても転がってはいないため、足踏み状態がつづくばかりだったが、それでも孤立無援だった去年よりははるかに増しな状況になったとエミリーは思っていた。

そうした経緯をたどり、駐日大使のバックアップをえられたからこそ、エミリー・ウォーレンは直属上司の拘禁に踏みきることができたようだ。ジェームズ・キーンの消息がとだえたことが支局や大使館内で問題視されず失踪事件とあつかわれずに済んでいるのも、ひとえにキャロライン・ケネディのとりはからいによるものだ。

しかし大統領と親しい著名な政府高官による支援にもやはり限界はある。

CIA東京支局長が連絡のとれない土地に出張しているという大使じきじきのいつわりの弁は、とうめんは「機密に関わる任務」のひとことで守られるだろう。が、公的には駐日アメリカ合衆国大使館一等書記官という肩書きを持つ連邦政府職員との音信不通が長びけば、やがてそれを不審視し実情を調べだす部下があらわれかねない。

そのため気が気でない日々を送っている素人大使としては、これ以上の不正を働くのに尻ごみしているところもないではない。キャリアに目だつ傷がつかぬうちに、彼女が手をひいてしまうこともじゅうぶんにありうる——そんな現状なのだと、エミリーは昨日のうちに説明してくれていた。

「それで大使はなんと言ってきてるんだ?」

「だから今日はまだ連絡をとってないと——」

「わたしは今日のことなんて訊いちゃいないよ、昨夜だ——きみは電話で大使と話しているだろう? そのときに彼女はなんと言っていた?」

空手家の気合みたいにエミリーは「はっ」と発してあきれ笑いを浮かべたが、それにつづいてこうべをたれると数秒ほど表情を隠すようにした。次に見せたのは、どこかあきらめまじりにも映る真顔だ。にらみつけるようにラリーと目を合わせた彼女は、声をいちだん低めてこんな事実を明かした。

「大使はこう言っていたわ。今回の訪日日程から神町訪問をはずすべきだと大統領に直接進言したけど駄目だった、聞きいれられなかったって」

「なんだって」

「理由はよくわからないけど、大統領自身が神町訪問に不思議なくらい積極的になってるらしいのよ。だから予定を変更することはありえないと」

「それは神町訪問というよりも、国会でやる演説のほうではないのか？　つまり新築された議事堂でおこなわれる最初の国賓演説にオバマは意欲的になっているという――」

「いいえ、この町を訪れることじたいに彼はこだわってるようなの。どんなに言っても大統領からはＮｏしか答えがかえってこなくて、話をすぐに切りあげられてしまったと大使は落胆していたわ」

「神町訪問を見おくるべき理由を大使はどう説明したんだ？　大統領はなにもかも承知のうえで予定を変えないと言ってきているのか？」

「ええもちろん。現時点でわたしたちがつかんでいる情報の主だったものは、大使はすべて報告したそうよ。菖蒲家の危険性を大統領にどう伝えるのが最も適切なのか、数ヵ月かけてわたしとじっくり話しあってきたわけだから、それに関して大使に落ち度があったとは思えない」

「ほんとうにすべて報告したのか？　戦術核のこともふくめて？」

「そうよ」

「信じがたい話だな――なら補佐官はどうなんだ、デニス・マクドノーはなんと言ってきている？　大使は彼にも話しているんだろう？」

「Eメールで問いあわせたそうだけど、短い返信があったきりみたい」

「どんな？」

「わかるでしょ、この決定に変更はありませんとか、そんな内容よ」

「いったいどうなっている」ラリー・タイテルバウムがこれまでになくあたふたしているため、聞き耳を立てている野次馬にもひじょうな切迫感が伝わってくる。「大統領自身が積極的？　国会が移転されたというだけの、フルーツづくりしか能がないただのスモールタウンなんだぞ？　こんな名ばかりのとるにたらん町のどこに、アメリカの最高司令官が視察にくる価値があるというんだ？」

「大使もいぶかしんでいたわ。広島や長崎と勘ちがいしてるんじゃないかと思って訊きかえしてみたけど、大統領ははっきり“JIMMACHI”と発音していて、つづけて“OSANAGI-YAMA”とも言っていたから誤解ではなかったと」

「待ってくれエミリー、“OSANAGI-YAMA”だって？　なぜバラク・オバマが縁もゆかりもない若木山のことを知っている？」

「資料に書いてあった言葉を読みあげたんじゃないかとわたしは思ったけど——」

「かもしれないが、そうではない可能性だってある——」

「もしもそうではないとして、なにかひっかかることでもあるの？」

「きみとサッカースタジアムで会った前日、若木山のふもとでシークレットサービスと出くわしてね」

「事前調査でしょ、なにもおかしなことじゃないわ」

「それはそうなんだが、連中はかなり入念に若木山そのものを調べていたようなんだ——」

だしぬけに生トークがとぎれ、視線を感じて振りかえると、おまえもひとこと添えろやと要求するアイコンタクトがラリーから送られていたことに阿部和重は気づく。スパイ映画の典型的現地協力者はいかにも従順にうなずきながら体の向きを変え、四月一六日水曜日に目撃したメン・イン・ブラックについて軽く補足してやる。

「若木山で見かけたのは四人かな。あちこち見てまわってる感じで長い時間いたみたいだし、防空壕のなかとかもチェックしてたくらいだから、若木山そのものを重点的に調べてたのはまちがいないと思うけど——」補足はここでおしまいのつもりだったが、黙ってこちらをにらんでいるエミリーの目が「それで？」とつづきを催促しているような気がして阿部和重はさらにこう言いたした。

「無駄な遠まわりになっちゃうのに、あそこらへんを理由もなく空港から議事堂までの通行ルートにふくめるってのは考えにくいから、大統領ご一行はあえて寄り道して若木山見物でもする予定を立ててるんじゃないの？」

述べた当人としては的確な指摘に思えたが、プロの反応はいまいちだった。典型的現地協力者の自説など聞いちゃいないとでも言いたげに、エミリー・ウォーレンはあざけりまじりのまなざしとともにこんな問いを放ってきた。

「だとすると、明治神宮や科学未来館にもひけをとらないくらいに見るべきものが、あのちっぽけな山にもあるとホワイトハウスが判断したということになってしまうけど、そう言いきれる根拠でもあるわけ？」

ぐうの音も出ないいやみであり、股間に全力投球を食らったような重い痛みをおぼえたが、それでもひとりの敗戦国人たる神町出身者としてはせめてこう言いかえさずにはいられない。

「さあね。あとであげ足とられたくないから、てめえんとこが七〇年前に爆撃して穴ぼこ空けた山もついでに見といてやろうとか、そういうことなのでは？」

返答がないのは、こいつとやりあっても埒が明かないし単に無益だと思ったからなのか、エミリーの瞳はすでに阿部和重には向けられていない。ぼんやり虚空を見つめている彼女は、自問自答するみたいになにやら英語でつぶやき首をかしげている。

「なんつってんの？　日本語で言ってよ」

エミリーはちらりとだけ阿部和重と目を合わせると、彼にではなくラリーに対して日本語で問いかけた。

「広島や長崎ならともかく、余計な邪推を招く割には政治的にえられるメリットなんてないにひとしいはずなのに、それでもわざわざあんな山に立ちよるものかしら？」

ラリーの意見はこうだった。

「今となってはもうなんだってありうるぞ。わたしはだんだんそんな気がしてきたよ。なんだってありうるんだエミリー、マトリックスのなかみたいに。常識が通用しないことだらけなんだから、バラク・オバマが若木山を訪れたがっているという不可解も素直に受けとめなきゃならない。これはそういうことなんだろう。その裏では菖蒲家が雇ったロビイストのおおがかりな働きでもあったのかもしれないし、あるいは逆に、オバマ自身が資料を眺めているうちにたまたまあの山に興味を持ったというにすぎないことを、事情を知らないわれわれが勝手に過大視してしまっているのかもしれない。どちらにしても、ホワイトハウスの意向なんか掘りさげてみたところで時間ばかりとられて事態の核心からは遠のいてしまいそうだ。われわれは神町に集中したほうがいい。ここで突きとめるべきなのはあくまで菖蒲家の思わくだよ」

能弁をふるううちに得意げな物言いになっていったラリーは、言いおえた今はしたり顔をして毛のない頭頂部をいっぽん指でぽりぽりかいている。後輩職員に案外いい忠告ができたと満足感でも味わっているのかもしれないが、そこへ今度は阿部和重が素朴な疑問を投じて熟練ケースオフィサーをいらだたせる結果となった。

「でもラリーさん、なんであのとき直接シークレットサービスのひとたちと話さなかったの？　外に出てだれかに見つかりたくなかったんなら、おれが彼らに頼んでアルファードまできてもらえばよかったわけじゃん」

気分を害されたらしいラリー・タイテルバウムはまず、回転マネキンみたいにゆっくりと阿部和重のほうを向いて微笑んだ。次に彼は、そんなくだらないことを今さら訊くなと顎下あたりに字幕を表示させているかのような目つきでこう応じた。

「信用できる相手だと確認がとれたわけではないですし、無用な面倒をかかえたくなかったからですよ」

「面倒って？」

「彼らと接触すればひともんちゃくあるのは目に見えていますから」

「おなじ政府職員どうしなのに？」

「信頼性を裏づけるものがなければ肩書きなどなんの保証にもならないというのが現在の状況じゃないですか」

「でもシークレットサービスだよ？」

「ではここでとっておきの真実を阿部さんに教えてさしあげますが、彼らは例外なく融通が利かない連中なんですよ。おまけに鼻持ちならない差別主義者も少なくない」

「つっても善意の情報提供者には耳くらい貸すでしょ？」

「貸さないでしょうね。潜在的な脅威の排除につとめる彼らは不確定要素をなによりも忌み嫌っていますから、むしろにらみかえされて不審者リストに入れられるだけです。阿部さんは彼らからすれば、調査現場にとつぜんあらわれたえたいのしれない中年男でしかありません。そういう人間が至近距離まで近づいて話しかけてきたら、彼らはただちに拘束して日本警察にひきわたしてしまうでしょう。わたしだって一緒にいたらおなじ目に遭っていたかもしれない」

「大袈裟な」

「ありえない話ではないですよ」

「でもさ、大統領の安全確保やテロ攻撃の阻止っていう目的は大枠で一致してるはずだし、緊急事態なんだからそこは折りあいつけて臨機応変に協力しあうってわけにはゆかないの？　それでもしぶとくセクショナリズムが邪魔して連携なんか無理ってこと？」

「現場の人間どうしでは無理ですね。彼らはわたしのことを知りませんし、こちらもそう簡単に身分を明かすわけにはゆきませんから」

「こまかいことは抜きにして、もっとこう、気さくに接してこっそり話しあってみればいいじゃん」

「あの連中にはそんなゆとりなんてないんですよ。阿部さんのつまらない冗談なんて絶対に通じませんから、下手なこと言ったら即刻シグザウエルを突きつけられるだけですよ」

「またそんな」

「彼らは本部の指示しか受けつけませんから、酒でも飲ませないと返事もしないでしょうし、高官があいだに立たなければ意思の疎通も情報の交換もままならない。そもそもオバマ大統領とだってうまくいってるのかさえあやしいところがあるくらいです」

「ほんとかなあ。シークレットサービスといえばひときわストイックで献身的な役職ってイメージだけど」

「実態はフラストレーションのたまり場ですよ。先月もアムステルダムに派遣された何人かが、酔いつぶれて休職処分を受けたと報道されていたでしょう」

「でもそんなのひと握りでしょ」

「ひと握りでもいれば深刻です」

「なんで？」

「いつも張りつめている彼らが、はじけるとつい度を超してしまいがちになるのだとすれば、それはつけいる隙が生まれやすいということを意味しますから、アヤメメソッドの格好の餌食です。菖蒲家の人脈汚染がＣＩＡ本部にまで達している疑いがある以上、国土安全保障省だってクリーンとは言いきれない現状なのですから、どこでだれに誘惑されているかわかったもんじゃない現場の連中にはいっそう注意をはらうべきです」

ようやく自問自答に決着がついたのか、ここでエミリーが割りこんできた。

「今にして思えば、シークレットサービスが二年前にコロンビアで起こした集団買春スキャンダルは吾川捷子が関与していたのかもしれないという気がするわ」

「カルタヘナの米州サミットだったな。たしかヒラリー・クリントンがナイトクラブで羽目をはずしたのもあのときだ」

「仮に吾川捷子が関わっていたとして、菖蒲家の浸透工作がそのとき成功したのか失敗したのか今のところはさだかでないけれど、人脈づくりの機会に利用された可能性はありそうね」

「だとするとやはり、若木山を調べていた四人も菖蒲家の息がかかった連中だったのかもしれないわけか」

「さすがにそこまではないと信じたいけど――」

「しかしわれわれは今後、そういうこともありうるという前提で動かなくちゃならないのはたしかだ」

「それはそう」

「しかし次から次へと、厄介事のオンパレードだな」

●

山形空港北側駐車場に停めたトヨタ・アルファードの運転席で午前中のやりとりを思いだしているうちに、一〇分かそこら安静にしているつもりが気づけば乗車して二〇分が経とうとしていた。結局、なにも考えずじっとしていることなどできなかったから、復調を果たせたという手ごたえはみじんもなく、身動きするのもまだまだ億劫だが、そろそろ帰らねば米帝男女にどやされかねない。

ジュニアシートのパイロットはジャンボジェット機をおなかのうえに着陸させてスリープモードに入っている。くたびれはてて休んでいる父親を気づかい、静かに遊んでいたらいつしか寝入ってしまっていたとは敏くて親思いの三歳児だなあ、などと盛りあがりたいさもしい親心がまたぞろ湧いてくるが、むろんそれは願望でしかないのですぐさま腹の底へと封じこめる。ふわあといっぱつ欠伸をしてから阿部和重はパーキングブレーキを解除した。

ＰＥＡＣＨにもどったのは午後四時をまわった頃だった。炊事係が晩飯の支度をはじめるには少し早いから、現役ＣＩＡらが毎度のごとく口げんかでもしていなければいいがと祈りつつ、おねんねちゅうの映記を抱っこしたままいったん三〇三号室へ向かって様子をうかがうことにする。

空気の悪さを察するのには数秒もかからない。十八番の口論を演じているわけではなかったが、息づまるような沈黙がふたりの職務の行きづまりをありありと伝えてきていた。液晶テレビをつけっぱなしにして、午前中とは反対にラリーがベッドに腰をおろしてエミリーが窓辺に立って押し黙っているが、もともとがカップルズホテルとかアミューズメントホテルなどと呼ばれていた宿泊施設の一室だからといって、当然ながらふたりしてポルノ鑑賞に興じたり脳トレゲームに没頭していたりするわけではない。

液晶テレビが映しだしているのは一時停止中のビデオ映像だ――屋外テラスのカフェ

でひとりテーブルについている、クライヴ・オーウェンみたいな顔だちの欧米人男性を近距離からとらえたひとコマが画面上でフリーズしている。ほんもののクライヴ・オーウェンではなさそうだし、インベスティゲーション・ボードの顔写真のなかにも該当者は見あたらないが、いったいなにものなのだろうか。

「これどこのカフェ？　この近所ですか？」

おかえりなさいのひとことも言ってもらえぬ使い走りが自分からそう問いかけてみると、ラリー・タイテルバウムが微笑みを浮かべて「ええ、そうです」と答えた。これは要警戒だぞと阿部和重はみずからに言いきかせる。この男が微笑むのは息を吸うのにひとしい習慣のひとつにすぎないが、今の流れでひとことと目からこちらの歓心を買おうとするのは先走った真似に思えるし、よこしまなねらいがそこに隠されている気もするためだ。今度はおれになにをさせようともくろんでいやがるのか。

「テレビに映っているのはアーサー・アチソンというイギリス人です。一九九八年に設立されて世界のあちこちに事務所をかまえる民間軍事会社の幹部というのが彼の表むきの身分ですが、別の顔もいろいろと持っている男です」

「別の顔、たとえば？」

「小説家の想像力を働かせてみてください」

「今さらもったいぶんないでよ」

「たとえば軍需品売買のブローカーです」

「いわゆる死の商人的な？」

「ええ」

「クイズにするほどの意外性ないじゃん。どうせ裏で違法な取引にも手を染めてるっていうんでしょ」

「おっしゃる通りです」

「そういうひとがなんで神町くんだりまできてお茶なんか飲んでるわけ？」

「小説家の想像力を働かせてみてください」

「だからクイズはいいってば」

「阿部さんに答えてほしいんですよ」

「なんでよ」

「お願いします」

「そんなのあれでしょ、菖蒲リゾートのヒーリング体験ツアー目あてとか、そういうことでしょ」

「はんぶんはあたっています」

「はんぶん？」

「彼の宿泊先は菖蒲リゾートで、ヒーリング体験の予約も入れているようですが、それが神町にきた目的ではありません」

「なら商売のほうだ。武器取引ってことね？」

「わたしたちもそれを疑ったのですが、ちがったんです」

「じゃあ降参、もういいでしょ」

「ほんとうにわかりませんか？」

「しつこいねえ。だいたいさ、あんたらがまちがえるようなこと、おれにわかるわけないじゃん」

「なにも聞いていませんか？」

「はあ？　だれに聞くんだよ」

「心あたりはない？」

「ないない、なんでおれが知ってると思うわけ？」

「映画がらみだからよ」見かねた様子のエミリー・ウォーレンがそんなひとことを放ってきた。

「映画？　映画祭でもやってんの今？」

「ちがいます、映画というのは川上さんの作品のことですよ」言いながら、準軍事訓練でひと殺しのテクニックを身につけているはずの巨漢が立ちあがり、格闘家が圧力をかけるみたいにじわじわ距離をつめてくるが、こまったことにちっとも目が笑っていないからおふざけなどはひかえたほうがよさそうだ。「アーサーは、川上さんが監督している映画にミリタリーアドバイザーとして関わっているようなのですが、阿部さんはほんとうになにもご存じない？」

ラリーがさっき微笑んだわけがここにきてなんとなくつかめてきた。妻の監督作に参加しているというそのアーサー・アチソンなる軍事専門家について、知っているくせに知らないふりをしているのではないかと彼はこちらに疑惑の目を向けているのだろう——すなわち、ラリー・タイテルバウムはますます見さかいをなくし、とうとう命の恩人たるこのおれまでをもブラックリストに加え、敵とひそかに通ずる裏切り者なんじゃないかと勘ぐりはじめたわけだ。もちろん知らんぷりなんてしちゃいないし、民間軍事会社に籍を置きながら軍需品の違法取引にたずさわったり映画製作の手だすけをおこなったりするイギリス人なんてまったく初耳の存在である。

そんなことは、一ヵ月半ずっと顔を合わせてきたてめえがいちばんよくわかってんじゃねえのかよ、とラリーに食ってかかりたくなるが、ふたりのケースオフィサーがどんな情報にもとづいてつめよってきているのかさだかでないため阿部和重は慎重になる。果たしてこの場合、どう応ずるのがわが身の潔白を証明する最適の方法なのか。それにしても重たいなあ、などと心でつぶやき、眠りこんでいる息子を抱っこしている腕力が限界に達しつつあるのを感じている四五歳六ヵ月の男は、もうろくしかけたおのれの頭をフル稼働させて正解を探った。

「あ、そういやさっき」フル稼働の甲斐あって、山形空港のカフェで耳にした山下さとえの愚痴めいたおしゃべりの一節が思いだされた。「ガイジンの技術スタッフも呼んでるって言ってたわ」

「だれがです？」そう訊いてきたラリーの表情は心なしかにやついている——こちらの返答の中身をとうに知っていたかのような顔つきだ。

「山下さんていう、川上のアシスタントですよ。空港のカフェで会ってきたひと。彼女がちらっとそんなこと言ってたわけ」

「つまりついさっき聞いたばかりの話だと」

「ええ」

「ちらっとですか」

「そうですよ」

「ほかはなにもご存じないと」

「だからそうだっつってんじゃん。別にこっちが意図して聞きだしたようなことでもなくて、ガイジンの技術スタッフって向こうが言ってきたのが耳に入った程度でね、そのアーサーなんとかってひとかどうかもわかんないくらいの話だし、それをなんか隠しごとでもしてたみたいに言われんのは正直たいへん心外なんですけど」

一歩しりぞいたラリーが振りかえり、窓辺のエミリーと無言で目を合わせている——まぎれもなくアイコンタクトだが、その答えとしてなおもこのおれに濡れ衣を着せて有罪判決などくだそうものならほんとうに敵方に寝がえってやろうかと阿部和重は思う。

数秒もしないうち、今度はエミリー・ウォーレンがめずらしく微笑みながら近よってきた。アイコンタクトの結果なのだろうが、ユマ・サーマン似のケースオフィサーがおいでおいでするみたいに伸ばした両手をこちらに差しだしてきたのでハグでもしてくれるのかとどきどきし、アラフィフの妻子持ちは直立不動になってしまう。

が、ユマ・サーマンによるハグは早とちりだと判明するのにも数秒もかからない。抱っこしていた父親は気づかずにいたが、ジュニアシートからオートパイロットで運ばれてきた若き機長がいつの間にかぱっちり目ざめていたらしく、エミリーはアラフィフのほうではなく当の三歳児に向かって微笑みかけていたのだと知る。ママとおなじヘアスタイルのアメリカン・レディーを映記はみずから抱きよせるようにして止まり木を移り、ぎゅうしてもらっている。そのとき背後にひとの気配を感じて阿部和重が振りむいてみると、開けっぱなしのドアを通って麻生未央が歩みよってきたところだった。

「また屋上に行ってみる?」

「行く」

「寒いといけないから上着も持ってこうね」

「犬は?」

「つれてく?」

「うん」

そんなやりとりをかわしつつ、父親がななめがけしているメッセンジャーバッグにつっこんであったボーイング747をとりかえすと、映記は麻生未央とともに三〇三号室を出ていった。

神町最後の俠客と三歳児は、この二日のあいだにすっかりなかよしになったようだ。マルチーズの存在がふたりのかけ橋となったのはまちがいあるまいが、それだけとも思えぬほどに息子が彼女に心を許しているふうに見えるのは、地元裏社会を長らく牛耳ってきた麻生一家の代紋を、長女の立場でやむなくひきつがざるをえなかったという三代目会長の放つ、独特の深いやさしさゆえなのだろうか。あまたの修羅場をくぐり抜け、すいもあまいも嚙みわけた者にしか示しえない人情というのがあるのかもしれない気さえしてきて、わが子をあずける者としてはつい手のひらを合わせてしまいそうになる。

「彼女も空港にいたのよ。あなたたちの会話をこっちへ中継するために」

エミリー・ウォーレンがいきなりそんな水をさすような事実を明かしてきた。せっかく任俠メロドラマの空想にひたってなごやかな心地になっていたというのに台なしだ。聞きずてならぬ発言に「は？」とかえした阿部和重はすかさず率直に問いかける。

「彼女にあとつけさせて、おれがしゃべった内容を盗聴させてたってこと？」

「そうよ」おそろしいまでに悪びれる様子がないエミリーはさらにこうつづけた。「時間がないからぐずぐずしちゃいられないでしょ」

「あのさあ――」

「阿部さん、わかってください」

ラリー・タイテルバウムがここぞとばかりにかわいらしい上目づかいをして横から口をはさんできた――阿部和重がただちに言いかえそうとすると、かわいらしい上目づかいの四六歳がひとあし先に言いわけの弾幕を張った。

「われわれとしてはあの男を見すごすことはできません。よりによってこんな時期に、アーサー・アチソンが神町にあらわれて、川上さんの撮影クルーに加わっていると知ったからには、まんがいちの可能性も考えて確認に動かざるをえない。つまりはそういうことです。阿部さんを疑いの目で見ていたわけではありません。あいにくこちらは今、ひと手がたりず、とれる行動もかぎられています。そんななか、アーサーの言い分の裏をとらなければならないとなると、こういういやな手段を使うしかなかったわけです。わずかなチャンスも無駄にはできませんから」

阿部和重は腕を組んで黙りこみ、眉間に皺を寄せつつ無理に感情を抑えつけているようには見せているが、頭のなかではすでにけりがつきかけていた。これまでラリーもエミリーも、たがいにさんざん疑りあってきているわけだから、このおれだけ例外視しろというのは虫がよすぎると認めざるをえないためだ。ぱっとすぐ、そんな自制が働くようになったのは、われながら属国人根性が板についてきたせいだろうか。それも癪にさわるが、しかししょせんは面目に関わるとかいう程度の自意識の問題でしかないのだから、とりあえずは不問にふそうと気持ちを切りかえる。

「別にいいけどさ、それで、確認したいことってのは全部クリアになったわけ？　おれは川上班の現場にミリタリーアドバイザーなんつうスタッフがいるとまでは聞いてないから、そのアーサーなんとかがほんとに撮影クルーの一員かどうかは保証できないよ」

阿部和重の眼前からすっと離れておもむろにベッドへ腰をおろしたエミリーが、足を組みながら平然と答えた。「あなたの保証なんていらないわ。撮影現場で彼が実際に仕事してる姿はわたしがじかに見ているから」

「あ、そう」

「ええ」

「つうか、だったらさっきの盗聴の件は、やっぱりおれを疑ってたってことじゃん」

ラリーがとっさになにか言いかけたが、エミリーのこのひとことのほうが早かった。

「そんなこと、もうどうだっていいじゃない」

これにはさすがにかちんとくる。ユマ・サーマンにぞんざいにあしらわれ、思いきり溜息までつかれてかえってすがすがしいわとか、今どきの中年紳士らしくさらりとかたづけられればいいのだがそうもゆかない。いちいちとげとげしいエミリーの応対に一矢くらいは報いずにはいられず、阿部和重が渋い顔で次の言葉を探していると、その空気を断ちきるようにラリー・タイテルバウムが話の方向転換をはかりはじめた。

「残念ながら、クリアになったと言えるのは阿部さんが蚊帳の外にいるということくらいです。アーサー・アチソンの登場で事態はいっそうこみいって見えています。われわれは今後もっと踏みこんだ行動に出るほかないかもしれません」

「そんなにやばいひとなの？」

「要注意人物ではあります」

「どういうふうに？」

「アーサーは、金ばらいさえよければどんな輩との取引にも応ずる無節操なブローカーの典型です。それだけに彼は、ブラックマーケットの内外にわたって顔がひろく、関係先をあげればきりがありません。おまけに工作員だろうとテロリストだろうと捜査官だろうと政府関係者だろうと、面と向かって相手するのは慣れっこですから、こちらが弱みでも握っていなければのらりくらりでなかなか尻尾をつかませない」

「それって要するに、どっちよりの人間なのかわかりづらいってこと？」

「というより、アーサーとつながりのある連中のうち、彼と神町を結びつけたのがどこのだれなのかを突きとめることがわれわれにとっては重要なのですが――」

「関係者が多すぎてその答えにたどり着くのがむつかしいと」

「ええ」

「なんか手はないの？」

「これといったものは」

「天下のＣＩＡなのに？」

「情報コミュニティーのリソースを利用できる状態ではない今のわれわれはプライベートと変わりません。敵味方の見きわめもままならず、どの政府機関であろうと頼れませんから、調査の的をしぼって確度の高い対人情報をあつめることに徹するしかないのです」

「ならこのビデオはなんなの？　偶然？」

「偶然とは？」

「いやだから、近所のカフェでたまたま本人を見つけて隠し撮りでもしたの？」

「たまたまじゃないわ」ベッドに座って足も腕も組み、そこつな男たちのやりとりをきっとしたまなざしで見はっているエミリーがまた割りこんできた。「ホテルに電話してアーサーの部屋につないでもらって、水曜日の午後にあのカフェへ呼びつけたの。それでわたしと彼が雑談しているところを、こっそり未央に撮ってもらったわけ」

「え、直接おしゃべりできちゃう間柄なの？」

「そうよ」

「だったら知りたいことはそのアーサーなんとか本人から聞きだせばいいじゃん」

「想像力ないわね。それができないからこうなってるってわからないの？」

そりゃそうかと思うも、事情がいまいち理解できない阿部和重としては困惑を浮かべるしかない。じかに話せる間柄であるにもかかわらず、知りたいことを聞きだせないとはいったいどういうわけなのか。その浮かぬ顔をラリーに向けて補足をもとめてみると、独断専行を問題視されがちのケースオフィサーは遠慮なく話の流れをひっくりかえすようなことを言ってきて余計に混乱をあおった。

「正確には、できないではなく、まだやろうとしていないという段階なんです。しかし緊急事態なのですから、阿部さんがおっしゃる通り、ここは本人から実情を聞きだすべきでしょう、無理矢理にでもね」

ラリーの解説に阿部和重が戸惑っていると、勝手なことを口走る同僚をななめに見あげてエミリーがきっぱりとこう言いきった。

「それは駄目よ、許可できない」

「わたしはやるよ、許可なんかいらない」

「絶対にやらせないわ」

「ここはゆずれないよエミリー、わたしはアーサーを尋問する」

「やらせるわけないでしょ。過去の因縁だってあるあなたなんかに、なおさらやらせるわけにはゆかないから」

「過去は関係ない。われわれには今、あの男を尋問する義務がある。だからやるんだ」

なるほどこれは蚊帳の外だと実感しつつ、今度は阿部和重が割って入った。「ねえ待ってよ。話がさっぱり見えないんだけど、なにがどうなってんの？」

説明を渋るか無視してくるかと思われたが、ラリー・タイテルバウムはいつもの微笑みを浮かべて問いかけに応じた――その声音はいちだんと低く、かすれ気味でもあったものの、いわくありげな裏事情を使い走りの炊事係と共有することじたいに抵抗はないらしい。

「これは機密にあたることなので詳細は伏せますが、アーサー・アチソンはわれわれにとってちょっとあつかいにこまる男ではあるのです」

「われわれっていうのは、ＣＩＡ？」

「ええそうです」

「どういうわけで？」

「小説家の想像力を働かせてみてください」

またクイズかようんざりしかけるが、いちおうは「機密」の口外を避けたかのように見えるポーズが必要なのだろうとおもんぱかる。そういやおれは小説家だったかと思いだし、阿部和重は想像力を働かせてみるが、思いついたのはこんな解答のみだ。

「アーサーなんとかが元ＣＩＡで、以前の勤め先に恨みを持ってるとか？」

ラリーは首を横に振った。「映画じゃないんですから」

「なら、やばいもんでも売りつけられた？」

ラリーは首を横に振った。おまえのおつむはそんな程度かと不満げだ。

「なんだよ、もういいじゃん、想像力なんか使いきっちゃったんだよ」

「阿部さんに欠けているのは想像力というより根気でしょう」

「そうかもね。で、彼はＣＩＡのなんなの？　協力者かなにかなんでしょ？」

「まあそんなところです」

「それって今もなの？」

「否定はしません」

「一緒に手を組んで隠密作戦とかやったこともある？」

「ようやくいい線まできましたね」

　詳細は伏せると述べたくせに、ラリー・タイテルバウムがだんだんあけっぴろげになりつつあるせいか、傍で見ているエミリーが先が思いやられるといった具合に溜息をもらした――その後も彼女は、口の軽い同僚がなにか言うたびにあきれ顔で首を横に振り、「まともじゃないわ」などとつぶやくことになる。

「何度も組んだ？」

「一度きりでないのはたしかです」

「あ」

「なんです？」

「ラリーさんも組んだことがある？」

「正解です」

「なんだよ、そういうことか」

「わたし自身にとってはあやまった選択でしたが」

「なんで？」

「死にかけたからです」

「え」

「クアラルンプールで罠にはめられました。わたしが運転していたMGのセダンが急に減速できなくなり、モノレール線の橋脚に激突して大破したんです。二〇〇二年の一二月でした。おかげでわたしはそのまま病院に運びこまれ、三ヵ月ちかくほとんど寝たきりだったんです――阿部さんには、前にも少し話しましたよね」

三ヵ月も寝たきりだったとまでは聞いていないが、言われてみればクアラルンプールで死にかけたと耳にしたおぼえがある。仕事相手の態度が変によそよそしくて悪い予感を抱いたとか、そんな話だったかもしれないと阿部和重は思いだした。

「その相手がキング・アーサーだったってこと？」

ラリーはいっぺんうなずいてひと呼吸おいてからさらに当時をふりかえった。

「車はキングが用意したものだったのですが、速度が四〇マイルを超えたあたりでフードパネルの隙間から煙が出てきてブレーキが利かなくなりました」

「整備不良車を売りつけられたんじゃないの？」

「かもしれませんが、どちらにしても彼はそれを機に取引先との関係を深めています」

「ラリーさんをはめて自分の商売を有利に運ぶ計画だったってこと？」

「おそらくそうです。わたしを陥れることを前提に、ハンバリ側とアーサーがあらかじめ手を打っていたのはまちがいありません。とはいえ、最初に抱いた印象にしたがって作戦を中断しておけば、三ヵ月間も病室のベッドですごさずに済んだはずですから、あれは自分自身のミスでもあったと言わざるをえませんが」

「ハンバリって？」

「ジェマ・イスラミアの幹部だった男の通称です」

「二〇〇二年一〇月のバリ島爆弾テロ事件の首謀者よ。『東南アジアのビンラディン』なんて呼ばれていた、アルカイダにも顔が利く大物テロリスト」

タイミングよくそんな補足を入れたエミリーは、開きなおったような顔をして退屈そうにベッドに横たわっているが、この話題じたいには無関心でないらしい。つづいて彼女はこうも言いそえた。

「ただ、クアラルンプールの一件でキング、、、はハンバリの信用をえただけじゃなく、東南アジアのジハーディスト・ネットワークの中枢へ深く食いこむきっかけもつかんだわけだから、あなた自身は三ヵ月も入院させられたとはいえ、その後のことを考えればすべて骨折り損に終わったとは言いきれないでしょ」

エミリー・ウォーレンがラリー・タイテルバウムをかばうようなことを言うとはびっくりの展開だ。加えて驚きなのは、身内のケースオフィサーを罠にかけた無節操なブローカーが過激派との結びつきを強めた結果について、かならずしも損ではなかったとCIAが見なしていることだ。阿部和重はそれを素朴に問う。

「なんで?」

「あなたほんとうに想像力がないのね」

「どうやらね」

「ならひとつヒントを出してあげるわ。ハンバリは二〇〇三年八月に、アユタヤのアパートに妻といたところをタイ警察に拘束されてるの」

「意外に早く捕まってたんだな」

「そしてその逮捕にはＣＩＡ《エージェンシー》も協力してる」

「へえ」

「あとは自分で想像して」

「そこまで言ったんなら教えてくれたっていいじゃん」

「アーサーの情報提供があったんです」機密など知るかという看板でもぶらさげているみたいな顔でラリーがそうばらした。「つまりアーサー・アチソンは、ハンバリを売ったことで今度はＣＩＡにとっても役に立つ情報源《アセット》になったわけです」

「なかなか食えない野郎じゃないですか」

「ええ」

「で、それ以後もずっとＣＩＡの役に立ちつづけてるってこと？」

「役に立ったり立たなかったり、シチュエーションによってまちまちです」

「気分屋ってこと？」

「計算だかいんです」

「そうなの？」

「無節操というのは、立場のかたよりをなくして自律性を保つことで、自分の価値が減るのをふせいでいるとも言えるわけですから」

「なるほどね。だからちょっとあつかいにこまる男なのか」

エミリーがはあと溜息をつきながら立ちあがった。自明の話にくぎりがつくのをじりじりと待っていたかのように、やっとかよという心の声でも聞こえてきそうなほどいらだたしげだ。ラリーの真正面にやってきて同僚をにらみつけると、彼女はこう釘を刺した。

「もう一度言っとくけど、アーサー・アチソンへの尋問は絶対にやるべきじゃない。わたしたちが拘束して彼が行方をくらましたことがひろまれば、ここが本部にばれてなにもかもおしまいだってわかるでしょ」

「しかしエミリー――」

エミリー・ウォーレンはおおきく何度も首を横に振ってラリー・タイテルバウムの発言をさえぎった。

「過去は関係ないってあなたは言うけど、とてもそうは見えないわよ」

「きみにそう見えなくても、わたしは自分自身に自信を持っている。アーサーへの尋問は完璧にこなせるよ」

「いいえわかってない。そういうゆるみきってる自己診断じたいがあやういのよ」

「ならこうしよう、わたしはサポートにまわるから、きみが彼を尋問するんだ」

「却下よ」

「なぜだ」

「よく考えてみて。そもそも今、この町で彼を拘束するなんてリスクが高すぎる。あのアーサー・アチソンが、なんの予防策もなしにひとりで神町にきてるはずないでしょ。彼の尋問はあきらめて」

「ならきみは、あの男は野ばなしでかまわんというのか」

「アーサーに直接あたらなくても、彼と菖蒲家を結びつけるものを突きとめることはできるはずよ」

「アーサー本人を追及せずにそれが可能だとはわたしには思えないな。具体的にどうするつもりだ？」

「とりあえずまたジミーと話してみるわ。まずイスラエルとサウジの線をはっきりさせておかないと」

「無駄だよ。痛い目に遭わせるか免責の書面でも用意しなければジミーはなにも話さない」

「そうかしら」

「まちがいないね。だからわたしは拘束具をはずすなと言ったんだ。今からでも遅くない、逆さづりにしてハエの糞でも食わせてやれ」

「不思議だわ」

「なにが？」

「おたがいにちがう人間を見ているようだから」

「ちがう人間？　ジミーのことを言ってるのか？」

「最初のうちはわたしも彼を危険視してたけど——少なくとも今はあなたほどじゃない」

「エミリー、わたしは彼に殺されかけている。きみだっておなじじゃないか。少なくともそれらはまぎれもない事実だ」

「ジミーが指定したセーフハウスに行ってみたら、即席爆発装置《IED》が仕かけてあった」

「ああそうだ。きみの場合は車だ」

「ええ」

エミリー・ウォーレンは昨年九月の連休の折り、アヤメメソッドにとって若木山に次ぐ重要な修行の地であり、特別な植物の採集場でもあり、さらにはオブシディアンの生まれ故郷でもある隠岐島へ渡った。菖蒲みずきの行動監視がてらの視察出張だったが、その帰りしなの夜、山形空港の駐車場に停めてあった私用車のドアロックを電子キーで解除した途端に爆発が起こり、命を落としかけている。

近くにあった別の車が防壁となって爆炎を全身に浴びることはかろうじてまぬかれたものの、爆風で吹きとばされてきたプラスチックの破片が突きささって腹部に裂傷を負ったエミリーは、空港の公衆電話から連絡して麻生未央にむかえにきてもらい、一〇日間ほどPEACHに身を潜めたのだという。麻生興業のかかりつけ医がすみやかに適切な処置をほどこしたおかげで怪我じたいは大事にはいたらなかったが、敵味方の区別どころかどこで虎の尾を踏んだのかすらわからぬなかでの不意撃ちにおそれをなし、一時的には任務を放棄しかけるほど彼女は精神的に追いつめられてしまったようだ。

「未央に助けてもらえなかったらわたしはあそこでゲームオーバーだった」

「ジミーはそのつもりでやったんだ。菖蒲家の秘密に近づきすぎることへの警告として罠を仕かけたんじゃないぞ。明確に、われわれを仕とめるための攻撃だったんだ。彼がやったのはそういうことだよ」

「彼女を切りすてるつもりだと伝えた矢先のことだったのよ」

「彼女？　オビーのことか？」

「そう。あの情報源《アセット》は混乱のもとだから縁を切るつもりだとわたしはジミーに言ったの。その一週間後にボン！」

「なるほど」

「でも、それが理由とも思えず、当時は直近の自分の言動を検証するだけで精いっぱいだった。そして結局、どれが引き金だったのかはわからずじまい。二週間後に顔を合わせたときに、信じられないくらいジミーが平然としているのを見てぞっとさせられただけ」

「なにも知らないって顔か？」

「そうよ」

「動揺もなしか？」

「嘘みたいにね」

「冷酷なやつだ」

「その後も彼が変わりなくふるまっているのを見て、わたしもそう思っていたけど――」

「つまりそれそうおうの覚悟と信念を持って彼は国を裏切っているということだ。だから徹底して非情になれる。そういう人間はとことん痛めつけるか免責の餌でもぶらさげなければ絶対に口を割らない」

「そうね、言いたいことはわかるわ」

「同意している割には、納得いかないって顔だな。それでもきみはジミーとよろしくやりとりできるというのか？」

「ひとつ気になることがあってね」

「なんだ？」

「ジミーのことじゃなく、わたし自身の話よ」

「聞かせてくれ」

「Car bomb の不意撃ちを受けたあと、未央にかくまってもらったときに医者に言われたひとことが頭から離れないの」

「なんて言われた？」

「爆風を浴びたにしては、傷が一箇所しかないのは奇跡だなって。火傷どころか、おなか以外はかすり傷ひとつないと。そんなことってあると思う？」

ＰＥＡＣＨの屋上へあがるのははじめてだ。時刻は午後五時をまわっているから、もうじき陽が傾きだす頃であり、すでに冷えこんできているが、そんなことはおかまいなしに三歳児はみずからの好奇心に衝き動かされている。

寒くなってきたから下へ降りようよと父親がいくら誘っても、聴覚を遮断しきっているかのように映記はぴくりとも反応せず、鉄柵ごしに周辺の風景を見おろしつづけていた。どうやら彼は、ＰＥＡＣＨの南に隣接してひろがるおおきな公園の模様に眺めいっているようだ。近隣住民らしきひとびとが、その神町西五丁目公園へ何人も犬をつれて散歩にきているから、飼い犬レディと野良犬トランプのロマンスでも期待して目が離せないでいるのかもしれない。

この調子では、陽がとっぷり暮れて舞台上にだれもいなくなるまで息子はかぶりつきに居すわってしまいかねない。麻生未央がちいさなお友だちの健康を気づかい、あらかじめウインドブレーカーを着せておいてくれなかったら、明日の今ごろは鼻水をたらしまくって冷えピタシートのお世話になっていたところだろう。阿部和重は、鉄柵によりかかって電子煙草を吹かしている麻生一家の三代目にへらへら顔で頭をさげ、謝意を伝えた。春の夕方に漂う冷気が心地よいのか、マルチーズたちはコンクリートフロアを楽しげに駆けまわっている。

公園の敷地内に屋外テラスのカフェがあるのを見つけた阿部和重は、エミリー・ウォーレンがアーサー・アチソンと落ちあった店はあそこだなと気づいた。ＣＩＡを手玉にとる軍事専門家の闇ブローカーはイギリス人だそうだが、果たしてこの、「国会が移転されたというだけの、フルーツづくりしか能がないただのスモールタウン」で営業する喫茶店に、本場の人間が気に入るような午後の紅茶を提供しうるほどの器量がそなわっているのだろうか。果樹王国期しか知らないひとりの神町出身者としてはつい、そんなどうでもいい憂慮を抱いてしまう。

爆弾トラップを食らっておなかに傷を負った者どうし、それぞれの経緯についてラリーと事実のすりあわせをおこなったあと、エミリーは三〇三号室を出て地下一階に閉じこめている直属上司のもとへ向かった。ラリー・タイテルバウムは相変わらず、痛めつけねばジェームズ・キーンの口から真実などひきだせやしないと言葉をかけていたが、エミリー・ウォーレンに考えをあらためる様子はまるで見られなかった。

「あなたがさっき言った通り、ひと手がなくて打てる手もかぎられてるんだから、ここは先入観を捨てて彼の真意を探ってみることも必要よ。それにまんがいち、ジミーの裏切りが事実ではなかったとしたら？　その可能性について、あなたは考えたことある？」

「驚くだろうが、考えたことがないわけじゃない。が、すぐに頭から消えたよ」

「ほんとうに冷酷なのはあなたのほうかもね」

「きみはずいぶんと情け深いんだな」

「慎重なだけよ」

「慎重なのは結構だが、ジミーの真意とやらが、大使の気が変わらないうちに聞けるといいがな」

ラリーのいやみな物言いに対し、エミリーは鼻で笑ってかえしてからこう言いのこして部屋を出ていった。

「いずれにしても、あなたとわたしに罠を仕かけたことをジミーに認めさせないと先へは進めないでしょ。それにもしかしたら、彼なら知ってるかもしれないから問いつめてみるわ。どういう種類の即席爆発装置《IED》を使えば、おなかに一箇所だけなんていう、あんな不自然な傷のつき方ができるのかってね」

　エミリーの姿が見えなくなってもなお、ラリーは彼女を目で追っているふうだった。開けっぱなしのドアのほうを見つめている彼は、どこか呆然とした面持ちで自分の顎先をなでまわしている——今ごろになって髭を剃ったことを後悔しているのか、あるいは幻影肢ならぬ幻影髭にでも惑わされているところか。それともなにか、あたりのきつい同僚にショックなひとことでも言われちゃったのかいなという具合に、阿部和重が横からうかがうと、いつもの微笑みでたちまち心を覆ってしまった熟練ケースオフィサーはふと、こんな所感を述べた。

「彼女の欠点は冗談が下手なことですね。阿部さんよりもつまらないことを言う」

「どのへんが冗談よ、さっぱりわからんわ」

「最後に言った、爆弾と傷のことですよ」

「あれが冗談？　嘘でしょ。つうか、ついでみたいにおれを腐すのやめてよ」

ラリー・タイテルバウムはスパイの顔にもどり、考えごとでもはじめたみたいにふたたび沈黙してしまった。現役ＣＩＡの生トークに長々とつきあってしまったが、そういやおれにも課された仕事があるのだったと思いだした阿部和重は、そろそろキッチンに立たねばならぬ頃あいだろうかとスイス製自動巻きクロノグラフの文字盤に目を落とす。

あと一五、六分もすると午後五時になるとわかった炊事係は、途端に億劫になって身も心も重たく感じられてくる。しかし晩飯の支度はともかく、切れ者の姐さんに息子の世話をまかせてしまっている父親としては、いつまでもここで油を売っているわけにもゆかない。そんなふうに思いめぐらし、そわそわしつつもぐずぐず腕時計を見ていると、なぜだか周囲に邪悪な霧が立ちこめてきたかのようなジョン・カーペンター的錯覚をおぼえる。はっとしておもてをあげた阿部和重は、バカでかいずうたいをしたブギーマン的男子にじっと凝視されていることに気づいて思わずしりぞいてしまった。

「なんなの？」

「阿部さんは明日、撮影現場の見物に行くんですよね？」

「なんで知ってんのよ」

「空港のカフェで、川上さんのアシスタントに誘われていたじゃないですか」

「そんなとこまで聞いてたのか」

「すみません、耳に入ってしまったので」

「なにたまたまみたいに言っちゃってんの、尾行までつけて盗み聞きしてたんじゃん」

「まったくですね、失礼しました」

「おれやエミリーさんが冗談下手ならあんたは謝罪下手じゃん。本気で詫びてるように聞こえたことといっぺんもないし」

「そんなことはないはずですが——しかしまあ、それはいいとして、明日の件についての連絡はもうきましたか？」

毎度ながらこのカンパニー・マンはずうずうしくぐいぐいきやがる。だが悲しいかな、属国人だったり使い走りだったりするおひとよしの習性がにわかに働き、訊かれた拍子に阿部和重は反射的にiPhone 5をさっととりだすと、着信確認の最速記録にでも挑んでいるかのごとくその液晶ディスプレーをみずからの視界へ運んだ。山下さとえからの連絡はまだない。それをたしかめたところで「あ」と彼はもらし、これはやばい流れなんじゃないかと思いあたったが、邪悪な霧が耳もとで漂いもはやあとの祭りだからおまえは逃げられんぞと宣告していた。

「連絡がきたら、わたしにも知らせてください」

「なに考えてんのかだいたいわかってきちゃったけど、まさかわたしも行きますとまでは言わないよね？」

「察しが早くてなによりです」

「ラリーさん」

「なんです？」

「おれがオーケーって言うと思うわけ？」

「阿部さん」

「ん？」

「この一ヵ月半、わたしが一度でも折れたことがありましたか？」

こいつはなにを堂々とおのれの強情っぱりを誇ってやがんだと思って横を向くと、髭がない禿げあがった容貌ががんばればヴィン・ディーゼルに見えないこともない四六歳の男が、UFCヘビー級タイトルマッチのポスターみたいな殺気と迫力に満ちた顔つきでこちらをにらんできている。わざとらしい雷鳴の効果音さえ聞こえてきそうな気迫に圧され、四五歳の軽量級日系男子はふるえ声で「オーケー」とかえすほかない。

「でも無条件じゃないよ」

「聞きましょう」

「盗聴してたんだからもうご存じだと思いますけどね、見物のあいだはなにがあっても監督に気づかれるなって山下さんに釘刺されてるわけ。だからとにかく、目だたず撮影の邪魔にならないってことだけは守ってくれないと一緒には行けないよ」

「大丈夫です。川上さんの迷惑になるようなことは絶対にしません」

「明日の朝になったら忘れてたとかはなしですよ」

「ええもちろん」

「お願いしますよ」

「一〇〇パーセント約束します」

「それでどうするつもりなの？」面倒なことになりそうだなと思いながら阿部和重は頭をぼりぼりかく。「撮影現場をただ見物するってわけじゃないんでしょ」

「とりあえず、川上さんのアシスタントから連絡が入ったら、アーサー・アチソンは現場に同行しているのかどうかを訊ねてみてください」

「現場にいたらどうすんの？　なにか策あんの？」

「これから考えるところです」

「エミリーさんには尋問するなって口酸っぱく言われてるよね。そこんとこは平気なの？」

「ごまかしますよ。どのみち少しでも成果があればちゃらにできますから、問題はありません」

「ほんとかなあ。彼女が独自に調べてることだってあるみたいなのに、また無断で勝手なこと進めちゃって、こっちの調査を台なしにされたどうしてくれんだとかならない？」

「どうせジミーは今のままではなにもしゃべりませんから」

「あれはいいの？　イスラエルとサウジアラビアの線がどうのこうのっていうのは」

「イスラエルとサウジアラビアの線というのは、菖蒲リゾートの開業経緯や事業提携にまつわる実態のことです。阿部さんが前に気にしていた、菖蒲家の資金ぐりなどにも関係する話ですよ」

「具体的にどんな？」

「菖蒲リゾートには、イスラエルの国営企業から技術提携の名目で薬品化学の研究者や医療エンジニアなどが定期的に送りこまれてきています。ホテル開業の数年前からひそかに協議を重ねて実現させた交流事業のようですが、両者を結びつけたのはまちがいなく石川手記です」

「流出した文書をイスラエル政府関係者が読んでたってこと？」

「ええ。イスラエル政府はあれをネットロアや怪文書の一種だとは見なさず、アヤメメソッドの価値も疑わなかった。石川手記の流出以前からモサドがアヤメメソッドの情報をつかんでいたふしがありますから、内容の分析に手間どらず、菖蒲家への接触もどこよりも早かったのでしょう」

「ＣＩＡの目を盗んで、ってことですか――」そう指摘するのがちょいと気がひけて、阿部和重はいささか声を低めてしまう。

「情けない話ですよ」ラリー・タイテルバウムは唾を飲みこみ、ふんと鼻を鳴らして自身の後継担当者らの不手際をなげいてみせた。「神町に何年も監視チームを置いていながら、菖蒲家が国の内外に人脈をひろげてゆくのをむざむざ見すごしていたくらいですから、抜け穴があったと認めざるをえません。予算の無駄づかいとなじられても反論できない失態です。これがばれたら議会で袋だたきにされるでしょうね」

その「抜け穴」というのはラリー・タイテルバウム自身がリクルートしたオブシディアンだったのではないかと阿部和重は推理するが、ここでそれを言っちゃあなおさらかわいそうだと思って口に出すのはひかえた。代わりにこれを訊いてみる。

「技術提携ってのはなにを目ざしてるのか調べはついてるの?」

「アレックスが残したメモから見えてきたのは、要するにアヤメメソッドのイ、、、、、ージーモ、、ードの開発です。阿部さんがおっしゃっていた通りほんらいなら、継承者でさえ奥義をきわめるのに何年もかかり、死にものぐるいになるほどの苦行を積まなければ、アヤメメソッドを完全に身につけることはできないとされています。菖蒲家とイスラエルは、そのあまりに難渋すぎる習得手順の略式版を共同開発しているようなのです」

「マジで?」

「はい」

「そらやばいんじゃないの?」

「かもしれません」

「それがほんとうなら、菖蒲家は本気でアヤメメソッドを世界中にひろめようとしてるってことなのかな」

「そういう意図が見てとれなくはない。ただ、ほかにもっと別のねらいがあるかもしれないので、断定するのは早計ですが」

「イスラエルはその略式版をどう使うつもりなんだ、軍事利用？」

「だろうとは思いますが、今ある情報のみではそれ以上はなんとも――」

「スパイの想像力を働かせてみてよ」

阿部和重はにやつきながらやりかえしてみたが、ラリー・タイテルバウムは素知らぬ顔で「わたしは分析官ではありませんから」などと応じて呆気なくかわしてしまった。仕方がないので自分の頭のなかだけで「いやあいっぽんとられました」と言われたことにでもして、ここは話を先へ進めるほかない。

「ならサウジアラビアはどういう関わりなの？」

「資金提供です」

「こっちが金か」

「ええ。この情報に関しては監視チームも早々につかんでいたのですが、菖蒲リゾートの開業資金のたいはんはペトロダラーのようですね。サウジの政府系ファンド《SWF》から一億ドルの融資をえているらしい」

「はあマジで？」

「どうやら」

「そんな途方もない額よくひっぱりださせたな。その物好きな政府系ファンド《SWF》とやらはなにが決め手で一億ドルも出す気になったんだろうか」

「連中からすれば一億ドルなど大した額ではありませんから」

「そうかもしんないけど、でも菖蒲家なんて言ってみりゃ、ホテル経営じゃなんの実績もないど素人でしょ。そういうところにぽんと出せるような金額ではないわけじゃん」

「ええまあ」

「利益回収できるあてなんてあんのかな。いいホテルには見えたけど、だからっつってあの一軒だけで稼ぎだせる額なんてたかが知れてるだろうし、あふれるくらいの成長性があるようにも思えないし」

「詳細は未確認ですが、そのなんの実績もないど素人の菖蒲家が、なかなか野心的で緻密な事業計画を提出していたようですよ」

「そりゃそうでしょうよ。それすらなしに一億ドルも出すのはバカでしょ普通は。でもなにを担保にそこまでの額を菖蒲家は投資してもらえたわけ？」

「アヤメメソッドを担保にしたのです」

「は？」

「知的財産権を担保にして融資を受ける方法ですよ」

「アヤメメソッドが知的財産なの？　どういうこと？」

「わたしも驚きましたが、菖蒲家は世界五〇ヵ国でアヤメメソッドの特許を取得しているようです。その特許権をふくむ知的財産を担保にして一億ドルを出させたらしい。だから最悪ホテルビジネスがぱっとしなくても、サウジのファンドはアヤメメソッドの国際的な独占権をえられる仕くみになっているのかもしれません」

「そんなことになってんのか――」

「はい」

「でもそれって、イスラエルと喧嘩にならないの？」

「研究開発段階のものは担保に入っていないのではないでしょうか」

「ああそうなるのか」

「正確なところはわかりませんが、そのあたりは不要な中東危機が起こらないように、両方がメリットをえられるかたちでうまく線びきされているのかもしれません」

「しかしそうまでして菖蒲家が――つまりアヤメメソッドを手ばなすことも辞さないって覚悟で菖蒲家があのホテルを開業したって考えると、それはそれで立派とも思うけど、でもやっぱり無謀な賭けではあるよな」

「逆ですよ。手ばなさないという自信と確信があるから菖蒲家はどんな手段でも使えるんです」

「つっても一億ドルでしょ？　夢見すぎなんじゃないのかな。結局はアヤメメソッドの権利とられちゃって、すっからかんになっておしまいってことになる気がするけど」

「阿部さんはひとつ肝心なことを見おとしています」

「なに？」

「アヤメメソッドに認められたとされる世界五〇ヵ国での特許権が、仮にすべてサウジアラビアに渡ったとしても、その途端に唯一の継承者である菖蒲みずき自身から秘術が失われてしまうわけではありません。リゾートホテルが経営破綻した場合の菖蒲家は、アヤメメソッドを利用したビジネスからは撤退することになるでしょうが、たったひとりしかいないほんものの秘術の使い手は神町に残っている。だから実際には、菖蒲家がアヤメメソッドを手ばなすことなどありえないのです」

「見方によってはそうとも言えるだろうけど、でもビジネスできないんじゃさ――」

「表だってのビジネスはできませんが、裏でならなんだってできますよ。菖蒲一族はもともとそうやって歴史の裏側で暗躍してきたわけですから、アヤメメソッドは従来のかたちにもどるだけとも言える」

「最初からそのつもりで、世界中で特許とったりサウジアラビアから大金せしめたりしてたってこと？」

「その可能性がないわけではない」

「ほとんど詐欺みたいな話じゃないですか」

「起業詐欺で終わる話ならばむしろよろこばしいことです。じつのところはそれらひとつひとつが、世界の安全をおびやかす危険きわまりない悪辣な目的のために菖蒲家が仕くんだ歯車なのかもしれないわけですから」

「でも、イスラエルもサウジアラビアもアメリカとは同盟関係なんじゃなかった？　さすがにそこは心配いらんのでは」

「同盟関係といっても条約を結んでいるわけではありませんし、近ごろはあいにくどちらの国ともお寒い状態です」

「そうなの？」

「少なくとも、オバマ大統領は双方の政府からうとまれていますね」

「なんで？」

「イランと和解しようとしているからです」

「ああ。そういや去年、大統領どうしの電話会談が実現したとかってえらいニュースになってましたね。歴史的対話だとか、関係改善が劇的に進むとか」

「オバマとロウハニの電話会談が九月末で、その二ヵ月後には、イランに核開発をあきらめさせるための六ヵ国協議もおおきく進展しています。それがイスラエルやサウジにとってはおもしろくない。両国ともイランの公式発表などまったく信用していませんし、相変わらずおたがい憎しみあっていますから」

「ますますきな臭いなあ」

「ええ」

「菖蒲家の件はせめてそれとは無関係だといいけど」

「わたし個人は関連は薄いだろうと思っていますよ」

「なんだ、なら先にそう言ってよ」

「いや、だからといって安心はできません。とりわけ菖蒲家をめぐる情報に関しては、これまでの特異な経緯を踏まえても、予断を持って判断してはなりませんから」

「ねえ、ちょっといい？」

しゃがんだままの格好で振りかえると、麻生未央がこちらを見おろしている。話しかけられているのは自分ではなく、隣でなおも鉄柵ごしに公園の模様に眺めいっているちいさなお友だちのほうかもしれないので念のため、阿部和重は眉根をあげつつおれでいいのかと問う表情を向けてみた。今回は容赦なく「あんたじゃない」とは言われなかった。

「そのバッグのなか、見てくれない？」

立ちあがると、ななめがけしているメッセンジャーバッグの中身をあらためるよううながされたが、理由が思いあたらず阿部和重はマジックの客のごとくきょとんとしてしまう。鈍くさい男だなとでも思ったらしく、麻生未央はひとつ溜息をつくと「じゃああたしが見てもいい？」とせっかちに訊いてきた。壺ふりを演ずる江波杏子みたいなきりっとした中年女が両手をこちらに差しだしてきたのでハグでもしてくれるのかとどきどきし、アラフィフの妻子持ちは直立不動になってしまうが、もちろんそれも早とちりにすぎない。彼女は数秒もかからず、アンテナのついたマッチ箱のような黒い直方体のガジェットをバッグのなかからとりだした。

「これよ」

「ああ、盗聴器か」

「入れっぱなしだったから」

「でもいつ入れたんですか？　ぜんぜんわかんなかったわ」

「喫茶店で、あんたが席に着いてすぐのときに、うしろ通って」

「え、そんなタイミングあった？」

「椅子の背もたれにバッグかけてたでしょ」

「あ、そっか」

「そう」

「そのあとはどうしたの？　店のなかにずっといた？」

麻生未央は首を横に振った。「駐車場よ、車んなか」

「だから見かけなかったのか」

「でもあんた、余計なおせっかいで言わせてもらえば隙ありすぎるから、子づれなんだしもっとまわり見て注意したほうがいいんじゃない？　バッグ開けっぱなしで財布ぬいてやろうかと思ったわ」

阿部和重はまたへらへら顔になってうなずいた。麻生一家の三代目とこうもぽんぽん会話がつづくのはこれがはじめてのはずだが、息子の新しいお友だちは意外に気さくな渡世人じゃないかと思えてきて、いつの間にか緊張もなくなっている。

「その盗聴器って、バッグに入れとくだけでこんな距離まで音声とどけられるの？」

「こいつはそこまで優秀じゃない。喫茶店でひろったあんたらのおしゃべりを電波で飛ばして、駐車場にいるあたしが受信器でキャッチして、それを電話で中継してエミリーのスマホに流してたわけ」

「そういうことか」

麻生未央が、不意にさらりと「悪かったわね」と詫びてきた。照れるでもなく、媚びるでもなく、かといっていらだってるふうでもない感情の薄い顔つきをしている。謝罪されているというより叱られている感じに近いが、それでもラリー・タイテルバウムのごめんなさいよりは心に伝わってくるものがあるから不思議だ。

「いいよ別に。状況が状況だし、あのふたりに頼まれたんならしょうがないし」

「そうだとしてもね、いちおう筋とおしたいから、あやまっておくわ」

だしぬけに映記が「あ」と声を発したのでそちらを見やると、息子は視線をあげて遠くのほうを見つめているがなにに注目しているのかはわからない。変わった鳥でも飛んでいたのだろうと思い、阿部和重はふたたび麻生未央と目を合わせた。

「その盗聴器って、麻生さんの持ち物なんですか？」

「そうだよ、こんなのうちにいっぱいあるから」

「いっぱい？」

「防犯グッズのネット通販なんかもやってるから。盗撮道具とかGPS発信器とかピッキングセットとか、在庫がいろいろあるわけ。手錠とか、地下室に閉じこめてるあのおっさん縛ってるようなSM道具とかもあるけど、あんたもなんか使いたかったら貸してやるよ」

「防犯グッズってゆうか、どっちかっつうと犯罪グッズじゃないですか」

「まあね、なんかいる？」

「おれは特にいいかな」

「遠慮しないでいいよ。あとで金とったりしないから、コンクリートマイクとか暗視スコープとか、適当に見つくろってこっちに持ってこさせようか？」

「いやあ必要ないと思うなあ」

「だから金はとらないって、なんかあるだろひとつかふたつくらい」

気づけば押し売りの様相を呈してきたため阿部和重は少々あせりをおぼえる。もうひと押しかふた押しこられたらどれか一式うっかり買ってしまいそうだ。なんとなく、江波杏子の目がすわっているように見えるのは気のせいだろうか。ここは話題をよそへ移すべきだとして急いでおつむを働かせる。

「あの、それよりエミリーさんとうまくやるコツを教えてくださいよ。彼女、なにかにつけとげとげしいんでどうしたもんかなと」

三秒たっても返事がない。頭にくるひとことでも口走っちゃったかとひやひやしたが、麻生末央にとってはただ電子煙草を吹かしたいタイミングでしかなかったようだ。神町のアングラクイーンが吸いこんで吹きだした白い煙は風に流されまたたく間に消えうせる。頼みごとへの返答はこうだった。

「仕事がはかどんないからいらついてんじゃないの」

「それだけかなあ」

「ひとに訊く前に、気い利かせて自分であの子の気持ちよく考えてみりゃいいんだよ。神経すり減らして頭も使いっぱなしなんだから、あまいもんでも用意して癒してやろうとかさ。冷蔵庫見たけど、アイスとかぜんぜん買ってきてないじゃんあんた。茶うけのお菓子くらいそろえとくもんだろこういうときは」

「お菓子ですか、それで態度変えてくれるかな」

「態度は変えないだろ」

「なんで？」

「エミリーは日本人嫌いなんだよ」

「そうなのか」

「知らなかったの？」

「でも、麻生さんは彼女にかなり信頼されてますよね」

「そりゃあたしはね。なんだかんだ助けてやってるし。でもあんたは無理じゃないの」

「なぜですか」

「日本人だし男だから」

「日本人の男は駄目か――」

「駄目だろそりゃ」

「理由はなんて？」

「自信ないくせに偉そうにしてるやつが多いって言ってたよ。あたしもそう思うわ。たいていいせこいし了見せまい臆病者ばっかりだろ」

「なるほど、耳が痛いな」

「少しゴマすった程度じゃ見え方は変わんないよ」

「お菓子くらいじゃたりないか――」

ふたたび「あ」と発したわが子の視線の先をすばやく追ってみると、今度は彼がなにを見つけたのかが即座に判明した。三、四〇メートルほど遠くの低空域を、五、六機のマルチコプターが東から西に向かって編隊飛行している。「わたしらドローン飛ばしていつでも見はってるんで」という山下さとえの脅しはどうやら嘘ではなかったようだ。三〇機も稼働させているというから、さっき映記が見かけたのも川上班の空撮用マルチコプターだったのだろう。

いわゆるドローンというやつが飛んでいるのを生で見るのははじめてである四五歳の父親は、そこそこの感慨をおぼえたすえにふと、息子の足もとにボーイング７４７が転がっているのを目にしてにわかに警戒心を高めた。あんなマシンがこの世に存在すると知ってしまった三歳児は、新型機をさっそく手に入れるべく新たなサウンドデモを展開させるのではないか。シュプレヒコールが起こるとすれば今ここだが、果たしてどうなることかとしばし戦々恐々となりつつ若きアクティビストの背中を阿部和重は見まもった。春の空は陽が沈みかけていて、藍と朱がまじりあう黄昏の色あいを深めようとしている。

「ねえ映記、あれほしいの？」

そんなおそるべき問いかけが、麻生未央の口から放たれたのを耳にした父親はすかさず両手で罰印のジェスチャーを示し、彼女を黙らせた。三歳児に対し、悪魔的なまでの効力を発揮しかねない当の甘言は、幸いにして息子の耳には入らなかったらしい——応答がないまま五秒が経過したのを見とどけてから、阿部和重はおおきなお友だちに向かってあらためてNOと伝えるつもりで首を何度も横に振ってみせた。麻生一家の三代目は、笑えない『ジャッカス』でも見せられたみたいなあきれ顔で電子煙草をぷかぷか吹かしていた。

●

陽が暮れて、公園からひとも犬もいなくなったところでようやく映記もかぶりつきを離れる気になった。エレベーターの前で三人と二匹がかたまり、ケージがあがってくるのを待つあいだ、阿部和重が訊ねた。

「麻生さん」

「なに？」

「彼女、なにが好きですかね」

「なにって？」

「お菓子ですよ」

「エミリーが好きな？」

「ええ。ファミマのシュークリームとかでいいと思います？」

「小枝」

「小枝？」

「そう」

「チョコレートの？」

「うん」

「小枝ね」

「あれは好きだってエミリーは言ってたよ。あれだけは好きだとね」

●

電話が鳴って目ざめたが、寝ぼけながらも着信音に体がおのずと反応し、iPhone 5 のあるベッドヘッドボードへ手を伸ばしていた。まだまだ眠くて薄目を開けるのすら億劫なため、手さぐりをしばらくつづけたすえにやっと端末に指先が触れる。とどいたのはLINE のメッセージであり、送り主は山下さとえだが、その内容よりも先に液晶画面に表示された時刻を目にとめて阿部和重は愕然となった。二〇一四年四月二〇日日曜日はすでに午前一〇時一三分をまわっている。大胆なまでの寝坊だ。昨日あれこれやらされてひどく疲れきっていたせいで、二時間いじょうも余分に寝てしまった。

それにしてもやけに静かだ。あれっと思って室内を見まわすと映記の姿がない。浴室にもいないしテーブルの下にも隠れておらずマッサージチェアで遊んでいたりもしない。この数ヵ月、朝に起きていきなり息子の不在を知ることなどいっぺんもなかったから、その状態に気持ちがまるで追いつかず、一秒ごとに不安が指数関数的に増加していって理性的に考えられなくなってしまう。ＰＥＡＣＨのどこかにはいるはずだからと自分に言いきかせる声が聞こえてはいるもののあまりにかぼそい響きでしかなく、脳裏に浮かんでくるのはもうもうたる暗雲のイメージのみだ。

親子で寝泊まりしている二階の二〇一号室を出て、スマホだけたずさえて階段を駆けおりていって一階の従業員控室のドアを開けてみるがそこにはだれもいない。その代わりみたいに、食べのこしのゴミや使いおわった食器がテーブルに載ったままになっていて、シンクのなかにも洗われていない皿やボウルやグラスなどが放置されている。なんだこれはと思って舌打ちするが、今はそれどころではないので阿部和重はただちに部屋をあとにする。

三階まで一気に階段を駆けあがると息もたえだえになってたちまち這う這うの体となる。が、休んでなどいられないから腰を曲げて膝に手をつくこともせず、阿部和重はなおも駆け足をやめず三〇三号室へと急いだ。

ドアストッパーで鉄扉が固定された開放部屋の出入口をくぐると、CIAテロ対策センター所属の作戦担当官たるラリー・タイテルバウムがソファーに座ってのんきにテレビを眺めていた。テレビ画面には、この一週間のニュースをふりかえる報道バラエティー番組が映しだされていて、「地球からおよそ五〇〇光年離れた恒星のハビタブルゾーンに地球とよく似た惑星を発見したことをNASAが一七日に発表しました」などとキャスターが伝えているところだ。

阿部和重が部屋に駆けこむと、それがなんばい目になるのかはさだかでないがモーニングコーヒーを飲んでいるらしい熟練ケースオフィサーは、手にしたマグカップに口をつけながら驚きまなこを向けてきた。妙に無防備な表情をしているのは、系外惑星のニュースに接し、UCバークレーでプラネタリーサイエンスを専攻しているという二一歳のわが子に思いをはせているところだからかもしれない。ソファーの真横にすえられたガラステーブルのうえには森永小枝ミルクチョコレートアーモンドの箱が置かれていて、蓋が開けられているばかりか、中身が空になっているのさえ一目瞭然だ――そいつはおまえにじゃなく、エミリー・ウォーレンのために昨夜おれが買ってきたものだぞと喉もとまで出かかるが、息子の捜索に駆けずりまわる最中の父親が言うべきなのはむろんそんなくだらないことではないと瞬時に悟る。

「ひとり?」

ラリーは言葉ではなくうなずきでかえしてきた。それが確認できれば彼に用はないので阿部和重は三〇三号室を出て廊下を走り、階段の前で立ちどまると、次はどこだどこへ行けばいいのかと手のひらでこめかみをたたきまくって思案をめぐらせてみるが、脳みそがまともに働くきざしすら感じとれない。

やがてなぜだか、そこだけはないとわかりきっている地下一階カジノバーのＶＩＰルームのことしか思い浮かべられなくなり、このまま時間がどんどん無駄にすぎてゆきそうでみるみるうちに胃が痛くなってくる。全力で頭の切りかえにかかり、これはなにかのお告げかもしれないとしてカジノバーＶＩＰルームへの妄執をポジティブな予感にとらえなおし、無理矢理に地下へ行ってみる気になってエレベーターに乗った途端、ついに昨夕の情景が思いだされる。考えるより先に、父親的身体の利き手がすみやかに動いて屋上のボタンを押していた。

が、屋上にも映記の姿はない。押しよせる落胆がかつてない濃度に達して窒息しそうであり、フロアのはしっこにある鉄柵のそばまで歩いてゆくのも困難なほどにおのれの足腰が言うことを聞かない。しかしここが正念場だからと、どうか息子が下に落っこちていませんようにと祈りつつ、バカみたいに重くてならない父親的身体をひきずるようにして一歩一歩すすんでゆく。五〇〇時間くらいかかったような果てしない感覚をおぼえたところでなんとか鉄柵をつかめる位置へたどり着いた阿部和重は、おそるおそる地上を見おろしてみる。

このときばかりは映記の姿がないことにひたすらほっとさせられる。そんな刹那の安心感が知覚にゆとりを生んだのか、今の今までまったく耳に入ってこなかった外界の音がやにわに聞きとれるようになり、そこにわが子のはしゃぐ声がふくまれていることに気づいた四五歳の父親は、温泉にでもつかったときみたいな獣じみたうなりを思わず発してしまう。

昨日あれだけ眺めいっていたのだからそりゃ当然だろうに、なぜちっともあそこに考えがおよばなかったのか。映記はPEACHの南に隣接している公園にいて犬ころたちと愉快げに遊んでいる。かたわらに立ってその様子を見まもっている麻生未央が、父親が眠りこけているせいで退屈していた三歳児をつれだしてくれたにちがいない。

「阿部さん」

振りかえると、エレベーターを降りたところらしいラリー・タイテルバウムがすたすたこちらへ近よってきていた。ここ一ヵ月半のあいだに一度も見せたことのないような心配そうな顔をしているから、なにごとかあったのだろうかと想像が働きかけたが、「どうしました?」と目の前で面と向かって問われたため、彼が案じているのはこの自分なのだと阿部和重は理解する。薄情が服を着て歩いているような男に気づかわれるほど、おれは狼狽しまくっていたのかと意識すると急に恥ずかしくなってくる。

「パジャマも着がえずにどうしたんですか?」

「いや、起きたら映記がどこにもいないんであわてちゃって」

「さっき一階で、麻生さんと一緒に朝ご飯を食べていましたよ」

「ああご飯もか――すみませんおれ、二時間も寝すごしちゃって」

ラリーはとつぜん視線をさげて口をつぐみ、首をかしげてこちらの体型でもチェックするみたいに右腕のあたりを凝視している。不意に空いた会話の間におちつかなくなり、阿部和重が「なんです？」と訊いてみると、ふたたび目を合わせた彼はこう教えてくれた。

「袖に紙きれがついてますよ」

言われてとっさにたしかめてみると、右手の袖口に大判のポスト・イットがくっついている。いつの間についたのか、目には入っていたはずなのに、こんなものにすら気がつかないとは余裕がなさすぎる父親だ。「映記は私と公園にいます。麻生」という伝言がそこに書かれているのを知った阿部和重は、最初にこれを見つけていたらこうもうろたえずに済んだのにと悔やまずにはいられない。ラリーにもその文面を見せてやる。

「朝っぱらからおっちょこちょいでお騒がせしました」

なにも言わずにラリーは鉄柵に肘をつき、公園を見おろして微笑んでいる。彼の視線の先にいる三歳児は、駆けまわるマルチーズたちの描く円の中心で仁王立ちしており、『仮面ライダー』のベルトを装着して変身シーンを真似るようなポーズをとっているところだ――「ブドウアームズ」なる音声もかすかに聞こえてきたということは、なりきりアイテムひとそろい持参で映記はその場へおもむいているらしい。こんな高さから息子の全身像を視界におさめるのもはじめてかな、などと思いつつ、阿部和重は隣のラリー・タイテルバウムにならって鉄柵に肘をつき、わが子の演ずる悲劇的でも喜劇的でもない野外寸劇をぼんやり眺めつづけてしまう。

「そういやラリーさん」

「なんです？」

「山下さんから連絡きましたよ」

はよ言えやという具合に視線をさっとこちらへ移し、ラリーが訊ねてきた。「それでアーサーは？」

「あ、まだ聞いてねえや」

「お願いしますよ阿部さん――」

顔色をうかがうまでもなく、短気な四六歳の頭から熱い湯気が立ちはじめていることは明らかだ。ここでまたぎゃあぎゃあやいのやいの言われたくはないので、阿部和重はうんうんうなずきながら先手を打ってiPhone 5の操作にとりかかる。するとそのとき、ピーというかんだかい笛の音が鳴り響いてきて、屋上で揉めだしている中年紳士らの動きをぴたりととめた。音の出どころは公園のほうだった。

奏者の正体は三歳児だとすぐにわかった。笛を吹くたびにマルチーズたちもわんわん応ずるのでおもしろくてならないらしく、何度となくピーピー鳴らしている。コンビニかどこかで麻生未央に買ってもらったおもちゃのホイッスルでも口にくわえているのだろうと推しはかる父親は、息子がいつまでもピーピー鳴らしすぎるので騒音問題に発展しやしないかとだんだん気が気でなくなってくる。

しかしその数秒後、騒音問題に輪をかけて厄介な事態が発生してしまう。ちいさな笛吹き男の奏でるメロディーに誘われて、ねずみの大群ならぬ散歩中の犬たちが、飼い主らを置きざりにして独走をはじめ、群れをなしていっせいに映記のもとへ駆けつけてきたのだ。おまけに犬小屋につながれているか屋内にいるかして公園内にはやってこられない近隣各所の犬たちが、連鎖反応みたいに次々に遠吠えを発してさえいるからもはやうるさいどころの騒ぎではない。にもかかわらず、お目つけ役の麻生未央はただかたわらで見まもるばかりで三歳児を放任しているため、この混乱がおさまるとしてもそれは数分内というわけにはゆかないだろう。息子の耳に声がとどくかどうかわからぬが、ここは父親として注意しておかねばならんかなと思いたった阿部和重が息を吸いこんだところ、隣のラリーが話しかけてきたので機を逸してしまった。

「あれはあのときの犬笛ですね」

そういえばそんなものを、一ヵ月半ほど前にとち狂ってAmazonで買ったんだったと思いだす。デニムのポケットに入れっぱなしにしたまま失念しきっていたから、知らぬ間に外へ飛びだしてどこかに転げおちていたのかもしれない。自身の娯楽になりうるものならなんだって見つけてしまう能力を持っている三歳児は、しかるべきタイミングであの笛の在り処にめぐりあい、犬の群れにかこまれたいという昨今の願望を見事にかなえたわけだ。

「阿部さん忘れていませんか？」

「忘れてませんよ、犬笛でしょ」

「ちがいますよ、アーサーのことです」

「ああそうね、はいはい」

「わかっていますか？ 一刻をあらそう状況ですよ？」

「わかってますわかってますって。今から電話してみるんでちょっと待っててください」

そうは言っても時刻は午前一〇時半だ――山下さとえはおそらく現場で仕事のまっさいちゅうだろうから、LINEは送ってきても電話には出ないかもしれない。そのほうが面倒が少なくていいかという気がしてくるが、ヘイケガニどころか羅刹天への変貌を遂げつつあるラリーの形相がちらっと目に入ってしまい、そうでもなさそうだと思いなおした阿部和重は、今度は敏腕アシスタントよ電話に出てくれ出てくれと一心に祈った。

「あ、もしもし山下さん――」ここは相手が電話に出たふりでもしてお茶をにごそうかと思いついた矢先に山下さとえの声が聞こえてきた。「お忙しいなかすみません、じつは今日のことでひとつ確認のお願いが――」

羅刹天は消したものの金星ガニめいた顔つきはひっこめていないラリーがなにやらこちらへ伝達するべくジェスチャーを試みているようだが、身ぶり手ぶりが下手くそすぎてちんぷんかんぷんだ。仕方がないので阿部和重はスピーカーの向こうに「少々お待ちを」と告げ、iPhone 5をいったん耳から離した。「ワルキューレがんがんに鳴っちゃってる」ような現場で働く人間にこちらから電話をかけておきながら即座に待機を強いるというのはなかなかの冒険野郎だが、かといって、ここにいるＣＩＡのメッセージを無視すればマクガイバーであろうとだれであろうとたちどころに奈落の底へとたたき落とされかねない。打ちあわせたいことがあるのならあらかじめ言っとけよと心で愚痴りつつ、「なんなの？」と小声で訊ねると、ラリー・タイテルバウムは「名案が浮かびました」と口にして微笑んできた。

●

神町小学校の裏手にある駐車場にトヨタ・アルファードを停めたのは午後三時二〇分だった。指定された時刻の一〇分前に着いたはずだが、山下さとえはすでにその場にいて待ちくたびれているかのようにそわついているのが運転席のドアウインドー越しにも伝わってくる。呼びかけるのもためらわれるほど彼女はいらだたしげだが、とはいえ「じゃ」と挨拶だけして車をＵターンさせるわけにもゆかないから腹をくくり、エンジンは切らずにパーキングブレーキをかけて阿部和重は車外へ出た。耳の奥では依然「ワルキューレがんがんに鳴っちゃってる」かもしれない敏腕アシスタントは、あからさまに不服そうな顔で容赦なくこう問いかけてきた。

「映記くんマジでつれてきてないんすか?」

「そうなんですよ」

「なんのために今日のセッティングしたのかわかってます?」

「ですよね、申し訳ない」

「ほんとは映記くんが主賓で阿部さんはついでのつきそいだったのにね。子どもは置いてきて自分の仕事を優先させちゃうって、それ親のやることじゃないすよ阿部さん」

「面目ない」

「電話でも言ったけど、あらためてもう一回とかはないすからね」

「はいもちろん、それでオッケーです」

まだまだ言いたりないという表情を向け、相変わらず血走ってぎらついた目でにらんできている山下さとえは、もっと文句をつけたくてうずうずしている様子だ。長期ロケがおおづめをむかえてただでさえボスがたいへんなときに、電話だのLINEだのカフェだのでたびたび応対させられたばかりでなく、せっかくの厚意を無にされたようなかたちにもなって腹にすえかねているのだろう。ひとごとながら同情を禁じえないが、こちらも世界平和がかかっているからおいそれとひきさがるわけにはゆかないのだと阿部和重は身がまえる。

「まあいいや。わたしそろそろ仕事もどんなきゃいけないんで、彼つれてきますわ」

「すみませんいろいろと」

「あとはひとりでやってくださいね」

「大丈夫です。どこで待ってればいい？」

「ここでいいすよ」

「どんくらいで？」

「は？」

「時間かかる？」

「すぐきますよすぐに」今にも爆発しかねないようなふくれっ面でそう言いすてると、山下さとえは校舎裏口のほうへ去っていった。

本日の川上班は終日、日曜日ゆえ授業のない神町小学校を借りきり、校舎をロケセットとして利用し武装集団による籠城シーンの撮影をおこなうスケジュールになっているという。午後には、人質となる児童や教師らが体育館にあつめられてパニックに陥る場面を撮る予定になっており、そのときならひとも多くてまぎれやすいし見物するのに好都合だから昼すぎに映記をつれてくるようにと、敏腕アシスタントはLINEで知らせてきたのだった。体育館のフロア側に面したかたすみにある用具室の高窓から館内を一望できるので、監督が別室で作業しているあいだにこっそり当の特等席へと案内してさしあげよう——そんな気の利いた提案もこの招待にはふくまれていたわけだが、ＣＩＡの「名案」により無情にも、そうしたとりはからいはまるきり不要になってしまったのだ。

それにしてもと、校舎を眺めているうちに阿部和重は思う。敷地内に足を踏みいれるのは何年ぶりだろうか、というくらいに神町小学校にはひさしく立ちよることがなかったが、新都においてここだけ時間がとまってしまっているみたいに感じられる。

都市開発により周辺の風景がすっかりさまがわりしてゆくなか、特別自治市の中心地にありながらも神町小学校は今なお存続を許されている。首都機能移転の影響で住民構成ががらりと変わり、市街地においては民家があらかた消えたとはいえ、人口面では流出をうわまわる流入が右肩あがりでつづいており、それにともない児童数も増加傾向にある神町では、保育・教育施設の拡充もまた急務とされているためだ。

首都機能移転関連の再開発工事が優先的に進められていることから、周囲の景観には目ざましいほどの一新が認められるいっぽうで、老朽化した校舎の改築をあとまわしにされている神町小学校は、ひとつだけ変化に背を向けてしまったかのような古ぼけたモニュメントと化している。そうした風情はさながら東京都千代田区千代田一番一号のようでもあり、あるいはホテルビジネスに参入する以前の、地元との関わりをほとんど持たずに一族の伝統護持につとめるしかなかった菖蒲家を彷彿とさせるものでもあると阿部和重は見ている。自分自身もかつて通った学舎を、将来そんな視点から見つめることになるとは予想だにしなかったなと彼は思い、いささかの戸惑いをおぼえてもいるところだ。

考えてみればこの公立小学校では昨年来、アヤメメソッド唯一の正規継承者が教職に就いてもいるのだった。

ふとそれに思いあたると、阿部和重はみずからの過去と目前の現在がうまく結びつかず、どうにも浮世ばなれした感覚に襲われてしまう。ここはかのミューズ自身の母校でもあるわけだが、一二〇〇年もの長きにわたる一子相伝の秘術を受けついでいるとされる絵空事じみた存在感をまとうその女性と、俗にまみれたこの自分がおなじ小学校の卒業生だとはにわかには信じがたい。

ミューズこと菖蒲みずきが、のちに彼女の最側近となる田宮光明の担任教師になったのは採用一年目だというが、新卒教員と六年男子のふたりがいったいどのような経緯をたどり、CIAにマークされるまでの危険な関係を築きあげるにいたったのか。翌月デビュー二〇周年をむかえる四五歳の小説家としては、大いに想像をかきたてられるところではあるものの、それについてはラリーもエミリーも正解を見いだしてはいならしく、いまだつまびらかになっていない。

「阿部さん」

呼ばれて振りかえると、山下さとえが校舎裏口の前で立ちどまり、どうぞという感じに右手をななめに差しだしている。彼女の隣には、クライヴ・オーウェンみたいな顔だちの欧米人男性がいて、敏腕アシスタントの右手がゴーの合図だったかのようにさっそうと歩きだしてひとりでこちらへ向かってきている。ラリー・タイテルバウムとはちがって腹など出ていない長身の英国紳士が無地のリネンシャツにネービーブルーのブレザーをはおって下はベージュのチノパンというトラディショナルなスタイルですたすたやってくるから、DAKSだかGieves & Hawkesだかの広告でも眺めているような気分にさせられる。

撮影現場にミリタリーアドバイザーは同行するのかと午前中に電話で確認したときには、本日中に彼はクルーから離脱して日本を離れる予定になっているという答えがかえってきたためラリーの「名案」も無駄に終わるかと思われた。しかし結果は意外にあっさりくつがえる。ギブアップなど認めないとばかりに無言の圧力をかけて徹底交渉を強制してくる短気な米国紳士を横目に見つつ、ためしに用件をことづけてもらったところ、山下さとえは一〇分もしないうちに折りかえしの電話をかけてきたのだった。監督の夫である彼は映画評論を書いたりもする小説家だと伝え、Wikipediaにある「来歴」をかいつまんで読みあげるなどして紹介してみたらすぐに面会OKの返事をもらえたという報告だった。かくして今、阿部和重の目の前にアーサー・アチソンがあらわれたという次第である。

「こんにちは」

アーサー・アチソンは日本語でそう挨拶してきたが、彼がほかに使える語彙は「ありがとう」とか「おいしいです」くらいらしいから、会話をはずませたければこちらが一瞬で英語を身につけるかだれかに通訳を依頼せねばならない。ラリーの「名案」にしたがい、来日中のミリタリーアドバイザーに対し映画記者を名のって取材を申しいれるかたちで接触をはかった阿部和重には後者いがいに選択肢はなかったので、インタビューの場に通訳者をつれてゆくことを事前に承認してもらっていた。

とうとつなオファーだったにもかかわらず、日本を発つ間際で時間がないはずの軍事専門家から三〇分間だけならと即快諾をえられたのは、監督の夫という肩書きに効き目があったのはまちがいないだろう。加えてかの名だかい映画批評誌『カイエ・デュ・シネマ』の日本版編集委員をつとめた過去もあるとするWikipediaの一節が一介の小説家に箔をつけ、欧州人に好印象をあたえることにつながったのかもしれないとも推しはかる極東人の四五歳自由業としては、一年前に急に逝ってしまわれた『カイエ・デュ・シネマ・ジャポン』編集長を偲び、恩ある故人への感謝をつぶやかずにはいられない。

校舎裏口の前にはもう山下さとえの姿はなかった。なにごとをなすのも彼女は速くてこちらは大助かりだと思いつつ、阿部和重は初対面のイギリス人に右手を差しだした。

「こんにちはアチソンさん、阿部です。サンキュー、サンキュー」言いながら握手を解き、アルファードのパワースライドドアを開けた阿部和重は、内心は張りつめすぎて吐き気さえ催しているものの表面上は気やすい調子をとりつくろい、クライヴ・オーウェンみたいな顔だちの男を「どうぞどうぞ」と後部座席へ誘う。インタビューを車上でおこない、終了したらそのまま空港へ送ってやる手はずになっているためだ。

こじゃれた英国紳士は口角をちょっぴりあげる程度の笑みを見せ、車に乗りこむべくまずは長身者のたしなみとしてルーフにおでこをぶつけぬよう前かがみになった。そしてつづけざま、かがめた上半身をすっとトヨタ車のなかに入れた彼は、そこへいきなり横からひょいと出てきた黒い布袋をすっぽりかぶせられ、頭部をまるごと覆われてしまう——車窓カーテンの陰に隠れてサードシートで静かに待ちぶせしていた通訳者の仕わざだ。

ドア側に潜んで虎視眈々と網を張っていたラリー・タイテルバウムは、獲物の視界を奪った隙に難なく捕獲を成功させた。アルファードのセカンドシートをあらかじめ半回転させてサードシートと対面するかたちをとり、後部座席の中央にスペースをつくって動きやすい状態にしておいたのが奏功したらしい。間髪いれずにアーサー・アチソンのみぞおちを殴打し、その体を座席に転がしてうつぶせにしたラリーは、うしろ手に固定した相手の両手首をプラスチックカフで縛りあげ、足首もおなじようにしてあっという間に拘束してしまった。

その間、阿部和重はなにもせずぼさっと突っ立っていたわけではない。パワースライドドアをすかさずボタンひとつの操作で閉方向へ作動させつつ運転席に乗りこんだ彼は、バックミラー越しに後部座席の状況をちらりと確認するとただちに車を発進させていた。この作戦を知れば激怒するであろうエミリー・ウォーレンのいるＰＥＡＣＨへ向かうつもりはさらさらなく、目的地をどこかにさだめているわけでもない。熟練ケースオフィサーより先に受けていた指示は、用が済むまでひたすら公道を走りつづけろというそれだけだ。

とりあえずは監視カメラだらけの市街地を抜けでるべく、県道二九六号線を東進した。

スパイ映画の典型的現地協力者は、こんなときはひと目につきにくいルートの行ったりきたりがよろしかろうと判断し、見わたすかぎり果樹園がひろがる区間《フルーツライン》の走行を考えている。うしろのアメリカ人とイギリス人は鋭い語気を放ちあう緊迫の応酬をくりひろげているようだが、英語を解さぬ頭には騒々しいばかりで展開がまるでつかめない。こちらとしてはもっぱらガス欠にならぬよう注意しながらアクセルを踏みつづけるのみだと阿部和重は思い、法定速度をやや超えるスピードを保ちつつアルファードを走らせた。

それが若木山を通りすぎて一キロメートルほど進んだあたりで早々に異変に直面した。気づけばさっきとは打ってかわり、妙におだやかな英会話が後部座席から聞こえてきている。なにがあったのかといぶかしみ、バックミラーを何度もちらちら見まくって米英戦争の模様をたしかめてみると、想定外の光景にゆきあたって阿部和重はアクセルを踏む力を弱めてしまう。アーサー・アチソンの頭部から黒い布袋がとりはらわれているのみならず、どうやら両手両足の拘束も解かれている。ラリー・タイテルバウムはひきつり気味の表情で紳士的におしゃべりしているが、計画していた尋問を断念したのはまちがいなさそうだ。脱出マジックでもあるまいし、ほんの三分も経たぬうちになにゆえ拘束具がとりはずされ、因縁ある米英は和解にいたったのだろうか。

●

山形空港エリアを走る国道二八七号線の沿道に車を停めさせ、車外へ出ると、アーサー・アチソンは高くあげた右手を振ってバイバイしながら歩道をすたすた歩いていった──去りゆくうしろ姿もまた絵になる男ではあり、あらためてDAKSだかGieves & Hawkesだかの広告でも眺めているような気分にさせられるが、そんな感想はセカンドシートのしょぼくれたアメリカ人の前では口に出せない。空港にほど近い幹線道路上とはいえ、ターミナルビルの正面玄関前や駐車場などではなく、中途はんぱな道端なんかを降車場所に選んだのは、この近辺で取引相手と会う約束だからだとだけ、闇ブローカーでもあるイギリス人はラリーに告げたという。

それにしても、なんとも呆気ない幕切れであり、作戦の失敗も明々白々である。運転手をつとめたにすぎない下請けの立場でもこの不完全燃焼はやりきれないものがあり、呆然とならずにはいられない。

「なんなのこれ、どうなってんの？」

「エミリーです。先まわりされました」

「どういうことよ」

「彼女が電話でアーサーに警告していたんです。ラリー・タイテルバウムがいま神町にいて、復讐するつもりでおまえをねらっているから気をつけろと」

「あらー」

「これが無許可の作戦なのはわかっているから、あと一〇分内に解放しなかったらきみたちはこまったことになるぞと逆に脅されてしまいました。武装チームを待機させているとにおわせてもいましたから、まんがいちを考えてしたがうことにしました」

「おれら危ないとこだったわけ？」

「いえ、おそらくブラフでしょう。そんなチームをわざわざ用意するほどの状況ではありませんから」

「そうですか——しかしだとすると、なんか悔しいですねこれは」

「予測できたはずの流れでした。対策をおこたったわたしのミスです。迂闊でした」

「ブラフかもしれないのなら、まだ解放しないほうがよかったんじゃないの？　ラリーさんの動向とかもろもろ、知られちゃまずい連中にばらされちゃったりしない？」

「そこはエミリーが手を打っているとは思いますが——」

「そんな簡単にコントロールできる相手ですか？」

「むつかしいでしょうね」

「だったら逃がしちゃ駄目じゃん」

「エミリーは、わたしが私怨にかられて暴走しているとアーサーに思いこませていたようですから、こちらもあえてその誤解を解かずにおきました。それを真に受けたまま忘れてくれるといいのですが」

「そんな都合よくいかないでしょ」

「腹にいっぱつ食らった程度なので、アーサー自身が大騒ぎするとは考えにくいのですが——問題は、あの男がいちいち騒ぎたてなくても、わたしの話が局内に伝わるだけで面倒な事態を招きかねないことです。勝手に一ヵ月半も消息を断っていた菖蒲家調査の担当官が今も神町にいてぴんぴんしているとわかれば、ミューズのシンパがさっそく配下を送りこんで妨害してくるでしょうから」

「今度こそ命とられるかもしれないってこと?」

「阿部さん物騒なことを言いますね」

「ちがうの?」

「局内のだれがここにひとをよこすかによります。作戦本部のサミュエル・ブルームが、仮にジェームズ・キーンと共謀する裏切り者なのであればそんな物騒な展開もありえますから要注意です」

「でも実際どうなの、ほんとにそこまでCIAにも菖蒲家の影響力が浸透してると思う?」

「なんとも言いきれませんが、今の今までわたしの後任が派遣されていないところを見ると、局内ではすでにこの調査は打ちきられたことになっているのかもしれません。そしてそれが、菖蒲家にとって好都合の結果であるのは疑いえない」

「その場合、ラリーさんはどういうあつかいになるの?」

「作戦行動中の行方不明というやつです。アレックス・ゴードンと似たパターンですよ」

「なるほど。なら、物騒じゃない展開の場合は?」

「今度はわたしが監察官に拘束される番です。銃で撃たれたりはしない代わりに、聴取を延々と無理じいされて仕事をさせてもらえなくなります。そしてどのみちこの任務じたいの有効性が見なおされて、調査が中止されるかわたしが解任されることになるのはまちがいないでしょう」

「どっちに転んでもおしまいって感じじゃないですか」

「要するにね」

「それって今日明日の話？」

「早ければこの四八時間内には動きがあるかもしれません。そうなってしまう前に、菖蒲家の核疑惑にだけはかならずけりをつけておきたいのですが――」

毛ほどの達成感もえられずもやもやがつづいているが、いつまでも路肩にとどまりおっさんふたりでがっくりしていても仕方がない。朝から映記を麻生未央にあずけっぱなしにしているのも気がひけるし、ここはいったんひきどきかと思う。車を発進させるべく、阿部和重がハザードランプをオフにすると、解任危機を覚悟しているケースオフィサーからストップがかかった。ラリー・タイテルバウムはすべてをあきらめたわけではないらしく、セカンドシートの隙間から双眼鏡を突きだしていわくあるイギリス人の行き先を見とどけようとしていたのだ。

「阿部さん、車をゆっくり走らせてください」

アーサー・アチソンが歩道から姿を消したようだ。いなくなった付近を低速で通りかかると、彼がどこへ行ったのかはたやすく察しがついた。そこは山形空港の拡張にともない農地をつぶして物流拠点として整備された区域にあたり、英国紳士が曲がっていった先には業務用の貸し倉庫や輸送用コンテナなどがいくつも見えているから、軍需品売買のブローカーには仕事上の縁がいろいろとありそうなポイントだと思われる。映画撮影のミリタリーアドバイザーとして神町を訪れたはずの男は、その裏ではやはり、違法取引に関わる用事もかかえていたということなのか。

「阿部さん、あそこに車を停めましょう」

数十メートルほど前方の左手に、資材置き場になっている空き地がある。言われた通りすみやかに、運搬車両のさまたげにはならなそうな位置にトヨタ・アルファードをすえてパーキングブレーキをかけた。ここに駐車させたということは張りこみか、さらなる尾行をおこなうためなのだろう。そしてこれまでの慣行を踏まえれば、車を降りてあのイギリス人を追いかけるのはこのおれの役目にちがいないと阿部和重は推しはかる。

これまでとちがうのは、不完全燃焼のもやもやにさいなまれているせいか、まだなにも頼まれちゃいないのに使い走りをみずからやる気になっているという点だ。さっと顔を横に向け、現役ＣＩＡと目を合わせた四五歳の小説家は、表情を生き生きさせてこう訊ねた。

「で、どうすんの？」

ラリーの返答はシンプルながら予想外だった。

「迷っています」

今日は意外つづきの日曜日だと阿部和重は思う。いつもなら即おまえ行けと指令がくだされるシチュエーションだが、せっかくこちらが意気ごんでいるこのときにかぎってラリー・タイテルバウムはなぜだか躊躇を見せている。アーサー・アチソンを今すぐ追えば取引相手の顔もおがめるかもしれないというのに、なにをぐずぐずしているのか。プロの迷いがどんなものかもわからぬうちに、はやる気持ちに押されたアマはついこんな提案を口にしてしまう。

「あとつけてって写真でしょ？　おれ撮ってくるよ」

ラリーは無反応でターゲットが向かった方向をただ見つめているばかりだ。迷いの理由がどういうものかも説明しない彼は、ちっちゃなもうひとりの自分自身との会話に集中している様子でもある。その指示を待つ身としてはじれるいっぽうであり、数秒の経過も数時間に感じられてくる。悪党紳士がまんまと逃げおおせ、かわいた笑いを残してジェット機で飛びさる怪盗ファントマ的なイメージしか思い浮かばなくなっている阿部和重は、いちだん声を高めてふたたびこう訊いた。

「ラリーさん、早くしないとあいついなくなっちゃうよ。あとつけて写真撮ってくればいいんでしょ？　おれ行ってくるよ？」

ミニ・ミーとの話しあいがまとまったのか、今度はラリーは聞きながさず、こちらに一瞥を投げることはした。なおも迷いの渦中にはいるようだが、いっぺん溜息をついてからやむをえないといった面持ちで彼がうなずくのを見て、阿部和重はひとこともかえさず車外へ出て、そのまま駆けだして車道を横ぎっていった。

●

アーサー・アチソンを追って物流拠点の倉庫街へと立ちいった阿部和重は、三分後にはみずからの安請けあいを後悔していた。血気にかられて飛びだしてきたまではよかったが、ちょっとした躁状態と役割意識にせっつかれて足がよく動いたのは最初の一分だけだった。つづく二分は燃料もれでも起こした機体みたいに意欲ががくんと急低下してしまった。

この倉庫街は目下ストライキ中かと見まがうほどにひとの気配がない。どちらを向いても飾り気のない似たような灰色の建物が立ちならぶばかりの殺風景な環境であり、うろついているとだんだん『Minecraft』のごとき囲いなき迷宮感を味わわせてもくれる。そんなところをあとさき考えずそそくさと駆けまわりつつ、クライヴ・オーウェンみたいな顔だちのトラッド野郎を探してきょろきょろするうち、素人工作員は道に迷って右も左もわからなくなって立ちつくすしかなくなった。迷子になったと自覚した途端、中年の身体をどっと疲労が襲ってきて、高揚感もみるみるうすれてその場にへたりこんでしまいそうだったから、闇ブローカーの取引現場を押さえるよりも先におのれの方向感覚を立てなおす必要があった。

体がびくっとなる。右手につかんでいたiPhone 5がだしぬけに着信音を鳴らしたせいだ。やばいやばいとつぶやきながら急いで電話に出ると、ラリー・タイテルバウムが「阿部さん」とおちつきはらった声色で呼びかけてきたため四五歳六ヵ月の男はまた叱られちゃうのかと早合点してさらにびくっとしてしまう。

「え、なに？　どうしたの？」

「車にもどってください」

「なんで？」

「ホテルに帰りましょう」

「え、もう帰んの？　じつはおれまだ、写真撮ってないんだけど——」

「仕方ありません」

「なんかあったの？」

「すぐにもどってこいと、エミリーから連絡がありました」

「ああ、そういうことか。怒ってました？」

「だれがですか？」

「だからエミリーさん」

「いえ、彼女は怒っていません」

「なら、もどれってのはなんで？」

「ジミーの件で、なにか新しくわかったことがあるようです」

「なるほど、それは重要そうですね」

「だから早く車に――」

「はいはい、ならもどりますよ、ええ、仕方ないしね」

「阿部さん」

「なんです？」

「なにか問題でも？」

「なんもないですよ」

「では待っています」

「了解です、三分でもどります」

どこをどのように歩けば迷宮の外に出られるのか皆目わからない状況だというのに、またもや「三分でもどります」などと安請けあいしてしまった。どうしたものかと嘆息しつつ、右手のiPhone 5が目にとまったところでマップアプリを使えばいいのかと思いあたる。さすがに物流拠点の敷地内を通る通路までは地図上に示されちゃいないだろうが、目ざすべき方角さえ確認できれば公道への脱出は容易だろう。さっそくGoogle Mapsを立ちあげて、GPSの伝える自分自身の位置情報を知りえた阿部和重は、液晶画面を凝視しながらふたたび足早に歩きだす。そうして左右を高いコンクリート壁にはさまれた窮屈な路地に入り、数十メートル進んでひろめの道へ出ようとした矢先、ちょうどそこへ通りかかったひとりの中年男と出あい頭にぶつかってしまった。

「すみません」

「失礼しました」

謝罪は同時だった。こちらの不注意なのにやけに恐縮してくれちゃってるなと思ってよく見ると、手にしたスマホを胸もとに掲げたまま相手がかたまっていることから、あちらさんも画面に視線を落としっぱなしで歩いてきたのだと理解する。そのうえマップアプリを使用中であるのも目に入ったため、阿部和重はついついにやつきそうになるのを抑えながらこう問いかけてみた。

「もしかして、出口がわからなくなっちゃったとか？」

「あ、はい」

「一緒ですわ」

「え、そうですか」

「そうなんですよ」

「たぶんあっちですよね？」

「だと思うんですけど――」

そんなやりとりをかわすうち、偶然めぐりあったふたりはいつしかならんで歩を進め、迷宮めいた倉庫街の外を目ざしていた。たまたまおなじ難局に陥っていた者どうしの連帯感が、たがいに向けあうぎこちない笑顔によって暗黙のうちに共有されたかのように思え、ビージーズやカーペンターズの曲でも流れてきそうな懐かしさを阿部和重はふと感じたりもしていた。

やがて先ほどまでとは打ってかわり、ストライキだかおやつの時間だかが終わったみたいに作業着姿にヘルメットをかぶったひとびとがあちこちから出てきて何度もすれちがうようになり、ときおりそばをトラックやフォークリフトなどが走りぬけていった。ともにゲームの攻略に取り組んだ中年ふたりのパーティーが公道にたどり着き、GPSに頼らなくてもいい状態になったのは彼らが出会って三分後のことだった。

「それじゃ、どうも」

ぺこりと頭をさげつつこちらに背を向けた短い旅の仲間は、国道二八七号線の歩道を南方面へ歩いていった——二〇〇メートルほど先の交差点を左に折れ、そのまま空港のターミナルビルへ直行するつもりなのかもしれない。すすけた黒のニット帽をかぶり、ぼろぼろのM-65フィールドジャケットを着て、色あせたストレートデニムを穿いている彼は、年の頃は五〇すぎくらいに見えた。大型のスーツケースをひいて、空港近くの倉庫街なんかをひとりきりでうろついていたということは、土地勘のない旅行者が道をまちがえて無用の場所へ迷いこんでしまったのだろうかと小説家は想像する。が、いずれにしてもこのおれは今、他人の心配をしている場合ではないと考えを切りかえた阿部和重は体の向きを変え、資材置き場に停めた車のもとへと急いだ。

●

ラリー・タイテルバウムとともにPEACHへもどると、休む間もなく三〇三号室へと召集され、ただちに緊急会議開始となった。出だしからしてCIAの男女は盛大に先ゆき不透明感をまきちらしており、こいつは長くなりそうだと憂鬱になった阿部和重は逃げ道を探った。時刻はすでに午後四時をまわっているが、炊事係が晩飯の支度をはじめるには少し早い微妙な時間帯ではある。休憩をとりたい四五歳六ヵ月の男は、食材の買いだしを口実にこの場を脱けだして映記が昼寝している隣室へと避難することを思いついたが、実行には移せなかった。飯などいいからおまえもここにいろとラリーに命じられてしまったのでやむをえず、最後までつきあわされる羽目となったのだ。

「エミリー、どういうことだこれは」

入室して早々に発したラリーの第一声がこれだった。ありえない光景が目に飛びこんできたことへの驚きと抗議らしかったが、加えて彼はこうも言いそえた。

「解放するだけじゃなく、この部屋に彼を入れるなんてどうかしてるぞ。正気なのか？」

ラリーにつづいて三〇三号室に入り、自分が座ろうとしたソファーでジェームズ・キーンがくつろいでいる姿を目にした阿部和重はあちゃーと思いつつ、それを声にも出してしまった。国家反逆罪の容疑をかけられ地下室に幽閉されていたはずのCIA東京支局長が、なにゆえいきなり無罪放免となって拘禁を解かれたのか。窓辺に立って腕を組んでいるエミリーが口を開いた。

「誤解が晴れたのよ」

「誤解だって？」

「ええそうよ」

「バカなことを言うな。なにを吹きこまれたか知らないが、きみもわたしも彼に殺されかけたんだぞ。その脇腹の傷を見てよく思いだしてみろ」

エミリー・ウォーレンは首を横に振り、諭すような口ぶりでこう応じた。

「だからそれ全部が誤解だったのよ」

「冗談じゃない、誤解の入りこむ余地などどこにもないぞ。彼がセーフハウスに仕かけたトラップにはまって、わたしが死にかけたことは事実だ。ここに証人もいる」

ラリー・タイテルバウムはこれ見よがしに隣の阿部和重の肩をつかみ、命の恩人たる男のその体をぐらぐら揺すってさらに訴えつづけた。

「一ヵ月半前にわたしの流した血が、この阿部さんの家の廊下やバスルームをよごしている。それはまぎれもない事実だし、調べればすぐに痕跡も見つけられるだろう。そういうわけで、どこにも誤解はなく、いくらでも証拠はそろっている。セーフハウスの住所を伝えるために、ジミーがわたしのスマートフォンに送ってきたショートメッセージだって残っている。絶対に言いのがれはできないはずだ」

「そうね、わたしもおなじように思いこんでいた。でもラリー、それはすべて誤解なの。少なくともあなたやわたしが殺されかけたことは、ジミーの仕わざではない」

「ああそうかい、ふたりとも夢でも見ていたってわけか」

「まぼろしを見せられて、ジミーの仕わざだと信じこまされていた可能性が高いわ」

「だれに？」

「もちろん菖蒲家よ」

「どうやって？」

「言うまでもなくアヤメメソッドよ。あなたさんざんひどい幻覚を見せられてきたでしょ」

「即席爆発装置《IED》も幻覚だったというのか？」

「おそらくね」

ソファーに腰をおろしたままのジェームズ・キーンは、両肘を両膝にのせて両手で握りこぶしをつくりながらじっとしていて、眉間に皺を寄せて視線をさげている。嵐が静まるのを待って耐えているかのような姿だが、エミリーの主張がただしければ、ダンディーなナイスガイは見た目どおりなのだったということになりそうだ。だとすればと思い、給仕係兼尋問担当官を言いつかった昨日の午前をふりかえると、彼の小指を切りとらなくてほんとによかったとほっとせずにはいられない。気持ちがちょっと軽くなったこのタイミングで、阿部和重はついでに食材の買いだしを申しでてみるが、なおもかりかりきている四六歳の男によってそれはあえなく一蹴されてしまった。

「ならこの傷はどうなる？」言いながら、ラリー・タイテルバウムはダンガリーシャツの裾をめくると同時にチノパンのウエストバンドをひっぱりさげてみずからの右脇腹をさらし、そこにきざまれた傷跡がだれの目にもはっきりと見えるようにした。「この傷が見えるな？　みんなに見えているはずだ。つまりこの傷は幻覚なんかじゃない。エミリー、きみの脇腹にも残っているんだろう？　傷は消えてなんかいないはずだ。それでもきみはまだ、なにもかもまぼろしだったと言いはるのか？」

エミリー・ウォーレンはあわれむようなまなざしでラリー・タイテルバウムを見つめていた。そしてひとつ溜息をつき、腕ぐみをほどいた彼女が前に進みでて「なにもかもまぼろしだったと言ってるわけじゃない」と口にすると、ソファーでじっとしていた男がとつぜん立ちあがってラリーの正面にやってきた。

「そろそろわたしにもしゃべらせてくれ」

そう述べて、ジェームズ・キーンはおもむろにさっきのラリーとおなじことをしはじめた――すなわち、ホワイトシャツの裾をめくると同時にトラウザーズのウエストバンドをひっぱりさげてみずからの腹部をさらした。CIA東京支局長の右脇腹には、ラリー・タイテルバウムのへその横にあるのとそっくりの傷跡があった。

「これも現実だよラリー」

テロ対策センター所属の作戦担当官たる熟練ケースオフィサーは絶句している。それは彼にとって予想だにしない「現実」だったのだろう。生唾を飲みこみ、毛のない頭頂部に右手を置いてまいったなという表情を見せているラリーは、自身の動揺や混乱をおさめるのに苦労しているのか、なかなか二の句をつげずにいる。その「現実」を先に共有していたふたりのアメリカ人は、こんなときはただ黙って見まもるしかないといった様子でたたずんでいる。やがてついに当の「現実」を受けいれる気になったのか、ラリー・タイテルバウムは眼前のジェームズ・キーンと目を合わせ、低い声でこう問いかけた。

「あなたも即席爆発装置《IED》ですか？」

「いや、ちがうんだ」

「ではどういう――」

「刺されたんだよ」

「だれにです？」

「アレックスだ」

「アレックス・ゴードンに刺された？」

「ああ。おそらくわたしはそういう幻覚を見せられたんだ」

ラリー・タイテルバウムは渋い顔をして腕を組んでいる。ジェームズ・キーンより差しだされた「現実」をひとまず甘受しつつも、疑心をまるごと封じたわけではないことをその態度が物語っている。それを意固地と責めるのは酷だろう。傍から見ていても、これは半信半疑にならざるをえない灰色の局面ではあるなと阿部和重は思っていた。

「しかし傷はあるのに、なぜ幻覚だと言いきれるんです？　われわれ三人とも、気を失っているあいだにひとりでに腹が裂けたとでもいうんですか？」

「いいかいラリー、真相を知るうえで、この場合に最もあてにならないのが自分自身の記憶だとわたしは言いたいんだ。知らぬ間に例の術をかけられて、おのれの主観に嘘をつかれたらお手あげだからな。わたしがやられた現場は赤坂の路上だったが、当時はほんとうに、いかれちまったアレックスに刺されてこうなったと信じて疑わなかった。それが実体験として頭にこびりついちまったわけだが、のちのち調べてみると、その夜アレックス・ゴードンが東京にきていたことを裏づけるものがいくら探しても見あたらない。現場周辺の防犯カメラ映像すら隈なくチェックしてみたが、わたし自身を見つけることはできても彼の姿はどこにもなかったよ」

「目撃者は？」

ジェームズ・キーンは首を横に振った。「なにしろ春先の深夜二時すぎだ。赤坂といっても、そこはビルの隙間の抜け道だったからひと通りなんてほかにありゃしない。おまけにカメラの死角だ。アレックスが走りさったあとは――つまりそういう幻覚を見せられた直後はってことだが、その場に残っていたのは血だらけのわたしひとりきりだ」

「本部には報告しなかったんですか？」

「怪我したことを伝えちゃいるが、アレックスの名前は出していない」

「日本の警察には？」

「いいや。わたしはそのまま二、三〇〇メートル歩いて大使館にもどったからな、だれにも気づかれちゃいないはずだ。セキュリティーには通りがかりの酔っぱらいにからまれたとでたらめを話して大使館のなかに入った。コートを着ていて出血はそう目だたなかったから、おおごととは思われなかったようだ。それで騒ぎにならんよう医務室へ直行して自分で応急処置をやって、翌朝いちばんに医者に診てもらったよ」

「アレックスの名前を伏せたのはなぜなんです？」

「わかるだろう？　サムを警戒したんだ」

「もとから彼を疑っていた？」

「ああ。しかし彼だけじゃないぞ」ジェームズ・キーンはまわれ右して窓辺へ向かい、インベスティゲーション・ボードを眺めまわしながらさらにこうつづけた。「ここにサミュエル・ブルームではなく、わたしの顔写真が貼られているのは皮肉だな。ＣＩＡ本部《ラングレー》にいる彼が、七〇〇〇マイルも離れた神町の菖蒲家にとりこまれているとは考えもしなかったから、そうと気づくのに少し時間がかかりすぎてしまったことが悔やまれてならんよ。こっちがぼやぼやしてる隙に、サムは局内どころか国務省《フォギーボトム》やＦＢＩ《ビューロー》にも着々と裏切り者の輪をひろげちまったようだからな」

「彼はいつから菖蒲家の影響下に？」

「確実にいつと断定できる証拠をつかんだわけじゃない。が、それが昨日今日の話じゃないのはたしかだろうな」

「あなたがたの折りあいが悪かったのはそういう事情のせいですか」

「彼との折りあいがよろしくなかったのは否定しないが、しかしこれでもわたしは職責の全うにつとめる男でね。汚染の実態が見えてきた以上はそれに勘づいた人間が水際で食いとめなくちゃならんと考える程度の愛国者だよ。だからわたしはとにかく赤坂にとどまることを最優先にして、人畜無害な管理職をよそおうのに徹したつもりだ。そうでなければとっくによそへ飛ばされていたはずだからな」

「なるほど」

「とはいえだ、人畜無害な管理職にできることなどかぎられている。正体不明の通り魔に刺されてすっかり萎縮しちまった意気地なしだと見せかけてサムの注意をそらしつつ、彼に近い職員をひとりひとり菖蒲家から遠ざけていって臨戦態勢をととのえなおすのが関の山だ。結果的にきみらがチームに加わったことは幸いだったと言えるが、しかしそのあげく、サムではなくわたしのほうが国家反逆罪を疑われて拘束されちまう始末だ。まったくもってやりきれない話だとは思わないか」

東京支局長がぶつぶつ愚痴をこぼすあいだにラリーも窓辺へ歩みより、インベスティゲーション・ボードを見つめだしていた。ひとしきりしゃべって気が済んだみたいにジェームズ・キーンがひと息つくと、変わらず渋い顔をしている熟練ケースオフィサーは追及口調でこう訊ねた。

「この相関図はどう見ました？」

「これを？」

「ええ」

「そりゃ驚いたよ。あんなにおかしな言動ばかりだったアレックス・ゴードンが、ひとりきりでこっそりここまでまとめあげていたわけだからな、すぐには信じられなかった」

「中身はどうです？」

「これが菖蒲家の関係先のすべてかどうかは検証が必要だが、全体像を見わたすにはじゅうぶんなリストだ。ひょっとするとアレックスは、こいつを隠しとおすためにいかれたふりをしていたのかって気もしてくる」

「信憑性も高いと？」

「ざっと見るかぎりは、そう感じさせるが――」

「ではなぜアレックスは、あなたの写真をここに入れたんだと思います？」

不意をつかれて戸惑ったらしく、ジェームズ・キーンは言いかけた言葉を飲みこみ、何度も首を横に振りながらラリー・タイテルバウムと目を合わせた。

「ラリー、なにが言いたい？」

「ざっと見て信憑性も高いと感じられるこの相関図に、自分自身の顔写真がふくまれている点を、あなたがどうとらえているのか知りたくなったんです」

今度は自分の番だとばかりに、ジェームズ・キーンは腕を組んで思案顔になった。問いつめられているにしては、彼の目つきには力があり、行きづまっているふうには見えない。傍観者には依然として白黒つけがたく、どちらに分があるのかも見さだめにくい局面だが、そもそもこれは明瞭に決着がつくような話ではないのかもしれないという気もしてきて阿部和重もまた思わず腕を組んでしまう。

「つまりこういうことか。信憑性が高いと見える相関図のなかに、一点だけまちがいがあると主張するのなら、それにふさわしい理由を示さなければ筋が通らんし納得できないときみは言いたいわけだな？」

「だいたいそんなところです」

「意地の悪い訊き方をするやつだな」

「どうです？」

「それについてはラリー、きみ自身の身のうえに起こったことと照らしあわせて考えてみればいい」

「なんですって？」

「きみもわたしもエミリーもみんなおなじ目に遭わされたんだ。もちろんアレックスも。わたしはそうとらえている」

その謎かけめいた言葉の意味をつかみそこねているのか、ラリー・タイテルバウムは口を半開きにしたまままかたまってしまっている。彼らが「みんなおなじ目に遭わされた」ことと相関図の写真がいったいどうつながるのか。傍観者にはなおさらそれは見当もつかないが、場の空気じたいは東京支局長の優勢を伝えてきているため、阿部和重ははらはらしながらラリーの顔色をうかがうしかない。

「わからんかラリー、われわれは菖蒲家にしてやられたんだ。腹だたしいくらい見事にな。まんまと術中にはめられちまったが、それはまぼろしを見せられて嘘を信じこまされていたっていうだけの単純な話じゃない。われわれにVRゲームを無償提供することが連中のねらいではないからな――」

ラリーはなおも押し黙っているが、半開きだった口をいつしかきっと結んでいる。鋭い眼光にはわずかの迷いの色もない。どうやら彼はジェームズ・キーンの言わんとしていることの意味を察しとったらしく、それに異論はないもののただ怒りがふつふつ湧いているといった様子で話のつづきに聞きいっている。

「こいつは要するに分断工作だ。連中の真のねらいはわれわれを仲間割れさせて調査を破綻に追いこむことだよ。現にそうなって、きみらもわたしもたがいに敵視しあったすえ、菖蒲家の調査はほとんど暗礁に乗りあげたようなものだった――」

ジェームズ・キーンは窓ガラスに貼られたみずからの顔写真をひっぺがすとそれをひらひら掲げてみせ、声音をいちだん高めた。

「たったいちまいの写真でもこのざまだ。写真いちまいこんな顔ぶれのなかにおさまるだけで、自分の部下に裏切り者の一員としてあつかわれ、拘束されてあやうく拷問を食らうところまで転落させられる。そうなるともう、もとの居場所へ這いあがるのは自分ひとりの力では無理というわけだ」

「ちょっと待ってください」ラリー・タイテルバウムが儀礼的な微笑みを復活させて口

をはさんだ。「つまりあなたはこう言いたいわけですか？　菖蒲家は意図的に自分たちの内情をリークしてアレックスを釣っておいた。そしてそのリーク情報のなかに、われわれ支局長も菖蒲人脈の一員だという虚偽をまぎれこませて不信感をあおる罠を張り、われわれの分断をはかったと」

「わたしにはそうとしか思えんがな」

ラリーはすぐには言いかえさず、うっすら髭が伸びてきている顎先をなでまわしている——手のうちを隠すみたいに、自身の考えにあえて覆いをかけることを選択したのかもしれない。とはいえ、気が短い四六歳の男は明らかに納得がいっていない表情をさらしており、ジェームズ・キーンがさらにひとことふたことつけ加えたら、ふたたび「意地の悪い訊き方」でも投げつけそうなおもむきすら醸しだしている。これはとうぶん平行線をたどりそうな気配だなと阿部和重が思っていると、新たに発覚した「現実」をいまだ受けいれきれていない様子の同僚を見かねたらしく、エミリー・ウォーレンが割って入ってきた。

「ラリー」

「なんだ？」

「あら探しはそれくらいにしたらどう？」

「あら探しとはひと聞きが悪いな。わたしは彼に当然の疑問を投げかけているだけだが」

「ええそうね。でも、もう少し公正にジミーの説明を聞くべきじゃない？」

「わたしはずっと公正だよ」

「それはどうかしら」

「よく考えてみてくれエミリー。なにしろ彼には、ビギナークラスといえどもアヤメメソッドの習得者かもしれないという疑惑だってあるんだ。いくら警戒してもたりないくらいだし、あいまいな部分がなくなるまで問いつめなければそれこそ公正を期したことにはならない」

疑惑の対象者たるジェームズ・キーンは肩をすくめておどけた顔をしてみせた。そのしぐさは、彼にやましいところがないことを示しているふうにも見てとれるが、他人にそう思いこませるためのひと芝居かもしれず、スリラー映画の観客みたいな傍観者としてはまたもやはらはらさせられるばかりだ。

「ならわたしも伝えておきたいことがあるから、判断するのはそれを聞いてからにして。さっき言いかけたつづきだけど、いい？」

立っているのが急にしんどくなったみたいにやおらベッドのへりに腰をおろしたラリーは、ふうとひとつ息をついてからエミリーを見あげた。

「どうぞ」

「傷はあるのに、なぜ幻覚だと言いきれるのかとあなたはジミーに訊いたけど、それに答えるにはまず事件そのものを客観的に把握しなければならない。わたしたち三人とも、アヤメメソッドにあやつられていた可能性が高いとなると、ジミーが言うとおり自分の主観に嘘をつかれたらお手あげだから、実際に現場でなにが起こっていたのかを知るには目撃者の記憶に頼るか信頼性のある記録情報を見つけだすしかない。そしてどのケースも目撃者はゼロだから——そうでしょう？　だとすれば、真相にたどり着くには記録情報にあたるルートにかぎられることになる。ここまではいい？」

「ああ、つづけてくれ」

「そういう意味では、わたしのケースは現場が山形空港の駐車場だから実情を調べやすい。自分の記憶上ではわたしは夜の駐車場でCar bombの不意撃ちを受け、爆風で飛んできた破片がおなかに刺さったことになっている。これが現実に起こったことなら車の残骸があったはずだし爆発火災事件として所轄の消防本部や捜査機関に記録が残ってなきゃおかしい。当時のわたしはジミーのように自分自身の実体験だと信じて疑わなかったから廃車の行方なんて突きとめようとも思わなかったしとどめの攻撃を避けるために目だつ行動はひかえていたけれど、その反面、気になることがあって違和感を持ちつづけていたのも事実だった」

「医者に言われたひとことだろう？」

「そうよ」

「てことは、爆風を浴びたのに傷が一個しかなかったわけもわかったのか？」

「推測だけど、これ以外にありえないという結論は出た」

「聞こうじゃないか」

「自分の記憶なんてあてにならないとジミーに指摘されて、彼が言ってることの真偽をたしかめるうえでも、あの爆破暗殺未遂の事実確認が急務だとわたしが思いたったのが昨日。それでさっそく、市の消防局に半年前の火災情報を問いあわせるつもりで電話をかけてみたけれど、つながったと思ったら週末はお休みしますなんてアナウンスが流れてきてほんといらいらさせられたわ」

よどみなくひと息で早口にまくしたてていたエミリーがいったん呼吸をととのえると、それすら待っていられないとばかりにラリーが彼女をせかしにかかった。

「エミリー、まどろっこしいぞ、要点だけにしてくれ」

「あいまいな部分があっちゃいけないんじゃなかった？」

「いいから結論を言ってくれ、爆発はあったのか？」

「いいえ、爆発なんてなかったわ」

「なぜそれがわかった？」

「消防局のデータベースに不正アクセスでもできれば話が早かったんだけど、あいにくもうケンはいないしわたし自身にそんなスキルはない。だから外で物的証拠を探すことにして、このあたりで廃車のひきとりをやってる解体業者をまわってみたわけ。三軒目で当たりをひいたわ」

「なにが出てきた？」

「半年前、その業者のもとへ廃車どころか故障も傷もない個人名義のスバル・インプレッサが持ちこまれていたことが帳簿に記載されていた」

「きみの車か」

「そう。しかも驚くべきことに、乗ってきたのはオーナー本人、つまりわたし自身。まったく記憶にないけれど」

ラリー・タイテルバウムは眉間に皺を寄せつつ合わせた両手を口もとにくっつけ、まばたきもせずにかっと見ひらいた目でエミリーを見あげている。言葉をなくしているのか頭のなかを整理しているのか、あるいはそのどちらもかもしれない。

「これで山形空港駐車場で起こった Car bomb の爆発は幻覚だったことが確定したわけ。あれが全部まぼろしだったなんて自分でも信じられないけれど、客観的にそれを裏づける証拠が出ている以上は受けいれるしかない――」

依然ラリーは無言のままだ。同僚はミニ・ミーとの会議中らしいと見たのか、黒髪ボブのケースオフィサーはかまわず発言をつづけた。

「そうもファンタスティックな体験を味わわせてくれるのはアヤメメソッドの使い手いがいに考えられないから、わたしはきっとミューズの行動を監視していた隠岐島で知らぬ間に彼女の接近を許し、魔法の香りでも嗅がされていたんでしょう。となると、残る疑問はただひとつ、じゃあこの傷はどうしてできたのかってこと」

ベッドのへりに座っている禿げ頭の巨漢はなおも押し黙り、上目づかいで充血気味の瞳を同僚に向けている。そんなラリー・タイテルバウムをアテナ像のごとくじっと見おろしているエミリーは、真相を明かしきるのにわざともったいをつけ、相手の出方をはかっているかのようだ。ポーカーのだましあいじゃあるまいし、ふたりとも黙りこんでないでさっさと進めてくれよと傍観者のほうがじりじりしてしまう。

沈黙に耐えられなくなったのか、ラリーが先に口を開いた。

「傷はどうしてできた？」

するとエミリーは、もったいつけるのをやめてこう即答した。

「おそらくわたしは自分でやったのよ、ハラキリみたいにね」

ラリーはとっさに「ふっ」と鼻で笑って視線をさげたが、うつむいた表情を横からうかがうと真剣そのものに見える。エミリー・ウォーレンの打ちあけ話についてはいぶからず、素直に受けとめているのかもしれない。そう推しはかりつつ、「ハラキリ」が事実とすればふたりの男たちもみずから腹をかっさばいたのだろうかと想像してしまい、唯一この場でおなかの傷がない傍観者はぞっとせずにはいられない。おれは大丈夫なのかと阿部和重はたちまち不安がるが、そんな平成島国人の心拍数が波動となって周囲に伝わるはずもなく、ジェームズ・キーンがすかさず「ハラキリ」仮説に一票を投じていっそう暗雲を色濃くしてしまう。

「状況から考えて、わたしの場合もそれにちがいない。どこで術をかけられたのかもなにがきっかけだったのかもわからんが、いつの間にかトランス状態に放りこまれちまったようだ。幻覚のほうを現実だと思いこんだわたしはプログラム通りに動かされ、ひと目につかない深夜の路地裏にひっこんで自分自身でぐさりといったわけだ。これが真相なら、現場周辺をおさめた防犯カメラ映像にアレックスどころか犯人らしきやつの姿がいっさい映りこんでいないというのも辻褄が合う」

うつむきの姿勢を変えずにいるためしょげているのかと思いきや、なぜだかラリーがとうとつに阿部和重と目を合わせ、彼に微笑みかけてきた。余裕のある態度をとり、おれは平気だぞと虚勢を張っているつもりなのだろうか。四五歳の小説家は紳士的に微笑みかえしてやったが、四六歳の諜報員はそれを見る前によそを向いてしまっていた。

「それにしても——」うんざり顔に苦笑を浮かべたエミリーが、直属上司に対してこんなふうに吐露した。「正直に言って危ないところではあったわ。あのままあなたを拘束して拷問までしでかしていたらとりかえしのつかないことになってしまった。亀裂をひろげるだけひろげて、真実にたどり着く道を完全に見うしなっていたかもしれない」

ジェームズ・キーンは「ああまったく」と言って溜息をつき、直属部下の話をこのようにひきとった。

「こうしておなじ目に遭わされた者どうしがそろって答えあわせをやらなければ、真実のかけらひとつ見えてこなかったかもな。そう思うとあらためて背筋が寒くなる」

エミリーがうなずくのを見とどけると、ジェームズ・キーンは今度はおまえの番だとばかりにラリーへ視線をそそいでこうつづけた。「というわけでラリー、きみの場合も一緒だろう。そもそも調布のセーフハウスでも爆発なんかは起きちゃいないんだから、きみの記憶がにせものなのはすでにはっきりしてるんだ」

はっとなった様子でおもてをあげたラリーは、それを先に言えよと訴えるみたいに東京支局長をにらんで大声を張りあげた。

「爆発が起きていない？」

「あそこではなにも起きちゃいないよ。焦げ跡はおろか血痕もなしだ」

「どこにも？」

「どこにもだ。あの夜わたしが駆けつけたときにはもうもぬけの殻だったから、不審に思って家中をよく捜してみたがやはりきみはどこにもいなかった。玄関の鍵を使った形跡はあったから、いっぺん立ちよったことだけは明らかだったが、何日も逃げまわって助けをもとめていたはずのきみがどういうわけか飲み食いすらせずすぐに出ていっちまったようだった。わたしは途方に暮れたよ」

ラリー・タイテルバウムはおとぎ話に耳を傾ける三歳児みたいな顔をしてジェームズ・キーンの明かす事実に向きあっている。当時のラリーにだれより間近で接しつつまぼろしの顚末を共有していた傍観者としては、同情も驚きも禁じえないショッキングな展開だ。

「結局このセーフハウスも追っ手に見つかっちまい、きみはまたよそへ逃げていったのかもしれないとわたしは考えて、とりあえず赤坂へひきかえして連絡を待つことにした。

だがそれきりきみとは音信不通になっちまい、一ヵ月半後にようやくここで再会というわけだ」

●

翌四月二一日月曜日は雨だった。朝食のかたづけを済ませた炊事係がひと休みしてコーヒーを飲んでいた頃はぱらついてすらいなかったが、昼前には降りはじめてだんだんと雨足を強めていった。

ラリーに運転を頼まれ、ジュニアシートに映記を乗せて数日ぶりに三人でドライブに出たのは、まだ一滴も頬を濡らすことのなかった午前一〇時だ。通りがかりのローソンでおにぎりやらサンドイッチやら菓子類やらドリンク類やらを買いこんだからといってピクニックに出かけたのではなかった。これも菖蒲家の核疑惑調査の一環であり、用意した食料は張りこみの車内でとる昼食だった。買い物のあとは若木通り一丁目の神町保育所へと向かって阿部和重は車を走らせた。保育所の駐車場にトヨタ・アルファードを停めたのは午前一〇時半すぎだったが、雨雲が徐々に陽光をふさぎだしていてあたりいったいが夕ぐれどきみたいに薄暗くなっていた。その土地は、菖蒲リゾートの敷地東端から二〇〇メートルほどへだたったところに位置している。

張りこみに三歳児をつれてきた理由はみっつあった。今日の仕事は危険がなく、ランチタイムが終わるまでには完了するとわかっていることがひとつ。ふたつめは、PEA

ＣＨに連日ただで寝泊まりさせてもらっているのみならず、外出のたび麻生未央や彼女の部下に息子の世話をまかせてしまってもいることが心ぐるしいという保護者心理。そしてみっつめは、保育所駐車場を長時間利用するための口実づくりだ。今回の偵察をおこなうのにベストな場所と考えられるのがこの駐車場の最奥スペースゆえ、映記くんの同行がどうしても必要になるのだとラリーに説得され、阿部和重は毎度ながら渋りつつもひとつめとふたつめの理由に押されてそれを承諾したというわけだった。

駐車場を長時間利用するための口実づくりとしては、あらかじめ神町保育所に電話連絡を入れておいた。わが子の入所申請を検討している神町への転居予定者をよそおい、午前中に所内の見学をさせてほしいと申しいれていたのだ。

保育所内の見学と面談にかかった時間は三〇分ほどだった――すなわちそのおよそ三〇分が、ここでの駐車料金がわりというわけだ。四五歳の男がしわしわのネルシャツに膝のやぶれたジーパンなどを穿いて児童福祉施設へおもむくのはさすがに無作法と見なされあやしまれるかとも思われたが、キャベツ畑人形をつれてゆくわけではないのだし単に無頓着な父親と白眼視される程度だろうと踏んで強行した。なかなかに手のかかる生身の三歳児とともにあらわれたことから、入所希望の切実感は所員に伝わったらしく、どうやら疑いの目はかわせたようであり、出まかせの申しこみがたちまちばれてしまうという最悪の事態は避けられた。

ぽつりぽつりと降りだしたなか、息子を抱っこして駆け足でアルファードへもどると、セカンドシートがうしろ向きにされて後部座席が対面式に変えられていた。ラリー・タイテルバウムはラゲージスペースにソニー製の望遠レンズつきデジタル一眼カメラをセットした三脚を立ててサードシートに陣どり、抜けがけして昼食のロースミルフィーユかつサンドを食べながらスタンバイ状態に入っていた。阿部和重は運転席ではなく、映記とともにセカンドシートに乗りこみ、前部座席との間仕きりになるカーテンをひいて前方から車内を見とおされないようにした。

後部座席はさらにすべての車窓カーテンを閉めきってあるが、がんばればトリプルXに見えないこともないケースオフィサーはバックドアの両開きカーテンにのぞき穴みたいな隙間をこしらえていた。そこにカメラのレンズを固定して、ときどき向きを変えつつ標的をねらうつもりでいるらしかった。駐車場の最奥にあたるこの場所は、神町保育所の北東に隣接してひろがる共同墓地の一角が見わたせる好位置だった。その共同墓地へこれから訪れるひとびとを、ひとりも逃さずラリーは写真におさめようとしているのだ。

「ピクニックするはずだったことにして、雨が降ってきちゃったんで車のなかで子どもと昼食とりたいからしばらく駐車場を使わせてくださいって言っときましたよ」

「なるほど。ＯＫはもらえました？」ロースミルフィーユかつサンドを食べおえたばかりの抜けがけ野郎は、次に手にした照焼チキンマヨおにぎりを早くも頬ばりはじめている。

「所長のおっさんが露骨に迷惑そうにしてたからやばかったけど、ずっとつき添ってくれてたベテラン保育士っぽい気のいいおばちゃんが、今日はほかに来客ないし大丈夫よって言ってくれたんでなんとかね。あのひといなかったらおっさんに追っぱらわれてたな」

「いいひとがいてくれてよかったですね」

「うん、まあね――」

「どうかしましたか？」

「逆にいいひとだまして悪いことしちゃった気がするわ」

「ここでランチをとるのはほんとうですから、だましたことにはなりませんよ」

「その前に嘘ついて見学とかしてるじゃん。おばちゃんから保育所のこと懇切丁寧に説明してもらっちゃったわけよ。映記にもあれこれやさしく話しかけてくれてたのに、こっちが入所の申請書すら出さなかったらなんか気に入らんことでもあったのかなって勘ちがいさせちゃいそうじゃない」

「だとしても、阿部さんが気に病むほどの問題とは思えませんが」

「薄情なラリーさんにはわからんだろうけど、おれみたいに気の弱い繊細な心の持ち主はそういうの申し訳ないなーって思っちゃうんですよ」

「阿部さんが繊細かどうかはともかく、それはそのひとの通常業務じゃないですか」

「でもおばちゃんもまさか、昼飯ついでにＣＩＡが勝手に張りこみするとまでは予想してないでしょ」

「それを保育士にすぐ勘づかれるようではスパイなんてやっていられませんよ」

「そりゃそうだろうけどさ」

いきなり見知らぬ保育所につれてこられて動揺し、三歳児なりになにか感ずるものでもあったのか、ジュニアシートの同乗者はこの世の終わりみたいな顔をしてからあげマヨおにぎりを一心不乱にぱくぱく食べている。明日からここに通わせられることになるのかと、おさな心に思いつめているのかもしれない。

喉をつまらせるのではないかと心配になった父親は、ここにはもうこないよと伝えながら隙を見て息子にストローをくわえさせ、伊藤園 健康ミネラルむぎ茶をあたえて食道の流れをよくしてやった。いちおうは安心したのか、これといった感情や意思を示さず映記はむぎ茶をごくごく飲み、ふたたびからあげマヨおにぎりをぱくぱく食べだして黙々と腹を満たしていった。わが子のランチタイムにもはやとくだんの問題はないことを見てとった阿部和重は、自分用に買っておいた鶏ごぼうおにぎりの包装を開けてテロ対策専門家との会話を再開させた。

「ちなみにラリーさん」

「なんです?」

「前にも訊いたかもしれないけど、善良な市民をだましたりして良心が痛むこととかってないんですか?」

「善良な市民ってそれ阿部さんのことですか?」

「いや、おれにかぎった話じゃなくてね、いろいろあるじゃん。仕事でやってるんだとしてもさ、でたらめ言って他人を利用しちゃって悪いなって感じたりすることないの?」

「もちろんありますよ、わたしは常にそう感じています」

「ほんとかよ」

「阿部さんはどうです?」

「え、おれ?」

「良心が痛みますか?」

「おれは善良な市民をだますような仕事なんてしてないからねえ」

「作家らしい発言ですね」

「どういう意味よ」

「作家というのは無差別にひとをだまして稼ぐ仕事そのものなのでは? 自分で言っていたくせに、忘れたんですか?」

おっしゃる通りだと悟り、翌月デビュー二〇周年をむかえる四五歳の小説家は笑ってごまかすしかない。「ははは」などと空笑いするうちに、これもまたラリーに議論をかわされやりこめられただけだと気づくが、そんなことより食欲を優先したくなっていた阿部和重の口は、今はおしゃべりではなく鶏ごぼうおにぎりをもとめていた。

かたやわけなく追及を封じたラリー・タイテルバウムは、照焼チキンマヨおにぎりもとうにたいらげて、今はホットコーヒーをすすりつつソニーα55デジタル一眼カメラの背面液晶モニターを見つめているところだ。やがて映記が満腹になったと表明したが、そのままなめらかにお昼寝へと移りそうな気配はまるでない。こうなると、暇を持てました三歳児が密室の車内でわがもの顔にふるまいだし、偵察を台なしにして日米間の安全保障問題を深刻化させてしまう展開もじゅうぶんに考えられる。

そんな憂慮をつのらせた父親は、やむなくみずからのiPhone 5を息子に手わたし、おもちゃ紹介のYouTube動画を再生させて間を持たすという育児における禁じ手を使ってしまうことを決断する。子どもの眼前で動画再生無間地獄の門を開いたことがばれたら自分自身が妻にストレート・トゥ・ヘルを宣告されかねないが、こんな状況なのだからやむをえないじゃないですかあとかすれ声でつぶやくと、阿部和重はついに禁断の手段にすがってしまったのだった。

●

若木通り一丁目の共同墓地に黒装束のひとびとがあつまりだしたのは、午前一一時四五分をまわった頃だった。小雨の降るなか、西のほうから行列をつくってゆっくりと歩いてくる参列者たちの多くは傘をさしておらず、その代わりみたいに何人もが、墓前にそなえるのであろう白や紫色の花々の束を手にしているのが双眼鏡ごしに見えた。ラリーはひとりひとりにレンズを向け、次々にシャッターを切っていったが、全員の顔を撮りきるなどとうてい無理だと思われるほど大勢が列をなし、アンゲロプロスの描く旅芸人の影のごとくぞろぞろとひとつの墓石を目ざして歩を進めていた。

この四月二一日という日は、菖蒲家の前当主として知られる家伝継承者であり、四姉妹の父親でもある菖蒲水樹の祥月命日にあたる——二〇〇五年八月一四日日曜日の深夜に受けた頭部への外傷が原因で植物状態となり、数年にわたり意識のない寝たきり生活を送っていた彼は、低酸素脳症による多臓器不全を起こして二〇〇八年四月二一日月曜日に五七歳で息をひきとっている。

先代のアヤメミズキをとむらう七回忌法要が本日いとなまれるという情報は今朝方、地元事情に精通する麻生未央より持ちこまれていた——結束をとりもどしたCIA東京支局員のエミリー・ウォーレンとジェームズ・キーンは早朝のうちにPEACHを出ていたため、特派員のラリー・タイテルバウムひとりがその報告を受けとめて対処することになった。墓前供養で祈禱をささげる野外行事がとりおこなわれるというから、遠目にこっそり盗み見るのに適した場所さえ確保できれば、共同墓地で一堂に会する菖蒲家関係者の表情を直接おがめる絶好の機会となりうるわけだ。

朝いちばんにもたらされた当の情報にラリーは色めき立った。セレモニーへの出席という名目ながら、オバマ大統領の訪問が四日後に迫るこの時期の神町につめかけ、菖蒲家に結集する面々をあらかたカメラで記録することの意義はおおきい。アヤメメソッドの使い手によるアメリカへの攻撃をにおわせる「ハラキリ」催眠誘導事件が立てつづけに明らかとなり、核疑惑の現実味が一気に増してはきたものの、ホワイトハウスの納得を確実にえられる決定的証拠をいまだつかみきれていない以上は、隘路にはまった調査を無理矢理にでも前進させなければならず、たとえわずかな手がかりであろうと最大限の成果に結びつけなければならぬためだ。かくして、テロ対策センター所属の作戦担当官はただちに偵察の準備にとりかかり、Google Mapsで共同墓地周辺の立地環境を確認したのちに、暇そうにコーヒーを飲んでいたおかかえ運転手《ショーファー》に出発の号令をかけたのだった。

エミリー・ウォーレンとジェームズ・キーンが早朝のうちにＰＥＡＣＨを出ていたのは、羽田行きの始発便に搭乗し、アメリカ合衆国大使公邸へと向かっていたからだ。キャロライン・ケネディ駐日大使とエミリーが電話で話し、至急ひそかに会合を持つことを決めたのは昨夜おそくだった。来日までに脅威を排除しうる保証のない今、オバマ大統領に翻意をうながし神町訪問をキャンセルに持ちこむためには、目下じかに頼れる唯一の政府高官であるケネディ大使を絶対につなぎとめておかなければならない。それにはさしあたり、東京支局長の裏切り疑惑が晴れた経緯を本人ともども報告しつつ、菖蒲家にまつわる複雑に入りくんだ現状を説き明かして「今そこにある危機」をあらためて大使にも共有してもらう必要があるだろう。そういうわけで、ふたりのＣＩＡ職員は数時間の睡眠しかとらずに赤坂へと急行したのだった。

「けっこう降ってきちゃったけど、そろそろお開きなんじゃないのこれ」

「どうでしょうね、そんなふうにはちっとも見えませんが」

ラリーが首をかしげているのでバックドアのカーテンの隙間から双眼鏡でのぞいてみると、たしかに菖蒲家の墓はまだたくさんの会衆にかこまれていた。それどころか、なにやら全員で歌でも唄っている様子であり、紫色の傘のもとでギターを弾いている参列者の姿すらあった。にぎやかな催しが好きだった故人へのコーラスの贈り物だろうかと想像させる式典演出だが、その風景におさまっているのは核疑惑の渦中にある組織犯罪グループや過激派というよりも、むしろ真逆の愛と平和を謳うコミューンといった印象が強く、あまりにギャップがありすぎて自分はＣＩＡに担がれているのだとしか思えなくなってくる。

「それでラリーさん、写真はちゃんと撮れたの？」

「ええ、阿部さんみたいにひどいものはいちまいもないはずです」

「はいはい。ならもうここ出ましょうか」

「あとちょっとだけ待ってください」

「なんで？」

「墓地の駐車場に興味をそそるふたり組がいるのですが、物陰に隠れてしまってなかなか顔を撮らせて――」

外でなにか音が鳴った気がして阿部和重はとっさにいっぽん指を唇にあて、「しっ」と発してラリーを黙らせた。息子にあずけていたスマホの音量もさげ、車内を静めると、だれかが車窓をとんとんとんたたいているのがわかった。日米の中年紳士は身動きをとめて目を合わせ、そのまま無言でノックがやむのを待ちつづけるが、雨音まじりに響くとんとんの音はいつまで経っても聞こえてくる。

あえて知らんぷりしてノックの主と根くらべするのがただしいのか、それとも今すぐ返事して応対に出るべきなのかじつに悩ましいところだ。とんとん鳴りはじめ、実際にどれくらいの時間がすぎたのかはさだかでないが、カーテンを閉めきった密室に閉じこもって頭を高速フル回転させている者からすれば、三秒が三時間にも感じられる相対性理論が働いてしまっているためどうにも耐えがたくてならない。いずれ三歳児が無音の動画に飽きて武力に訴えだすかもしれないことを想定すると、長びかせるだけまずい事態に発展しかねないようにも思えてきてしまい、ついに選択肢はひとつにしぼられる。気の弱い繊細な心の持ち主は、ノックされているのとは逆のほうのドアを開け、テロ対策専門家が何度も首を振って制止するのも無視して車外へ出ていった。

ドアを閉めて車体の反対側へまわると、車を降りたのはまちがいではなかったとわかったが、その途端に阿部和重は相手に詫びることになった。車窓をとんとんたたいていたのはさっき親切にしてくれたあのベテラン保育士っぽい気のいいおばちゃんであり、こちらがぐずぐずしていたせいで彼女をすっかり雨ざらしにしてしまったからだ。それにしても、本降りの雨になりつつある最中に傘もささずにノックしていたのはなぜなのか。どうしましたかと訊ねようとした矢先、気のいいおばちゃんはにこにこ笑いながら

「これよかったら」とLサイズのタッパーウェアを差しだしてきて当の疑問に答えてくれた。

「なんです？」

「りんごよ」

「りんご？」

「よかったら、お子さんと食べて」

切りわけたりんごをタッパーウェアにつめて持ってきてくれたらしい。それがわかると、二八年前に田舎を出ていった男はこれまでに流れた歳月がいっさい無に帰して昭和期の果樹王国にひきずりもどされたかのような錯覚をおぼえてしまう。無性にいたたまれなくなり、バイバイするみたいに両手を振って「すみません、受けとれません」とくりかえしたが、おばちゃんは少しも意に介さず「おいしいよ、遠慮しないで食べて」とタッパーウェアを突きだしてこちらに持たせようとしてくる。そのため失礼を承知で「ほんとごめんなさい」とだけ言いおいた阿部和重は、すみやかに運転席に乗りこんでアルファードのエンジンをかけることしかできなかった。

無断で出発しようとしていることに、後部座席のCIAからたちまちクレームが飛んできたが、カーテンにさえぎられているのをいいことにおかかえ運転手《ショーファー》は聞きながした。アクセルを踏む前に窓外を見やると、タッパーウェアを掲げたままなおもにこにこ笑顔をくずさず雨のなか立ちどまっているおばちゃんと目が合った。ここを出るまで見おくろうとしてくれているのだろうか。ますますいたたまれない気持ちにさせられるばかりか、その心づかいがまぶしく不気味ですらあると感じてしまい、阿部和重はいっぺん会釈するとなにも告げずに車を発進させ、神町保育所の駐車場をあとにした。

●

帰りの道中にトリプルXよりお目玉を食らわずに済んだのは、親思いの三歳児が機を見はからってお昼寝に入ってくれていたからだ。しかし静まりかえっているぶん、張りつめた車内の空気が薄くなっているかのようで息ぐるしくてならず、先おくりにした嵐の本番にそなえて阿部和重はハンドルを握りながらうまい言いわけを探しまわっていた。

結局うまい言いわけは探しだせぬうちにPEACHに到着してしまった。仕方がないので車を降り、おねんねちゅうの映記と一緒に二階の二〇一号室へ逃げこもうとすると、それを見こしていたかのようにラリーは五分後に三〇三号室へこいと指図してきて逃げ道をふさいだ。ちょうどエミリーも山形空港に着いたところですぐにこちらへ向かうそうだから、彼女がもどり次第ミーティングをおこなうというのだ。親子でシエスタするのが理想のライフスタイルだからとかなんとか理屈でもつけてことわりたかったが世界平和のためにはそうもゆかず、三歳児を下階の一室でひとりにしてはおけないので三〇二号室のベッドに寝かせることにして、阿部和重はその脇のソファーに腰をおろして腕時計に視線を落とした。時刻は午後〇時五五分二一秒。集合は五分後だから、ぎりぎりまでここでこうして休んでいようと思う。

穴だらけの巨大りんごの迷宮をさまよい、機械じかけの不潔なねずみに追いかけまわされるヴィクトリアン的悪夢から目ざめたときには午後一時二〇分をまわっていた。うっかりソファーで居眠りしてしまったのだ。こいつは洒落にならんと飛びおきた阿部和重は、映記の寝顔を確認してから隣室へと直行した。

三〇三号室へ駆けこむと、ベッドのはしに座っているエミリーがめずらしくこちらに微笑みかけてきて「ありがとう」と言い、森永小枝ミルクチョコレートアーモンドの箱を掲げて振ってみせていた。どやされる覚悟でやってきた阿部和重は、未開封の小枝がまだあったのかとひとまずほっとして、窓辺に立つ麻生未央の姿を見つけて彼女のおかげだと思い目礼を送った。麻生一家の三代目は柔和なまなざしとともにうなずきをかえしてきた。ラリー・タイテルバウムはソニーα55デジタル一眼カメラとシャープAQUOSクアトロン液晶テレビをHDMIケーブルで接続し、撮りたてほやほやの偵察写真が大量にならぶみずからのポートフォリオを四〇インチの大画面上に表示させようとしていた。約束の時刻に遅れてあらわれた男を一瞥した彼は、ひとつ溜息をつくにとどめてそれ以上は不問にふしてくれた。どう考えてもこれはおかしい。

舌を嚙んでみると痛いから悪夢のつづきではないらしい。とすると、要警戒のシチュエーションであるのは明白だ。おれに対してここにいる全員がやさしく接してくるとはなにごとか。こんな場合は十中八九、こちらを疑いの目で見ているか、これから無茶なことをやらせようとしているかのいずれかだ。おのれのなかの悲観主義者が後者であろうと断定したせいで頭のなかがまたトム・クルーズだらけになってしまう。この状況下で課されうるインポッシブル・ミッションとは果たしていかなるものなのか。「スパイ養成所出身者の日記という設定」の著作を持ち、「テロリズム、インターネット、ロリコンといった現代的なトピックを散りばめつつ、物語の形式性を強く意識した作品を多数発表している」作家は勝手にふくらむおぞましい幻像に心を押しつぶされそうになり、セロトニン症候群でも起こしたみたいに額が汗まみれになってしまう。

阿部和重がそんな被害妄想をめぐらせているうちに、ラリー・タイテルバウムは「OK、はじめるぞ」と告げてスライドショー形式での上映会を開始し、液晶テレビに菖蒲家関係者のポートレートを次々に映しだしていた。ポップコーンではなく小枝をぽりぽり食べつつ当のスライドショー上映に見いっているエミリー・ウォーレンは、映画に没頭していやな記憶を忘れさろうとしている孤独な観客みたいに身を乗りだし、視線をまっすぐ四〇インチの大画面に集中させていた。しばらくするとラリーが、自分との会話まで忘れさられてはこまるとでも言いたいふうな顔でエミリーに近より、「それでどうなった？」といった具合に彼女に対し、中断していた説明の再開をもとめた。

「大使がいぶかしんでいたってなにをだ？　彼女はなにを疑っていた？」

画面から目をそらさずにエミリーは答えた。「なにをってだいたい全部よ。いろいろ知らされて面食らったあと、急に熱が冷めちゃったみたいにね」

「よくわからないな、具体的に言ってくれ」

「わたしたちの報告をひと通り聞いたうえで、すべてをいったん棚あげにしときたいって感じだったわ、ざっくり言えばね。とつぜんなにもかもがいかがわしいまやかしに見えちゃう瞬間ってあるでしょ、だからここはとにかく冷静にならないとっていう、そういう反応よ」

「なぜ今さらそんなふうになる？　大使は菖蒲家の脅威を一〇〇パーセント理解していたんじゃなかったのか」

「ええもちろん、彼女は理解していたわ。ファイルにも目を通してわたしと何度も話しあいを重ねてね。アレックスのリストにジミーがふくまれていることもご承知だったし核疑惑への調査にも彼女は積極的だった。ジミーの拘束にも協力してくれたし、大統領にも時機を見て、訪問先から神町をはずすようあらためてかけあってみるとも――」

「ならなぜだ」

「ひとことで言えば、状況の急変についてゆけなかったから、ってことになるのかもしれない――これは直接そう聞いたわけじゃなく、わたしの見たてだけれど」

「急変？　どのことについて言っている？」

「ジミーのことよ」

「ああ、なるほど」

「無理もないといえば無理もない話でしょ。昨日まで裏切り者あつかいして地下室に監禁していたひとのことを、今日になっていきなりそれは誤解だったとか、彼はやっぱり信頼にたる愛国者でしたなんて説明を受けたら、まともな人間ならだれだってついてゆけなくなってそんな反応になるわ。過程を見ることなく結果だけ知らされたわけだから、余計に不審に思えたでしょうね」

「ジミー本人が目の前にいるのにか」

「本人がいるからなおさらよ」

「どういうことだ」

「想像してみて。以前のわたしは大使に向かって支局長は敵だとさんざん言いつのっていたわけ。それなのに今日は、当のジミーと一緒になって朝っぱらから公邸へ押しかけてきたかと思えば、すっかり一致団結しちゃってる——」

ラリーが鼻で笑うと、エミリー自身も苦笑いしてさらにこうつづけた。

「それでふたりとも、アヤメメソッドのトラップにはめられて、現実と見わけがつかない幻覚を見せられたあげくに自分自身でハラキリしてしまい、おたがいを敵視するよう仕むけられていたというのが一連の事態の真相でした、なんて口々に報告してきたらシュールでしょう？」

隙を見てソファーに腰をおろし、裁判の傍聴人みたいに現役ＣＩＡの生トークに聞きいっている阿部和重は、エミリーの言葉にしたがいばか正直に想像を働かせていた。架空世界の住人たるミア・ウォレスとギブス捜査官が、実在するキャロライン・ケネディの眼前にならんでなかよくおなかの傷を披露しあっている。そんなさまを思い浮かべてみると、ジャンルの垣根を超えた夢の共演にはそそられつつも、たしかになかなかの非現実的な情景ではあるから、当事者が混乱するのもわからないではないと感じられてくる。

「わたしが逆の立場でも、ＯＫそこまでにしてってことになったはずよ。飲みこむのに少し時間がかかる話なのはまちがいないでしょ。だから一度に納得してもらうのはあきらめて、今日は早めに切りあげるしかなかったわけ」

「きみとジミーの努力を疑うつもりはないよ。しかし大使はどうだろうな」

「彼女には疑わしい様子なんて見られなかったけど」

「いや、大使が寝がえったんじゃないかと勘ぐっているわけじゃない」

「ならなに？」

「われわれが相手にしているのはそもそもおそろしく常識はずれな連中なんだ。実体のある国家でもなければ目的や意図の明らかな組織でもなく、言ってみればアメリカがこれまで戦ったことのない種類の敵じゃないか。そうだろうエミリー」

「ええまあ、そうね」

「魔法みたいにどこにでも入りこんできて、ひとを思いのままにあやつる絶大な力の持ち主が今、アメリカに攻撃を仕かけてきているんだ。この脅威を大使は低く見つもりすぎているんじゃないか？　彼女は実物に触れたことがないといってもな、菖蒲家への理解がいまだにその程度ではさすがにまずいぞ――」

液晶テレビのかたわらにもどった腹の出た大柄の同僚が、チノパンの尻ポケットからスマートフォンをとりだしたのを見のがさず、エミリー・ウォーレンが問いかけた。

「ねえ、なにをはじめる気？」

「わたしが大使に話すよ」

「駄目よ」

「なぜだ」

「時間の無駄だから」

「エミリー」

「ほんとに、無駄なの。あなたは菖蒲家のことだけに頭を使って」

「そうしたいのはやまやまだが、ここまできてうえの人間に調査を台なしにされるのはごめんだからな」

「でも彼女にはすべて伝えてあるのよ。あなたが大使に話そうとしてることはもう、わたしとジミーが報告してるの」

「菖蒲家の脅威はわたしがいちばんよくわかっている。わたしから大使に説明するのがベストだ」

「それはそう。でもねラリー、わたしの話を最後まで聞いてほしいんだけど、今は彼女のほうにあなたの説明を聞きいれる余裕がないの。ただでさえ、大統領一行の受けいれ態勢準備で忙殺されている最中だから、脅威の存在をはっきり裏づける、よほどの証拠でも出てこないかぎり大使は耳を貸さないわ」

ラリー・タイテルバウムはここでようやく動きをとめた。なにごとか言いかけたみたいに、口を半開きにした状態で小休止をとり、黒髪ボブの同僚の話を最後まで聞いてやろうとしているようだ。

「大統領は明後日の夜には日本にやってくる。わたしたちにも時間は残されていないけど、公式行事の打ちあわせやらスタッフへの指示やらの手間がかさんでてんてこまいになっている新任大使にとってもまったくゆとりがない状況よ。というわけで、彼女にただしい判断をくだしてもらうためには揺るぎない証拠がいる。菖蒲カイトからあなたが聞きだしたっていう、例の『いわしの缶詰』なんてひとことだけじゃぜんぜん不じゅうぶん。スーツケース型核爆弾そのものを見つけだすくらいじゃないと大使は納得しないし大統領もとめられない。これはそういう状況なのよ」

このやりとりがつづくあいだも、ソニーα55デジタル一眼カメラはメモリーカードに保存された画像データをシャープAQUOSクアトロン液晶テレビの外部入力端子へと送りこみ、四〇インチの画面上にラリー・タイテルバウムの収穫をいちまいいちまい間欠的に表示させていた。ソファーに座りながら現役CIAの生トークをお耳で受けとめている阿部和重は、お目々のほうではときどきよそ見しつつもその菖蒲家関係者の盗み撮り写真を追いつづけていた。

雨の降る墓地がロケーションであるせいか、液晶画面に映しだされた黒装束の菖蒲四姉妹は、ゴシック・ロマンスの作中人物いがいのなにものでもないあやしくファンシーな風情をたたえてひとつひとつの構図におさまっていた。暗雲たれこめ陰るなか、古色蒼然たる墓碑の立ちならぶ湿り気を帯びた風景に立ち、うつむき気味に亡父を偲んでいる四人の顔はどれも鮮明ではなく、真正面からとらえられた表情も見あたらないが、それだけに何枚かのロングショットは『黒い安息日《ブラック・サバス》』のカバーアートを彷彿とさせ、フィルム時代のオカルト写真にもとづくパロディーのようでさえあった。実在性すらおぼつかないほどのおぼろげな像の連続ながら、噂に聞く四姉妹の美貌は先入観も手つだって曇りなくどこまでも澄みきって見えている気がしてしまう。そんな甘美な錯覚をあたえるところもまた、一二〇〇年もの伝統を有するとされる浮世ばなれした一族の印象をひときわ強めるばかりだった。

菖蒲四姉妹の背後にはひとりの長身女性がおり、漆黒のロングヘアーをなびかせるSAYOKO マネキンさながらの容姿を目だたせていたが、彼女がラリー・タイテルバウムの心をよせるMtFトランスジェンダーのシュガーさんことオブシディアンであるのは一目瞭然だった——やけにばっちり撮れたいちまいのポートレートに、なおもとぎれぬラリーの執心がうかがえる。

四姉妹の左隣には、菖蒲リゾートの防犯カメラ映像ごしにいっぺん見たことがある、菖蒲カイトの姿もあった——三女の異父兄にあたるこの男も、四姉妹に負けずおとらぬ美形であり、法事に臨むためのきちんとしたよそおいがいっそうそれをきわだたせている。さらにそのかたわらには、車椅子の老人とつきそい人がならんでいるが、彼らは神町の名物新聞配達人だろう。ところかまわず放言をまきちらす毒舌家として知られ、正史も偽史もないまぜに語りまくるオカルティストの陰謀論者でもある車椅子の老人が星《ほし》谷《や》影《かげ》生《お》であり、つきそい人のほうがタヌキセンセイとあだ名される無骨な相棒の星谷真《ま》実《み》だ——ふたりが義理の親子関係である事実は、石川手記に詳述されている。

体がびくっとなる。iPhone 5 にLINE のメッセージがとどいたのだ。またなにか、妻の敏腕アシスタントから文句でもつけられるのかと思ったが、今回の送信者は阿部和重自身の敏腕エージェントたる仁枝亮作だった。どうせ原稿ちゃんと書いてんのかという催促だろうと予想しつつ開封してみると、案の定の文面だ。それどころではないとだけ記して返信してやった。実際、新都入りしてからというもの一度たりともワープロソフトじたいを起動させちゃいないのだ。

それにしても、深沢貴敏からの連絡は依然とだえたままだなと思い、この件に巻きこんでしまった年長の友人としては溜息が出るばかりだ。音信不通になって一週間が経ってしまったが、一通の返事もよこさぬ理由のヒントひとつ見つからぬ状態であり、対処のしようもない。彼は自分自身の意志でホテルにとどまっているのではないかとラリーは推測していたが、仮にそうだとすれば短期雇用の従業員として菖蒲リゾートで働いていると考えるのが現実的だ。そのことが頭にあり、もしや今日のセレモニーにも参列しているのではないかと期待し、あの男がどこかに映りこんでいないかと写真ごとに凝視しているが、見れば見るほど望み薄に思えていった。

「ジミーから電話よ」言いながらみずからのNexus 5を耳にあてたエミリーは、ふたことみこと英語でしゃべってから通話をスピーカーフォンに切りかえ、端末のボリュームをあげて音声を聞きとりやすくした。「OKよジミー」

「そこにアッシュもいるそうだから、日本語で話すぞ。ラリー、聞こえてるか？」

「ジミー、聞こえていますよ」

「大使とどんなやりとりになったかはもう知ってるな？」

「ええ、おおむね承知しています」

「ならその話はいいだろう——わたしが電話したのは、さっき送ってくれた写真の件だ」

共同墓地にあつまった菖蒲家関係者を盗み撮りした写真の何枚かを、ラリー・タイテルバウムはすでにジェームズ・キーンのスマートフォンに送信していたようだ。偵察中の車内で、「墓地の駐車場に興味をそそるふたり組がいる」と述べていたラリーは、画像解析技術を使ってその男たちの個人情報を特定してほしいと東京支局長に依頼していたのだ。

「待ってください、今からこちらのモニターに連中の写真を表示させます」

ソニーα55デジタル一眼カメラを操作し、ラリーはほどなく「興味をそそるふたり組」の写真をシャープAQUOSクアトロン液晶テレビの画面上に映しだした。それを見た拍子に、思いあたる事実があって阿部和重は「あ」とつぶやいてただちにソファーから立ちあがったが、そんなアッシュの反応など知るよしもない赤坂のジェームズ・キーンが、エミリーのスマホを介してこんな解析結果を三〇三号室の四人に聞かせた。

「ふたりいるうちの、見るからに日本人のほうは三上俊だ。こいつについては説明は不要だな。それでもうひとりのほうだが、こっちはちょっと厄介だぞ。アフマド・モフセンという名前で日本に入国しているが、おそらく偽名だろう。イラン情報省とつながりがあるとされる男だが、非公然工作員の可能性が高い」

「なるほど――」

そう返答したのはラリー・タイテルバウムだが、彼もエミリー・ウォーレンも途端にクイズを出題された直後の解答者みたいに考えごとをはじめたため、室内は数秒のあいだしいんと静まりかえった。ふたりともだいたいの見当はついていたのか、ジェームズ・キーンの伝えた情報にことさら驚くそぶりは示さなかったものの、すぐさま黙考に入ったということは、「ちょっと厄介だぞ」とほのめかされた人物の登場を受け、どんな面倒がこれから起こりうるかと急いで見とおしを立てているのかもしれない。

そんななか、せっかく起立して「あ」のかたちに口を開けたまま、だれの目にも明らかなびっくり顔をさらしているにもかかわらず、目前の男女に気づいてすらもらえぬミスター・ロンリーがいる。軽く咳ばらいしてから「あれえ」などと変化を加えつつ再度アピールしてみても、仕事熱心なケースオフィサーらの視線は一瞬もあつまらない。そこへまた、スピーカーフォンが響かせてきたジェームズ・キーンの話し声がラリーやエミリーの注意を惹き、ロンリー・チャップリンこと阿部和重の存在感を輪をかけてかき消してしまう。

「連中はいったいなにを考えているんだろうな。イスラエルやサウジをビジネスパートナーにしていながら今になってイランとも懇ろになろうってのか？　菖蒲家のねらいがいまいち見えない。単に節操がないのか攪乱が目的か、あるいは中東をさらなるカオスへぶちこみたいとでももくろんでやがるのか」

そう聞いて、ひとこと言わずにいられないというふうにエミリーがベッドのはしから立ちあがり、愚痴でもこぼすみたいにこう口にした。「せめてあの一家に、国際社会の安定に貢献するって発想が少しでもあればね。ひとを簡単にあやつれるっていうのなら、和平交渉の仲介とか核プログラム協議のまとめ役でも買ってでりゃいいのよ」

言いおえたエミリーが嘆息すると、聴覚をとぎすましタイミングをはかっていたかのようにジェームズ・キーンが即座に話をひきとった。

「連中にそんなもんは期待するな。写真の男たちは、いっぽうがイラン情報省がらみでもういっぽうが朝鮮人民軍偵察総局の手下と見なされているやつらだ。そいつらが菖蒲家のセレモニーで和気あいあいとおしゃべりしているわけだからな、和平というより危機の演出や悪だくみが似つかわしい組みあわせなんだが、いかんせんまだターゲットがはっきりしない。そういや何度か、バイブル・ベルトの聖書原理主義者《ファンダメンタリスト》が菖蒲家に出入りしてイスラエル人となにやら話しあっているようだとマリアが報告してきたことがあったが、まさかアヤメメソッドで最終戦争《アルマゲドン》を起こしてメシア再臨を実現させようってつもりじゃあるまいしな――」

「阿部さん、どうかしました？」

やっと声をかけてくれたのはラリーだ。気が遠くなるほどの時間が流れてしまったが、ミスター・ミセス・ミス・ロンリー・チャップリンの名を返上することには成功した阿部和重は、ネグレクトされていたこの数分間、ずっと言いたかった事実を口にした。

「おれ昨日、彼と会いましたよ。でかいスーツケースひいて歩いてましたけど――」

室内はふたたび数秒のあいだしいんと静まりかえった。ひとりだけスピーカーフォンを介して耳を傾けているためなにが語られたのか聞きとれなかったらしく、しばらくするとジェームズ・キーンが『ツイン・ピークス』のゴードン・コールみたいに大声を張りあげ「なんだって？　おいアッシュ、なんて言った？」などとくりかえし問いかけてきたが、今度は彼がほったらかしにされる番だった。支局長への説明よりも新情報の聴取を優先させたラリー・タイテルバウムが、Nexus 5のスピーカーがきゃいきゃいわめくなか自身の関心をつづけざま阿部和重にぶつけてきた。

「彼ってどっちです？」

「日本人のほうですよ」

「三上俊だとそのときわかりました？」

「いやいや、前に見せてもらった写真と感じがちがってたから昨日はおれ気づかなかったんですよ。あれが三上俊とはね」

「昨日のいつですか？」

「あのときですよ、空港の近くで降ろした例のイギリス人を追っかけてって、おれひとりで倉庫街に入ってったでしょ。おぼえてます？」

「ええ、おぼえています」

「あそこでばったり出くわしたんですよ、スーツケースひいて歩いてた彼と」

「つまりアーサー・アチソンを追っていった先で、スーツケースをたずさえている三上俊とたまたま出会ったというわけですか」

「そういうことになりますね」

「出くわしたあとは？　なにか話しました？」

「ラリーさんあんとき、すぐ車にもどってこいって電話で言ってきたでしょ。じつはおれ、道がわからなくなっちゃって迷ってたとこだったんだよね。そしたら、あの彼もおれとおなじで迷子になってうろうろしてたみたいでさ、なら一緒にってことになって、ふたりで出口さがして大通りまで出てきたわけ」

「それで？」

「それでバイバイですよ。彼がスーツケースひいて交差点のほうへ歩いてったところまで見てから、おれは車にもどったの。あとはなんもなし」

「どんなスーツケースでした？」

「おぼえてない」

「おぼえてない？」瞬時に顔をまっ赤にさせてラリー・タイテルバウムがにらんできた。

「そらおぼえてないよ、相手だれだか知らないんだからただの旅行鞄だとしか思わないし、しょうがないじゃん」

「おおきさくらいはおぼえているでしょう？」

「だからでかかったってば」

「どれくらい？」

「なんつうか、特大サイズって感じだよ」

スピーカーフォンからは相変わらず「アッシュ」というゴードン・コール風の呼びかけが響いてきてうるさいが、そんなものはどこ吹く風でトリプルXは質問を重ねた。

「三上俊とアーサーが接触していたふしはありましたか？」

「いやあどうだろうな――」

「なにか見ていませんか？」

「そんな重要そうな場面を目撃してたら昨日のうちに伝えてますって」

「ええ、きっとね。でも、ほんとうは目に入っていたのに、気にとめていなかっただけということもあるでしょう？」

「はあ、まあ」

「だから、そこで出くわしたのが三上俊だと念頭に置いたうえであらためて振りかえってみていただけませんか。記憶のなかになにか見おとしが転がっているかもしれませんから」

もはやなんの見おとしも残っちゃいないとわかっていたので、阿部和重は記憶のなかを探るふりをしてからこう答えた。

「やっぱないですね」

彼にとってはもどかしい受けこたえがつづいているだろうから、そろそろいらだちをあらわにする頃かもしれないと思われたが、ここでのラリーはねばり強かった。大統領選のテレビ討論会に臨んでいる候補者みたいに抑制的な口調を保つ熟練ケースオフィサーに、追及をやめる気配はまるで見られない。

「三上俊はなぜ倉庫街にきていたのか、理由は聞きました?」

「いいや、そういうことはおたがいひとことも話さなかったわ。こっちも訊かれたらこまる理由だったし、うまい出まかせも浮かびそうになかったし」

「こそこそしているような印象は?」

「さあ、特になかったと思うけど」

「スーツケースのあつかいはどうです? やたらと慎重だったりとか、過度に注意ぶかいようなしぐさなどはなかったですか?」

「それはなんとも」

「というと？」

「だってわかんないじゃん。そういうとこ、おれは見た記憶ないんだけど、でも、ラリーさんが言ってたみたいに、気にとめていなかっただけかもしれないからそれ断言はできないしなあって思ってさ」

さっきから、発言の合間が空くたびにエミリー・ウォーレンのひそひそ英語が聞こえてきているが、それがひとりごとや英会話のレッスンでないのは明らかだった。あまりにしつこい「アッシュ」の呼びかけが耳ざわりだったらしく、スピーカーフォンに向かって彼女は早口で語りかけ、こちらのやりとりをジェームズ・キーンにまとめて教えてやっているのだ。聴取の内容をエミリーが直属上司へ伝えきるのを待ってやるつもりなのか、とうとつに質疑を中断したラリーは視線をテレビ画面へ移すと、そのまま腕ぐみしながらまた沈思黙考に入ってしまった。

「問題を整理してみましょう」

スマホ越しの伝達を終えたエミリーが、ひとり考えこんでいる様子のラリーにそう呼びかけた。なにやら新たに思いついたことがありそうな表情の彼女は、腹の出た大柄の同僚が突っ立っているのとは反対側へまわり、ふたりして液晶テレビをはさみこむような位置で立ちどまった——これからテレビショッピングでテレビ製品のセールスでもはじめそうなたたずまいを見せている。ひきつづき、支局長の耳と口がわりになっている

Nexus 5をテレビ台のうえにすえて音を聞きとりやすくしてやると、黒髪ボブのケースオフィサーは宣言どおりに「問題の整理」にとりかかり、そこから彼女自身の所見へとつなげていった。

「このイラン人の正体がなんであれ、菖蒲家との接点がどういう類いのものかによって見え方がわかれてくる。菖蒲家から招待されて神町にきたのか、それともテヘランが送りこんできたのか、どっちなのかってことでも意味あいは変わってくる。そして当然、イスラエルとサウジの存在は無視できない。あの二国と菖蒲家が仲たがいしたなんて話は出てないから、依然として強い結びつきを保ってるのはまちがいない——」

エミリー・ウォーレンはここでいったん間を空けてNexus 5を見おろした。赤坂の直属上司が「あんだって?」などと志村けんみたいに聞きかえしてこないことをたしかめると、彼女はつづきを述べた。

「そのうえで、菖蒲家がイラン政府に秋波を送ったのだとすれば、アフマド・モフセンは友好関係の構築のために呼ばれたんじゃない可能性が高いしビジネスも考えにくい。医薬産業の分野から菖蒲家が興味を持たれたことはありそうだけど、そこにはもうイスラエルががっちり食いこんでいるわけだし、宿敵のイランが今さら入りこむ余地はない。とすると——」

急に言いたいことが出てきたらしく、ラリー・タイテルバウムがくちばしをつっこもうとしたが、エミリー・ウォーレンはその動きに気づいて片手をあげた。待ての合図を受け、開きかけの口をラリーがとめたのを見とどけて、エミリーは残りの主張を披露した。

「わたしたちが注目するべきポイントは、イランの工作員と思しき男がいきなり神町にあらわれて菖蒲家とじかに関わりを持った、今というこのタイミングなのかもしれない。つまりオバマ大統領の公式訪問間際の時期ってことだけど、もしも意図的にそこにあわせて、イランの工作員を菖蒲家が呼びよせたのだとすればどうだと思う？　いやな予感がしてこない？」

「その前に」しばし黙っていたせいで声がしゃがれたためか、咳ばらいを一度はさんでからラリーはこうつづけた。「こいつは菖蒲家のほうから招待した客ではなく、テヘラン側が派遣した人間かもしれないという可能性を途中で排除したのはなぜだ？」

「わたしそこ飛ばした？」

「ああ、言及はなかったが」

「それについてはこう考えた。菖蒲家がもともとイスラエルやサウジアラビアと深い間柄にあることくらい、イラン情報省《MOIS》が知らないはずはない。そんな敵の巣窟みたいなところへ、相手から招かれたわけでもないのに、政府とのつながりがばれているような人間を使いにやるとは思えないし、だれかひとを潜りこませるとしても、リクルートした日本人を隠れ蓑として利用するのがこの場合の定石でしょ」

「まあ、そうだな」

「だからその線は薄いだろうと」

ならば反対に、「敵の巣窟」からの誘いにイランがむざむざ乗ってきたのだとすればそれはなぜなのか。かような疑問がふと湧き、現役CIAの生トークに阿部和重は「なんでなの？」とつい口だししてしまう。訊いたそばから出しゃばっちまったと後悔し、メジャーリーガーによる顔面直撃の弾丸ライナーを打ちかえされるかと身がまえたが、小枝の賄賂が案外と効いていたのかもしれない。不快指数の高そうな日本人中年男の投じた素人質問に対し、エミリー・ウォーレンは穏当な物言いで答えをかえしてきたからだ。

「こんなときはあえてアプローチしてきた相手の真意を探りに行くものよ。たとえ餌をちらつかされて、自分たちがおびきだされようとしてるのが見え見えでもね。それでまず、菖蒲家の出方をうかがうためにイラン政府が抜擢して送りこんできたのが、このアフマド・モフセンという男なのかもしれない」

言いたいことはわかるが、経験則にかたよりすぎの話ではあるまいか。疑問を投げた者としては僭越ながらそう思わずにいられない。結論ありきで先を急いでいるせいなのか、できあいのストーリーでお茶をにごされてしまった気もするが、彼女は分析官ではないのだしそれでじゅうぶんなのかもしれない——かように素人考えをめぐらせてもみたが、口に出したら今度こそメジャーリーガーによる顔面直撃を食らいそうだとおそれをなし、阿部和重はさらなる問いかけをひかえることにした。

「エミリー」

　おれを忘れるなとばかりにジェームズ・キーンがまた大声を張りあげた。呼ばれた直属部下が「なんです？」とNexus 5に向かって話しかけると、ＣＩＡ東京支局長はさっそくこう催促してきた。

「きみがその、いやな予感から想定しているのはどんな事態だ？　いくつかあるのなら、ためしにいちばん最悪のものを言ってみてくれ」

「ジミー」

「なんだ？」

「わたしが想定しているのはあいにく一個だけです」

「つまり最悪のものしかないってわけか」

「ええ」

「どんな事態だ？」

「菖蒲家はビジネスパートナーをないがしろにはしないでしょう」

「だろうな」

「とすると、あの一家のもくろみとして考えられるのは、イスラエルとサウジアラビアが望むことへの手だすけにちがいない。そしてさしあたり、両国が共通して望んでいるのはイランとの和解の阻止です」

「まあそれしかない」

「イスラエルとサウジアラビアが、アメリカを核協議から離脱させることを今なお断念していないのはたしかでしょう。けれどもご承知の通り、オバマ大統領は両国の要望にこれまでいっさい聞く耳を持とうとしなかった。そればかりか、どちらの国も同盟関係にあるにもかかわらず蚊帳の外へ追いやろうとしているふしさえあった。そのことで、ネタニヤフ一派やサウド王家はひどく不信感をつのらせている。味方を侮辱して敵を厚遇するのかと彼らは言いたいところでしょうね。シリア政策でのホワイトハウスの変節についてもサウジはたびたび不満をあらわにしています」

「連中はエジプトの件でも激怒していたからな。ムバラクを見すてて ムスリム同胞団のモルシを支持したホワイトハウスへの憤りはそうとうなものだった。国連安保理の非常任理事国入りをサウジが拒否したのはつい半年前か。あれはアブドラ国王じきじきの指示だったようだが、オバマに対するあてこすりだったのはまちがいないだろう」

「あてこすりどころか最後通牒だったのかもしれない」

「最悪の事態とはやはりそういう意味だな」

「ええ」

「残念ながら、わたしの頭もそれ以外の見とおしが思い浮かばなくなっているよ」

「ロウハニとの電話会談のあと、ホワイトハウスはイランがウラン濃縮施設を保有することを認める方向にすら傾いてしまった。これも半年前の話だけれど、その譲歩姿勢がイスラエルとサウジアラビアを決定的に刺激してしまったのは明らかです。彼らの目にはそれは露骨な裏切りにしか映らない」

「その点で、表むきには国交がない二国の思わくが一致し、『理性の枢軸』とやらを標榜する連中に共謀のきっかけをあたえちまったという流れから今にいたると——ならば菖蒲家の役割はなんだときみは考える？」

「作戦の実行役といったところでしょう」

「その一環で、われわれも連中の手のひらで踊らされたあげくにハ、ハラキリまで演じさせられたってことだが——」

「思いかえすと暗澹たる気分になるけれど、しかしあえてポジティブにとらえれば、それに気づいたのがすべて終わったあとじゃなかったのがせめてもの救いね」

「まったくだ」ジェームズ・キーンはいっぺん咳ばらいを入れると声色に力を加えてこうつづけた。「ただしここから先もわれわれだけでなんとかしなければならないと覚悟したほうがいい。わたしもひきつづき大使と相談してなにか打てる手はないか検討してみるが、いつまた邪魔が入るかわかったもんじゃない。われわれの読みどおりだとすれば、モサドやＧＩＰまで相手にしなきゃならんかもしれないわけだからな。言うまでもないが、残された時間を一秒たりとも無駄にはできないって状況だぞこれは——」

ノリのいい楽曲にでも聴きいっているみたいにエミリーは小きざみにうんうんうなずきながらジェームズ・キーンのスピーチに耳を傾けている。表情はけわしいが、調子づいてきた上司に思う存分しゃべらせてやろうとしている部下のやさしさだと受けとってしまいたい光景である。

「そういうわけで、この謀略の存在を裏づける証拠を見つけだすのが目下のわれわれの急務だが、タイムリミットはエアフォースワンが日本に到着する明後日の夜だ。すなわちこれから四八時間内に確実に成果をあげなくてはならない。必要なのはとにかく証拠だ。疑う余地のないやつを見つけてくるんだ。それにはまずあのホテルに――」

阿部和重はうずうずしている。エミリー・ウォーレンとジェームズ・キーンのあいだで話がさくさく進んでいってしまっているが、それで結局「最悪の事態」とはなんなのかを、ふたりがあいまいにしたままデュエットを唄いきろうとしていることがどうしてもひっかかるからだ。さっきからずっと押し黙っているがラリーはいったいなにやってんのよと思い、ジョージ・クルーニーを自称する四六歳のケースオフィサーに視線を向けてみると、液晶テレビが映しだす三上俊とアフマド・モフセンの写真にじっと眺めいっている。そもそも彼には今しがたのやりとりを聞いてすらいなかった様子もうかがえるため、こいつは使えないと判断した四五歳の小説家は、仕方がないので自分自身でひっかかりの解消に動くべく横から口をはさむことにした。

「あの、ちょっと教えてほしいんですけど――」

小枝贈与によるボーナスタイムは終了したらしい。途端にエミリーが素人はすっこんでろという鋭いまなざしを飛ばしてきたからだ。その一瞥のみで阿部和重は「あ、結構です」とあきらめをもらしかけたが、ほどなくNexus 5が響かせた「あんだって?」の問いかけが形勢を逆転させた。

「ここぞやってわたしをのけ者にしようったってそうはゆかんぞアッシュ。密談だと思われたくなければ、腹に力を入れてはきはきと、こちらにも聞こえるように話すんだ」

おそるおそる言ったのがむしろ奏功して参加の権利をえられたが、これでこちらの声が赤坂にとどかなければまたエミリーに仲だちを強いることになって再度にらまれかねない。それは本意ではないが、かといって大声を発するのも、隣室の映記が目をさましちゃいそうだし門外漢のくせにあつかましい気がして決まりが悪い。そんなふうに思い、リンクスではないほうのアッシュはスピーカーフォンのマイクにみずから近づくことを選んでアメリカ人たちに訊ねた。

「今の話って要するに、イスラエルとサウジアラビアが共謀してアメリカとイランの断絶をねらってて、その作戦の実行役をまかされた菖蒲家がいろいろとうごめいてるみたいだから、最悪の事態になる前に食いとめなきゃってことですよね？」

「だいたいその通りだアッシュ」

「ならその、最悪の事態ってのは具体的にどんなことを想定してるんですか？　それと、例のイラン人はそこにどう関わってくるわけ？」

ジェームズ・キーンの回答は人畜無害な管理職ならではのものだった。

「エミリー、きみから彼に説明してやってくれ」

指名打者たるエミリー・ウォーレンは草野球投手の日本人に溜息と睥睨をぶつけてきた。毎度いらぬ差しで口ばかり利くやつめという素直な反応だろう。それでも上司に言われたからやむなくといった態度で、メジャーリーガーは律義にがんばれ！アベーズのひっかかりを解きほぐしてくれた。

「最悪の事態というのはオバマ大統領への武力攻撃よ。今というこのタイミングにあわせて、あらゆるものごとが仕くまれていたのだとするならそれ以外に考えられない。アフマド・モフセンはおそらく国際社会をあざむくために攻撃の実行犯役を演じさせられる傀儡であり捨て駒。つまりこれは、アメリカ大統領殺害をイランがくわだてたと見せかけることを目的とした偽旗作戦。イラン政府の関与が明るみになれば成功と言えるだろうから、その場合はバラク・オバマの生死を問わず、結果的にはアメリカとイランを完全にひき裂くことができるとイスラエルとサウジアラビアは見こんでいる。さすがに大統領暗殺となれば、謀略がばれたときのリスクがバカみたいに高すぎるから、オバマの身の安全は保障されるようにうまく計画されているとは思いたいところだけど、でもまあ、どうなるかはわからない——いずれにしても、わたしたちは今そういう想定のもとに動こうとしている」

中年の草野球投手には「なるほど」とあいづちひとつ打つので精いっぱいだ。これはもはや平成島国人ごときの出る幕ではありえないし、急用が入ったとかなんとか適当な理由をつけてリタイアしても許される状況ではあるまいか、などという想念が脳裏を駆けめぐるばかりだ。そんななか、妻子をはじめ友人知人も滞在中の生まれ故郷たること神町で、「最悪の事態」が起きようとしている事実に背後からぎゅっと肩をつかまれると立ちどまらざるをえず、阿部和重はこわいもの見たさも手つだってその筋書ではいかなるアンハッピーエンディングが待ちうけているのかを確認せずにはいられなくなる。

「イラン人は傀儡であり捨て駒」

「きっとね」

「秘術であやつり人形にされて実行犯にさせられちゃうってこと？」

「ええ」

「イラン政府はいっぱい食わされた？」

「ある程度の警戒はしていたはずだけど、それでも彼らはアヤメメソッドの威力がどれほどのものかをじゅうぶんにはかりきれていなかったんでしょう」

「とすると彼は、三上俊はどういう――」

「あなた彼が、スーツケースをひいて歩いてるところを見たんでしょ？」

「はいはい、見ました」

「ならあとはわかるでしょ」

わけあって明言を避けているのかそれとも説明するのがわずらわしくなっただけなのか、あるいはそのどちらでもないのかもしれないがエミリーはふくみを持たせるにとどめてひと息ついた。むろんなんとなく想像はできている。だがここは、掛け値なしの現実を理解しておくためにも彼女の口からR指定ありでおしまいまで聞いておきたいと阿部和重は思い、まぬけ面を向けて首を横に振った。

「あなたほんとうに想像力がないのね」

「どうやらね」

おまえがわざとしらばっくれているのは見ぬいているが、小枝の借りもあるからサービスしてリクエストに応えてやろう。そんな字幕を胸もとあたりに表示させつつ、エミリー・ウォーレンは「最悪の事態」をこのように表現した。

「たぶんそのスーツケースが、二一世紀の『いわしの缶詰』。それを三上俊からたくされたアフマド・モフセンが、オバマ大統領もろとも爆発させるつもりなんでしょう。神町のどこかでね。これがいちばん最悪のケース。『いわしの缶詰』の中身が、仮に一キロトンの爆発力を持つ戦術核なのだとすれば、爆心地から半径約一キロ圏内は壊滅的な危害をこうむるだろうし、およそ二キロ圏内には放射線被害を受けるリスクがある。神町のどまんなかで起爆されたら、この国はもう一度国会議事堂を失うどころではなく、今度は何万人もの犠牲者を出すことになるわけ。一九四五年八月のように――」

●

電話が鳴って目ざめたが、耳なじみのない着信音のため阿部和重はしばし混乱してしまう。耳なじみがないどころかそれは着信音ですらないのかもしれず、スマホでもガラケーでも固定電話でもないなにかが響かせている電子音のようにも聞こえる。

耳をすますうちにだんだんと、アーケードゲームでアホみたいに遊んだ往時の記憶がよみがえってくる。この音色は、中学生の頃にボウリング場のゲームコーナーで狂ったようにプレーした『ニューラリーX』のBGMによく似ていると思いあたるが、その割にはメロディーが単調にすぎるのでやがてそれも勘ちがいだとわかってきて、最終的には国が発令した警報じゃないかというなんとも無粋な結論にいたる。iPhone 5の着信音を緊急速報に設定したおぼえはない。ということは、これはほんものの全国瞬時警報システム、すなわちJアラートからの耳よりなお知らせにほかならない。Jアラートはひとしきりゲームミュージック風の音響曲を奏でたあと、こんなアナウンスを流して寝ぼけまなこの男に警戒を呼びかけた。

「ゲリラ攻撃情報。ゲリラ攻撃情報。当地域にゲリラ攻撃の可能性があります。屋内に避難し、テレビ・ラジオをつけてください」

なんてこったと阿部和重は心でつぶやき、二秒ほど呆然としてしまう。「当地域にゲリラ攻撃の可能性」とはおだやかでない。急いで映記をつれて安全な場所へ退避しないといけない。そう思いたつと、やっと全身に力が入ってきたがいきなりトラブル発生だ。こまったことにあたりがまっ暗でなんにも見えやしない。とっくに瞼を開けているにもかかわらず、いっこうに暗闇が晴れてこないのはなぜなのか。料金滞納で全館電気をとめられてしまったということか。そもそもここは閉館したラブホテルなのだから、麻生興業が経費削減をはかったとしてもちっとも不思議ではない。

しかし昨日までは、部屋の照明を消しても窓の隙間などからほんのうっすらながら光がもれてきたのでこんなにも黒々しい闇につつまれることはなかった。お目々ぱっちりにしていれば、いずれぼんやり周囲が見わたせる程度の明るさを知覚できたのだ。ところが今はすみずみにいたるまでひたすらに暗いままだから、やはり単なる停電ではなく重大なアクシデントに見まわれてしまったのかもしれない。

ならそれはどういう事態かと動揺が募る。まさかこれこそがJアラートの警告する危険のひとつというわけか。「ゲリラ攻撃」はすでに「可能性」の段階ではなく、「当地域」はまさにその渦中にあるとでもいうのだろうか。

これはまずいと深刻視し、阿部和重は起きあがろうとするが今度は身動きがとれない。上半身はもちろんあおむけの姿勢で膝を立てることさえできない。なるほどどうりでいっこうに暗闇が晴れぬわけだ。なぜならおれは今、おそろしくせまくるしい密閉された空間にひとり閉じこめられている。さながら棺桶に横たわっているような状態であり、『キル・ビル Vol.2』で生き埋めにされたザ・ブライドみたいなことになっているのだ。

一刻も早くここから脱出し、映記のもとへと駆けつけねばならぬ状況だが、どんな手を使えばこの棺桶じみたせまくるしい密閉空間から脱けだせるのか。おれは五点掌爆心拳はもちろん肝心のワンインチパンチを習得してはいないから、ザ・ブライドとおなじ方法はとれない。かつてブルース・リーを研究し、武道家としてのリーの著作よりインスピレーションをえた作品でデビューした小説家たる自分自身がためされている気がするが、なんの修行もしていない人間が見よう見まねで発揮できるほどワンインチパンチがたやすい技ではないことも承知しているからこそ、なおさらあせりが増してしまう。

「ゲリラ攻撃情報。ゲリラ攻撃情報。当地域にゲリラ攻撃の可能性があります。屋内に避難し、テレビ・ラジオをつけてください」

Jアラートはなおも鳴りやまない。そればかりか、床からずしんずしんとおおきな震動が伝わってきているが、いわゆる自然地震ではなさそうな揺れの間隔と感触がある。だからといって地震兵器説に飛びつきたいわけではない。Jアラートの警告を踏まえ、爆発物を使った「ゲリラ攻撃」による地響きではないかと推しはかっているのだ。そうとわかればぐずぐずしてはいられない。なにゆえこの自分が棺桶のごとき閉所に閉じこめられているのか、入眠前の記憶をまったく思いだせないが、そのことを探るのはあとまわしでいい。今はとにかく脱出であり、映記の保護こそが最優先だ。

ところが、全力をこめて押しあげようとしても一ミリたりとも棺桶の蓋が開かない。Jアラートは依然としてうるさく響いているが、それに加えてすさまじい鳴動が背中を襲ってきている。命の危機感が急激に高まり、かつて味わったことのないレベルに達しているのを感じとらずにはいられない。

外ではいったいどんな戦闘がくりひろげられているのか。「ゲリラ攻撃」の主体は菖蒲家かもしれないが、どんぱちの実戦にたずさわるのはイスラエルやサウジアラビアの特殊作戦部隊か。その相手になっているのは陸上自衛隊かはたまたＣＩＡのパラ・ミリタリーか。いずれにしてもここにひとつでも爆弾を転がされたらおれは御陀仏になっちまう。大声を発して蓋をどんどんたたいてみているが、周囲でどっかんどっかん爆発が相次いでいる最中とあってはだれかに気づいてもらえるわけがない。こいつはかなりやばい状況なんじゃないか。

阿部和重は「うおお」と泣きさけび、死にものぐるいで見よう見まねのワンインチパンチをくりかえす。残念ながら詠春拳や截拳道《ジークンドー》の使い手ではないため、映画や記録映像からえたイメージだけを手本にして暗闇の先にある蓋めがけて幾度も左右の拳を打ちこんでゆくしかない。途方もない絶望感にさいなまれ、頭がすっかりおかしくなっているのだ。

殴りつづけている箇所が次第にぬるぬるしてくる。蓋の材質がパンチの衝撃を受けたすえに化学変化を起こしたのではない。そういうマジックではなく、拳から出血しているのだ。四五歳六ヵ月の素人拳法家が泣いているのは両手が痛いせいでもある。皮がめくれてひりひりしすぎてパンチにこめる力もみるみる弱まってしまう。ワンインチパンチだろうがネコパンチだろうがこれ以上は打てそうにない。

だからといって「ゲリラ攻撃」は容赦してくれない。今やＪアラートの電子音やアナウンスをも消しさる勢いで銃声や爆発音が轟いている。内側から蓋をこじ開けるよりも、近くに爆弾が投げこまれるのを待ったほうが早く脱出できるかもしれない情勢だ。もちろんそのときを経てもなお、命があるとはかぎらない。だれになにをされたのかを知る間もなく、不運な爆死を遂げたくなければ、自力で外に出るのを決してあきらめてはならないということだ。

●

あのスーツケースが、日本の新首都となったこの神町に壊滅的被害をもたらす「いわしの缶詰」かもしれないのか。そう思った途端、ことの重大性を理解したおのれのおつむがにわかにしゃきっとなり、一民間人の不安を率直に吐露しかけるが、それで脅威そのものが薄れるわけではあるまいしかえって空気を重くすると悟り、阿部和重は無駄口を自重した。

邪魔しちゃ悪かろうから、そろそろ子どもが目をさます頃だとでも言いのこし、部屋を出てゆくシミュレーションを脳裏に組み立ててみるも、厄介事は全部アメリカ人に押しつければいいというふうに、ずるを決めこむみたいで気がひける。ここは先ゆきを見とおすためにも、討議の結果が出るまではこの三〇三号室にとどまるべきではある。

ラリー・タイテルバウムはいまだ考えこんでいる表情のままだ。なぜ彼は急に無口になってしまったのかと阿部和重はいぶかしみ、なんかしゃべれよと念ずるつもりでラリーの横顔をにらんでみる。するとあたかも当のアッシュの意識に同調したかのように、赤坂のジェームズ・キーンから絶妙なタイミングでこんな問いかけが飛んできた。

「ところでラリーはそこにいるのか？」

「ええ、わたしはここにいますよジミー」

「さっぱり声が聞こえてこないが、わたしの耳にとどかなかっただけか？」

「わたしはなにも述べていません」

「ほんとうかね」

「ほんとうです」

「それならいいが、きみの意見はどうなんだ？」

話をまるで聞いていなかったわけではないのか、ジェームズ・キーンのもとめに応じたラリー・タイテルバウムの発言にとどこおりはなく、まとはずれな言葉もふくまれてはいなかった。意外だったのは、エミリー・ウォーレンの想定した「最悪の事態」に彼が首をかしげてみせたことだ。

「どこに穴があると思うの？」

「いや、矛盾や見おとしがあるとはわたしは思っていない。われわれの手もとにある情報を分析部に渡せば、よほどの無能でもいないかぎり連中はきみの予測と寸分たがわぬレポートを出してくるだろう」

「ならなんなの？」

「どうもしっくりこないんだ」他意はないんだよとでも言いたげにラリーはかわいらしく肩をすくめてみせている。

たんだが、言わずに後悔するよりはいいだろう。要するに勘が働いたってことなんだが
「これといった根拠があるわけじゃない。とうめんはきみの想定に沿って確実な証拠を探すべきだというジミーの判断にもわたしは同意する。だから話そうかどうか迷っていたんだが、言わずに後悔するよりはいいだろう。要するに勘が働いたってことなんだが

――」

「どこらへんが？」

言いながらラリーがふらりと歩きだしたので、なんだろうと目で追うと、ソファーの真横にすえられたガラステーブルにマグカップがならんでいて湯気を立てている。麻生未央が、いつの間にか部屋を脱けでてコーヒーを淹れてきてくれたらしい。ソファーに腰をおろし、電子煙草を二本の指ではさみながら器用にマグカップを持ちあげて口につけている彼女の足もとには、ルイ・ヴィトンのボストンバッグが置かれているが、これも今しがた部屋に運びこんだ荷物のようだ――あの、ジャンボ尾崎似のメディカルブローカーが持っていたやつとはちがってほんもののモノグラム柄キーポルに見える。

みんな麻生未央にお礼を伝えて次々にマグカップを手にとったため、数秒ほどのあいだ室内はコーヒーをすする音だけがかすかに鳴っていた。赤坂でも一服しているところなのか、Nexus 5がゴードン・コール風のうるさい催促を響かせることもない。麻生一家の三代目はついでに三〇二号室ものぞいてきてくれており、息子はなおもすやすやおねんねちゅうだと教えられて阿部和重は安堵をおぼえた。不意に生まれたコーヒーブレークのやすらぎを経て、ラリー・タイテルバウムがあらためて黒髪ボブの同僚と向きあ

い議論を再開させた。

「きみにさっき、いやな予感がしてこないかと訊かれてから胸のあたりが少しざわついてきてね。正直に言えば、わたしは昨日からずっと違和感を持っている。ほんのちいさなものだが、無視もできないようなやつだ」

「昨日からずっと違和感？」

「ああ」

「ラリー」

「なんだ？」

「もしかしてアーサーに関係する話？」

「鋭いな」

「なるほどね」

「どの程度かはともかく、あの男がこの件と無関係とは思えない」

「それはでも、どうなのかしら」

「というと？」

「アーサー・アチソンが出てくるたびに、あなた自身が不幸に見まわれる宿命にあるとでも言いたいのかと思って」

「いや、そんな話ではないよ、アンデルセン童話じゃないんだぞ」

「いずれにしてもアーサーに気をとられすぎじゃない？」

「それは誤解だ」

「誤解ならいいけど、わたしがそう言いたくなるのもわかるでしょ？」

「無断でアーサーに会いに行った件か」

「彼の尋問は認められないとわたしははっきり釘を刺したけど、あなたは自分の執着心を優先したわけで――」

エミリーが言いおわらないうちにラリーが言葉をかぶせてきた。

「必要なことだと考えたからだよ。アーサーがまたなにか、汚い小細工でも仕かけているんじゃないかと探ってみるのはこの場合、ゆきすぎた行動ではないと思うが」

「アーサーへの執着心に囚われて、自分自身の本分を忘れたり調査の目的から逸脱したりする心配がないとこちらが確信できればね。それならわたしもストップはかけなかった」

「きみのその憂慮は理解できるが、しかしわたしが今したいのはそういう話じゃないんだ」

「そうなの？」

「ああ」

「ほんとうに？」

「ほんとうだよ」

「彼の名前を聞いてるだけでむきになってくるところを見ちゃうと素直には受けとれな

いけど──まあいいわ、時間もないし、つづけて」

中身を飲みほしたマグカップをテレビ台にそっと置くと、ラリーは照れくさそうに毛のない頭頂部をいっぽん指でぽりぽりかきだした。そしてぽりぽりしながら「そうは言っても大した根拠があるわけじゃないんだが」とふたたび前おきしたうえで、先ほど首をかしげた理由を説明していった。

「わたしがいちばんしっくりこないと感じたのはアフマド・モフセンのとうとつな登場だよ。ひと目につく野外セレモニーの場に、ひと目についちゃならないはずの男をわざわざ出席させたねらいはなんなんだと思ってね。きみが見たてた通り、イラン人をバラク・オバマ暗殺の首謀者に仕たてあげるために、あえて神町で目だつ行動をさせて痕跡があちこちに残るようにしている可能性はある。しかし仮にそうだとしても、こんなふうに菖蒲家とのつながりまで明白に裏づける証拠を惜しげもなく路上に振りまいておくような真似をするのはなぜなんだ？　われわれがまだ監視しているかもしれない状況なのに」

そう問いかけてきた熟練ケースオフィサーはシャープAQUOSクアトロン液晶テレビの画面を指さしている。画面上には相変わらず、雨の降る墓地駐車場でイラン情報省と朝鮮人民軍偵察総局の関係者と見なされている男たちが談笑する一瞬をとらえたひとコマが映しだされている。ラリーの指摘を踏まえつつ、当のツーショットをじっと見つめなおしているうちに、おひとよしの素人にはだんだんとそれがお膳だてされた光景としか思えなくなってきてしまう。

「監視の目をすっかり追いはらったと菖蒲家が過信した可能性はあるわ」

「過信？」

「そう、過信」

「それで油断したってことか」

「ないとは言えないでしょ？」

「そうだな、まあ、ないとは言えないが――」

　ここでとつぜんNexus 5が目ざめてジェームズ・キーンの声を響かせた。

「わたしもありうると思うぞ。というのも、実際の経緯を補足するとだな、ラリー、きみが神町にやってきたのとちょうどおなじタイミングで、CIA本部《ラングレー》ではいきなりサムが本性をあらわしたみたいに露骨な菖蒲家軽視の姿勢に急旋回しはじめていたわけだ。彼の意向どおりにことが運んじまえば、めぼしい収穫もない代わりに日本との外交問題にすら発展しかねないお荷物チームなんかを存続させるためにまわせる予算などないとなるのは当然のなりゆきだ。それで急遽、大統領の訪問前に余計なもんはきれいに一掃しておかなきゃならんと決まって、東四丁目のセーフハウスは閉鎖されて監視チームも解散させられたという流れだよ。そういう舞台裏もきっと菖蒲家にはちくいち筒ぬけだったろうから、全部かたづいた今となっては連中がいくらか油断を見せたとしても驚くにはあたらんがな」

Nexus 5が黙ったところでエミリー・ウォーレンが話をこうひきついだ。

「どのみちね、ちょっとした遺漏や誤算があったとしてもアヤメメソッドで修正すれば済むと高をくくっていることも考えられる。もちろんこれもバイアスがかかった推測でしかないと言われればそれまでだけど——ただ、ここでわたしたちがＣＩＡ本部《ラングレー》とさえ連絡をとらずパルチザンみたいに独自に動いていることを菖蒲家は知らないわけだから、その利を活かすためにも、あなたの違和感はいったん保留にして例の作戦にとりかかるのが賢明だと思う。枝葉の部分に注目して時間をとられるよりも、先に進むべきときではない？」

ラリー・タイテルバウムはわずかな間を空けてから一度うなずいて「ＯＫ、いいだろう」と答えたが本心はそうでもないらしく、「しかしその前に、最後にこれだけは言わせてくれないか」とつけたしてみずからの主張をねじこんできた。

「わたしの違和感というのは要するにこういうものだよ。まずアーサー・アチソンだ。この時期の神町によりによってあの男があらわれた。そして彼がいなくなった矢先に今度はイラン情報省《MOIS》の非公然工作員だというニューフェースのお出ましだ。おまけにどういうわけか、菖蒲四姉妹に昔から毛ぎらいされていた三上俊までもがそこに仲間いりしている。短期間のあいだに不自然なほど役者がそろいすぎだとは思わないか？」

ここでラリーはやにわにマグカップを手にして口につけたが、なかはとうに空っぽになっていることを失念していたようだ。ひと目でそれに気づいたはずながらも、照れかくしなのか惰性の行為か、飲むしぐさをすればあとから中身はついてくるとでも信じきっているみたいにそのままカップを傾けまぼろしのコーヒーをごっくんし、テレビ台にもどした彼は、ふうとひとつ息をついてつづきを述べた。

「ブロードウェーじゃあるまいし、これではまるで近々なにかやるぞと菖蒲家じたいが世間に宣伝しているようなものだ。ＣＩＡ《エージェンシー》を好きにかきまわして監視の目を追っぱらい、気のゆるみが出てきたからといってこうもおおっぴらに手札をさらすだろうか？　最初からすべて見世物のつもりでやっているのだとすれば、過信するにもほどがあるというやつだが――」

エミリー・ウォーレンがただちにそれに返答しようとすると、ラリー・タイテルバウムはまだマイクをゆずる気はないぞというふうに右の手のひらを掲げてみせた――一見すると強い意思表示に映るが、次に彼の口から出てきたのは思いがけない言葉の連続だった。

「わかっているエミリー、じつはわたしも内心、きみがさっき言った通りかもしれないと感じはじめているところなんだ。アヤメメソッドで帳消しにできるという見こみがあれば、証拠のひとつやふたつ道端に転がしておいたとしても連中にとっては屁でもないだろうからな。わたしの違和感も、結局はアーサーへの執着心が生みだした言いがかりや曲解の類いでしかないのかもしれない。それについてもおそらくきみの指摘はまちがっていないだろう。だからまあ、迷いもあったんだが、もうＯＫだ、気が済んだよ、先へ進もうじゃないか」

ラリー・タイテルバウムがめずらしくみずから意見をひっこめた。彼が自分から折れるとはびっくりだ。歴史的瞬間を目のあたりにして阿部和重が唖然として棒だちになっていると、今度はエミリー・ウォーレンがラリーの主張をひきとってかろやかに立場の入れかわりを演じた。

「ラリー」

「なんだ？」

「逆にわたしのほうは、かならずしもあなたが事実を曲解してるんじゃないのかもって気がしてる」

「というと？」

「正直わたしもね、違和感をこれっぽっちも持っちゃいないってわけじゃないから」

「どういう？」

「イスラエルとサウジの謀略説だけど、話が少々できすぎだとは思わない？」

「どうだろうな。疑いだせばきりがないが、できすぎに見えるからといってそのストーリーがまるごと信憑性を失う理由にはならない。そもそもそれはきみ自身の推察じゃないか」

「ええそう、だからこそ気になるのよ。あなたはなにかひっかかることとってない？」

「ひっかかることとか。あるとすれば、イスラエルとサウジがあえてそこまでのリスクを冒すだろうかってところか」

「そうね」

「ばれたときの代償がでかすぎる」

「それにもしも、イランに罪をなすりつけさえすればOKってもくろみなら、わざわざ戦術核なんかを持ちだすまでもなく、もっとリスクを抑えて同程度のリターンをえることくらいいくらでもできるわ」

「イスラエルとサウジの都合を考えればそうなるな。戦術核などに手を出さず、せいぜいイラン情報省《MOIS》の関与をにおわせる手口をもちいてペルシャ語のラベルかなにかがくっついている爆発物を仕かけるくらいが現実的だろう」

「そういうこと。ただ問題は――」

「厄介なジョーカーがいるな」

「ええ。そこに菖蒲家がどう関わってるか次第で話がちがってきちゃうから」

「常識やリアリズムがあてにならないだけになおさら不透明だ。そのことを軽く見て、中東の対立劇という従来の構図だけでとらえてしまえばミスリードに陥りかねない」

「だからどのみち菖蒲家の思わくを探らなければ、謀略の有無も目的も手段も、どれについても想定をまちがえてしまう危険性が高いってことになる」

「その通りだ」遠い赤坂の地で耳をすましてなおも出番を待っていたらしく、Nexus 5がだしぬけに意気揚々たる音声を響かせた。「したがって次に進める作戦が肝心ってことだ。意図の読めない相手に翻弄されて弱気になってる場合じゃないぞ、ここからはわれわれが攻勢に転ずる番だ」

ジェームズ・キーンが今、自明のことのように「次に進める作戦」と述べたが、そういえばエミリーもさっきちらっと「例の作戦」などと言っていたはずだぞと阿部和重は思いあたる。議論がいささかすったもんだした割には、早くも「次」が決まっているとはさすがに天下のCIAであり、たった三人とはいえプロフェッショナルのあつまりだ。いつの間に立てた作戦でどんな内容なのかと興味が湧いた小説家は、素朴にそれを問うてみる。

「どういう作戦なの？」

あれ、これは訊いちゃいけないことだったのか。ほかの三人がいっせいにこちらを向き、そろって鋭くにらんできて、三〇三号室の空気がたちまちかちかちにかたまったみたいに見えたため、平成島国人のアマチュアたる質問者としては身がまえざるをえない。こんなかちかち現象は『ドラえもん』でしかお目にかかったことはないので、出すぎた問いかけではあったのだろうが、しかしそれならいっそ最初からおれ抜きで話しあってくれよと阿部和重は愚痴りたくなる。

「阿部さん」

呼びかけてきたのはラリーだが、こちらへ歩みよる彼につづいてふたりの女性たちもそれぞれ左右両側からはさみこむかたちで迫ってきている。気づかぬうちに逃げ道をふさがれた格好であり、これにはまったく悪い予感しかしない。見るとなぜだか麻生未央はルイ・ヴィトンをたずさえてすらいるから、なんらかの小道具まで用意されていたと知り、おれは完全につんでいるという手ごたえが全身に押しよせてくる。

「なんなんですかいったい」

「明日の作戦のことですよ、阿部さんが訊いたんじゃないですか」

「明日?」

「そう、明日です」

「ジミーさんは明日じゃなくて次の作戦って言ってたじゃないですか」

「次の作戦を実施するのが明日ということだぞアッシュ」赤坂で聞き耳を立てている男が間髪いれず補足してきた。

「ああそういうことね。ならそれはいいけどさ、でもなんで、みんなして急におれをとりかこんでんの?」

ラリー・タイテルバウムがあわれむようなまなざしで見おろしてきている。てめえもういろいろわかってるくせにすっとぼけてんじゃねえぞ、というふうに翻訳できそうなアイコンタクトとして受けとれないでもない。これが誤訳でないとしたら、パパは大ピンチだぞと隣室でおねんねちゅうの息子に念を送ってみるが、むろん三歳児からの返事はない。

「では阿部さん、手順を一から説明しますので、いざというときに忘れないよう頭にしっかりたたきこんでおいてください――」前おきもなにもなく、例によってラリーは命の恩人であろうとおかまいなしに有無を言わせず手駒の一個みたいにあつかおうとしている。「では麻生さん、バッグをここにお願いします」

ラリーにそううながされると、麻生未央はすでにファスナーを開けてあったルイ・ヴィトンのボストンバッグを指定の場所へどさっとおろした。それはちょうど阿部和重の足もとにあたる位置だったから、前かがみになったりしゃがみこんだりするまでもなく、ちらりと視線をさげただけで中身が一目瞭然となった。モノグラム模様のレザーバッグのなかには、麻生興業が防犯グッズと称してネット通販サイトだとかで売りに出している品々であろう、盗撮・盗聴道具やＧＰＳ発信器に加えてハンドカフや催涙スプレーといった拘束・護身用具がぎっしりつめこまれている。ひょっとするとこれは、集団安全保障体制への参加を強いられるのみならず、このおれ自身が最前線へ投入される流れになっているのではあるまいか。

「ラリーさん、おれになにをさせようとしてるわけ？」

「明日、菖蒲リゾートに潜入してもらいます」

「客のふりしてホテル一周してくりゃいいの？」

「一周どころか、一泊してもらいます」

「泊まるの？　無理でしょ、予約してないじゃん」

ラリー・タイテルバウムはいつもの微笑みを浮かべて首を横に振り、こう明かした。

「予約は何日も前にしてあります」

「は？　おれの名前で？」

「ええ」

「マジかよ」

「映記くんはわれわれがお世話するのでご心配なく」

「え、おれひとりなの？」

「もちろん」

「おっさんがひとりでリゾート一泊ってかえって不自然じゃん」

「ホテルには仕事だと伝えてあります」

「なんの仕事よ」

「雑誌のコラムを書くという仕事です」

「どこの雑誌？」

『文學界』だったと思います」

「文芸誌じゃん。そんなヒーリングきもちーみたいなちゃらい文章なんか載るわけないってすぐにばれるって」

「仁枝さんが編集部と話をつけていますので、ホテル側から問いあわせがあっても大丈夫です。彼から連絡がなかったですか？」

「ちょっと待ってよ、この話あいつも知ってんの？」

「予約は仁枝さんにお願いしたんです。そのほうが現実味がありますから」

「あいつに全部しゃべっちゃったの?」

「まさか」

「ならなんつってオーケーとったの?」

「菖蒲リゾートに関する調査報道の記事を共同で書きすすめているところだと伝えました。わたしは先月に宿泊しているので、今度は阿部さんがホテルに泊まってじかにいろいろ調べてくる必要があると話したら、仁枝さんにはご納得いただけました」

「なんでおれにひとこともないのよ——」

「仁枝さんにはわたしから説明したほうが説得力があると、阿部さんが言ったことにしたら、彼はなんら疑う様子もなく笑っていましたよ。ノンフィクションのほうはまだまだ未熟なので、プロの書き方を仕こんでやってくださいと逆にお願いされてしまいました」

来月でデビュー二〇周年だというのに、敏腕エージェントから身売りに出されたような仕うちじゃないか。仁枝からの連絡はあるにはあったがついさっきであり、メールですらない LINE のメッセージにすぎず、原稿ちゃんと書けよというただの催促であって宿泊予約のことになど一文字も触れちゃいなかった。即刻クレームを入れたいところだが、目の前のCIAがそれを許してくれそうにない。やけくそになって阿部和重は立てつづけに質問を放った。

「一泊してどうすんの？　ついでにヒーリング体験とかもしてくりゃいいわけ？」

「予約の内容は仁枝さんに確認してください。われわれが阿部さんにお願いしたいことはいくつかあります」

そう言うと、ラリー・タイテルバウムはチノパンの尻ポケットからSoftBank 201HW 3Gをとりだした。自分が買いあたえてやったプリペイドスマホを差しだされ、阿部和重が少しばかり戸惑っていると、きりっとした真顔でヴィン・ディーゼルに寄せてきた四六歳のＣＩＡ職員はこうつづけた。

「いちばん重要なのは、チェックアウトまでにアレックス・ゴードンを探しだして、これを彼に渡すことです」

いいいちばん重要などと強調されてしまうと、スパイ映画の典型的現地協力者を演じてきたおひとよしとしては、そのへんのソフバンショップで売っているプリペイドスマホをQ課より支給された新兵器だとでも思いこんですんなり受けとらざるをえない。こうなったらじたばたしてもしょうがないと、この一ヵ月間のラリーとのつきあいで承知している阿部和重は、無理矢理におのれを奮いたたせて「渡してどうするの？」と残りの任務をたしかめてみる。

「履歴にある番号に電話をかけるように言ってください」

「履歴のどの番号よ」

「わたしとエミリーの番号しかないので、どちらでもかまいません」

「それでおしまい？」

「アレックスについては」

「ほかにもあんの？　そんなにおぼえらんないって」

「菖蒲リゾートには今、三上俊とアフマド・モフセンも宿泊中のはずです。一般の客室ではなく、従業員用の宿舎を利用しているとも考えられますが」

「えー勘弁してよ、やばいふたりじゃん、おれもう近よりたくないなあ」

「わたしはまだなにをするのか言っていませんよ」

「どうせそのふたり見つけたら、また写真撮ったりあとつけたりしろっつうんでしょ？」

「阿部さん」

「なに？」

「正解です」

●

とうとういっぱつもワンインチパンチを打てなくなったところへ、ものすごい爆音が轟いたのと同時に烈震なみの震動に襲われ、これは終わったなと思いあきらめの境地にいたる。するとその直後、不意に棺桶の蓋が開けられて視界が光をとりもどし、ガスマスクをつけたふたり組がこちらをのぞきこみつつ両手を伸ばしてきて四五歳六ヵ月の体を抱きおこしてくれた。

立ちあがってみると、そこはラブホテルPEACHではないとわかるが、見まわしてみてもどこなのか思いあたる記憶がない。天井が高くてひろびろとした、洋館のエントランスホールみたいな空間だが、爆風で立ちのぼったほこりが今なおそこらじゅうで色濃く舞っているせいもあって、見おぼえのない場所の特定をいっそうむつかしくしている。

突如おなかに物があたり、軽くぐいと押されたのでなんだろうと見やると、ふたり組のひとりが余分なガスマスクをゆずり渡してくれたのだと知る。それを急いで顔につけろとジェスチャーで伝えてくれた救い主のふたり組が、すぐさま立ちさろうとしたのを目にした阿部和重は、こんな見知らぬところにひとりで置いてゆかれたくはないとあわてて当の防具をかぶってみるも、ガスマスクなどいっぺんも使用したことがないため隙間がきちんとふさがっているのかどうか心もとない。

ただしく装着できているのか確認してもらおうと思い、出入口らしきドアを目ざして歩きだした救い主たちを小走りで追いかけジェスチャーで問いかけようとした矢先、いきなりタタタタタという破裂音が響きわたって数メートル先にいたふたり組がその場に倒れこんでしまう。どことも知れない場所から無数の銃弾を浴びせられ、救い主のふたり組は体中を蜂の巣にされてしまったのだ。

ほこりまみれの白い大理石の床が赤黒く染まってゆく。ふたりとも丸腰だというのに、完全にとどめを刺す意図でもって完膚なきまでに弾丸を撃ちこまれており、ひとりはガスマスクがはじきとばされて人相はおろか原形さえわからぬくらいに顔面がぐちゃぐちゃに崩壊してしまっている。レアチーズケーキとかムースとかババロアとか、白っぽくてふわふわしたスイーツにたとえたくなるようなかけらがイチゴジャムを添えてあちこちに散らばっているが、それらはたぶん肉片とか脳漿とか、ほんの数秒前は人間の身体の一部だったものだろう。だしぬけに、肥だめに思いきり頭をつっこんだあとみたいな強烈な悪臭を感じたが、ほんとうにそのにおいを嗅いだのか凄惨な光景からそんな気がしているだけなのか、どちらなのかもはや区別をつけられない。

　阿部和重ははっとなる。眼前で生じたむごたらしい殺害のありように呆然となり、わが身も隠さずに立ちつくしてしまっていたが、これがJアラートの警告した「ゲリラ攻撃」ならばこの自分も標的にされるかもしれないわけだと気づき、すみやかに棺桶の陰にしゃがみこむ。だとすれば、一刻も早く安全な場へと逃げなければならないが、そもそもここがどこなのかもわからぬため、向かうべき方向すら思いつかない。はっきりしているのは、救い主のふたり組とおなじ目に遭いたくなければ、出入口らしきあのドアを目ざして数メートル先へと進んではならないということだ。

　ならば逆方向だと考え、うしろを振りかえってみると、一〇〇人中九九人が闇のカーテンなどとうっかりたとえてしまいそうな分厚い暗がりが目にとまる。おれはそんな比喩など使わんぞと宣言し、平気な顔をしてカーテンをくぐりたいところではあるが、闇は徹底して闇であり、おぞましいまでにどす黒い表情をしてこちらを飲みこもうとしているため、どちらかというと九九人の側にいるらしい四五歳の小説家は二の足を踏む。そうしているあいだにも、爆発音はけたたましく轟き、激しい震動が起こり、タタタタという破裂音が響きわたりつづけている。はらはらとかぱらぱらと形容されるような、冷たくもなければ水分もふくまぬ降雪が殺伐たる周囲の風景におもむきをあたえてもいるが、これはほどなく天井がずどんと落ちてくる前ぶれと解釈することも可能だ。それならばもう選択肢はひとつきりとなる。九九人のなかからひとり脱けだして、暗闇を突破してさらにその奥へと突きすすむのだ。

●

翌四月二二日火曜日はいつものように電話が鳴って目ざめたが、それは着信音ではなくiPhone 5に設定してあったためざましのアラーム音だった。移動に不便な二〇一号室から転居した三〇二号室のベッドより起きあがると、まずはトイレに向かった阿部和重は、その後は映記を起こして一緒に朝の身支度にとりかかる。

つづいていつものように親子ふたりしてPEACH一階の従業員控室へと直行し、朝食をとる。いつものようにヤクルトやら牛乳やらオレンジジュースやら天然炭酸水やらを飲みつつサンドイッチやらおにぎりやらをぱくつき、自分が食べおわったあとは三歳児がごちそうさまを言うのを待って食器をかたづけ、コーヒータイムに移る。

そしていつものように次の用事が出てくるまでは、三〇三号室にそなえつけのものと同型同サイズに見うけられるシャープ製液晶テレビのスイッチを入れていわゆる朝の情報番組でもぼんやり眺めることにする。途中でそこにラリーが加わってサンドイッチを食べたりコーヒーを飲んだりして午前のひとときをともにすごすのも、いつものことだ。

そこまでは、ほとんどいつもと変わらぬふうにすべてが推移したが、四月二二日火曜日という日がいつもと異なる様相を呈しだした発端はテレビだった。羽田空港に明晩到着する予定のオバマ大統領の国賓訪問に際する交通規制情報などを伝えている民放番組の画面上に、とつぜん「ベテルギウス爆発の兆候をとらえたと東大宇宙線研が発表」なるニュース速報のテロップが表示されたところでいつもの日常がぷちんととぎれたように感じられた。かねてより終焉のときが近いのかもしれないと目されていたオリオン座α星ことベテルギウスが、ついに超新星爆発をむかえたというのだからこれはおおごとではないか。

ミーハー作家の血が騒いで好奇心が活発化し、さっそくＮＨＫ総合にチャンネルをあわせてみると、東京大学宇宙線研究所による緊急記者会見の模様が放送されている最中だった。阿部和重はただちにリモコンでテレビの音量をあげ、退屈しそうなわが子にはおもちゃ紹介のYouTube動画を再生させたiPhone 5を渡してやるという禁じ手をふたたび使ってしまう。ＵＣバークレーでプラネタリーサイエンスを学ぶ息子を持つラリー・タイテルバウムも、コーヒーをすすりながらまじまじと画面に見いっている。

地球から六四〇光年の距離にある恒星ベテルギウスの爆発がはじまったことを示す根

拠としてだいいちに報じられたのは、ニュートリノの検出だった。大質量の赤色超巨星たるベテルギウスは、重力崩壊型の超新星爆発を起こすと見られており、爆発の初期段階で大量に生成される素粒子ニュートリノが可視光に先がけて放出され、いっとう最初に地球へとどくと考えられている——それがまさに、本日の午前三時三三分（日本標準時）、六四〇光年先のこの惑星に飛来したことの確認がとれたというのだ。

　岐阜県飛驒市神岡町に設けられた世界最大の地下ニュートリノ観測装置スーパーカミオカンデがあまたのニュートリノをとらえたのに加え、国際宇宙ステーションきぼうに設置された全天Ｘ線監視装置《MAXI》のベテルギウス監視データからもエックス線が検知されたことにより、今般の発表にいたったのだとＮＨＫの中堅アナウンサーは説明している。表面が一〇〇万度の高温に達して膨張をつづけ、温度の変化にともない光の色も移り変わり、エックス線やガンマ線を放ちつつ次第に輝きを増していって数日内には日中でも満月くらいの明るさを肉眼で認められるかもしれないとされているベテルギウスは、その後は数年かけて低温化するにつれて減光し暗くなってゆくと予測されている。

「ラリーさん、これまずいんじゃない？」

「なぜです？」

「宇宙線どっさり地球に降ってきちゃうじゃん」

「宇宙線は常に降りそそいでいますよ」

「いやだから、ガンマ線バーストが直撃して地球が終わっちゃうってことない？」

「阿部さん、子どもみたいなことを言わないでください」

「世代的にこの手の人類存亡ネタに弱いんですよ」

「発表している彼らの顔を見てください。このイベント開催をやっと公表できるようになったという感じで、どことなくうれしそうじゃないですか。地球が終わりそうならもっと青ざめているはずでしょう」

「そこまでじゃなくてもさ、磁気嵐だか電磁パルスだかの影響で世界中の電子機器がいかれちゃったり大停電になったりするかもしれないわけじゃん」

「どうでしょうね。太陽フレアでも何度か電波障害などは起こっていたようですが、文明がストップするほどの事態にはなっていませんし、まあ、なるようになるでしょう」

「ガンマ線バーストとかおそろしすぎませんか？」

「しかしそのバーストとやらが発生したとしても地球に直撃することはないというじゃありませんか。星の向きだか角度だかがずれているので大丈夫だと」

「え、そうなの？」言いながら阿部和重は液晶テレビのチャンネルを教育テレビに切りかえて息子の視線を強引にそちらへそらすと、自分の iPhone 5 をとりかえして Safari ブラウザーを立ちあげ、Wikipedia で「ベテルギウス」の項目を検索してその記事を読みはじめてみる。そこにはこう書かれていた。

　しかし近年の研究により、超新星爆発の際のガンマ線放出については、恒星の自転軸から2°の範囲で指向性があることがわかっている。実際、NASAのハッブル宇宙望遠鏡でベテルギウスの自転が観測され、その結果ベテルギウスの自転軸は地球から20°ずれており、ガンマ線バーストが直撃する心配は無いとされた。

これを読んだ阿部和重は「なるほどお」などと安堵のつぶやきをもらしたものの、「心配は無いとされた」のあとに「ただし」と接続される一節にも目を通すと、早くもまた表情を曇らせることになった。それはこんな一文だった。

ただし、超新星爆発時のかなり大きな質量変動とそれに伴う自転軸の変化が予想できないこと、ガンマ線放出指向性の理論的・実験的な根拠がはっきりしないことから、直撃の可能性について確実なことは知られていない。

ざっと黙読してオーノーとなげき、さらに口に出してこの箇所を読みあげた阿部和重は、溜息まじりに「結局どうなるかわかんないってことじゃん」と愚痴をこぼすと、真剣な声色でラリーにこう問いかけた。

「もしかしてこれのせいでオバマ大統領こないんじゃないの?」

「日本にですか?」

「うん」

「そんなことはありませんよ」

「だって電磁パルスの被害でGPSが使いものにならなくなるかもしれないのに、エアフォースワン飛ばしちゃってもいいの？　安全面を考慮して来日延期とかない？」

「断言はできませんが、まずないでしょうね」

「安全面は気にしないってわけ？」

「逆ですよ、安全面が万全だから延期はないだろうということです。阿部さんの教科書に、大統領専用機には電磁パルス対策がほどこされているとか書かれていませんか？」

「おれの教科書ってなによ」

「Wikipedia」

小ばかにされてくそーと思いつつ急いで調べてみると、ほんとうにWikipediaの項目「エアフォースワン」にはその通りのことが記されている。もう一度くそーと思うも、ほんもののアメリカ連邦政府職員に対して一介の日本人たるこの自分がこれ以上なにか言いかえせる話題でもない。すがりつく相手はもはや三歳の息子しかいない四五歳の小説家としては、とっくに子ども向け番組が終わっているため強制的に『趣味の園芸』の再放送を見せられている映記に寄りそい、テレビ画面には目もくれずに「なんか飲むか？」などと話しかけてお茶をにごすのが関の山だった。

「阿部さん、現実逃避はこのあたりでおしまいにしましょう。昨日わたしがした説明を忘れられたらこまるので、そろそろ打ちあわせをはじめる必要があります。今日と明日、阿部さんにはフルで働いてもらわなければなりませんから、いつまでものんびりしてはいられません」

「なに言ってんのよ、おれ逃避なんかしてないじゃん、これだってさしせまった現実だっつうの」

ベテルギウス爆発をめぐるNHK総合の緊急報道番組がなおも流れているつもりでテレビ画面を指さしてみたが、そこに映しだされているのはマクワウリなるメロン栽培方法の紹介であり、ニュークリア・テロの脅威などとは無縁で平和そのものに見える長寿番組『趣味の園芸』のひとコマだった。反論にならないどころか自分のそそっかしさに脱力させられた阿部和重は、苦笑いしつつ肩をすくめているラリーに「さあ、うえの部屋へ行きますよ」とうながされても抵抗できず、おとなしく席を立ってわが子を抱きあげるほかなかった。

三〇三号室では、麻生未央がソファーに身をあずけて電子煙草をぷかぷか吹かしながらひとりで待機していた。ラリー・タイテルバウムのあとにつづき、映記を抱っこした阿部和重が室内へ入ってゆくと、三代目会長は立ちあがって三歳児におはようの挨拶をしてくれた。今日と明日、息子はもっぱらなかよしの彼女に世話してもらうことになるだろうから、わが子をはじめて一昼夜にわたりよそ様にあずける父親としては、ここはなにはなくとも頭をさげ、くれぐれもよろしくお願いいたしますと伝えておかなければならない。

「これしか手に入らなかったけど、いい？」そう言って、麻生未央は手のひらサイズの電子機器をひとつラリーに手わたした——表側の上部にデジタル表示窓がついている、ひと昔前のポータブルMP3プレーヤーみたいな形状の装置だ。

渡された電子機器をしばし見つめ、ボタンを押して起動させるなどしてひと通りチェックしたラリーは、不満ありげな顔つきでふんと鼻を鳴らしたが、紳士的な姿勢は忘れていなかった。提供者の麻生未央にすかさず微笑みかけ、「助かりました、ありがとうございます」と丁重に礼を述べていたからだ。その様子を横で眺めつつ、日に日に重たくなっている三歳児をベッドのうえに座らせた阿部和重は、どうせおれが使うことになるのだろうなと観念する気持ちで、当の電子機器についてこわごわ訊ねてみた。

「なんなのそれ？」

ラリー・タイテルバウムはこう即答した。

「ガイガーカウンターです。ロシア製ですが、日本語に対応したモデルのようですから阿部さんでもまちがえずに使いこなせるのではないでしょうか」

「ガイガーカウンター」

「はい」

「放射能をはかるやつ」

「そうですね」

「まさかそいつで『いわしの缶詰』を探せってわけ？」

「今はほかに使い道はありません」

「それ持って、ホテル中あっちこっちうろつけってこと？　そんなんで見つかんの？」

「正直に言えばわかりません。懸案のスーツケース型核爆弾がじつのところどういう仕くみなのかも明らかになっていませんし、それが実在するという確証をえているわけでもありません。爆縮式原子爆弾なのか汚い爆弾《ダーティーボム》なのか、あるいは核兵器ですらない単なる即席爆発装置《IED》にすぎないのかどうかもさだかではない。だからこそわれわれは、いちはやくその情報にたどり着いたアレックスと早急にコンタクトをとらなければならない状況なのですが、もしかしたら彼も詳細まではつかんでいないかもしれない――」

あやしまれるにちがいないしできれば持ちあるきたくないなあ、などと阿部和重ががぜん消極的になっていると、その内面がもろに顔にも出てしまっていたらしい。往生際の悪い男だなというふうにラリーがこちらをにらみつつ、あらたまった態度で生真面目な言葉をぶつけてきた。

「しかしですよ、仮にそうなのだとしても、ほとんど手足を縛られている状態で確実な証拠を見つけださなければならないという難問に取り組んでいるわれわれとしては、どんな手段であろうと、目的地までの距離をわずかでも縮められる可能性があるなら利用しないわけにはゆきません。地道な努力を重ねて、しらみつぶしにあらゆる方法をためすしかないんです」

いやみなほどの正論に圧倒された阿部和重は、まあまあとなだめる具合に両手を掲げてなんべんもうなずいてみせた。いつの間にかベッドに移った麻生未央が、映記とウルトラマン人形を戦わせて遊んでいる姿が横目に入り、おれもとっととあっちの世界へもどりたいと切に思うが、それにはまず、さっさとこっちの世界の平安をとりもどさなければならない。

「オーケーです、わかりましたよ、やりますよ」

「スーツケースを見かけたら、いちおう全部これで計測してみてください」

「え、全部？」

「ええ、全部」

「三上俊がひいて歩いてたやつを探しだせば任務完了なんじゃないの？」

「それは必須ですが、連中が用意しているのは一個とはかぎりませんから」

「マジかよ――」

ホテル内にあるスーツケースのひとつひとつにそっとガイガーカウンターを近づけて計測ボタンを押している孤独な自分自身を想像した阿部和重は、これはやはり一〇〇パーセント不審視されるとしか思えず暗澹たる気分にかられてしまう。警備員に見とがめられるようなことになったらただでは済まなそうだ。

「それが爆弾なのかどうか、おそらく見た目では判断できないはずですから、菖蒲リゾートにあるスーツケースはすべて点検してみるべきです」

「なるほどね。まあ、そうなんでしょうけど――」

「阿部さん、浮かない顔ですね」

「いやだって、全部の計測なんて途方もない作業じゃないですか」

「でもたとえば、測定をくりかえすうちに高線量のスーツケースが出てきたらそこで証拠の発見ということになりますから、われわれはゴールできたも同然です。そうなればFBIの捜査が入って一気に解決という流れになるでしょう」

もっともらしく明るい見とおしを提示してくれたかのようにも聞こえるものの、実際のところは例によってラリーは詭弁を弄しているにすぎまい——どのみち全部のスーツケースを検査せねばならぬことに変わりはないのだろうから。かといって、やらないわけにはゆかないので、阿部和重は浮かない顔のまま別の疑問点を埋めることを優先した。

「そうすか、じゃあこういうのはどうすんのよ」

「こういうのとは?」

「客の荷物なんてたいてい客室のなかでしょ。ホテル中うろついてみるっつったって、おれは一般客のひとりでしかないんだよ? はいれる場所なんかかぎられてるじゃん。客室は五〇もあるんだし、部屋のなかにおさめちゃったスーツケースはどうすんの?」

「なにか理由をつけて、室内を見せてもらってください」

「そうくると思いましたよ。でもそんなの無理でしょどう考えても。流しのギター弾きとかじゃないんだからさ、こんな膝やぶれたジーパン穿いてるおっさんがひとりで訪ねてきて、どうぞどうぞって部屋んなかほいほい見せてくれる不用心な客なんかいるわけない。だいちおれはコラムを書く仕事で泊まることになってんのに、なんであいつはよその部屋まわってやがるんだって、従業員にもうさんくさく見られるに決まってるわ。マルチ商法の勧誘でもやってんじゃねえかとか疑われちゃうかも」

「だからそれにふさわしい正当な理由を考えだすんです」

「どういうの？」

「そんなことも思いつかないんですか？」

「知らんよ」

「小説家なのに」

「しょうがないじゃん、嘘は書くけど詐欺師じゃないんだよ。そういうあんたはなんかアイディアあんの？」

「アンケートをとってまわるとか、募金活動とか、それらしい正当な理由なんていろいろあるでしょう」

「ろくなアイディアじゃねえじゃんか」

「いずれにしても、コラムの執筆という建前はホテル側に伝わっているわけですから、それを口実にしてほかの客の声をあつめる必要があるということにすれば、アンケート調査をおこなっても不自然ではないはずです」

不審な印象はぬぐいきれぬものの、なるほどそれならぎりぎりＯＫかな、とは思う。だが、呆気なく屈服させられたみたいで癪にさわるため、納得が表情に出ないよう思案顔をくずさず阿部和重はひきつづき検討しているふりをした。そんななか、真正面にいるラリー・タイテルバウムの口もとや顎のあたりをふと見やると、早くも髭が黒々と伸びだしてきていて剃るのをやめたことがうかがえる。

「ラリーさん」

「なんです？」

「髭また伸ばすの？」

「ああ、ええ」言いながらラリーは、髭の話題が出た際にはそうする義務があるとでもいうふうにみずからの顎先をなでまわしている。「そろそろいいかと思いまして」

「でもその中途はんぱな髭の風貌だとなあ——」

「なんでしょう？」

「あんたこそ国際指名手配とかされてる犯罪者っぽいよねえ」

「それはまずいな」

「どっかで捕まらんように注意したほうがいいですよ」

「警備の人間も増えていますからね」

横から笑い声が聞こえてきた。めずらしく麻生未央が笑顔を見せている。自分の指摘がうけた気になっていた阿部和重は、そんなにおもしろかったですかと問いかけるみたいに反射的に笑いかえそうとして口角をあげたが、その矢先に三歳の息子がなにか言って笑いをとっているのが目にとまり、早とちりだったと悟って顔中が熱くなった。いかにもばつが悪かったものの、幸いにして四五歳六ヵ月の人生経験からなにごともなかったかのようにとりつくろう術を会得していた中年紳士は、もうひとりの中年紳士に新たな質問を放っておのれの羞恥心をほうむった。

「ところでエミリーさんは？」

「赤坂でジミーと会っています」

「大使との協議ですか？」

「それもあります」

「なにかほかにも？」

「動かぬ証拠が出てきたときのための態勢の整備です」

「さっきちらっと言ってたけど、ＦＢＩとの連携とかですか？」

「そんなところです」

「ラリーさんはどうするんの？」

「言っていませんでしたっけ？」

「聞いてないですね」

「わたしは車でホテルの近くまで阿部さんを送ったら、若木通り一丁目の共同墓地でひと晩明かすつもりです」

「え、だれと？」

「だれとも。わたしひとりきりです」

「墓地でキャンプでもするの？」

「まさか。共同墓地の駐車場にロングステイするんですよ」

「ああ車内泊ってことね」

「ええ」

「おれの身になんかあったときのために近所で待機してくれるってわけ？」

「ええとまあ、絶体絶命のピンチという一報でも受ければただちに駆けつけますが――」

「なんかいやいやっぽいな」

「いえ、そうではありません」

「ならなんすか」

「膝をすりむいたとかくしゃみがとまらない程度の症状で救急車を呼ぶのが非常識だということは、阿部さんもご存じですよね？」

「ああ、はいはい、そういうことね」

「そういうことです」

「そういうことならどうぞご心配なく。息絶える寸前まで連絡なんてしませんから、ひとり優雅にアルファードのひろびろ車内を満喫しててください」

ベッドで人形遊びしているふたりからデリバリーピザでも注文しないかとランチのお誘いが飛んできた。スイス製自動巻きクロノグラフの文字盤に目を落とすと、とうに正午をまわっていることがわかり、たしかに腹も減ったなと気づかされる。菖蒲リゾートのチェックイン開始時刻は午後三時きっかりだから、あと二時間半くらいはPEACHでわが子の喜怒哀楽を見まもっていられるはずだが、もしかしたら作戦の準備があるとかなんとか言われて早めに現地へ向かうことになるかもしれない。

そんなふうに思いめぐらすと、急に心ぼそくなってきて、阿部和重は映記を抱っこせずにはいられなくなる。息子のほっぺたに自身の頬をくっつけるも、即座にこばまれて逃げられてしまった父親は、たちまち不安が増してきてすでに廊下へ出ていたラリーを呼びとめた。

「ラリーさん」

「なんです？」

「大丈夫だよね？」

「なにが？」

「だからおれが」

「菖蒲リゾートに潜入する件ですか？」

「そう」

「大丈夫ですよ」

「ほんとかなあ」

「ほんとうです。わたしがついていますから」

そう請けあって、ラリー・タイテルバウムはいつもの微笑みを浮かべてみせた。

闇のカーテンをくぐりぬけると路上に出たが、いきなり足もとへ何発もの銃弾を撃ちこまれて否応なしに走りださねばならなくなる。狙撃手の姿はまるで見えず、トリガーをひいている場所もさだかでなく、弾が放たれてくる方向も高さも距離もさっぱりわからない。

明瞭と言えるのは、鼻がバカになりそうなほど強烈に突きあげてくるケミカルな悪臭のみだ。トルエン系やらアルデヒド系やらアンモニア系やらの刺激臭が粘膜を荒らして三叉神経をびんびんいたぶっており、鼻腔がひどくひりついてしまっているためずるずるたれ落ちてきている鼻水には血がまじっているかもしれないし涙もとまらない。これはすなわちガスマスクがまったく役に立っていないことを意味している。それを悟った途端に気分が悪くなり、頭がぐらぐらしてきて吐きそうになるが、もしやVXガスだかマスタードガスだかを吸いこんでしまったのだろうかと動揺に襲われみるみる血の気がひいてゆく。しかしこの場で死にたくないのなら、足どりだけは絶対にとめてはならない。

どこもかしこも黒白の煙が立ちこめていて見とおしが利かず、朝か昼か夕方なのか時間帯の見当もつかない市街地らしき風景のなかに放りこまれてしまったせいで、自分の居場所の特定すらままならない。大小の爆発音が絶え間なく響きわたり、思考が一瞬ごとにさまたげられて冷静ではいられず、肉体よりも先に精神が追いつめられてゆく。

自分自身が銃口を向けられる標的ではないとしても、身辺で相次ぎ生ずる着弾の衝撃と建造物崩壊の震動が空気や地面を通じて全身に伝わってくるため、おれはいつでもおまえを殺せるのだぞと死に神にくりかえしささやかれているような気にさえさせられる。ずっと覆われていたはずの口のなかが砂っぽくて仕方がないのも、このガスマスクが無益な代物であることを物語っているのだろう。急いで唾を吐きだしたいが、ガスマスクがなかなかはずれないので不快の解消はすぐにはかなわない。

いずれにせよ、一箇所に立ちどまっているのはおれをねらい撃ちしてくれとアピールしているようなものだから駆け足を継続させなければならない。がらくたのガスマスクを脱ぐのはあとまわしにして、銃弾が飛んでこない場所を探しだすのが先決だ。

やがてこうしてひたすら逃げまわるうち、一歩でも進路をまちがえれば要撃されて二度と起きあがれなくなるかもしれないという恐怖が押しよせてくる。片足をあげるたびにサイコロを振っているような状況とも言えるから、早くどこかおちつけるところに身を隠したい。

煙のみならず、ガスマスクのゴーグルに付着する塵灰が視界をさえぎるためいちいち目もとをこすりながら前進していると、たまたま右手がガードレールに触れたことではっとなり、ここは幹線道路の歩道上なのかと今になってやっと気づく。

さらに十数メートルほど小走りで進むと、阿部和重は一〇時の方角にファミリーマートを発見する。有力コンビニチェーンの一店舗とはいえ、こんな非常事態の最中とあってはどんな危険が潜んでいるかは未知数だ。だが、この種の難局に際しては生活必需品の品ぞろえが充実している小売店こそが一時的な避難場所として最適であることを、偉大なジョージ・A・ロメロが一九七八年にわれわれ人類に教えてくれている。

看板も店内の照明も消えているように見えるということは、停電していて自動ドアが開かない可能性があるが果たしてどうだろうか。店先に立ってみると、やはり給電がなく自動ドアは眠っているが、だれかが無理矢理に押しあけた形跡があり、三、四〇センチほどの隙間があるからなかに入れないことはない。

店内はライトが消えているが外光が射しこんできていることもあり、奥のスペース以外はそこそこ明るい。入りこむとまずじゃりじゃりいう音が立ち、割れたガラスを踏みつけた感触があったので自然と床へ視線を落とす。するとセラミックの白い床いちめんにこなごなに砕けたガラス片が散らばっているばかりでなく、絵の具でこさえたみたいな深くまっ赤な液体が波うつようにさーっと流れてぜんたいにひろがっている。とっさに鮮血だと理解した阿部和重は、うわっと驚くも開かない自動ドアを背にしているため後退もできず、その場に立ちつくすしかなくなる。

こうも大量の流血が起こったのはなぜなのか。そう思いつつあたりを見まわしかけた矢先、にわかに違和感をおぼえてひきよせられるみたいに右手の雑誌棚の下方を見やると、一二、三人ほどの男女の死体が折りかさなるようにして転がっている惨状を瞳がとらえてしまう。

不意のことに混乱し、いったいこれはなんの光景なのかと把握するまで数秒ほど凝視してしまったせいで、外気にさらされたはらわたや眉間よりうえを失った顔面やちぎれそうになっている左手などが次々に記憶のなかに色濃くきざまれてゆく。飛びだした眼球と目が合ったような気がして思わず何度もまばたきしてしまう。

このひとたちは、ひょっとしたら自分が今いる場所から自動小銃で何百発も撃ちこまれたのではないか。

そう推しはかると、おのれの視界が射撃手の視線と重なりあい、それによりスイッチが入ったかのごとく時間が巻きもどって殺戮の再現映像がスローモーションで脳裏に浮かびあがってくる。人体の不可逆的破壊の記録がひとりひとり時間をかけて高精細解像度で一挙上映される劇場でふと目ざめたかのように、虚実の見わけがつかず、直視と変わらぬ鮮烈なイメージにやられて頭と心が痛めつけられてゆく。

つづけざまに男女の頭部が破裂して髄液や血糊や脂肪が飛散し、こま切れとなって四方八方にはじけとびまくる肉片と相まってシャンパンシャワーさながらの様相を呈しているがもちろんめでたいことなどこれっぽっちもありはしない。たとえ目を閉じても、眼前にある無残な死体の山が外側から投写されたみたいに瞼の裏側へあざやかに映しだされるため、もはやどこにも逃げ場がなく、なにひとつ忘れようがなく、見なかったことにもできない。

耐える間もなく嘔吐してしまい、ガスマスクをはずさざるをえなくなるがいっこうに脱ぐことができない。あまりに苦しすぎて後頭部の髪の毛ごとむしりとり、ようやくがらくたとおさらばするにいたる。貴重な頭髪が束になるほど抜けてしまってひりひりして痛いし気分としては最悪だ。店の棚にあったユニ・チャームのシルコットウェットティッシュを金もはらわず勝手に開け、何枚も使ってゲロまみれの顔をぬぐいつつひと息つくと、タイミングを見はからったみたいに奥のほうで物音がしたのをたしかに聞きとる。猫とか犬とかの店長で客を釣るタイプの店ではなさそうだから、そこにはだれかひとが隠れているのかもしれない。

こういう場合はもっぱらふたつの運命が用意されているものだ。確認に行って敵に遭遇し殺される不運ななりゆきと、新しい仲間をえるという幸運な流れだ。

これはどちらのパターンだろうか。店の棚にあったモンスターエナジーを金もはらわず勝手に飲んでみずからを奮いたたせた阿部和重が出した結論は後者だ。死体の山を築いた殺戮者が待ちぶせしているのなら、ここで自分はとっくに撃たれているにちがいない。それに対し、店の奥でじっと気配を殺して侵入者をやりすごそうとしているのはきっといわゆる無辜の市民であり、武装などはしておらず、助けをもとめている側のひとびとに該当すると考えられる。こんなのは、明らかな希望的観測だと自分自身でもわかってはいるが、孤立無援に疲れて他人にすがりたい心境が勝ってしまい、いくら四五歳六ヵ月の人生経験があろうといちかばちかの賭けに出ようとする衝動を抑えられない。

物音がしたのは売り場のスペースではなく、仕きりの向こう側にあるバックヤードらしいと察知した。店の奥まできてしまえば、靴底がじゃりじゃり音を鳴らすほどのガラス片はもう散らばっていなかったが、こちらに不意撃ちする意志はないのだと相手に伝えるためにあえて足音を立てながら歩いてゆき、売り場との境にかかったアコーディオンドアの前に立った。咳ばらいなども加えてみて、襲撃者ではない印象をさらに振りまいておき、おそるおそるアコーディオンドアを開けていってみると、そこにはおさない子どもたちを抱きよせつつしゃがみこんで新参を警戒している、全身が粉塵だらけとなった老若男女の姿があった。

やったぞ、悪党じゃない、などと阿部和重は心で歓喜の声をあげる。それを表情にも出して、自分もひとりで逃げてきた丸腰の人間だと説明しようとしたところ、がたいのいいひとりの中年男がとつぜん立ちあがって隠し持っていた金属バットを容赦なく振りおろそうとしてきた。

予想もしていなかった展開に対処が遅れ、頭頂部にたたきつけられるぞと体がおのずと反応し両手を頭上に掲げたが、キーンという金属音が響いて初弾はどうやら命中することなくおさまった。せまいスペースだったのが幸いし、金属バットがスイングの途中でかたわらにあった鉄製の棚にぶつかって制止されたらしかった。

自分には敵意も悪意もないと理解してもらおうとして、および腰の姿勢でバイバイするみたいに両手を振り、「ちがいます、ちがいます」とくりかえしたが無駄だった。相手の男は今度は金属バットの先端で思いきり小突いてきて、バックヤードの内側にはかたくなに新参を入らせないようにしている。家族や身内を守ろうと懸命になっているのかもしれないが、頭に血がのぼっていて誤認を自覚できる状態にはほど遠い様子だ。おれはゾンビじゃないし武器の類いなどひとつもたずさえていないことをわかってくれとジェスチャーで示すも、相手は冷静になるどころか、捕食者の撃退をはかる親鳥がくちばしでつついてくるみたいに金属バットの攻撃をやめない。しゃがみこんで身を寄せあっている一〇名ほどのなかには、父母子の三人家族らしき姿もあり、なにがあっても決して離れまいとしているかのようなその三位一体の絆に気づくとなんだか急に泣けてきたアラフィフの妻子持ちは、がくんと力が抜けて視線をあげるのも忘れてしまう。

金属バットマンはそこを見のがさず、すかさず突きさすみたいな打突をおなかめがけて打ちこんでくる。虚をつかれて鋭い一撃をみぞおちに食らい、息ができなくなって呻き声をもらした阿部和重が尻餅をつくやいなや、レザーフェイスなみの力づよさでアコーディオンドアがぴしゃりと閉ざされる。こうなっては仲間いりをあきらめるほかないと思いなすが、それで一件落着とはならない。さらなる予期せぬ事態が待ちうけていたためだ。

アコーディオンドアがぴしゃりと閉ざされたのとほぼ同時に、どすんと震動があり、バックヤードの外壁が一瞬でくずれ落ちるような音が響いた直後、目の前がめらめら明るくなって室温が急上昇した。それにともない、身を寄せあうひとびとがパニックで泣きさけぶ声が聞こえてきている。視界はポリエステルの幕にさえぎられているが、どんな事態が発生したかをその場で見てとるのに時間はかからない。アコーディオンドアの数箇所にぽつぽつ開いた穴が燃えだしてどんどんひろがってゆき、またたく間に蛇腹が焼きつくされると、仕きりの向こう側がこの数秒のあいだに炎熱地獄と化してしまった凄惨きわまる情景を見せつけられたからだ。

くずれた壁のほうから横むきに、ドラゴンが吐きだしたかのような業火が放たれ、バックヤードでじっとしていた老若男女の全員をまる飲みにしてしまったのがはっきりとわかった。フラッシュオーバーなのかバックドラフトなのか火炎放射器の射出なのか、ついにほんらいの居どころにたどり着いたとでもいう勢いで飛びこんできたすさまじい炎は、だれにも逃げる暇をあたえずバックヤードのせまいスペースを埋めつくしてしまったらしい。茜色や黄金色のオーガンジーカーテンが揺らいでいるかのような炎火のなか、生きたまま焼かれもだえ苦しむひとびとのありさまが影絵のごとく見えているが、その目と鼻の先にいるにもかかわらず、ひとりたりとも助けることのかなわぬ四五歳の役たたずは、自分自身も燃え殻になりかねない状況と知って尻餅をついたまま うろたえつつあとずさりするしかない。

予期せぬ事態はなおも打ちどめとはならず、呼吸をととのえるわずかなゆとりすらえられない。次なる災禍は頭上からやってきた。めきめきばきばきなどと音を発しつつ、バックヤードのみならず、売り場ぜんたいにわたる天井がいきなり屋根ごと吹きとばされてゆく。

それを目のあたりにした阿部和重は、想定外の連続ゆえ起きている出来事に頭が追いつかず、ただ呆然とうえを見あげる以外の行動をとれなくなってしまう。竜巻や突風に襲われたのに似たシチュエーションだが、これはそんなものではない。レジ袋やチラシや紙幣が上空へ吸いこまれてゆくみたいにいっせいに舞いあがったのち、徐々に視界が晴れてきて曇天の下に見えてきたものを認識するとあきれかえるばかりとなり、開いた口がふさがらなくなる。コンビニチェーンの最大手たるセブン‐イレブンのあまたの店舗が変形合体して巨大な人型ロボットを形成しており、さっきまでファミリーマートだったこの場を今にも踏みつぶそうとしているかのごとく不気味に見おろしているのだ。

●

午後三時きっかりにチェックインを済ませた阿部和重は、案内された二階の一室でひとりきりになると、ヴィクトリアン家具のカタログなどでよく見かけるクラシカルなアームチェアに腰をおろしほっとひと息ついた。白亜の外観や開放感あふれるロビーもさることながら、客室も結構な時代錯誤感やら異国情緒やらの非日常性を醸しており、ここが神町だという事実はすっかり頭から消えさる。

麻生一家のだれかのおさがりらしいブラックスーツを着せられて、日ごろなじみのない全室スイートルームの高級ホテルに単身で乗りこみ、座りなれない骨董めいた椅子に尻を乗せ年甲斐もなくどきどきしているが、しばしぼんやりしていると体もほぐれて気分も鷹揚になり、いつしかだらりと背もたれに身をあずけてしまっている。

そうするうち、おやつでも食べたいなとか立ちあがるのも面倒だなとかしか考えられなくなってゆき、「たしかに快適すぎてやばいわ」などとつぶやいている自分に気づいてあれっと思う。「快適すぎてやばい」とはその通りだが、しかしそれはいったい、だれが言ったフレーズだったか。記憶がよみがえりかけて、まあいいかと中断しまたぼんやりしてしまう。いつまででもぼんやりしていられそうな空気が、このローズマリー・スイートなる部屋には漂っている。

うわっとなって阿部和重は背もたれから身を起こした。スイス製自動巻きクロノグラフの文字盤に目を落とすと午後三時四五分をまわっている。チェックインしてまだ五、六分くらいかと思っていたが、もう四五分も経ってしまったとは驚きだ。チェックアウトは明日の午前一一時だから残された時間は一九時間一五分しかないことになる。あやうくリゾートホテルに泊まってほんとうに保養だけして帰るところだった。少々の骨休めのつもりでだらだらしてしまったら最後、おのれの意志では切りあげられなくなりそうなこわさがここにはあるから注意せねばなるまい。スパイ映画の典型的現地協力者には重大な任務があり、やることが山づみなのだからぼやぼやしちゃいられないのだ。

肌身はなさず抱きかかえてきた麻生未央のルイ・ヴィトンをバゲージラックに載せてファスナーを開ける。中身をあらためて見てみると、まずは拘束具類の数々が目につく。

なぜだか知らんがいやがらせみたいにＳＭグッズがぎっしりつめこまれている。こんなにたくさん入れといて単身宿泊者たる四五歳になにをさせようというのか。ごそごそやっていると、盗聴器やら盗撮用小型カメラやらＧＰＳ発信器やらピッキングセットやらまで不必要なほどごろごろ出てきやがる。必要最小限のものだけにしてくれと一〇回は言っといたのにこのざまだ。

いずれにしてもこんなボストンバッグを持ちあるくのはたいへん危険である。これでは犯罪七つ道具のセールスマンみたいであり、警察に呼びとめられてちょっとなかを拝見となってしまったら署までご同行になるのはまちがいない。確実に使うものだけを携帯するのが無難だし、そのほうが動きやすくてあやしまれにくいに決まっている。

ここで確実に使用するのはガイガーカウンターだ。麻生未央が用意したのはカラー液晶画面に日本語で測定結果が表示されるSOEKS-01M（2.0L-JP）というロシア製の機種であり、操作ボタンはみっつしかなくおもちゃみたいでなるほど使いやすそうではある。とはいえホテル中をうろつきまわってスーツケースを見つけたら、そのたびにこいつをさしむけて放射線量を計測せねばならないわけだから溜息も出てしまう。

もうひとつの重要品目はプリペイドスマホのSoftBank 201HW 3Gだ。ホテルの防犯カメラ映像にとらえられたあの長身痩軀の男、菖蒲家監視チームの前チーフたるアレックス・ゴードンを探しだしてこれを手わたし、エミリー・ウォーレンやラリー・タイテルバウムと連絡をとるように伝えることを典型的現地協力者は指示されている。

それ以上は明確には言われていないが、同僚ふたりに連絡しろとただ伝えるのみではおそらく意味がない。電話でのやりとりが果たされなければ目的の達成とはならぬのだから、寝がえった可能性だって否定はできないゴードン氏をその気にさせるべく説得を試みる展開なども覚悟したほうがよさそうだ。一面識もないアメリカ人を説き伏せられる自信などみじんも持っちゃいない非社交系紳士にとってはまことに荷が重い役目ではあるが、こいつは無理ってことになったらラリーに相談してどうにかする以外にない。

必要最小限の小道具はそのふたつだが、わが iPhone 5 がみっつめとして加わる。三上俊とアフマド・モフセンのどちらかの跡をつけねばならぬ状況になった場合、さりげなく隠し撮りをおこない、ラリーと連絡をとりあうとすれば使いなれた愛機に運命をたくすほかない。

個人的にはこれは避けたい流れだと阿部和重は思っている。典型的現地協力者の出番がとぎれるきっかけとして最も多いのが、こういう場面ではないかと考えられるためだ。身の安全が保障されているはずもない脇役の単独行動くらい、飛んで火に入る夏の虫を体現するものはこの世にあるまい。それにまた隠し撮りにでも失敗し、四五歳にもなって四六歳の男に叱られる結末も大いに予想されることから、とにかく尾行はなしにしたいと強く願っている。

午後四時二四分、阿部和重は菖蒲リゾートの最上階に立っている。かつての果樹王国にコロニアル建築をきめこまかに再現した手のこんだ建物と評判のホテルゆえ、コラムを書く人間がこだわりのインテリアに興味を持って館内をひと通り見てまわったとしてもさしておかしなふるまいには映るまい。少なくとも、アンケート調査だの募金活動だのよりは自然な理由と受けとめられるだろうと思いなし、うえから順番にたどって各階の風情でも味わうふりをよそおいつつ、そのじつひそかに線量検査を進めるつもりでいるのだった。

旅行鞄を室外に出しっぱなしにしてくつろぐいっぷう変わった宿泊客はひとりもおるまいが、ガイガーカウンターを起動させながら廊下を歩くだけでも部屋ごとの放射線量をはかれないものかと素人なりに考えたすえ、素人なりにいける気がしてためしてみることにした。これならふたりの反米工作員を見つけて尾行するより気持ちが楽だし仕事したぞと堂々と報告もできるから、初心者の第一歩に打ってつけではなかろうか。しかし素人考えなんかにひとは耳を貸すべきではないし、単なる怠慢を初心者の第一歩などと正当化するのはもってのほかである。三階から一階までの客室すべてを通りすぎてみて阿部和重の出した結論がそれだった。

どの部屋の前を通過しても、SOEKS-01M（2.0L-JP）が高線量を示すことはなかった。測定値は常に0.08から0.11μSv/hの範囲内におさまっていて、「ロシア連邦放射線安全規定」にもとづく緑色の「低レベル」メッセージがひっこむことは一瞬もなく、赤色の「危険」はもちろん黄色の「高レベル」が表示される気配すらいっさい感じさせなかった。

これだけではやはり不じゅうぶんだと思いいたる。いま明らかになったと言えるのはせいぜい各階廊下の線量測定結果が「低レベル」であるということにつきている。このガイガーカウンターが、ドアの閉まった室内の「環境放射線」まできちんとはかれているかどうかはさだかでなく、その奥にしまいこまれているかもしれぬスーツケースの発する線量をも検知できているという保証はひとつもないためだ。一度それが気にかかるともやもやがおさまらず、ならばそもそも実際に壁の向こう側の計測は可能なのかを調べずにはいられなくなる。

さっそくiPhone 5をとりだしGoogle検索の力を借りてみると、「放射線は、いろいろな物質で遮ることができます」とわかりやすく図解している環境省公式サイトの一ページにゆきあたり、インターネットって便利だなと阿部和重は素朴につぶやいてしまう。当のページでは、アルファ線は「紙1枚」、ベータ線は「プラスチック1㎝、アルミ板2～4㎜程度」、ガンマ線とエックス線は「密度の高い鉛や鉄の厚い板」、中性子線は「水やコンクリート」で「遮ることができます」と紹介されている。

これは判断がむつかしい。部屋の出入口にとりつけられているのは重厚な木製ドアだが、廊下の壁はコンクリートかもしれず、そうでなくともスーツケースが「密度の高い鉛や鉄の厚い板」の陰に隠れていたらアウトっぽい。取説によると、SOEKS-01M（2.0L-JP）が「環境放射線」として検出するのはベータ線とガンマ線とエックス線とのことだから、スーツケースの構造や置き場所によっては放出を遮断されていたとしても不思議ではない。となると、今回の測定結果は「いわしの缶詰」探しとしてはかなりあてにならない気がするし、スパイ気どりが散策がてらにせっせと線量検査してみたものの、壁いちまいへだてた室内の実態までは見とおせなかったと結論せざるをえない。

かくして、素人考えの先に待っていたのは骨折り損のみだと思い知らされたのだった。せめて前もってGoogleとかBingとかYahoo!とかにアクセスしておけばこうはならなかったのに、厄介事から逃げて近道を選んだおかげで制限つきの時間を浪費したあげく、手間を増やしてしまった。自分の浅はかさによるしくじり以外のなにものでもないから、さすがに反省が募る。計測じたいもいちからやりなおしかと思うとがっくりきた阿部和重は、エレベーターを降りるタイミングを逸してしまって気がついたらホテルの地下一階にたどり着いていた。

菖蒲リゾートの地下一階は全フロアがスペシャルヒーリング・エリアとして提供されており、エレベーターの扉が開いた途端、ニューエイジ的演出のただなかへとひきずりこまれるのを避けられない。

まずはフォトショップで加工したみたいにまばゆくありがたい境地に誘うクリアライト、がぱあっと射しこんできて、ヘマをしでかしへこんでいた四五歳の心に揺さぶりをかけてくる。嗅いだことのない種類の芳香がメローでピースフルな心地をもたらしつつたちまちケージ中にあふれかえり、あまりに濃密ゆえついにはフェアリーな実体をもそなえてしまったかのようなその香気が体中にまとわりついてきて、するする衣服をはぎとりにかかるといった錯覚さえおぼえる。ブライアン・イーノの「ディスクリート・ミュージック」がBGMに使われているのもいかにもそれらしいし耳ざわりもよい。上階は一九世紀的な建物や家具で統一しているのに対し、地下一階の内装は時代が飛んでいわゆるミッドセンチュリーモダンなスタイルを採用しており、スペシャルヒーリング・エリアの受付と思しき赤いカウンターのかたわらに立っているふたりの女性スタッフもIラインの一九六〇年代調ミニドレスを身にまとって人形のような微笑みを浮かべているが——しかし道草はここまでだとみずからを制し、阿部和重はあわてて「閉」ボタンを押して退散することにした。任務はなんにもかたづいちゃいないのだから、こんなところでウェルカムヒーリングサービスなど受けている暇はないのだ。

上昇をはじめたエレベーターはすぐにとまり、ロビーのある地上一階で扉がまた開きだした。今度は乗ってくる客がいるようだと知り、阿部和重はケージの最奥にしりぞいてスペースを空けてやる。壁に背をつけてからおもてをあげ、なかに乗りこんできたふたりの男たちの人相を認めた瞬間、デジャヴュのような感覚に襲われると同時に胸のあたりがきゅっとなった。

調査の標的たる男たちが今、至近距離にいる。三上俊とアフマド・モフセンがとつぜん目の前にあらわれ、軽く手を伸ばせば触れられる程度のへだたりしかない位置で立ちどまった。まさかふたりそろった状態でいっぺんに対面することになるとは想像もしておらず、四五歳六ヵ月の男は一秒もかからず全身が汗だくになってしまった。

心の準備がまったくできていなかった。素知らぬふりを保つので精いっぱいであり、心拍数が異常なほどはねあがっていることを音声案内で警告されてしまいそうだ。幸いなことに、二度目の顔あわせとなる相手に三上俊はちっとも気づいていない様子ではある。

ふたりとも、エレベーターの扉が閉まるのにあわせたみたいにこちらに背を向けてくれたから、うつむいたりして表情を隠す必要はなくなったが、その代わりにどちらもひとこともしゃべらないので呼吸がいちいちうるさく感ずるくらいにケージ内が静まりかえりすぎている。密室の空気がまるごと乾ききり、緊張で血圧もあがりまくっているだろうから鼻血がたれてくる寸前かもしれないとあせってしまう。

こういう場合、いったいどうしたらいいものか。ためしにイーサン・ハントの行動を想起してみるが、高所にぶらさがっているか必死に駆けまわっている姿しか浮かんでこないからまるで参考にならない。自分自身、ただ突っ立っているだけなのにひたすら追いかけられているみたいで思考がうまく働かない。不意に直面した出来事の衝撃がおおきすぎるため、言葉よりも心音のほうが脳裏で存在感を増していて、まともな考えになかなか結びつかないのだ。

とはいえそれでもここで脳みそを休めてしまってはならない。うえの階に向かおうとしているということはふたりとも、宿泊中の部屋に帰る間際なのだろうか。もしもそうなのだとしたら、どの階のどこに泊まっているのかをこの機会に突きとめておくべきか。

かように頭を高速フル回転させていたところエレベーターが動きだし、二階に着く直前につまさきがなにかにこつんとあたるのを感じとって阿部和重は反射的に視線をさげた。ゆるやかながらおさまりかけていた衝撃に新たな力が加わる。もうひとつの再会がこの場で果たされていたことを、スパイ映画の典型的現地協力者はそのとき悟った。ケージのなかに、黒塗り金属ボディーの特大スーツケースが持ちこまれていたのだ——トップハンドルの左横に、『トイ・ストーリー』に出てくるリトル・グリーン・メンの薄よごれたステッカーが貼ってあるのが見えていた。

「あったんですよ、あのスーツケースが、おれの足もとに。知らずに蹴っちゃっておれどうしようかと思いましたよ」

「それで?」

「正直いって倒れそうでしたよ」

現に今、ローズマリー・スイートにもどった阿部和重はどっと疲れてベッドに倒れこみながら iPhone 5 を左耳にあてている。おまえの心境など訊いちゃいないといらつくラリーの声が付属スピーカーを介して即座に聞こえてくる。

「いやだから、線量ははかったんですよね?」

「スーツケースの?」

「ええもちろん」

「そりゃね、やりましたよ、はかりました」

「どこで？」

「どこでだと思います？　エレベーターのなかですよ」

「阿部さんにしては思いきりましたね」

「そうなのかな」

「で？」

「え？」

「結果ですよ結果、計測の結果はどうだったのかと訊いているんです」

「わかってますよ、結果でしょ、やばいよ」

驚いたことに結果はクロだった。あるいは赤だったと言うほうが正確か。ジュールとジムのあいだにはさまれつつエレベーターに載せられたカトリーヌこと特大スーツケースのもとへ、起動させたガイガーカウンターをこっそり近づけてみたところ、カラー液晶画面に表示されたのは「ロシア連邦放射線安全規定」にもとづく赤色の「危険」判定だったのだ。これには思わず「うっそ」と阿部和重は声をもらしかけたがかろうじて自重し、いったん電源をオフにしてから再起動させてあらためて測定してみてもやはりまっ赤っかの色は変わらず、こいつは「危険」だぞとSOEKS-01M（2.0L-JP）は伝えていた。

「測定値は？」

「数字ってこと？」

「そうです」

「一〇〇とか超えてましたよ」

「毎時一〇〇マイクロシーベルトを超えていたということですか?」

「うん」

「見まちがいではない?」

「ないですね。三桁は確実にいっちゃってたもん」

「そうですか」

「これってなんか問題あるの?」

「問題はありそうな気がしますね」

「え、どういうこと?」

「そのスーツケースがどういう仕くみになっているのかがさだかでないので、予断がむつかしいことに変わりはありませんが、放射性物質がなかにおさまっていると明らかになった今となっては、不安視されるのは意図的な起爆にかぎりません。複雑なメカニズムであればなおさら維持や保管のコストがかかりますし、いい加減な連中の手に負える代物でないことはたしかですから、現実的に起こりうる危機はひとつやふたつではない。過去に保有していた組織の管理体制がずさんなものではなかったことを祈るしかないですね」

「よくわからんけど、スーツケースが壊れちゃってるかもしれないってこと?」

「その可能性も否定できません。仮に何年ものあいだ、ブラックマーケットで取引されてきたような戦術核兵器なのだとすれば、部品の劣化が見すごされるなど、メンテナンスの不備や老朽化による不測の事態も起こりやすくなっているかもしれないということです」

「勝手に爆発しちゃったりとか？」

「最悪それも想定して動かなくてはなりません」

「ならどっかが破損して放射能がもれまくってるかもしれないとかは？」

「ないとは言えませんね」

「えーマジか、おれ大丈夫かな？　エレベーターで三階まで一緒に行っちゃったんだけど」

ラリーは半笑いでこう応じた。「阿部さんは大丈夫でしょう。それよりも――」

「なんすか」

「アレックスは？」

「え、ああ、まだ会ってませんよ、どこにいるのかもわかってないし」

返答の代わりにはあと溜息が聞こえてきた。相変わらずひと使いが荒いトモダチ系男子だ。

「つうかしょうがないじゃん、おれひとりなんだからさすがに限界あるってば」

「でももうすぐ一九時ですよ？」

「そうなんだ、晩飯にしないと」

「阿部さんわかってますよね？」

「はいわかってます、わかってますって、なんなら飯ぬきでいきますよ」チェックインして早々にだらけてしまい、厄介事から逃げて近道を選んだすえに時間を無駄にしたうしろめたさがあるため、ここは従順にならざるをえない。

「深沢さんとは会えましたか？」

「いやいや、アレックスさんとも会ってないのに先に深沢を探すわけないじゃないですか」

「彼は菖蒲リゾートのレストランで働いているはずです」

「は？」

「深沢さんはレストランにいるはずだと言ったんです」

「深沢がレストラン？　マジで？」

「ええ」

「あんたそれいつ知ったの？」

「一週間前です」

「一週間前って、だったらなんで早くそれ教えてくれなかったのよ」

「伏せておくほうが彼にとっても阿部さんにとっても安全だと考えたからです」

などと言いつつ、ほんとうのところは作戦上の都合を優先したということなのだろう。

そういうのは今にはじまったことじゃないし、使い走りの属国人根性が定着するにつれてこちらも慣れっこになってしまったが、それでも阿部和重は顔から三〇センチほど遠ざけたスマホに向かい、声は発さず口だけ動かしてクレームを浴びせてやった。

「どうやって突きとめたの？」

「じつは東京を発つ前、彼と連絡をとっていたんです」

「あ、そうですかあ」反射的にあきれ声が出てしまう。

「警備室の防犯カメラ映像を阿部さんのお宅へ中継してくれた日の夜中に、別の宿へ移った彼から電話で報告を受けたんです。自分は無事だが収穫らしい収穫がないのでここで撤退するのは心のこりだと言っていました」

あの夜は、深沢の安否が確認できるまでは徹夜も辞さない覚悟だったのに、映記を寝かしつけていたら釣られてあっという間に眠っちゃったんだった。そのように思いだすと、阿部和重は急にばつが悪くなり、おとなしくラリーの説明に耳を傾けるしかなくなる。

「それでもうしばらく取材をつづけてみたいと彼は言いだしたんです。組織犯罪の決定的な証拠に出会えるかどうかはわからないけれども、個人的にも興味がふくらんできたのであのホテルについてもっと調べたいと」

「昨日まで泊まってたやつがいきなり働きたいって頼んだら雇ってもらえたわけ？　そんな昼メロみたいな展開かよ」

「菖蒲カイトに気に入られたのがよかったようです」

「あの日のうちに？」

「バルサン騒ぎのあとに取材再開となって、いろいろ話しているうちに意気投合したと深沢さんは言っていました」

「でも菖蒲カイトって警備主任じゃなかったっけ」

「ええ」

「なのに深沢はレストランに行ったんだ」

「警備室は間に合っているので、人手を増やしたがっている部署に紹介してもらったという流れです」

「そういうことか」

「オバマ大統領が訪問する来週末から五月の連休までは、宿泊いがいの客もふくめて来客がかなり多くなる見とおしなので、ちょうど厨房がアルバイトを募集しようとしていると菖蒲カイトに聞いて、さっそくレストランマネージャーにとりついでもらったところだと。迷惑はかけないから菖蒲リゾートにバイトで雇ってもらってもいいかなというので、いいでしょうとわたしは返事しました。あらかじめ約束したことさえ守ってもらえればと。深沢さんがホテルにとどまってくれれば、こちらとしてものちのち助かりますから、来週いっぱいまではつづけてみてくださいとお願いしたんです」

　これはもしかしたら、その後におれも菖蒲リゾートに送りこむつもりだったため、深沢を先にホテルへ潜入させておけばサポート役として利用できるとラリーは打算していたのかもしれない。宿泊予約は何日も前にしてあると言っていたからきっとそうだなと阿部和重は思いあたるが、今さら変更が利くこっちゃないし、毎度ながらいかにも薄情な彼らしい。ここでぐちぐち不平をならべても仕方がないから、気をとりなおしてほかの疑問を埋めるのが賢明だろう。

「なんであいつ、おれには連絡してこなかったのかな」

「わたしがとめたからです」

「あ、そう」ふたたび反射的にあきれ声が出てしまう。

「まんがいちのためです。われわれとのつながりを菖蒲家に察知されたらおしまいですから。潜入の延長は深沢さん自身の希望とはいえ、彼と阿部さんを同時に危険にさらしてしまうようなリスクは最小限に抑えなければならない。そういうわけで深沢さんにはわたしにもいっさい連絡しないように伝えておきました」

これも毎度ながらのラリーのそらぞらしい自己正当化なのだろうが、それにしてはいささか不穏な事実が言いそえられている点がひっかかる。ほんとうに彼がこの一週間、敵地へ先のりした潜入工作員といっさい連絡をとりあっていないのだとすると逆に心配になってくる。そのあいだ深沢が菖蒲リゾートでどんなふうにすごしたのかまったく不明なのだから、アレックス・ゴードンの身のうえとあわせてとてもじゃないが楽観視できる現状ではない。そんな不安を即刻ぶつけてみると、熟練ケースオフィサーはみじんも動ずる気配のない声色でこういう指示を送ってきた。

「三上俊に的をしぼりましょう」

「え、なんて？」

「スーツケースが『いわしの缶詰』である可能性はぐっと高まりましたから、われわれは三上俊だけに集中するんです」

「あとつけたりしてあのおっさんの動向を調べろってこと？」

「時間がありませんから、それ以外に選択肢はなさそうです」

「アレックスさんと深沢は見すてちゃうってことかよ」

「ちがいます。物事には優先順位がありますし今は非常事態です。タイムリミットが迫っていますから危機の根幹をとりのぞくことに全力を傾けたほうがいい。阿部さんがぐずぐずしていなければ、アレックスや深沢さんに接触する時間の余裕も少しはあったはずなのですが――」

言いかえしにくいいやみを遠慮なくはさんできやがる。阿部和重は気にしちゃいないふりをして話を先に進めた。

「ならアレックスさんにスマホ渡さなくてもいいわけ？」

「もちろん彼と会えたら渡してください。われわれに連絡するよう伝えるのも忘れずに」

「会えたらね――でもどうなんだろ、まだここにいると思います？」

「一週間前にはいましたから」

「まあそうだけど」

「潜伏が一年もつづいているのだとすれば、あるいは置きみやげを受けとった後任者が、菖蒲リゾートにやってくるのをアレックスは待っているのかもしれない。わたしはそんな気もしています」

「なるほどね」

　不意にこみあげてくるものがあり、ふわあと欠伸が出てしまう。ベッドに横たわっているうちにまた気持ちがたるんできていたところだったため、やべえと思う。それをとっさにごまかそうとして身を起こした阿部和重は、ひと休みを終えた矢先の人間がおのずと口にしてしまうみたいにこうつぶやいた。

「しかしさて、どうすっかな」

「もう忘れたんですか。三上俊を追うんですよ」

「それはわかってるけど、でもあのおっさんもおれもホテルに泊まってんだよ？　部屋の前でずっと待ちぶせしてるわけにはいかんでしょ」

「阿部さん」

「なによ」

「わたしが今なにをしているかわかります？」

「知らんよ」

「信じられないくらいまずいチーズバーガーを食べているところです」

「あ、そう、そらよかったね」

「この時間にディナーをとっているのは世界でわたしだけではないでしょうから、一階のレストランをのぞいてみてはどうですか」

「あ、それはありなんだ」

「動向を探るわけですから当然です」

「でもあのおっさん、今日の晩飯はルームサービスにしちゃったかもしれないじゃん」

「それもありえますが、どのみちレストランに行って確認してみなければシュレディンガーの猫と一緒ですから、まずはその目でじかにたしかめて次の行動に移ってください」

「ラリーさん」

「なんです？」

「おれもなんか食ってもいいかな」

「いいですよ」

「ほんとに？」

「レストランに三上俊がいればね」

●

阿部和重は曇天を見あげたきり、まばたきひとつできずにいる。こちらを不気味に見おろしている巨大変形合体セブン‐イレブンに踏みつぶされるかもしれない状況だから だが、どこにも逃げ場がないという固定観念が居すわってしまい、尻餅をついたまま一歩も動けなくなっている。

そんな膠着状態に変化をもたらしたのはローソンの一群だ。そこへほどなくあまたの店舗が組みあわさって鳥型ロボットと化したローソングループが飛んできて、セブン‐イレブングループとの熾烈な戦闘へと発展したことで半壊したファミリーマートは攻撃のターゲットからはずれた。しかしその、コンビニ店舗が変形合体したロボットどうしのバトルによって今度は大量の商品がぼろぼろと頭上に降りおちてきてしまったものだからほっとする暇もない。屋根を失った建物のなかにいる生身の人間にとっては新たな災難のはじまりである。

脳天直撃を食らう前に物陰に隠れなければと思い、あわてて視線をさげると、火だるまになったひとびとがバックヤードから出てきて立ちどまり、数人で横にならんでこちらを見つめている。こちらもそうとうやばそうなシチュエーションであり、「チャーリー、転送してくれ」と頼んでみるがいかなるビームもここにはやってこない。火だるまのひとびとの背後では今なお炎が燃えさかっており、ひとり無傷のこのおれを火のなかへひきずりこんでおなじ目に遭わせようとしているのではあるまいな、などと考えおののいてしまう。見るとゆっくりではあるが前進し、火だるまたちがじわじわ近よってきている気がしてしまい、おびえた阿部和重はのけぞりながら両手を後方へ伸ばし、床についた尻をすべらせてあとずさりしてゆく。

「痛っ」

鋭い痛みを感じて両手を目の前にもどすと手のひらが血だらけになっている。床に散らばっていたガラス片でやってしまったらしい。皮膚がずたずたに切り裂かれていてつかんだり握ったりするのは無理っぽいしとにかく出血がひどい。「ああ」と悲嘆の声がもれるばかりでどうしたらいいのかさっぱりわからなくなってしまう。絶望的、と言いあらわされる場面をあつめた辞書があるとすれば、これは一項目に加えてもらえるんじゃないか。

そのときおもしろいハプニングが起こる。コンビニ店舗の巨大変形合体ロボットらが落下させた商品の数々が火だるまたちの脳天へ直撃してゆき、炭化した体が思いきりバットを振りおろされた雪だるまみたいにつぶれていってばらばらに解体されてしまった。おもしろいのはここからだ。ばらばらになった無数の燃えかすが、ミニサイズだかナノサイズだかミニオンズだかのドローンへと変貌して次々に浮上し、スウォームやらキラー・ビーやらの殺人蜂の群れみたいに飛びまわってこちらをとりかこみ、視界を完全にふさいでしまったのだ。おもしろいというのはこの場合、おそろしいと同義だが、どちらにしてもこんなのはもはや、手のほどこしようがない事態ではないか。

そんな最中にありながらも、体が宙に浮きあがっていると気づくのに時間はかからない。ナノドローン群の集合体たる鉄仮面をかぶらされ、前後左右なんにも見えなくなってしまったが、だんだん身軽になってきて浮遊感に満たされてゆく感覚は常時の五感なみにクリアに味わえている。

五点掌爆心拳やワンインチパンチ同様、空中浮遊の術など習得したおぼえはないからこれもナノドローンによるアトラクションなのかもしれぬが、上昇の加速が高まるいっぽうでいっこうに勢いがおとろえず、おもしろくもありおそろしくもある絶叫マシーンに無断で乗せられたかのような心もとないひとときが傍観者のゆとりを奪ってゆく。頭ばかりか全身をナノドローンの大群につつみこまれ、上空へ上空へとどんどん運ばれていっているみたいだが、どこを目ざしてのぼっているのかを知らされていない目かくし状態だけにおもしろさは消えていっておそろしさのみが残ってしまう。

上昇がやむと視界が一気に開けた。またしてもあたりいちめん闇に覆われているが明かりが皆無というわけではなく、きらきら輝くスターダストが全景にちりばめられていてまぶしいくらいにはなやかなジギーの人生そのものだ。足もとを見やるとはるか下方にブルーマーブルが浮かんでいるということは、ここは大気圏外どころか月のかたわらにちがいなく、このまま宇宙遊泳をつづけてゆけばさらに彼方の火星にも達してしまうかもしれない。だとすればトム少佐さながらに、自分にできることはもうなにもないのかもしれない。管制塔との交信も許されてはいないため、妻に愛していると伝えることもかなわない。

そして急降下だ。上昇時とは比較にならぬ速度で落ちていってひたすら加速してゆくが、今度ばかりは確実に行く手が見えている。大気圏内へと帰還し、見なれた風景に再会した直後にめいっぱい地中からひっぱられてどかーんと音を立て、トム・キャットみたいにぺしゃんこになってしまうイメージが脳裏に映写されている。

海面か地面のいずれかに頭からつっこむ前に手ごろなパラシュートを手に入れねばなるまいが、なにしろあまりに降下が速すぎて自分自身の体もゴム状に伸びきっているらしく人型を保つのすらむつかしい。周囲の景色が縦に流れて幾本もの光線だけとなると、光の縞模様が描かれたトンネル内を超高速で走っているようにも感じられるが、次第におのれが一条の雨と化してどこぞの家の屋根でも濡らし、雨どいを伝ったすえに排水溝へ吸いこまれる錯覚さえおぼえてしまう。わが身の行きつく先がせめて下水道でないことを祈らずにはいられない。

そういえばあの日も雨だったと思いだす。笑い疲れてベッドから起きあがれず、薄暗い静かな部屋で雨音を聞きつつじっとしていた夏の午後の情景がよみがえるが、たちまちそれがレゴブロックみたいにくずれだしてすべての風景がめまぐるしく再構築されてゆく。

レゴブロックのひとつひとつが変色したり変形するなどしながら変質を重ねてさまざまに組みあわさり、一分もかからぬうちにもろもろの建設資材があちこちに生みだされる。眼前に出現したコンクリートやアスファルトや鉄鋼や材木や石材といった種々の建材を凝視してみるとどれも血管が張りめぐらされていて血流も透けて見えており、さらにそれら全部に手足がはえてきて自律した生き物みたいにぐにゃぐにゃとうごめいたりくっついたりして新都の街なみをかたちづくり、やがて見わたすかぎり一帯に都市化された神町をつくりあげてゆく。

地下へと潜りこむ何種類ものチューブも血の通った生体器官のごとき様相を呈しており、プラスチックやコンクリート製のはずがやたらとぬめぬめしていて脈うつような動きを示しつつ矢つぎばやにぐいぐい舗装路の裂け目へ入りこみ、ときおり路面にまでおおきな脈動を波及させながらどうやら定位置をもとめて暴れている様子だ。

かような都市空間建造のありさまが、一瞬もとぎれることなくなめらかですみやかに展開されてゆき、気がつけば完成した神町特別自治市の市街地に阿部和重はたったひとりで立ちつくしている。鼻先でふとちらつくものがあり、雪でも降ってきたかと思いまた目を凝らすと、わが身をとりまく透明な大気のベールにひび割れたような隙間ができているのに気づく。その奥に、大小の歯車が多数からみあってかちかち鳴りながら動作する機械式時計のからくりみたいな光景が見いだされると、自分は今、世界の真理に触れたのだととっさに思いこんだ男の口からははあと溜息がもれてしまう。

「おい」

背後から声をかけられ振りかえると、いきなり顔面に拳を食らって阿部和重は尻餅をつく。見あげるとそこには七、八名の男女がおり、知っている顔もあれば知らない顔もあって全員の視線が冷たい。そのなかでひとりだけ、一歩まえに出てこちらを見おろしているのは深沢貴敏だ。殴ってきたのはこいつらしい。黒装束の女たち四人の姿があるがあれは菖蒲姉妹ではなかろうか。

「これは鴇谷春生の分だ」

そう言いはなち、深沢貴敏が右足を振り子みたいにすばやく横にはらうようにして顎のあたりをしたたかに蹴りつけてきた。ぱこーんとやられたおかげで脳がぐらりと揺れたため、阿部和重はなにか言いかえす間もなくブラックアウトしてしまう。

●

四月の下旬とはいえ、陽が暮れてしまえばここは一〇度以下まで冷えこむ北国の神町だというのに、阿部和重は半屋外にすえられたテーブルで夕食をとる羽目となった。午後九時に報告を入れる約束をしてラリーとの電話を切り、すぐに一階へ降りてレストランのなかをぐるりとまわってみたところ、ひとりの女性客と向かいあって歓談しつつ飲み食いしている三上俊をあっさり見つけられたのはついていた。しかし当の監視対象を見のがさずに自分自身も食事できる席は屋内にはなく、中庭のすみっこを選ぶしかなかったのだ。

ホテル敷地東側の奥まった場所に位置している菖蒲リゾートのレストランは今夜、スペシャルパーティーと銘うって隣接している中庭にテラス席を設け、屋内外のへだたりをなくして開放感を高めている。ビュッフェ形式の食事ゆえ、客の往来や立ち話するさまが目につくが、それは店中がパーティーにふさわしく活気づいて見えることに貢献している。“Anniversary of one's passing”とも称しているので先代アヤメミズキ七回忌法要行事の一環なのだろうが、昨昼の野外セレモニーにも増してこの夜会をにぎやかに盛りあげ、ぜんたいの締めくくりにしたいと主催者は考えているようだ。

ホールスペースは春の花々で飾りつけられていて外との地つづき感を自然と抱かせる工夫がなされている。反対に中庭には屋内照明とおなじタイプのおおきなガラスボールのペンダントライトがいくつも梁から吊りさげられていて、さらに小ぶりのラテックスバルーンが随所に転がっているが、花もライトもバルーンも白色で統一されているせいか印象的ながらも見た目に邪魔にならない。そこに流れるアストル・ピアソラの「アディオス・ノニーノ」はBGMとして宴に彩りを添えているばかりでなく、これが参加自由の舞踏会でもあることを店内の全員に知らせている——現に今も、何組かの踊り手が阿部和重の目前でソシアルダンスに興じているところだ。

それにしても意外なことに、三上俊には同伴者がいたのかと驚かされる。例のイラン人の姿がどこにもないということは、このおっさんは男女ふたりきりでのディナーを楽しんでいる最中なのだろうが、間近に迫っているのかもしれぬ核爆弾テロ計画に彼が関与しているのだとすれば、なかなかに余裕のふるまいだ。

しかしこれはどういう関係のカップルなのか。会話がぎりぎり聞きとれる席から眺めているだけでは、ふたりの間柄の実像までは見とおせない。たがいにずけずけものを言いあう態度からすると、親しい同年代どうしのやりとりかと察せられるが、まだ八時前にもかかわらずどちらももうだいぶアルコールが入っている様子ゆえ、酒席の無礼講にすぎないというのが真相かもしれないとも思える。

容貌のみに注目すると、その女性はおしゃべり相手の三上俊より一五、六歳くらいは若く見うけられるからますますわからなくなる。いずれにしても彼女は明らかにただものではなく、目下このレストランで最もゴージャスなおもむきを醸すひときわ目だつ存在であるのはたしかだ。

だからこそ、余計にミスマッチなふたり組なのだと首をかしげつつ、受けいれがたいもやもやをかかえたおひとり様たる阿部和重は、でもなあ、とつづけて思案をめぐらせる。

ほかに上着がないのか無頓着なのか、ぼろぼろのM-65フィールドジャケットを着っぱなしの男に対し、シャンパンゴールドのパーティードレスを着こなしTPOをわきまえている女という服装のギャップが意図された組みあわせ《ミスマッチ》ではないのだとすればどうだろう。酒好きの女と男がたまたま同席することになっただけとも考えられなくはない。きっとそうにちがいないと決めつけて、ひとりきりのテーブルで蛍烏賊と菜の花のペペロンチーノを食べているローズマリー・スイートの宿泊客は、念のために写真を隠し撮りしておこうと思いついてiPhone 5をそっととりだした。

明らかにただものでない女の正体に勘づいたのは、五、六枚の写真を撮りおえたあとのことだった。化粧なおしにでも行くつもりなのか、立ちあがった彼女がこちらを向いた拍子に阿部和重はつい「あ」と声に出してしまう。

それまで横顔しか見えていなかった人物を真正面から認めた途端、人相の照合が果たされた。なんとなく、見おぼえがあるようなないようなと感じてはいたが、そのときやっと視覚と記憶がひとつの像を結び、あれは吾川捷子じゃないかという答えにたどり着いたのだ。ラリーのスマホに保存されていた画像データのみならず、PEACHの窓に貼ってあった顔写真でも確認しているからひとちがいではないと言いきれる。メキシコの麻薬カルテルにPrimera Damaなるニックネームで呼ばれていたこともある、菖蒲みずきの実母があのゴールデン・レディの正体だったのだ。

なるほどあのテーブルは、菖蒲リゾート関係者のために用意された席というわけだ。だからあんなにミスマッチなふたり組が同席していたのか、などと胸をなでおろすみたいに勝手に納得した阿部和重は、これで心おきなく食事に集中できるという思いでペペロンチーノの皿に視線を落とした。そうしてほどなくするとまた、思いがけなくも、おなじ皿の向こう側に別のだれかの影がぬっと重なってきたことから、ペペロンチーノを見ている人間がもうひとりあらわれたと気づかされる。意外なことはつづくものらしい。顔をあげるとそこには三上俊が立っていた。

しまった、倉庫街でいっぺんおれと逢っていたのを思いだしちゃったか。瞬時にそう推しはかり、笑顔を急ごしらえして「あ、あのときの」などと口にした矢先、ジャケットのラペルを両手で鷲づかみにされ起立を強制させられた阿部和重は、毛ほども笑っていない相手の火を噴く寸前みたいなまなざしに出くわして身をかたくした。泥酔のせいで目がすわっているのかな、などとなだめるように柔和な目つきで見かえしてみるがまるで鎮火しそうにない。自分自身の不手際を思い知らされたのは三上俊の次のひとことからだった。

「おめえなにちょろちょろちょろちょろこっち見てんだよ」

「え？」

「おめえずっとこっち見てたろうがよ、すっとぼけんじゃねえよ」

これはまずい。酔っぱらい相手だと高をくくって無遠慮なまでにじろじろ観察しまくっていたのがすっかりばれていたらしい。うまく言いのがれるには倉庫街での出来事をただちに彼の脳裏へよみがえらせるしかない。

「ああ失礼しました、ごめんなさい、いやあの、似てるなーって思って、おととい逢いましたよね？」

「おめえなんか知らねえよ、適当なことほざいてんじゃねえこの野郎」

「いやいや、逢ったじゃないですかあそこで、空港の近くの、倉庫街ですよ」

「知らねえつってんだろ」

「え、おぼえてませんか？　物流の倉庫街で道に迷っちゃって、一緒に出口さがしたじゃないですか」

「だあから知らねえつってんだろうが、適当なことほざいとけばごまかせるとか思ってんじゃねえぞこのくそ野郎、ちょろちょろちょろずっとこっち見てたろうが、ふざけんなこら」

酒くさい息を至近距離でさんざん浴びせられている四五歳六ヵ月の下戸系男子は、こんなのはとうてい耐えられたもんじゃないと思い逃げ道を探している。

だが、三上俊は襟をつかんで放そうとせず、罵声を発するたびに力をこめるのでたがいの唇がくっつくくらい接近してきている。おかげで唾もびしゃびしゃかかるし顔をそむけても酒息からは脱けだせないため不快きわまりない。これならいっそ殴られてしまったほうが増しじゃないか。心でそうつぶやいた直後、阿部和重はほんとうに力いっぱいぶん殴られてバランスをくずして転んでしまう。倒れこんだ先はタンゴを踊るひとびとの足もとだった。

踊るのをやめる者はひとりもおらず、とつぜん床に倒れてきた障害物をみんな器用によけながらひきつづきバンドネオンの演奏曲に身をゆだねている。酔っぱらいはいっぱつでは満足せず、すかさず馬のりになってまたもやジャケットのラペルを鷲づかみにしつつ殴りかかってきた。酩酊したおっさんのパンチでも頭部へのグラウンド・アンド・パウンドはやばいので両腕を曲げてガードするが、前腕部でもあたると痛いことは痛い。なおもやまない目の前の暴力沙汰を、こういう種類のペアダンスもあるのだと見なして疑わずにいるかのように踊り手たちは総じてクールにやりすごしている。ウェイターらがすっ飛んできて制止に入ったのは阿部和重が五発目を食らったあとだ。無理矢理にひきはなされると、三上俊はひとことの詫びも入れぬどころか「そこで反省しとけくそが」などと悪罵を吐きすて、酔いがまわっている割にはしっかりした足どりでさっさと立ちさってしまった。自分のテーブルにももどらず、そのままレストランを出てゆくそぶりがうかがえたから追いかけねばならぬ状況だが、報復に出るつもりだと周囲に勘ちがいされかねぬためそれはあきらめざるをえなかった。

ひどい目に遭ってしまったが、潜入工作員たる阿部和重としては泣く泣く不問にふすほかない。しらふの者が酒乱にからまれたかのように見えてそのじつ相手の主張にこそ正当性があるのであって、第三者にせんさくされればされるほどこちらの分が悪くなるのは明々白々だからだ。そんな流れにでもなれば、コラムの執筆とはかけ離れた目的を抱いてこのホテルに泊まりにきたことを菖蒲家の人間に悟られてしまいかねない。それだけはなんとしてでも避けねばならなかったから、体を起こして気づかってくれたウェイターらの前でも寛大な客をよそおい、「いいんですいいんです、こちらこそ迷惑かけちゃって申し訳ない」などとかえしてやせ我慢の笑みを浮かべるしかなかった。

それだけに、会計は部屋づけにしてそそくさとレストランを出ようとしたタイミングでうしろからお客様と呼びとめられ、阿部和重は心底どきりとしてしまう。まさか防犯カメラ映像を解析した結果、さっきの騒ぎは貴様に非があると判断したとかなんとか宣告されるんじゃあるまいな。そんな悲観に囚われて、これから長い夜がはじまっちゃうのかいおれの筋肉とびくつきながら振りかえると、目と鼻の先に立っていたのがラリー・タイテルバウムご執心のドゥルシネーアたるオブシディアンだったことの衝撃により、心底どきりの二発目がやってきた。

狭心症でもきたしそうなほどに動悸が激しくなるなか、平静を保つのに全精力を傾けているため相手の発言をほとんど理解できない状態で阿部和重はこのひとときをすごした。実際はせいぜい一、二分のことにすぎなかったようだが、こういう場面でもアインシュタインだかエイゼンシュテインだかのせいで時間の伸び縮みが生じ、ひとは永遠なるものを見いだしてしまうらしい。一刻も早く逃げだしたい人間に対しなにを言おうが頭を素どおりするのみであり、いつまでも話の終わりが見えないことの憂鬱が体内時計すら狂わせるのだ。

通りすがりの外国人の問いかけに「イエス、イエス」とわけもわからず答えてしまうみたいに「はい、はい」と返事をくりかえすうち、およそ五、六時間の体感をもたらす数分間が経ち、これで用事は済んだとばかりにラリーの思い姫はさっそうとまわれ右して去っていった。ところが彼女がいなくなってもまだ、こちらに用があるという従業員が奥にひかえている。それが目に入った瞬間はさすがにその場にへたりそうだったが、次に歩みよってきたのは幸いにしてよく見知った顔だった。深沢貴敏が、ジップロックに氷をつめた即席の氷嚢を差しだしこうながしてきた。

「腫れちゃうからこれで冷やしなよ」

殴られた箇所にあてろと勧めてくれているわけだ。素人潜入工作員の心に染みる先の同志からの配慮であり、遠慮なく使わせてもらうことにする。一週間ぶりに耳にした深沢貴敏の声は一年ぶりのような気がするくらいに懐かしく聞こえた。湧きあがってくる感情はもっといろいろとあったが、大勢のパーティー客でにぎわうレストランの出入口でぺちゃくちゃ語りあったりすればひと目についてしまって全部ぱあになるだろう。

目くばせをまじえつつ、どこか適したところへ移ろうと提案してみると、顔がひろく、実行力があり、仕事が速い男はさっそくに、ならばこっちへこいという具合にホテルの裏手に位置する駐車場へと案内してくれた。寒い屋外へ逆もどりだがやむをえない。外へ休憩をとりにくる従業員がほかにいないともかぎらないので、裏口から数十メートル離れた暗めの場所までふたりで移動した。

「あのひと、おれになんて言ってたのかおまえおぼえてる？」

「あのひとってサトウさん？」

「サトウさんつうんだっけ？」

「おれの前に対応してたひとでしょ？」

「ああ、そうそう」

「なんも聞いてなかったの？」

「殴られてぼうっとしてたわ」

「飯代ただにしてくれて、明日スペシャルヒーリング体験もサービスするって言ってたんだよ。アイソレーション・タンクに支はらいも予約もなしで入れてやるってことだから、よかったじゃん阿部さん。ここに泊まりにきてあれに入らないってのはありえないから。ぼこられて得したねえ。単なる客どうしのトラブルなのに、破格の厚遇だよこれ」

びっくりするほどまったく記憶にないが、サトウさんことオブシディアンはおみまいのしるしにとそんな便益を約束してくれていたらしい。たしかに単なる客どうしのトラブルにすぎず、ホテル側にはなんの落ち度もないはずなのになぜそこまで、といぶからずにいられないが、コラムを書くための宿泊と伝えてあったことが案外と効いているのかもしれない。

深沢によると、ドゥルシネーア姫は菖蒲リゾート料飲部門の統括責任者をまかされているというから、レストランを訪れたメディア関係者の顔色をうかがいつつひそかに満足度チェックを試みていたとしても不自然ではない。とすると、こちらの宿泊目的じたいは疑われていないとも考えられる。

「総支配人が長女だっけ？」

「長女のそらみ」

「どんなひと？」

「ひとことで言えば快活。ああいうひとは人望あつまると思うよ。かなりのやり手っぽいからいっぺんじっくり話聞いてみたいんだけど、いまだにその機会ないんだよね」

「ほかの姉妹は？」

「三女のあいこが宿泊部門の統括責任者。彼女はてきぱきしててなんでも丁寧に教えてくれるしやさしい。眼鏡かけてるショートボブのひと」

「次女は？」

「次女は企画営業部門のエグゼクティブ・アドバイザーやってる」

「アドバイザー？　責任者じゃないんだ」

「ほら、作家兼業だから」

「ああそうね」

「それに彼女は、ふわっとしてる感じのひとだしそうとうな自由人みたいだから、役員とか管理職とかって向いてないんじゃないかな。好きなことだけ言っていられる立場のほうが性に合ってるってことかもね」

ここまでは、石川手記から読みとれる四姉妹の人物像とおおむね一致している。ならば肝心要の四女、菖蒲みずきはどうなのだろうか。

「四女はホテル運営には関わってないって聞いてる。本業は小学校の先生らしいから、かけもちは無理ってことなんでしょ」

「おまえなんかしゃべった？」

「四女と？」

「うん」

「ないよ」

「一度も？」

「だって四女はホテルに顔ださないもん」

「逢ったことはあんの？」

「一回だけね。昨日レストランにきてたからはじめて顔じかに見たよ。おとうさんの七回忌イベント今やってるでしょ、それでちらっとね」

「印象は？」

「印象かあ、ちらっとしか逢ってないからなあ――」

「なんかあんだろ」

「先生っぽくはないよ」

「だろうな」

「しかも生気がない」

「生気がない？」

「血が通ってないみたいに感情とかが見えないしなに考えてんのかわかんない印象」

「そうなんだ」

「暗いし人形みたいで近よりがたい感じだから、子どもには人気ない先生だろうね」

「なるほど」

ちらっとしか逢っていないという割にはあれこれ言いたいことは出てくるらしく、思案顔のまま深沢貴敏は黒いトラウザーズの尻ポケットを探り、シガレットケースをとりだした。つづいて彼が二本の指ではさんだのは、どこからどう見ても紙巻き大麻いがいのなにものでもない。休憩中のアルバイトがなんのためらいもなくジョイントをくわえて火をつけたのを目のあたりにして、阿部和重はぎょっとなった。

「おまえそれ平気なの？」

「平気だよ、ここ天然ハーブ類はオッケーって言われてるから」

「嘘つけよ」

「マジだって」

「だったらなんで隠れて吸ってんだよ」

「隠れてるのはちがう理由じゃん」

「あ、そうか」

「阿部さんも吸う？」

「いいよ仕事あるし」

「でも殴られたとこまだ痛いんじゃない？　アイシングだけじゃおさまらないでしょ」

それもそうかなと呆気なく意志をひるがえし、医療的処置として二、三回なら吸引してみてもいいだろうと思いなす。上質のシンセミアだというが誇張ではないらしく、実際ほどなく結構な効き目があらわれたので継続処方でいいかなと阿部和重はさらに考えをあらためる。住みこみの短期アルバイトが容易にこんなのを手に入れられるのなら、ほんとうに「天然ハーブ類はオッケー」の環境なのかもしれないという気がしてくる。

「そういやいちばん大事なこと訊くの忘れてたわ――」

あやうく駐車場でマリファナのまわし飲みだけしてローズマリー・スイートに帰るところだったと自覚した阿部和重は、仕事へもどろうとする深沢貴敏をあわてて呼びとめた。

「おまえあのひとどこにいるのか知らない？　警備室のモニターに映ってた背のでかい細身のガイジン」

「警備室のモニター？」

「ほらあれだよ、バルサン仕こんで警備室におまえひとりだけになって、FaceTime でおれんちに中継してくれたじゃん」

「ああ、はいはい、おれがチェックアウトした日ね」

「そんときに防犯カメラのモニターに映ってた男がいたじゃん、ラリーさんが注目してた」

「ベリーショートのアメリカ人？」

「そうそれ。どこにいるか知らない？」

「知ってる知ってる」

「どこにいる？」

「いつも地下にいる」

「地下？　地下一階ってこと？」

「そう、スペシャルヒーリング・エリア」

「なんだ、あそこにいたのかよ」

「ああでも、阿部さんが行っても会えないと思うよ」

「なんで？」

「彼は地下室の幽霊って呼ばれてるんだけどさ、要するに廃人なんだよね」

「廃人？」

「そう」

「どういうことかわかるように言えよ」

「どういうことかっつうと、彼はここのアイソレーション・タンクにどはまりしたらしくてさ、何度もくりかえし入りすぎちゃったせいでとうとうタンクいらずの体質になっちゃったみたいなんだよね」

「はあ？」

「いやだから、ＤＶＤまとめて借りてきて『ブレイキング・バッド』一気にぜんぶ観ちゃったりするでしょ。そんな感じで、あり金はたいて毎日アイソレーション・タンクに入りまくったらしくて、度がすぎちゃったもんだから意識があっちの世界に行きっぱなしのまんま帰ってこられなくなってるんだって地下一階のスタッフに聞いたけど」

　こりゃたいへんな事実に直面しちまったぞと思い、阿部和重は途方に暮れそうになる。

ほとんど言葉を失いかけてもいたが、マリファナのおかげか不思議と気持ちはおだやかであり、訊くべきこともじきに浮かんだ。

「そんな状態だったらなんで病院につれてかないんだよ」

「本人が地下から出たがらないから」

「出たがらないって、意識があっちに行きっぱなしの廃人なんだろ？」

「言い方が悪かったけど、あっちに行きっぱなしのまんまっつっても、自分の意志で行ったりきたりはできるんだよ。ひとりでぼんやり考えごとする感じで、一日のたいはんを彼はあっちですごしてるわけ。帰ってこられないっていうのは、二度とあっちに行かないで日常生活に復帰する気が今んとこ彼自身にないってこと」

「ならなんでこのホテルは、そんな行きっぱなしのやつを地下に置いてやってんの？　先ばらいしたぶんの金がまだたりてるってこと？」

「彼も働いてるから」

「は？　仕事もしてんの？」

「行きっぱなしの廃人っつっても、言動がスローなだけでいちおうコミュニケーションはとれるし働くこともできるからね。でね、話しかけてみると、空が火あぶりにされるとか飛行機がレミングに化けるとか変なことばっかり言ってきておもしろいから、ここんとこおれランチタイムに彼とよくしゃべってるよ。おとといからやっと会話してもらえるようになってさ」

「おれが会えないってのはなんでなんだよ。スペシャルヒーリング・エリアで働いてるんだったら二、三分くらい話せないの？」

「地下一階にいることはいるけど裏方の仕事場にこもりっぱなしで接客するスペースには滅多に出てこないからね。飯どきと宿舎に帰るとき以外はずっとそこにいるんだよ。仕事場にそのまま泊まっちゃうこともめずらしくないっつうし」

「だったら、飯どきか仕事おわりに待ちぶせすればいいんじゃないの？」

「会えたとしてもどのみち彼は無視するよ」

「なんでだよ」

「コミュニケーションはとれるっつっても、いったんあっちから彼をつれもどさなきゃならないんだけど、それにはコツってゆうかパスワードがいるわけ」

「パスワード？」

「うん」

「どんな？」

「阿部さんの発音じゃ無理だって」

「おれ別に訛ってねえじゃん」

「でも英会話できないでしょ」

「英語かあ」

「そう」

「ちなみになんて言うんだよ」

「There's no place like home」

「え？」

「だから、There's no place like home」

「ああ、うん、それね」

「これを耳もとで三回つづけて言ってやると、彼はあっちから帰ってくる。しばらくするとまた行っちゃうけどね」

「おまえなんでそんなこと知ってんだよ」

「飯食いおわったあと、あっちに行っちゃったまんまコーヒー飲んでた彼を仕事場にもどすときに、サトウさんがそうやって正気にさせたの盗み見したから」

「やるじゃん」

「そらおれも犯罪の証拠さがしてるわけだし」

「どういう仕事してんの？」

「おれ？」

「おまえじゃない、廃人の仕事だよ」

「アイソレーション・タンクに入れる特殊な塩水つくってる」

「塩水、それなら廃人でもできるわけか」

「でも調合する種類とか割合とかけっこう複雑みたい。主成分は硫酸マグネシウムだけど、ほかに混ぜるものは企業秘密らしい」

「そのタンクに入ってるあいだって体ほんとに浮いてんの？」

「浮いてるよ」

「どんな感じなの」

「だからぷかぷか浮くんだよ」

「そうじゃなくてそのタンク体験じたいは」

「普通は感覚遮断されたら瞑想したり記憶たどったり、それかぼうっとなって安静にしたり逆に五感をとぎすましたりとかだから、体験の中身ってひとによって多少ちがってる程度のはずなんだけど、このタンクはみんな途中でハイパーリアルな明晰夢に入るからマジでやばい」

「どんなふうに？」

「完全に別世界につれてかれる」

「自分でなんもしなくてもあっちに行っちゃうわけ？」

「そう」

「感覚遮断されただけで？」

「感覚遮断はきっかけでしかないんだよ。スペシャルヒーリング体験はタンクに入る前からはじまってるってこのひとは言ってんの。ホテルに足を踏みいれた時点で香りとかドリンクサービスとかで自然といろんなものを体が吸収してるから、タンクに入る頃には準備がととのってるんだって」

たしかにチェックインして早々、ローズマリー・スイートのアームチェアに身をあずけていたら意識が飛んで浦島太郎になりかけたのだったと阿部和重は思いあたる。エレベーターで地下一階に降りたときに嗅いだ芳香にも、なにかしらの特異な効能がありそうだ。

「つうか阿部さん、おれそろそろ仕事にもどんないと怒られちゃう時間だわ」

「あ、え、嘘、そんなに経ったのか、ええとちょっと待って、ひとつ頼みがあんだよ」

言いながら阿部和重はジャケットの内ポケットから SoftBank 201HW 3G をとりだし、深沢貴敏に向かって差しだした。「おまえならあのアメリカ人と会って話せるんだろ？だったら今日明日中にこのスマホ彼に渡して、履歴にある番号に電話するように伝えてくれないかな。番号ふたつあるけどどっちでもいいから大至急かけてって。これじつはものすごく大事なことなんだよ、できる？」

一瞬だけ、深沢貴敏は怪訝そうな表情を見せたが、そのあとはなにごともなかったみたいに微笑みを浮かべて「いいよ」と答えた。ほっとしつつも念のため説明を補足しようとすると、すべて理解しているからみなまで言うなという面持ちで無用だと告げてきた。

それにしても、と阿部和重は首をかしげたくなる。以前の深沢には、こんなにさっぱりした素直な印象はなかったからだ。たった一週間の住みこみアルバイトでいったいどんな大人の階段をのぼったというのか。「天然ハーブ類はオッケー」の環境ならではの急成長なのかもしれないが、顔がひろく、実行力があり、仕事が速い男におちつきや頼もしさが加わったように思えた。

●

深沢貴敏を見おくった阿部和重は、無人の駐車場にひとりきりとなったが孤独感はなく、すぐに館内へもどる気にもならなかった。テトラヒドロカンナビノールの薬理作用が全身にゆきわたり、なかなかの多幸感を味わっていることもあって春夜の冷たい外気がたいそう心地よく感じられたからだ。

どうせ今夜はもうほかにすることはない。疑惑のスーツケースの線量測定とプリペイドスマホの受けわたしというふたつの重要な任務をほぼやり遂げたこととの達成感に満たされてもいるこの素人潜入工作員は、もはや自分がはんぶんくらい世界の平和と安全を守ったかのような気にすらなっていた。

こんなに近所から夜の若木山を眺めるのは何年ぶりだろうか、などと感慨にふけっているとかすかに話し声が聞こえてきた。ホテルの裏口から駐車場に出てくる者がいる。数十メートルへだたったところに立っている阿部和重は、じっとしてそのまま人影の行方を見まもった。

あらわれたのはふたりの男たちだが、ひとりは特大のスーツケースをひいて歩いている。ホテルの駐車場というロケーションからするとなんら違和感のないひとコマだが、胸の高なりがさらなる刮目をうながしてくる。まさかと思い、相手の目に触れぬよう暗がりを移動していってふたり組のうしろ側へまわりこみ、車室におさまっている一台一台の車の陰にときどきひっこみながら近づいていって残り一〇メートルほどの地点まで迫っていった。この距離ならば、夜間照明が灯っていることもあり、スーツケースをひいている人間の顔を視認することはむつかしくない。

それははじめて見かける顔だった。ジージャンにジーパンという刑事的な出でたちのすらっとした若い男だ。とはいえ容貌じたいは松田優作に似ていない。ホテルの宿泊客なのだとすれば、こんな時間帯にチェックアウトしたということか。あるいは単に荷物をよそへ運ぼうとしているところなのか。

そう思ったのもつかのま、というよりそんなことを思っているあいだに同伴の男の横顔が目にとまり、阿部和重はぎくりとしつつも反射的にiPhone 5をとりだしてカメラ機能を起動させた。同伴者は三上俊だ。駐車場のはしっこに停まっている仙台ナンバーのシトロエン・C4のかたわらで立ちどまった。助手席のドアを開け、車内へ乗りこもうとしているということは、あのスーツケースを荷台に載せてどこかへ向かう気なのだろう。

目的地を突きとめなければならぬ状況だが、追いかけるための足がないしタクシーがひろえる場所でもない。こんなことならGPS発信器だとかの犯罪七つ道具がつまったルイ・ヴィトン・キーポルを持ちあるいていればよかったと悔やみ、下唇をぎゅっと噛む。なんにしても最低限の仕事は遂行しておかなければならない。素人潜入工作員は焦燥の入りまじった責任感にかられ、iPhone 5のカメラレンズで数メートル先のフランス車をねらった。

「あ、やべえ」

車のナンバープレートを撮影することには成功した。だが同時に、LEDフラッシュが大胆なまでにぴかっと明るく光ってしまったから盗撮がばれてしまったかもしれない。三上俊はすでに助手席に座ってドアを閉め、ジーパン刑事のほうもスーツケースをトランクに載せおえて運転席に着いた直後だった。ドアミラーに映りこんだ光を見られてしまったらアウトだ。どうか気づかず走りだしてくれと祈る阿部和重は、しゃがみこんで身を隠しながら様子をうかがう。シトロエン・C4のエンジンはただちに始動したが、結果のほうはアウトだった。

「まあたおめえかよ」

助手席から降りてまっすぐにこちらへ歩みよってきた三上俊が、酔っぱらいの巻き舌でそう口にした。倉庫街で二人三脚した記憶はどっかへやったくせに、ついさっきからんだばかりの相手の顔はアルコールが入っていても簡単には忘れちゃくれぬというわけだ。レストランで対面したときよりも目がすわっているふうに見えるのは酒のせいのみではないだろう。獲物にじわじわ接近する猛獣を刺激しないように、阿部和重はゆっくりと立ちあがって次の行動にそなえることにした。

「おめえ撮ったよな今、撮ったろおい、カメラよこせ、ほら」

素人潜入工作員はためしにおとぼけ顔で首を横に振ってみるが逆効果でしかなく、酔漢の声を荒らげさせただけだった。

「おちょくってんのかおめえ、フラッシュばっちり光らせといてしらきれると思ってんのかこら、デジカメだか携帯だか持ってんだろ、とっととそれよこせっつってんだよ」

どうやら全力疾走で逃げざるをえない局面をむかえてしまったらしい。こちらが要求にしたがわなければ、三上俊は強硬手段をとるにちがいなく、痛い目に遭わせようとしてくることは三〇分ほど前に確認ずみだ。そしてもしもiPhone 5のカメラロールをチェックされでもしたら、レストランで撮った吾川捷子の盗撮写真も見とがめられるのは確実であり、なにがねらいだとかなんとか根ほり葉ほり訊かれまくって早晩おれはぼろを出してしまうだろう。瞬時にそう判断した阿部和重は、すかさず下半身に力を入れて駆けだす体勢になる。

「さっさとよこさねえからそういうことになんだこのカスが。ひと晩そこで反省しとけ」

みぞおちへ思いきりつまさき蹴りを食らってしまい、阿部和重はうずくまったまま動けなくなっている。逃げだそうとした矢先に死角から不意撃ちをおみまいされたのだ。いつの間にか、若い男のほうも車を降りて襲撃の時機をうかがっていたのだと知ったのは、右手に握っていたiPhone 5を強引に奪いとられたあとだった。これからふたりがかりの暴行を受けるのかと覚悟したがそれはまぬかれた。三上俊は出発を急いでいるらしく、没収したiPhone 5をM‐65フィールドジャケットのサイドポケットにつっこみながら「反省しとけ」と捨て台詞を発すると即刻、デニム・オン・デニムのつきびとともに車内へもどった。そしてすぐさまシトロエン・C4を発進させ、どこかへ走りさってしまったのだ。

まったくもって最悪の展開だ。愛用スマホを強奪されたあげく、尾行対象に行方をくらまされてしまった。疑惑のスーツケースも一緒に消えてしまったわけだ。どうすりゃいいのかもうなにもわからない。すさまじい勢いで気分が底なしに落ちこんでゆき、痛いとか苦しいとか、そんな感覚だけになってしまって頭がちっとも働かない。

一時間かそこらのうちに二度も痛めつけられ、駐車場のアスファルト上に蛍烏賊や菜の花や小麦麺の未消化物を吐きだした四五歳六ヵ月の男は、立ちあがるまでに何分も費やさなければならぬくらいに打ちひしがれていた。立った途端に耐えがたい寒気をおぼえ、がたがたふるえる体をまるめながらとぼとぼ歩いて裏口から館内へ入った阿部和重の脳裏には、とにかく部屋に帰って休みたいという思いしかなかった。

ローズマリー・スイートにもどると即座にベッドへ倒れこんだ。横になっていると、レストランや駐車場での出来事が次々に思い浮かんできて映画を観ているかのようだがまるで楽しめない。先ほど自分自身が経験したばかりの惨状を思いだしているのだから当然の話だ。それにしてもこまったことになった。iPhone 5 はかえってこないだろうし個人情報をいっさいがっさい抜きとられてしまうにちがいない。

こんな目に遭ったというのにだれとも連絡がとれないのも問題だ。いろいろあるのにラリーに相談することもできない。しかし考えてみれば、彼は共同墓地の駐車場で待機しているのだから、部屋に帰る前にこっそり向こうに寄ってくれればよかったんじゃないのか。ふとそのように悟った阿部和重は、「ああ」と嘆声をあげてますます気落ちしてしまう。

待てよ、ベッドサイドにある固定電話からでもラリーに連絡することはできるぞ。表示された番号を見て彼は不審に思うかもしれないが、途中経過を報告する約束をしていた午後九時を五、六分すぎたところだから適当に察して電話には出てくれるのではないか。

寝ころがった状態で体をねじって右手を伸ばし、受話器をつかんだ阿部和重は9のダイヤルボタンを押して外線につないだ。ツーという聞きなれた電子音が鳴りつづける。ラリー・タイテルバウムの携帯番号は何番だったかと記憶を探り、やがて一一桁の数字のならびにたどり着く。

なぜだかツーを聞いているうちにあせりがなくなってきて、頭のなかがどんどん整理されてゆく。ひょっとしてこれもスペシャルヒーリング体験への準備にまつわるリフレッシュ効果かなにかなのだろうか。そう思えてしまうほどにみるみる気持ちがおちついてきた素人潜入工作員は、自分が今、ひどく迂闊な行為をおこないかけていると客観視してはっとなった。

ツーの音にうながされるようにして、阿部和重は受話器を置いた。電話をかけるのをやめたのだ。よりによって敵陣の電話回線を利用しようとするとはまぬけにもほどがある。つまずきの瀬戸際だったと思い、ふうと息を放ちつつあらためてごろんとあおむけになった。

あやうくラリー・タイテルバウムと連絡をとったことが菖蒲家にばれてしまうところだった。それればかりか、ラリーとの密談の内容もむざむざ筒ぬけにしてしまう寸前だった。そんなことにでもなったらほんとうにあらゆる調査が台なしになり、核爆弾テロを阻止するチャンスをみすみすとり逃がす羽目になっていたかもしれない。

最悪の展開にいたったのは事実であり、なんのなぐさめにもならないが、最悪中の最悪に陥るのだけはぎりぎりで回避できた。そこんとこについてはまちがわなかったと言っていいだろう、などと思い、阿部和重は結局みずからをなぐさめていた。ちょっとくらいは自分を許してやらないと、精神をまともに保てそうになかったのだ。

助けがほしいのはやまやまの状況ではあるものの、あやしまれる余地をなるべくなくすためにも深沢貴敏への接触も避けたほうが賢明かと考える。せめてあいつにプリペイドスマホを渡すのを先のばしにしておけば、ラリーに電話できたのにと後悔が募るが、今さらどうにもならない。かえりみればかえりみるほど、はあと溜息がもれて目尻に涙もたまってくる。次第に瞼が重たくなってきて呼吸の間隔が伸びてゆき、ふわあと欠伸も出てしばらくすると、四五歳六ヵ月の身体は自然な欲求をこばめずなめらかに眠りに就いてしまった。

●

目を開けると、視界ぜんたいが魚眼レンズ越しみたいにゆがんで見えている。音もくぐもって聞こえているから、半魚人と化して水中で暮らしているかのようだ。きっとこれは夢だと自覚するが、ならばいつの時点から自分は夢裏にいたのかと不安になる。夢のなかにいながらそれを見きわめるのはむつかしい。考えだすと急におそろしくなってしまい、たまらず意識をよそへそらそうと試みるが、どこにもすがるものがない。ほかになす術がないので記憶をたどってみると、ローズマリー・スイートのベッドで目ざめたときにはチェックアウトの時刻を一〇分もすぎていたことを思いだし、そこからおのずと回想がくりひろげられてゆく。たいへんだ寝坊しちまったぞと飛びおきると、今度はこんこんノックする音が響いているのを聞きとってあわてて応対に出る。

あらわれたのはIラインの一九六〇年代調ミニドレスを身にまとった女性たちだ。スペシャルヒーリング体験に招待するため、地下一階からわざわざむかえにきてくれたのだという。ルームキーはこちらでひきとりますし精算はチェックインの際に登録したクレジットカードでおこなわれますのでチェックアウトの手つづきは不要です、等々、あれこれ言われるままにエレベーターに乗せられて、気づけばスペシャルヒーリング・エリアのふかふかソファーにひとりぽつんと座らされていた。

キャスターつきのテレビ台が正面の位置に運ばれてくる。台のうえには五〇インチくらいの液晶テレビが載っているから、ガイダンスビデオでも見せるつもりだろうか。運んできたスタッフは立ちさったが、だれかがリモコンでスイッチを入れたらしく、間もなくテレビ画面に映像が流れだす。

映しだされた男の顔を目のあたりにして驚愕してしまう。菖蒲家の面々がどこかでこちらを観察しているとわかっていても表情から驚きを隠せない。大型液晶画面のなかにいるのはまぎれもなく、ラリー・タイテルバウムそのひとだ。わが家を訪れたときに着ていたのとおなじ白シャツ姿で神妙な面持ちをさらしている。ということは、これはつまりと推測が働くも、目をそむけるのはひとあし遅れとなり、画面上のユダヤ系アメリカ人が自分自身のへその横にナイフを突きさして血まみれになる一部始終を見とどけてしまう。あらかじめ段どりを決めてあったかのごとく、画面外にいる者からタオルをもらって傷口をふさぎ、そこに重ねて貼ったダクトテープをサラシみたいに巻きつけたラリーがいつもの微笑みをカメラに向けたところで映像はとぎれた。

「おわかりいただけましたか？　あなたは彼にだまされているんです。最初から彼はこちら側の人間なんですよ」

テレビ台の脇にオブシディアンが立っていてやさしく語りかけてくる。その隣には深沢貴敏の姿もあり、菖蒲リゾート幹部の助手のようにふるまっているのが解せないが、本人に問いただそうにも自分の口からひとことも言葉が出てこない。深沢の裏切りが招いた事態なのだとすれば、これまで慎重に進めてきたことがなにもかも、菖蒲家に知られているのだという事実を今ここで突きつけられているわけだ。とんだスペシャルヒーリング体験になってしまったものだとなげかずにはいられない。

しかし待てよと思う。これはほんとうのことなんかじゃなく、ただの夢なのだ。おれはすなわちあっちに行っちゃってるだけなのだ。おおかたアイソレーション・タンクのなかでぷかぷか浮かびつつ、深沢の言っていたハイパーリアルな明晰夢を見ている最中にちがいない。

だとすればこれ全部まぼろしなのだから、ラリーやエミリーの動向が現実の菖蒲家に捕捉されてしまったわけではないし核疑惑調査だって破綻しちゃいない。こんなもんは、おれ自身のおそれや迷いの反映にすぎない単なる迷妄なのであって、夢からさめてしまえばたちまちくずれさる虚構《フィクション》世界でしかないのだ。

ならば帰ろう、現実の世界に。たしか方法があったはずだ。三回となえる呪文みたいなフレーズがあったのではなかったか。でも、それってなんだったたっけ。どういう言葉だったろうか。さっぱり思いだせないぞまいったな。教えてくれたのは深沢だが、あそこにいるのはおそらく裏切り者だろうし猫なで声で訊ねたところで答えちゃくれまいから、正解は自力で見いだすほかない。なぜだかカーティスの「ソー・イン・ラヴ」が聴こえている。

「阿部さん、鴇谷春生はどんなに探しても見つからなかったよ」

「いきなりなんなんだよ」

「なんで見つからないんだと思う？」

「さあね、そんなやつはもともといないからだろ」

「あんたのせいだよ」

「はあ？」

「鴇谷春生はあんたのせいで、どこのだれともつながれない隔絶した生活を送る羽目になったんだ」

「おれのせいかそれ？」

「そうだよ」

「ちがうだろ、釈放されたあとにおまえのようなやつらがおもしろがって近よってくるのがいやで、そういう隠遁暮らしを自分で選んだってことだろ。信者みたいな連中がうっとうしいっていうのが理由だろうから、どっちかっつうとおまえのせいじゃん」

「ほらね、ということはつまり、あんたのせいなんだよ」

「なんでだよ」

「あんたが鴇谷春生を神話のキャラみたいに仕たてて、佐渡トキ保護センター襲撃事件は国家への反逆だとか欺瞞社会に対する糾弾だとか無責任にあおる物語なんかを書いたせいで、おれみたいなやつが彼を追いかけることになったんだから」

言葉につまる。それはそうかと思ってしまったからだ。似たような人間がほかにいるとは思えないが、少なくとも深沢にかぎれば、『ニッポニアニッポン』が襲撃事件の情報収集に熱を入れるきっかけだったと本人より聞いているから、やたらな反論では納得させられそうにない。

しかしだとしても、ここで黙れば向こうの言い分を容認したみたいになるので冗談でもいいからなにか言いかえしてやりたいのだが、気の利いた文句はあいにくひとつも浮かんでこない。小説家たる者の心がまえがたりないのだろうか。

いやそうじゃない。そんな根性論めいた話ではなく、虚実の垣根が見すごされていることが問題なのだ。虚実の混同こそがすべての元凶にちがいない。だからおまえも目ざめろと、おれは深沢に言ってやらなければならない。おまえはおれとともに夢など見かぎって目ざめなければならない。現実世界に帰らなければならないのだ。そのためには、三回となえるパスワードが必要なのだろうから、ためしにそれを口に出してみてはくれないか――この誘いに、あいつをうまく乗せなければならない。

「そういうわけだから、阿部さん、あんたはちゃんと反省しなくちゃならないよ」

反省しろと、昨夜もだれかに言われたなと思う。反省しろではなく、反省しとけだったか。しろでもしとけでもどちらでもかまわないが、いったいだれにそんなことを言われたのだったか。どういう状況で、なぜおれは、他人に反省をうながされたのか。おぼろげながらだんだんと、記憶がかたちをなしていって夜の駐車場で直面した場面が脳裏に浮かびあがってくる。

「あ、しまった」

これはまずいぞ、昨夜の駐車場でなにが起こったのかといえば、放射性物質のつまった特大のスーツケースが夜中にどこかへ持ちだされたのだ。あのときおれはどんなに苦しくても三上俊を追いかけなければならなかったんだ。それなのになんてこった。ラリーだって共同墓地の駐車場で待機していたというのに、おれはスマホを持ち逃げされたショックで彼と約束していた報告すらおこたって、部屋にもどってベッドでごろごろしているうちにふて寝しちまったんだ。救いがたいほどのバカじゃないのかこのおれは。こんなんじゃいくら反省したってしきれないぞ。

「ここを開けてください、だれかいませんか、お願いします、開けてください」

視界ゼロのまっ暗闇のなか、急いで仲間に知らせなきゃならないことがあるんだという焦燥にかられ、タンクの蓋を両手で何度もたたいた。なんならワンインチパンチでも五点掌爆心拳でもギャラクティカマグナムでもギャラクティカファントムでも打ちこんでやろうかという意気ごみでばんばんやってみたところ、あたかも天に願いが通じたかのようにとつぜん目の前がぱあっと明るくなった。しかし長らく光に触れていなかった瞳があまりのまぶしさに耐えられず、救い主の顔を認めるより先に瞼を閉じざるをえなかった。

アイソレーション・タンクの蓋を開けたのは菖蒲リゾートの従業員ではなかった。ダークスーツに黒眼鏡の男たちが左右両側から手をさしのべてきて、特殊な塩水にまみれた四五歳七ヵ月になったばかりの体を抱きおこしてくれた。ガスマスクはつけていないとはいえ、一面識もなくホテル関係者でもなさそうな外国人ふたりが無言でタンクから出してくれたのみならず、無線機でどこかと連絡をとりながらただちにバスローブを差しだして裸体を覆えとジェスチャーで示してくる一連の経緯はとてもじゃないが日常の延長とは思えない。これもハイパーリアルな明晰夢のつづきなんじゃないかと疑わずにはいられないが、親切にしてもらえるだけ今はありがたい。

それにしてもどれくらい塩水にひたっていたのか。足腰に思うように力が入らず膝ががくがく笑ってしまって立っているので精いっぱいだ。渡されたバスローブを着用してみるとずしりと重みを感じてしまい、阿部和重はその場にへたりこむしかなかった。大気圏外から帰還した宇宙飛行士はこんなふうに重力を味わうのだろうかとつい想像してしまう。

いずれにしてもこの体調では、ここでしばしの休息をとらないと移動なんて無理だ。そんなふうに思っていると、だしぬけに両脇をかかえられた阿部和重はそのままメン・イン・ブラックに運ばれていってエレベーターに乗せられてしまった。いまだ乾ききっていない裸身にバスローブいちまいという格好の四五歳は、まさかこんな姿でロビーにつれてゆかれるのではあるまいなと心配になる。だが、かような心配はえてして的中するものだと心ははんぶんあきらめてもいる。現に、押された階数ボタンは一階のみだ。ケージが停止して扉が開くと、エレベーター待ちの客はひとりもいなかったが、ホテルのパブリックスペースにふさわしく大勢がつどうロビーの光景が目に飛びこんできたため、これはこれで別世界につれてこられたかのごとき錯覚に襲われる。しかしそんな雑踏への気おくれとは無関係に、なんだかいつもと様子がちがうと気づいたのはその直後だ。

一般の宿泊客らしき者や従業員らもいることはいるが、一階フロアで最も目だっているのは目下おれの両脇をかかえてもいるダークスーツに黒眼鏡の外国人たちだと阿部和重は見てとった。憩いや観光に訪れた旅行者のおもむきなどは皆無であり、どちらかといえば彼らは従業員にも宿泊客にも煙たがられながらなにやら館内を検分しているふうに見うけられる。ひょっとしてこのメン・イン・ブラックは、何日か前に若木山のふもとでセキュリティーチェックをおこなっていた連中とおなじアメリカ連邦政府機関の一員ではないのか。だとすればついに、ＦＢＩが核疑惑をめぐる容疑で菖蒲リゾートの強制捜査に踏みきったということなのだろうか。

その答えをえる間もなく、ノックアウトされたボクサーみたいに両脇をかかえられて運ばれていった阿部和重は、ロビーを縦断しきっても一歩も立ちどまることなく半裸の状態で外へとつれだされ、最終的には車よせに停まっていたホンダ・インサイトの助手席へ放りこまれた。すると黒眼鏡の運搬人たちは、なにも告げず即座に館内へひきかえしてしまったが、車内にはうれしいことに見知った顔がある。

ここでようやく自分は現実世界に帰ってきたのだという実感をえて四五歳の男は安堵をおぼえた。会わずにいたのはたった二日のみではあるものの、体感では五年間くらい明晰夢のなかにいた気がしている素人潜入工作員は、運転席にいるエミリー・ウォーレンの横顔を目にした途端に涙ぐんでしまった。感情が高ぶって思わず彼女にハグしかけたが、車が急発進して体がシートに押しつけられたためそれはかなわなかった。

「あれはFBIですか?」

「いいえ、シークレットサービス」

「あれ、そうなんだ」

「いろいろあってね」

三上俊の所持するスーツケースより高線量が検出されたというラリー・タイテルバウムからの報告を受け、ホワイトハウスのシチュエーションルームと赤坂の駐日大使執務室を安全な電話回線で結びつつ、昨夜ひと晩にわたり対応策が練られたがまたしても歯がゆい議論に終始してしまったとエミリー・ウォーレンは語った。

菖蒲家の核疑惑をめぐる有効かつ現実的な落としどころを模索するなか、ホテルに潜入し線量測定を試みた日本人協力者よりの続報がとだえてしまった。連絡もいっさいとれないが原因は不明との知らせも入ったことから、赤坂の面々はいっそうやきもきしながら国家安全保障会議《NSC》が踏みこんだ決断をくだすのを待つほかない。こうなったからには、ＦＢＩには局内にいる内通者の洗いだしもふくめた強制捜査を開始させるべきだとエミリーは最後まで主張し、直属上司たるジェームズ・キーンを通してホワイトハウスにもくりかえし具申し、キャロライン・ケネディ駐日大使もそれに同意を示していたものの、政権幹部や政府高官らはゴーの合図を出ししぶりつづけていたのだという。

一素人がロシア製の民生品で計測した結果などを根拠にＦＢＩが身内の政府職員や同盟国内の民間人を取り調べるというのはリスクが高すぎる。まんがいちそれ以上の不審点が出てこなかったら担当責任者の首が飛ぶどころの話では済まない。線量測定器にしても、たまたまそんな数字がはじきだされただけとも考えられるから、さらなる確証がえられぬかぎりは公然たる捜査は見おくらざるをえない。ましてやこの二四時間内に大統領が東京へ到着し国賓としてむかえられるであろう状況だというのに、その同日に、しかも後日の訪問予定先でもある同国新都でおおっぴらに立ちいり捜査を実施し、首脳会談に水をさすわけにはゆかない。

これが国家安全保障会議《NSC》による判断のあらましだった。要するにまだ、従来の姿勢を変えるほどの危機の予兆は見られないと言いたいわけだ。

とはいえ、もろもろの状況証拠が積みかさなり、核疑惑が深まるばかりの菖蒲家をアメリカがこのまま看過するわけにはゆかない。オバマ大統領の訪日直前だからこそ、われわれは真相を究明し危機の芽をとりのぞくための活動に全力を傾ける必要がある。

そう意見する駐日大使とCIA東京支局長の憂慮もいちおうは重く受けとめられ、代案として採用されることになったのが、シークレットサービスによるセキュリティチェックを偽装した秘密捜査的な手法だった。表むきには、若木山への立ちよりがすでに滞在日程に組みこまれている事実を利用し、昨今評判のヘルスケア宿泊施設である菖蒲リゾートを大統領の視察先に加えると告知し、シークレットサービスが事前調査に入る口実をでっちあげる。そのうえで、捜査官らが館内をすみずみまで調べあげ、放射性物質をはじめとしたテロ計画の確たる証拠をひそかに探してゆくという作戦だ。今できることはこれが限界なのだと、いつにも増して冷めた口調でエミリーは説明した。

「ずいぶん不服そうですね」

「そりゃそうよ」

「でも、実質的にはアメリカが菖蒲家の捜査に着手したも同然ではないんですか？」

「こんなの無意味よ」

「なぜです？」

「わからない？　あのホテルだけ調べたって捜査が進展するどころかむしろ解決を遠のけることにしかならない。政府機関への人脈汚染がひろがってる以上、内通者の摘発も同時に進めて組織網を一気にたたきつぶさなきゃ、すぐに逃げ道を用意されて証拠もどこかに隠されてお手あげになるに決まってる」

「それもそうか」

「相手はあの菖蒲家だっていうのに——といっても、その脅威がどれほどのものなのかは、現場の人間でなきゃなかなか想定しづらいとは思う、けどね、これは駄目、はっきり言って最悪の一手よ」

「しかしそうすると、実際どうすんだろ菖蒲家は。さすがにこんな捜査機関が動きだした状況下では、仮に計画があったとしてもテロ起こそうってことにはならないんじゃ」

「安易にそういう予測を立てるべきじゃないってことはたしかね」

「あ、そうすか」

「ないと見こしてあったらどうするわけ」

「ですよね」

「仮に計画があるとすれば、重要なのはなぜそんなものを立てる必要が生まれたのかを知ることよ。やるかやらないかはその必要性や目的しだいなんだから、それがわからないうちは実行のあるなしまで軽々しく決めてかかるべきじゃない」

毎度おなじみの容赦ないエミリーの物言いに縮みあがる。が、そのぶん余計にこっちへ帰ってきたなあという安心感にも満たされた阿部和重は、わんわんが尻尾を振るみたいにうんうんうなずきながら「はい」と返事した。

「それとは別に、この機に乗じて菖蒲家が逆に利益の拡大をはかるということもありうるとは思う」

「そんな方法あります？」

「たとえば、自分たちのメディカル開発事業が目ざわりだとして、ニューパワーの拡散をおそれるアメリカから不当な圧力を受けてる、なんていう陰謀論をたれ流しまくって、アヤメメソッドの威力を暗にアピールすれば、そこまですごいものを売ってくれるのかって信じこんだ連中がむらがってきて顧客リストの名前が増えるかもしれない」

「なるほど――」

「力に飢えたアメリカ憎しの感情は、菖蒲家のビジネスにとっては格好の餌になるってことよ」

ひとつひっかかることがあり、阿部和重の脳裏ではこのとき、エミリー・ウォーレンの少し前の発言がプレーバックされていた。彼女はさっきこう言っていたはずだ。「内通者の摘発も同時に進めて組織網を一気にたたきつぶさなきゃ、すぐに逃げ道を用意されて証拠もどこかに隠されてお手あげになるに決まってる」

だとするとつまり、あれはそういうことだったのかと気づいた阿部和重は、今度こそ手おくれにならぬうちにと即刻エミリーに自身の推測を話した。ホワイトハウスと駐日大使館による対策会議が昨夜ひと晩にわたっておこなわれたのだとすれば、そのうちの早い時間帯に政府機関内の内通者が菖蒲家に対しショートメッセージでも送り、ホテルを明日アメリカが捜査するかもしれないとリークしていたとは考えられないか。じつは三上俊が昨日の午後九時ごろ、放射性物質入りのスーツケースをわざわざ外に持ちだし、車のトランクに載せてつきそいの人間とともに出かけてしまったのだが、これは漏洩情報を受けてなされた証拠隠しの行動だったのではないか。

「まちがいないわ。時系列的に見ても一致するから」

「やっぱそうですか――」

「それにしてもだれの仕わざ？　大使とジミーが局内のあやしい人間をうまく遠ざけるよう長官に前もって根まわししていたから、サムは今ソウルに行っているし会議の存在じたい彼の耳には入りようがない――というか、昨夜の会議中にリークできる人間なんて頃あい的に、国家安全保障会議《NSC》のメンバー以外にありえないわ。わたしたちが思ってる以上に人脈汚染はひろがってるってことね」

「いやあ、面目ない」

「なにが？」

「そのときおれ、駐車場にいたのに、下手うって尾行がばれちゃって、あのおっさん逃がしちゃったから」

「三上俊のこと？」

「はい」

「奪われたiPhoneのパスコードは教えたの？」

「それは訊かれもしなかったんでしゃべってませんけど――しかしなあ、たかがスマホとられたくらいのショックで追っかけるのもあきらめて、ラリーさんにも知らせないで寝ちまったのは、われながら申しひらきも立ちません」

「どのみちiPhone持ってかれちゃったんならラリーに知らせるのなんて無理じゃない」

「いや、ラリーさんは割と近場で待機してくれてたんですよ。だから、知らせようと思えば簡単にできたことなんです」

エミリーは無言でハンドルを握っている。いっこうに返答がないので、これはまたどでかいお目玉を食らいそうだと阿部和重は腹をくくった。反省を態度であらわそうとして背もたれから体を起こし、背筋をぴんとまっすぐに伸ばしてうなだれてもみたが、次に聞こえてきたお叱りの声は案外と軽いものだった。

「気にしないで、もともとあなたなんかになにも期待しちゃいないから」

「はあ、でもなんつうか、役に立たなかったどころじゃ済まなくて、もしかしたらおれのせいで核爆弾が見つけられなくなっちゃうかもしれないわけだし――」

「それより、ちょっとうしろ見てくれない」

「え、なんです?」

「うしろ見てうしろ」

「うしろって?」

「後部座席。彼、ちゃんと息してるかどうか確認してほしいの」

わけがわからぬものの上半身を後方にひねり、言われた通りに後部座席を見やると、そこにはナイキの黒いセットアップジャージをまとったひとりの男が横たわっていた。

予想もしていなかった光景に出くわしぎょっとしてしまったが、よくよく見つめてみるとそれがだれなのかぴんときて、阿部和重はシートベルトをはずしてさらにナイキガイのほうへ顔を近づけ耳をすましてみた。

「息はしてますけど、ぐっすり寝ちゃってますね」

「そう、ならいいわ」

「よくつれてこれましたね、いやがりませんでした？」

「なぜ？」

「地下から出たがらないって聞いてたから」

「実際、出たがらなかったわ。だから薬で眠らせたわけ」

「なるほど」

「捜査のどさくさまぎれだったから、量をまちがえたかもって気になってたの。せっかく外につれだせたのに、呼吸がとまっちゃってたら最悪でしょ」

実物のアレックス・ゴードンは、防犯カメラ映像ごしに受けた印象よりもずっとやせほそっていて青白い容貌に見えた。シン・ホワイト・デュークとは呼ぶまいが、地下室の幽霊なる異名はお似あいだと言えるいかにも廃人らしい姿になり果てて、ホンダ・インサイトの後部座席を独占してまるまって眠りこんでいた。

PEACHに着いたときには午後三時をまわっていた。シャッターつきガレージに停めた車の後部座席からアレックス・ゴードンを降ろしたエミリー・ウォーレンと阿部和重は、なおも眠りこけている長身痩軀の男をふたりがかりでささえて歩き、そのままこの廃業ホテルの地下一階へ向かった。エレベーターに乗りこんだところではっとなり、菖蒲リゾートに潜入する際に麻生未央から借りうけた衣類やボストンバッグの行方が気になった素人潜入工作員が、「忘れてきたかも」と口にすると、ホテルで先にひきとってトランクに載せてあるとエミリーは教えてくれた。そして彼女は空いているほうの手でテーラードジャケットの内ポケットをごそごそやり、アレックスはカジノバーのVIPルームに閉じこめるからそれが終わったら荷物をとりに行けばいいとうながし、ホンダ・インサイトの鍵をバスローブのサイドポケットに入れてくれた。

「そういやラリーさんは？」

ラリー・タイテルバウムが菖蒲リゾートへの立ちいり捜査に同行した様子はなく、自分たちがPEACHにもどってきても姿を見せない。それを疑問に感じた阿部和重はふとエミリーに訊ねてみた。アレックス・ゴードンをソファーに横臥させ、VIPルームのドアを施錠してきたふたりはそのときエレベーター内におり、ケージがちょうど一階でとまったタイミングだったため、「開」ボタンを押しながら彼女はこう答えた。

「まだ寝てるんじゃない」

「え、寝てんの？」

「おそらくね」

「冗談でしょ」

「冗談なんか言ってる場合じゃないって知ってるでしょ」

「でも寝てるってのはどうなの。こんなたいへんなときにひとりだけ夕方ちかくまで爆睡してるってのは」

「そう思うなら理由くらい考えなさいよ」

言われてみればその通りであり、さっそく考えてみた阿部和重はまたたく間に思いあたるものに行きあった。

「あ、徹夜で張りこんでたからか」

「寝ないであなたの連絡を待ってたからよ。正午前にわたしと交代してここに帰ってくるまでね」

そう聞いてしまうと、昨夜の失態が思いだされてつくづく自分が情けなくなり、かえす言葉はまた「面目ない」以外になくなってしまった。今度は「なにが？」とは応じなかったエミリーは、「それが仕事だからね」とのみ言いおいて「開」ボタンより指を離した。

三〇三号室へ荷物を運ぶ前に、わが子がお昼寝中の隣室を阿部和重はのぞいてみることにした。つきそってくれていたのは麻生未央ではなく、三代目会長の多忙時に世話係をひきうけてくれていた麻生一家の若い衆だった。山本譲二にそっくりの角刈り男に苦笑いされながら無理矢理に映記を起こして抱っこしてみたが、一日ぶりに目にしたパパの顔を一瞥するやたちまち息子は破局噴火のきざしを見せたため、泣く泣くベッドへもどして寝かしつけてやるほかなかった。横になったスーパーボルケーノの背中を二、三分なでてやってやっとなんとか噴火警戒レベル1までひきさげるのに成功したが、自分自身も隣にごろんとなっていたせいで起きあがるより先に瞼が閉じきってしまっていた。目がさめるきっかけとなったのは息子の鳴らした笛の音だった。とっくに起きてひとりで遊んでいた三歳児は、ガヴァドンAのソフビを鼻孔にぐりぐり挿しこんでも目をつむっている父親に不安を抱いたのか腹が立ったのか、犬笛をピーと盛大に響かせてこっちの世界につれもどしてくれた。この非常時にまあただらけきってしまって顰蹙を買うところだった危ない危ないと思いつつ、自分の普段着を身につけて映記を抱きあげた阿部和重は急いで隣の部屋へ向かった。腕時計をちらっと見やると午後六時をすぎているとわかってあせりが増してしまう。借りていた衣類とバッグは山本譲二が麻生興業の事務所へ持ちかえったようだった。

三〇三号室では、ラリー・タイテルバウムとエミリー・ウォーレンと麻生未央がテレビの前で三角形になって立ち話していた。シャープAQUOSクアトロンの液晶画面上にはカジノバーVIPルームのソファーで依然として眠りこんでいる地下室の幽霊をとらえた監視映像が流れているから、アレックス・ゴードンの処置を三人で検討していたのかもしれない。

素人潜入工作員と目を合わせた途端、微笑んできたラリーが「ほんとうに無事でよかったです」などとめずらしく思いやりをかけてくれたので、早くも新たな任務を課されるのだろうかと身がまえた阿部和重は、心ぼそくなって抱きしめたわが子に両手で押しかえされ、内心そっと悲しみをおぼえた。昨夜の駐車場で目撃したという三上俊の件はみんなでもう共有しているとことわったうえで、ほかにもなにかあればぜんぶ話してほしいとエミリーがうながしてきた――が、そこへさっきの若い衆があらわれ食事の用意ができましたと告げたため、話しあいの場所を一階の従業員控室へ移すことになった。当の若い衆は容姿が譲二似であるばかりか本名も山本だということが、彼の直属上司たる三代目会長の呼びかけにより判明した。

従業員控室のシャープ製液晶テレビは夕方のニュース番組を映しだしており、アメリカ合衆国大統領専用機の羽田空港到着が間近いことをしつこいくらいにたびたび報じていた。そんな報道に接しているといやがうえにも緊迫感がふくれあがってくる。迫りくる危機から逃げるようにテーブルへ視線を落とすと、こちらには打ってかわって妖精の集落をあらわしたかのごときカラフルなジオラマを思わせる、見なれぬ料理の風景がひろがっていた。

よっつ載っている大皿のどれもに何種類ものピンチョスがびっしりずらりとならんでおり、バラク・オバマの訪日をひとあし先に祝賀する立食パーティーでも催しているかのようなおもむきを醸していた。和の料理人なる看板でもぶらさげていそうな見た目からつい、「これはあなたが？」と阿部和重は問いかけてしまったが、譲二似の山本は「いえ、知りあいの店です」とかえしてきた。いつでも出かけられる態勢をとりつつのディナーミーティングになるので、手軽で食べやすくかたづける手間のかからぬメニューがいいだろうと配慮した、麻生未央からの指示だったようだ。

本日の捜査の結果については一時間前にジェームズ・キーンから連絡があったとのことだった。電話を受けたエミリーによると、彼女が見とおした通り菖蒲リゾートに立ちいったシークレットサービスは結局なにも発見できずじまいだったという。館内のどこにも高線量放射性物質は隠されておらず、三上俊のみならずアフマド・モフセンも行方をくらましていて、テロ計画の存在を裏づける証拠になりうるものはまったく見つからなかったのだ。そのことから、大統領の各補佐官ら政府高官のあいだではＣＩＡへの風あたりが強まりつつあるようだが、これはかえっていい目くらましになると思うと黒髪ボブのケースオフィサーはほくそ笑んでみせた。

「幸い、スーツケースの運び役をまかされているらしい三上俊の動向をわたしたちが把握していることはまだだれにも知られていない。このことはジミーや大使にすら報告していないから、ホテルに捜査が入る件をリークした人物にもきっととうぶんは悟られないないはず。これはつまり絶好のめぐりあわせってことよ。今までで最大のチャンスだけど、最後でもあるかもしれない。だからこそどんな手を使ってでもスーツケースだけは絶対に確保しなければ――」

　言いたいことはわかるが、肝心の三上俊の居どころを突きとめる術がないのにいささか先走りすぎではないのか。エミリーが妙に自信まんまんに語るのがどうにも腑に落ちず、阿部和重はここで口をはさまずにはいられなくなった。

「ちょっと待ってくださいエミリーさん、三上俊がどこに行っちまったのかはおれ知らないんですよ？　なんのあてもないんです。それにあいつら車だったし、遠出しちゃってるかもしれないわけだから探しだすのは正直かなりきびしいっつうか、あんま楽観しないほうがいいと思うけど――」

　そう指摘されても、エミリー・ウォーレンはまるで顔色を変えることなくただちにひとつの事実を打ちあけた。

「言いそびれてたけど、三上俊の居場所はわかってるの」

「は？　居場所って今現在の？」

「そうよ」

「え、どうして？」

「阿部さんのお手柄ですよ」

　とうとつにラリーが会話に割りこんできた。よくやったなおまえとねぎらうみたいな笑みまで浮かべているが、褒められた本人にはなんのことだか理解できず、いやみでも言われているような気がしてしまうばかりだ。日系中年男のその戸惑い顔を見てとって、エミリーがこう説き明かした。

「おれのは昨夜あのおっさんにとられましたよ」

「だからその iPhone のGPS機能で、三上俊の居場所は特定できたってこと」

ははあなるほど、とようやく合点がゆく。なんだかんだありすぎてそこまで頭がまわらずにいたが、iPhone には紛失したデバイスを別のハードウェアで遠隔操作し位置情報をたしかめられるアプリがインストールされているから、当の機能をもちいれば難なく紛失先や所持者の居どころを確認できるのだったと阿部和重は思いだす。

ただしそれには、持ちさられた端末上で「iPhone を探す」アプリが有効に設定されていなければならない。したがって、もしも三上俊が盗難機のロック解除に成功して設定を変更してしまっていたら、この捜索方法は無効となっていたわけだが、幸運にもそうはなっていなかった。

酔っぱらった状態で端末を奪取し、着たきりジャケットのポケットへつっこんだため、そのまま三上俊は忘れてしまったのか、あるいは二度も痛めつけてやったしょぼい相手だからとあなどり、持ち主自身がスマホかえせと追っかけてくるなどとは夢にも思っていないのか、もしくはそもそもそんな機能がそなわっていることを単に知らないのか――とにかく持ちさられた iPhone 5 の位置情報を通知するアプリは今もなお有効化されているのだと、エミリーは述べた。

「どのみちあなたはパスコードを教えてないんだからデバイスの中身を調べられる心配

は低いとわたしは踏んでいたの。アメリカの捜査機関でさえ押収品のデータにアクセスできず、ロックの解除をAppleに要請してことわられたりしてるくらいだから、三上俊にアンロックは無理だろうって予想してたわけ。といっても、北朝鮮がらみの破壊工作員と見なされているような男だし、ロック画面を突破できるツールを手に入れていたりパスクラックを頼める凄腕のチームメートがいたりしてもまあおかしくはない。奪ったときにパスコードを聞きだそうとするそぶりも見せなかったってことだから、それらの線もいちおうは考慮しなければならなかったし、ほとんど賭けにひとしかったけど、結果は案の定だった。わたしたちはついてるわ」

「ちょっと待ってください」話題が移る前に、問題のスマホの持ち主としてこれだけは訊かずにおれないと、阿部和重は早口で声を張りあげた。「iPhoneの在り処がわかったのはよかったけどさ、それっておれ個人のApple IDにサインインしないと見られない情報でしょ？　なんでおれのアカウントのパスワードをエミリーさんが知ってんの？」

紛失したデバイスを遠隔操作する際、別の端末で「iPhoneを探す」アプリを立ちあげるかiCloudのウェブサイトへアクセスし、ＩＤ認証を受けなければならない。その手つづきをエミリー・ウォーレンが容易にクリアしていたということは、彼女は阿部和重のアカウントに登録されているパスワードをあらかじめ承知していた可能性が浮上する。かような懸念にせっつかれ、四五歳の日本人協力者は率直に疑問をぶつけてみたのだが、それに応じたのは黒髪ボブのケースオフィサーではなく、同僚のラリー・タイテルバウムだった。

「阿部さん、わたしが彼女に伝えたのです」言いながらラリーは微笑んできてハグでもするみたいに両手をひろげてみせてもいる。「以前にこっそり、阿部さんのMacBook Airをお借りした際、ウェブブラウザーに保存されたログイン情報とパスワードをチェックしておいたので」

「ああ、はいはい、そんなこったろうと予感はしてましたよ。どうせほかにも利用したことあるんでしょあんたは」

「数回は」

「あんのかよ」

「しかし悪用するつもりはなく、こんな事態を想定して念のためおぼえておいたというのが実際のところなのですが、阿部さんには話しておくべきでしたね。失礼しました」

「ははは、しらじらしいなあ」

「お詫びになにか奢りましょう」

「いいよもう」

「いやしかし」

「今さらね、似たようなことといろいろあったしいちいち文句つける気も起こらんけどさ、勝手にパスワード盗み見たあげく、それ内緒で使いまわすってのはいくらなんでもやりすぎだろ、とは思うよね。黙ってこそこそいうことすんのは今後いっさいなしにしてくださいね」

「約束します」

「ほんとにさあ、頼みますよ」

「ええ、もちろんです」

みじんも信用ならないが、いよいよ核爆弾の確保が現実味を帯びてきたこの状況下では、これ以上の追及は先おくりにするしかないかと頭を切りかえる。悪あがきめいた溜息をでっかくはあとついてから、阿部和重は間を置かずに話題をもとにもどした。

「それでエミリーさん、三上俊は今どこにいんのよ」

個人アカウントへの不正アクセスをめぐるやりとりにはわれ関せずの態度で通し、すずしい顔で生ハムとモッツァレラチーズとプチトマトのピンチョスを食べていたエミリー・ウォーレンは、自分に出番がまわってくるとは予期していなかったらしい。とつぜん名ざしされて一瞬きょとんとなりつつも彼女はこう即答した。

「三上俊は東根温泉にいるわ」

「あ、そうなの、えらい近くにいるじゃん」神町から見ると、それは天童とは反対の北隣に位置する東根市の温泉地だ。PEACHからなら七キロメートルほどの距離にあり、法定速度を守っても車で一〇分も走ればたどり着ける。

「捜査をかわす思わくで放射性物質の一時的な移動をはかったんだとすれば、悪くない駆けこみ先ではあるかもね」

たしかに、温泉宿ならスーツケースを持った旅行者がふらりと訪れても違和感がなく、仮に菖蒲家がなんらかの計画を実行するにしても、そこは臨機応変に即時動ける圏内だ。

「着いたみたいよ」

不意にそう口にした麻生未央へいっせいに視線があつまった。つづいて彼女がすかさず電子煙草の先端で前方を指ししめし、さらにぽつりと「大統領」とつぶやくと、今度はみんな振りかえって液晶テレビの画面に注目した。

画面上にはそのとき、エアフォースワンことアメリカ合衆国大統領専用機ボーイングＶＣ－25が羽田こと東京国際空港のＤ滑走路05へ降りてくる模様が映しだされていた。核爆弾テロの標的にされているのかもしれないオバマ大統領が、ついに日本に到着してしまったわけだ。

ニュース映像を介してそれを目のあたりにすると、スーパースターの出むかえによりもたらされるものとはやや毛色の異なる胸さわぎがにわかに高まった。さしせまるこの巨大な危機への心の準備が、自分にはまだできていなかったのかと阿部和重は思い知らされる。大統領専用機の羽田着陸時刻は、一八時四九分五秒だったと伝えられていた。

●

東根温泉で張りこみをおこなうべくＰＥＡＣＨを出発したのは朝早い午前六時すぎだった。ことによると待ちぶせを察知されて追跡劇《カーチェイス》へと発展するおそれもあるだろうと見こし、ホンダ・インサイトとトヨタ・アルファードの二台で現地へ向かった。インサイトにはエミリーひとりが乗りこみ、アルファードのほうは阿部和重が運転してラリーが助手席に座った。

一介の物書きが、息子の世話をまたひとまかせにして朝っぱらからＣＩＡの張りこみにつきあわねばならぬ羽目となったことにはやむをえない事情がある。放射性物質のつまったスーツケースと三上俊につきそうデニム男をちょくせつ目にしている者が、阿部和重のほかにいなかったためだ。まぎらわしいスーツケースがいくつもあってどうしてもほんものを見わけなければならぬ局面に直面するかもしれず、そこにあなたがいなかったばかりにテロリストをとり逃がしてしまう展開もないとはかぎらない、などと脅しをかけられたらことわれるはずもない。

持ちさられたiPhone 5は昨日から今朝にかけても微動だにせず、東根市温泉町《おんせんまち》にある一軒の老舗旅館にとどまっていることをアプリの位置情報が示していた。シークレットサービスによるセキュリティーチェックに見せかけた菖蒲リゾートへの立ちいり捜査は昨夕の時点で終了していたが、昨夜おそくになってもiPhone 5は不動の状態を保ちつづけていたことから、三上俊はこのまましばらくおなじ温泉宿に泊まりこむつもりなのかもしれないとも考えられた。

とはいえまんいちへのそなえとして深夜のうちに、老舗旅館の専用駐車場で見つかった仙台ナンバーのシトロエン・Ｃ４にリアルタイムＧＰＳ発信器を仕かけておいた。ナンバープレートの番号までは思いだせなかったが、神町では滅多に見かけぬ車種だっただけに、スーツケースを載せて走りさったのがフランス車であることは印象に残っていた。阿部和重がそう伝えると、黙々とピンチョスをつまむ日米合同チームの面々からは当の車も旅館の近所に停められているかもしれないという推測が出た。それを受け、夜中に若い衆を偵察へ出むかせると麻生未央が提案したことにより、その役をひきうけた譲二似の山本がシトロエンを発見したついでにマグネット装着式の発信器を車体にくっつけてきてくれたのだ。

二台の車は別々の場所で待機した。三上俊の宿泊先は、県道二九号線沿いにある老舗温泉旅館だ。その反対側沿道の、旅館正門へのひとの出入りを見はりやすいポイントにホンダ・インサイトを路駐し、シトロエン・C4に近づく者を随時チェックできる専用駐車場の一角にトヨタ・アルファードを停めた。

三上俊が延泊せず、今日で菖蒲リゾートへもどるか宿を替えるとすれば、チェックアウト時刻の午前一一時ごろまでのあいだには特大スーツケースとともに外へ出てくるだろう。オバマ大統領が神町を訪れるのは明日四月二五日金曜日の午前中とされているから、どちらにしてもこの二四時間内にはなんらかの動きがあるにちがいない。むろんなにもなければそれに越したことはないわけだが、たとえそうであってもスーツケースの確保とその中身の確認だけはやり遂げておかなければならないとエミリーは断言している。

「どうすると思います？　やばいスーツケースしょっちゅう移動させんのもリスキーだろうし、オバマさんがこっちくるまではもう宿うつらないつもりじゃないかって気がするけどな。この旅館えらんだのってなんか意味あるんですかね。源泉かけ流し温泉いいわあとか、案外そんなんかな。どう思います？　今夜もここ泊まるんだとすれば、おれらも暗くなる頃にはＰＥＡＣＨに帰りますよね？」

緊張のせいで阿部和重は無駄口が多くなっている。右手にサンドイッチを、左手に紙コップコーヒーを持ちながら、なんでもいいからプロの反応がほしくて「どう思います？」とうるさく助手席に問いかけてしまっているのだ。サンドイッチをすでに食べおえていたラリーは、おもむろにコーヒーを飲みほしてから飛びまわる蚊をはらいのけるみたいにこう返答した。

「読めませんね」

「あ、そう」

「というより、こういう場合は相手の出方を待つのみですよ」

「予測しすぎずに？」

「ええ」

「それって、先読みに囚われてつまずいたらもともと子もないからってことですか？」

「そういうことです」

おまえも少しはわかってきたな、とでも言いたげな顔でラリーがこちらを一瞥した。

その真意はじつのところ、おまえ少しおちつけ、だったのかもしれないが、受けとめた側には逆に伝わり、いつしか気負いがあふれそうになっていた阿部和重の血中にアドレナリンがどばっと追加されてしまった。

一昨夜の失態がいまだ胸中で尾をひいていることもあり、いざ現場にきて張りこみをはじめてみると、かならずや挽回しなければという気持ちが無闇にはやりだしていた。三上俊の顔が頭をよぎるたび、今度はおれがあのおっさんを懲らしめる番だと復讐心めいた感情にもかられた。

しかし素人がやる気を出しすぎてもろくなことにはなるまいし、もしも自分の私情私怨でこの作戦を失敗に追いこんだら世界規模でやばい事態に陥ってしまい、下手したら神町どころか国の新たな議事堂ができたばかりの中央官庁街が核爆発で消しとばされかねない。だからここはちっぽけなおれ個人の衝動などは抑えこみ、もっと冷静にならねばとみずからに言いきかせてはいるのだが、朝食をとる四五歳の両手は武者ぶるいがとまらずぎこちない動きになっていた。

「ということは、深沢さんに変わった様子はなかったのですね？」

菖蒲リゾートでの顚末は昨夜だいたい知らせてはいたが、翌朝の出発時刻を踏まえて早く床に就くことになったので詳細ははぶいて途中で切りあげていた。そのため張りこむあいだの暇つぶしにと、報告の補足を助手席のラリーにリクエストされた。話を前後させながらあれこれ述べてゆき、深沢貴敏との再会にも言及した阿部和重は、夜の駐車場でともにマリファナを吸いがてらしゃべった内容にも触れたが、やがてだんだんと説明がとぎれとぎれになっていった。もろもろ思いかえすうちに、どこかしっくりこない記憶があることに気づいたからだった。

「はあ、まあ、特に変わったな、とは感じなかったんだけど——」

「けど、なんです？」

「いや、ちがうか、あれなんだろう、変わった様子は、あった気がするな」

「深沢さんにですか？」

「ええ、はい」

「どういうこと？」

「どういうことだっけな、つまりええと、駐車場であいつとわかれてから、おっさんにiPhone とられちゃって——」

じれったくて聞いちゃいられないというふうに、ラリー・タイテルバウムは体を前に向きなおしてはあと嘆息し、左手首に巻いたG-SHOCKへ視線を落とした。運転席からのぞき見てみると、現在時刻は午前八時四八分だとわかる。張りこみを開始して約二時間が経過したことになるが、チェックアウト時刻までさらに二時間こうしていなければならないのだとすると、ラリーとふたりきりでの会話のみではさすがに間が持ちそうにない。居眠りなんかしちまったらまたどやされるだろうし、せめて手もとにiPhoneがあればネット見まくれるから時間を持てあまさずに済んだのになあ、などと思考を脱線させていると、阿部和重はしっくりこない記憶の正体にいきなり思いあたった。

「ああそうか、そういやあれは夢だったわ」

「夢？」

「そうそう、いわゆる明晰夢ってやつです。菖蒲リゾートでおれ、アイソレーション・タンクに入ったじゃないですか」

「ええ」

「タンクのなかではずっと夢見てたって話しましたよね。ハイパーリアルな明晰夢って深沢は言ってたけど、まあそんな感じの、見わたすかぎりまったく現実と区別がつかない仮想世界っつうか」

「アヤメメソッドによる幻覚体験に近いものですね」

「あ、そうなのか」

「たぶんね。それでその夢が？」

「深沢も二回くらい出てきたんですよ、その夢のなかに。それであいつ、おれをこきおろしやがったり蹴とばしたりするんです。しまいにゃ反省しろとか言われちゃったし」

「どういう理由で？」

「要するにあんたは無責任だと」

「無責任」

「作家としてね、書いたものが他人にどう読まれるかってことまでまともに考えてないとか、そんな感じですよ」

「それは阿部さんにも心あたりがあることなんですか？」

「ないわけじゃないけど、しかし問題の本質は別にあるだろうと」

「そう反論したんですか？」

「いや、なぜかできなかったんだよね。でもまあ、それは夢の話だからいいんだけど、やたらとリアルだったしアイソレーション・タンクにこれから入るってところの、ホテルの地下一階の場面だったんで、現実のやりとりみたいに記憶がごっちゃになってたんです」

「つまりそのせいで、深沢さんの様子が変だったという錯覚が生まれたという話ですか？」

「そう、そういうこと」

「それなら実際の彼は、やはりいつもと変わらない様子だったと？」

「と、思うんですけどね。ちなみにその夢、深沢と一緒に彼女も出てきましたよ」

「だれです？」

「オビーさん」

「オブシディアンですか？」

「うん」

「なるほど」

「おれがアイソレーション・タンクに入ることになった経緯も話しましたよね？」

「聞いています」オブシディアンの名を耳にしたせいか、間髪いれぬ即答だ。

「手配してくれたのがオビーさんだったらしいんで、それで彼女は夢にまでご登場くださったんだと思うんですけど――」

助手席から、突きさすような鋭く熱い視線を感じるため、今そこにいる無精髭の四六歳とじかに目を合わせられない。阿部和重はどこを見ていいものやら決めかねて、アルファードのハンドルを見つめながらつづきを述べる。

「どんな場面だったかというと、さっきも言ったけどタンクにこれから入るぞってところで、専門スタッフのガイダンスを受けるとか、そんな感じの状況だったんです」

「まさに現実との区別がつかないようなシチュエーションですね」

「そうなんです。だからこれも、もしかしたらおれの記憶とか実感のほうがまちがってて、実際に見聞きしたことを、タンクのなかで見た夢だと思いこんじゃってる可能性もあるのかなって気がしないでもなくて――」

「さっきの深沢さんの話みたいに？」

「ええ」

「それでオビーは、阿部さんになにか言ってきたんですか？」

「そうそれ、おれが話したかったのはそこなんですよ」

「オビーはなんと？」

「彼女が言っていたのはラリーさんのことなんですけどね」

それはそうだろうというふうにラリーは無言でうなずいてみせた。

「あ、でも、それより先にビデオを見せられたんだった、オビーさんから話しかけられる前に」

「ビデオ？」

「そう、スマホのカメラで撮ったような短いやつ」

「それははしょっていいので、オビーがなんと言ったのかを教えてください」

「でもラリーさんが映ってるビデオですよ」

「わたしが映っている？」

「ええ」

「ビデオに？」

「うん。なに見せられたのか完全に思いだしましたよ。ほら、あの日のことなんです、ラリーさんがはじめておれんちにきた夜。うちへ逃げこむ直前に爆弾トラップで死にかけたってことになってたけど、ほんとうはそうじゃなかったんでしょ。エミリーさんやジミーさんみたいに、ラリーさんも秘術であやつられて自分自身で腹を斬っちゃったと。そのハラキリの一部始終を撮影したビデオだったんですよ」

二秒ほどの間が空く。いくらか混乱したのか、ラリーはこう確認してきた。

「夢の話ですよね？」

「はい、おれはそう思ってますけど」

「だからそれは、阿部さん自身の記憶や意識がまぜこぜになってあらわれた、一種の空想ではないですか？」

「まあ夢だから、そういうことになんのかな」

「ＯＫ。ならばその夢のなかで、オビーは阿部さんになんと？」

「彼女はおれにこう言いました」脳裏で再現されたオブシディアンの発言をなぞり、阿部和重は一言一句そのままラリーにとりついだ。『おわかりいただけましたか？　あなたは彼にだまされているんです。最初から彼はこちら側の人間なんですよ』と。しかしこれも夢だからさ、はいそれでおしまいって話ではあるんだけど、でもなあ、全部おれ自身の記憶や意識の反映なんだってとらえると、またなんかしっくりこなくなるんだよね」

ラリー・タイテルバウムからの応答はない。横目でそちらを見やると、口を半開きにして絶句している様子だが、次に目もとを注目してみると印象が変わった。まっすぐにある一点へそそがれている視線には明確に力がこもっていて、迷いがない。なんだろうといぶかり彼が見ている方向へ目をやってみると、阿部和重は思わず「あ」と声をもらしてしまう。シトロエン・Ｃ４の運転席と助手席にすでにひとが乗りこんでいて、今にも走りだしそうな気配を漂わせていたからだ。エミリーからの連絡はなかったから、旅館の裏口を通ってふたりは駐車場に出てきたのかもしれない。

はっとなった阿部和重は、あわててアルファードのエンジンをかけようとして助手席からすかさず「Ｎｏ」と怒鳴られてしまった。すると重ねてはっとなり、あやうくこの張りこみをみずから敵にばらしてしまうところだったと肝を冷やし、反省しきりとなってシートに体を沈めて顔を隠した。

こんなことでは今回も足をひっぱりかねないからとにかく冷静にならねばならぬ。ビデオゲームでもやるような心持ちで対処しつつ、勝手な真似はひかえるのだ。ラリーは平然たる面持ちでエミリーに電話をかけて現状を伝え、駐車場の出入口をインサイトでふさいでしまおうと持ちかけている。インパネ時計を確認してみると、現在時刻は午前九時九分だとわかった。

エミリーがどう返事したのかはさだかでないが、出入口をふさぐ作戦は間に合わなかった。発車したシトロエンはとどこおりなく駐車場を出ていってしまったからだ。それを見きわめた時点でアルファードのエンジンを始動させることは許されたが、出発はしばし待つようラリーに命じられた――ただちに追いかけてゆけば相手に察知されかねず、加えてiPhone 5のみならず、リアルタイムＧＰＳ発信器からも位置情報を取得できるので多少の距離をひきはなされても追いつくことはむつかしくないためだ。

「ＯＫ、行きましょう」

その声を耳にしたはずみにアドレナリンがふたたびどばっと追加されたようだ。アクセルを思いきり踏んでしまい、間一髪で別の車に正面衝突するところだったから気負いすぎていたのは明らかだ。「阿部さん、エミリーも追っていますし、見うしなう心配はありませんのでおちついてください」と隣からなだめられ、うんとうなずいた阿部和重はすうはあといっぺん深呼吸してみた。そしていったんバックさせたアルファードをあらためて発進させ、老舗温泉旅館の専用駐車場をあとにした。

「シトロエンはそんなに飛ばしてはいないようですから、エミリーの尾行もきっと気づかれてはいません。県道一二〇号線との交差点を先ほど通りすぎたので、おそらくこのまま直進していって国道一一三号線に入るつもりでしょう」

助手席のラリーが、リアルタイムGPS発信器の位置情報をNexus 5の追跡アプリでチェックしながらナビゲーションしてくれるから、ただアルファードの運転のみに集中できるのは四五歳のペーパードライバーにとっては大助かりだ。そうこうするうち、ビデオゲームにカーチェイスといえば十数年も昔ドリキャスの『首都高バトル』で全クリしたっけなあ、などと思いだす程度に心のゆとりもできてきた阿部和重は、日常を逸脱しきったこの追跡劇のシチュエーションそのものにエキサイトし、免許とりたての一八歳みたいに気持ちをはずませてしまっていた。

「あれがエミリーのインサイトです、追いつきましたね」

追跡劇を展開している三台は今、シトロエン、インサイト、アルファードの順で国道一一三号線を南下し、県道三〇三号線との交差点に差しかかったところだ。前走車との車間距離をかなり空けてエミリーはインサイトを走らせているから、途中で車線変更した無関係な一般車両がそこへ割りこんできたが、当の車はさらに一キロメートルほど進んだ地点にある東根市蟹沢交差点で左折していったのですぐにまた三台の縦列走行にもどった。

ラリーが言うとおり、シトロエンにはたしかに急いでいる様子はなく、時速六、七〇キロくらいのスピードで南方へひた走っている。三上俊らが安全運転につとめる理由を推測すれば、思いつく答えはいくつか出てくるが、核爆弾を運送するための用心が最もありうる動機のひとつかと考えるとハンドルが汗でぬるぬるしてくる。神町特別自治市まであと五〇〇メートルという案内標識が近づいてきた。

「菖蒲リゾートに帰るっぽいなこれ、ちがいますかね?」

「なんとも言えませんが、いずれにしても街のどまんなかに入る前にかたをつけたほうがいいですね」

そう言うと、ラリーはNexus 5を耳にあてた。エミリーに電話をかけたのだ。車窓の風景は縦列走行する三台が神町に足を踏みいれたことを告げており、国道一三号線と平行して間近にひろがる山形空港滑走路の敷地が右手の建物の合間からちらちら見えている。区画整理と再開発工事の途上にある新都だけに、市境を越えて五〇〇メートルも進んでゆくとまわりに急に建設車両やら作業車両やらが増えたみたいに感じられる。

走れば走るほど、周囲はどんどん見なれた景色になってきて、いつの間にかPEACHまでの距離も残り一キロメートルを切っていることがわかった。しかしこの流れだとほんとうに、シトロエンは菖蒲リゾートへ向かっているのかもしれないから、ここでなにか手を打たないと最大かつ最後のチャンスを活かせずに逃げきられてしまうのではないか。

「それでラリーさん、どうするか決まりました?」

通話を終えたラリーはこう即答した。

「決まりました、一分後にシトロエンを停めさせます」

それはいたって単純なやり方だった。

三台は目下、片側二車線である国道一三号線の走行車線を法定速度をやや超えるスピードで走っているところだが、エミリーの運転するインサイトが加速して追い越し車線へと移り、シトロエンを追いぬいてゆくもじゅうぶんな車間距離をとらぬうちに車線変更を再度おこなって急減速し、とどめに急ブレーキを踏んでわざと車両後部に衝突させるのだ。

そのアクシデントが、あたかも下手くそで不注意なドライバーによる不手際であるかのようによそおう操作で車を動かしつつ、エミリー・ウォーレンは見事なめらかにこつんとぶつかる程度の偽装追突事故を成功させた。CIAではこういうシチュエーションの教習も受けるのかとつい訊きたくなるくらいの無駄のない妙技だった。

警察との余計な関わりあいを嫌い、三上俊らはあえて当て逃げの道を選択してしまうのではないかとも思われたが、そうはならなかった。インサイトの減速にあわせてシトロエンも素直にスピードをゆるめてゆき、五、六〇メートルほど進んだ地点の左方に見える神町西五丁目公園の駐車場へ二台そろって入っていった。こんな間の抜けた事故はどう転んでも自分たちに分があると男ふたりして高をくっているのかもしれない。

他方、七、八〇メートル遅れてアルファードを走らせている阿部和重はラリーに対し、「あそこをゴールにするってはじめから決めてたの？」と訊かずにはいられなかった。なぜならこのカーチェイスのたどり着いた先は、ＰＥＡＣＨの南隣にあって映記がたくさんの犬を呼びよせたあのおおきな公園の駐車場だったからだ。「いえ偶然です。彼らが確実にここを通るなんてわかりっこありませんよ」というのが助手席からの返答だった。

平日の午前中ゆえか、神町西五丁目公園の駐車場には片手でかぞえられる台数の車しか見うけられない。逃げ道をなくすために、出入口を封鎖するよう車体を横むきにしてアルファードを停めエンジンを切った阿部和重は、即刻ラリーにつづいて車外へ出ていった。

駆けつけるべき先は敷地中央のあたりだ。そこにはお尻がへこんだ日本車とお顔がつぶれたフランス車が二、三メートルの間隔を空けてならんで停車していて、そのかたわらでは三人の男女が向かいあって口論を演じている。興奮がおさまらず、心ばかりが一八歳へと回帰した四五歳の男はドニ・ラヴァンのごとく全力で疾走し、前を行くヴィン・ディーゼルに見えないこともない四六歳の巨漢をも抜きさってしまった。

駆け足で迫りくる男たちに三人が気づいたのはほぼ同時らしかった。しかし反応にはばらつきがある。先頭に躍りでて必死に駆けてくる中年男の容貌を目にし、それがだれだか思いあたったという態度をまっさきにとったのは三上俊ではなく、デニム・オン・デニムの若い相棒のほうだった。途端にこれは面倒くさいことになったぞという顔つきになり、隣のミリタリールックになにやら耳うちしている様子がうかがえる。あれは一昨夜に菖蒲リゾートの駐車場で痛めつけてやったやつじゃないかとでも教えてやっているのだろう。

「嘘だろあいつかよ、くそみてえにしつけえやつだな気色わりい」

あと一〇メートルほどの距離まで迫ったところで三上俊からそんな言葉でむかえられたが、ひるまず突進をつづけた。いささか血気にかられすぎているかもしれぬと阿部和重は自覚していたが、今さらどうにもならない。張りこみ中よりアドレナリンが出っぱなしなのだから、このおれを押しとどめられるものなどもはやなにもありはしないのだ——かように勢いづいて至近距離へと駆けこんだ素人工作員は、「携帯かえせおらあ」などと怒声を発しつつ、アムール虎にでも化したつもりでM－65フィールドジャケットの胸もとにつかみかかろうとした。

だがその拍子に、息がとまるような重い痛みを腹部に感じてがくっとうずくまってしまう。隣にいたジーパン刑事よりまたしても、みぞおちめがけて思いきりつまさき蹴りをぶちこまれてしまったためだ。前回とおなじ目に遭わされるとは反省がまるで活かされていない。苦しみのなかでつくづくそう思い知らされ、四五歳七ヵ月による一八歳への回帰はあえなく幕を閉じる。

しかし幸い、一昨夜とは異なり今朝の阿部和重はひとりではない。そこから事態はまたたく間に展開した。つまさき蹴りの使い手は、うずくまった男への二発目としてうえから踏みつけてやろうと片足をあげたらしい。するとその矢先、背後から軸足をさっと足ばらいされて盛大にすっ転び、逆に自分自身が背中をどすんと踏んづけられることになったのだ。

ほんものの若造もびたーんと倒れこみ、呼吸困難みたいになって呻き声をあげている。まるまってしゃがみこんでいた小説家は、なにごとかと驚くも確信に近い予感を抱いて横目でちらりと見あげてみる。すると地べたに這いつくばった男を足蹴にして見くだすエミリーの冷酷なまなざしに行きあたり、やはりと思って彼女に無言の感謝をささげつつ気持ちを立てなおす。

今回は嘔吐せずに済んだものの、カウンターの一撃を浴びて結構な痛苦のダメージをこうむりはした四五歳は呼吸をととのえる。そうして大気中の酸素を中年の身体にゆきわたらせた阿部和重は、次なる局面にそなえるためゆっくりと立ちあがった。

その間、三上俊が声もあげずに身動きせずにいたのはラリーがとった威嚇行為の成果だった。バカでかいずうたいをした髭面の欧米人が、あまたの死地をくぐり抜けてきた眼光をぎろりと照射し一直線ににらみつけているのだから、ただでさえそうとうな威圧感が放たれていたにちがいない。加えてそれに輪をかけて、反攻を封じこんでいたのが、テーザー銃というワイヤー針を標的に撃ちこんで電気ショックをあたえるタイプのスタンガンだった。

トリガーに指がかかったテーザー銃の銃口を向けられ、三上俊は意外なほど露骨に取り乱しているように見えた。正体のわからぬ巨漢の白人が敵意を示し、真正面でいきなり飛び道具をかまえたわけだから、平静でいられないのは当然かもしれない。だがそれでも違和感は残る。テロを計画し組織犯罪に関与する危険分子というもとよりの人物像と、攻撃性のかけらも漂わせず直立不動でばんざいし降伏の意志をあらわにしている眼前の姿がどうにも嚙みあわないからだ。

とはいえ、相手は北朝鮮がらみの破壊工作員とCIAに見なされているくらいの男なのだから、ひと芝居うって形勢を逆転させるなどお手のものなのではないのか。突きつけられているのが電撃銃ではなく、火薬やガスで弾丸を発射するほうの殺傷力の高いハンドガンかもしれぬと警戒し、どちらか見きわめるべく守勢にまわって様子見にとどまっている可能性だって決して低くはないはずだ。そんなふうに思案をめぐらせて、阿部和重は少々の距離をとりつつなりゆきを静観することにした。

ラリー・タイテルバウムがテーザー銃で威嚇し、エミリー・ウォーレンがうつぶせに横たわらせたふたりの男たちに対しすばやくボディーサーチをおこない、さらにひとりずつうしろ手に固定して手首と足首をプラスチックカフで縛りあげた。ボディーサーチでは特にめぼしいものは出てこなかったが、M－65フィールドジャケットのポケットからとりだしたiPhone 5をエミリーは「ほら」とひと声かけて放ってくれたので、三六、七時間ぶりに阿部和重の手もとへ愛機がもどってきた。

ここまでの経過を見れば、蹴りをいっぱつ食らった以外は万事とどこおりなく進んでいるが、しかしまだ、それが好調のあかしと言えるのかどうかはわからない。三上俊も若い相棒も、不気味なくらいに呆気なく拘束されておとなしくなってしまったが、だからこそこのふたり組はなんらかのはかりごとを秘めているとしか思えないところもある。映画のごとく車がとつぜん爆発するような罠でも仕かけられていなければいいがと素人工作員は不安をつのらせた。

テーザー銃を阿部和重にあずけると、ラリー・タイテルバウムはシトロエン・C4のバックドアを開け、トランクに寝かせてあった黒塗り金属ボディーの特大スーツケースを慎重にアスファルトの地面へ降ろした。その最中、スーツケースをかかえっぱなしで不意に動きをとめ、なにやら考えこんでいるふうな面持ちとなったラリーをエミリーがいぶかしむように見つめ、即座に「なんなの？」と訊いたが彼は「いいや」としか答えなかった。

次に阿部和重が、別のスーツケースとすりかわっていないかをたしかめた。菖蒲リゾートのエレベーター内で見かけた際と同様、トップハンドルの左横に薄よごれたリトル・グリーン・メンのステッカーが貼ってあるからこれはおなじものだとひと目でわかる。

ＯＫだと目くばせして後方へひっこむと、エミリー・ウォーレンがすでに起動させていたガイガーカウンターを手にしてスーツケースの脇に立ち、ただちに放射線量の計測にとりかかった。隣でそれを見まもるラリーはなおも思いめぐらしている表情だが、ここでも脳裏にあるものを言葉に出すつもりもなさそうだ。

携帯ゲーム機で遊んでいる子どもたちみたいに頭を寄せあっているＣＩＡの男女は、その状態でSOEKS-01M（2.0L-JP）のカラー液晶画面をしばらく凝視していた。十数秒の沈黙を経て、ともに測定結果を認めたらしく顔をあげたふたりは、鏡像と対面するかのようにおたがいに目を合わせ、おしまいに軽くうなずいてみせた。

その様子から、問題のスーツケースより検出された線量は「ロシア連邦放射線安全規定」によるところの「危険」判定だったことが日本人協力者にもうかがえた。念のため、自分の目でも結果を見ておこうと考え、テーザー銃をラリーにかえしがてらそばへ近よっていって首を伸ばし、線量測定器の表示画面をのぞいてみると、予想を裏切らぬまっ赤な色がはっきりと視界に飛びこんできた。

かくして、菖蒲リゾートのエレベーター内で示された測定値はたまたまはじきだされた数字なんかじゃなかったのだと理解した阿部和重は、自分自身のヘマがひとつ減ったような気がしてほっとしてしまった。それはだが、たちまち強い緊張感へと変質してしまう。高線量の値が出たということは、目の前にあるこいつは正真正銘のスーツケース型核爆弾なのかと頭をよぎり、いつ爆発してもおかしくはないのだと思いあたってしまったからだった。

「これの中身はなに？」

首根っこをラリーがつかんでスーツケースの前に立たせた三上俊に対し、エミリーがそう問いただした。

この状況での形勢逆転は無理だと踏んで徹底的にしらを切る魂胆なのかどうなのか、北朝鮮がらみの破壊工作員と目されている男は「え、え」などと弱々しい声音を発して戸惑ってみせるばかりであり、さらにくりかえし「中身はなに？」と問われつづけても「え、え」としか口にせず、毛ほども本性をあらわしそうにない。あまりに無抵抗に相手のなすがままとなっているため、まさか武装した仲間が近くで待機しているのではあるまいなと阿部和重は懸念し、おもむろに周囲を見まわしてみるがあやしい動きはどこにも見てとれない。

「答えなさい、これの中身よ、知ってるんでしょ？」

エミリーのその問いにあわせて、ラリーがテーザー銃を後頭部にぎゅうっと押しつけてやると、三上俊は泣きだしそうに目もと口もとをゆがめながら「うひい」などと漫画じみた悲鳴までもらしてうんうんうなずいてみせた。やっと「え、え」から前進し、知っているよと答えたつもりなのだろうが、さすがにこれはどうなんだと首をかしげずにはいられない。

こうもわざとらしい熱演を見せるのは、戦局をひっくりかえす秘策を隠し持っていることの裏づけかもしれぬとはいえ、じつはまったくそんなんじゃなく、単にこちらのうがちすぎなのかもという気もしないではない。さしあたり残されているミッションは、スーツケースの実態解明としかるべき処分のみという段階に入った今、爆発のおそれにはらはらしつつもなかば野次馬と変わらぬ立場で傍観している素人は、ふとした疑念に襲われてだんだんなにがなんだかわからなくなってくる。ＣＩＡのふたりも妙なものを感じているのか、たびたび顔を見あわせてアイコンタクトをとっている。

「中身はなに？　これの中身はなんなの？」

三上俊は相変わらず、「ああ」だの「うう」だのと赤ちゃんみたいに意味のない声を発するばかりだ。

「知ってるのに答えないわけ？　ねえどうなの？　それならそろそろ訊くだけじゃ済まなくなるけど覚悟はできてる？」

子犬のごとくすっかり怖じ気づいてうつむいてしまっている三上俊は、何度たずねられてもただ「ううう」と呻きつづけるので精いっぱいらしい。しぼりつくした雑巾みたいなありさまで、とてもじゃないが芝居には見えなくなってきた。困惑している傍観者のほうも徐々に、尋問を受けている男の恐怖心に感染しだして胃が痛くなってくる。

「訊くのはこれが最後よ、このスーツケースに入ってるものはなんなの？」

耳もとでエミリーが「答えなさい」と大声を張りあげ、こめかみにラリーがテーザー銃をぐりぐりとねじこむようにして脅しつけると、三上俊はもうこれ以上は耐えられないという面持ちをさらして「開けますよ開けます、開けますから、てゆうか、それロックかかってませんから中身でもなんでもどうぞ好きに見てください」などとひと息にまくしたてた。

え、ロックかかってないのかよ、と思った拍子に阿部和重ははっとなった。そうもたやすく中身を確認できる状態にあるということは、こちらにスーツケースを開けさせるのが連中の真のねらいではないのかと直感したためだ。

これは要するに、スーツケースをぱかっとやった瞬間にどっかーんといってしまう筋書なのではあるまいか。すなわち連中は、もとから自爆テロを起こす算段だったのではないか。だったらこんなところで開けちゃ駄目なんじゃないか。公園でおさない子たちが遊んでいる時間帯だし犬の散歩にきている近隣住民らも少なくなかろうし、すぐそこの建物にはうちの息子だっているのだ。せめてもっとひとがいそうにない場所へ移動しなけりゃなるまいが、だれもそのことに意識が向いていない様子だぞこいつはまずい。

かように頭を高速フル回転させて、傍観者だった男は制止を試みるべく「ノーノーノーノー」と早口で投げかける。しかしそれが耳にとどいていたのかどうなのか、ラリー・タイテルバウムはなんらかの思わくでもあるみたいにみじんも躊躇するそぶりを見せず、核爆弾かもしれないスーツケースの開口に着手してしまう。

「Fuck!!!」

がちゃっと金属音が響くや阿部和重は反射的にしゃがみこんで目を閉じてしまった。だがその直後、聞こえてきたのは爆発音ではなく短気なアメリカ人の怒鳴り声だったので瞼を開け、とっさにそちらを見やった。

するとラリーが禿げ頭のてっぺんに片手をのせて口をぽかんとさせ、金融破綻で全財産が吹っとんだ個人投資家みたいな顔で途方に暮れてしまっている。隣に視線を移せばエミリーが腰に左手をあてて立ちつくし、右手で髪をかきあげて凍りついたようになってうなだれている。彼女の足もとには、さっき役目を果たしたばかりのガイガーカウンターが使い捨てられた不要品のごとく転がっていて、さらにその奥には、力なくへたりこんでわなわなと身をふるわせている三上俊の姿も見える。核爆弾の起爆スイッチが入らなかったのは幸いだが、それにしてもこれはいったいどういうことなのか。

どういうことかは開けはなたれたスーツケースの中身をじかに目にして明らかとなった。そこには爆薬でまんべんなく覆われた球形プルトニウムなどというものは存在していない。からみあう配線と回路基板の織りなす時限式発火装置の類いも見あたらない。複雑なメカニズムはおろか機械部品じたいが一個たりともふくまれておらず、エンジニアによる高度な職人芸の痕跡を見いだすこともできない。

ガイガーカウンターの測定結果にあやまりがないのなら、内容物としておさまっていたのはたしかに放射性物質なのだろうが、そうだとしても都市を一瞬で壊滅しうるような代物では到底なく、広域環境汚染をひきおこす汚い爆弾《ダーティーボム》に利用されているわけでもないことは確定した。それがラ、ベ、ル、の、表、記、ど、お、り、のものなのだとすれば、スーツケースのなかにつめこまれていたのは健康商品として販売用にパッケージされた、ラジウムのかたまりだったのだ。

見ると、一五センチ四方くらいの白い木製容器と広告チラシの束が、開ききったスーツケースの口から飛びだして大量に地面へ散らばっていた。木製容器の蓋には「高純度ラジウム鉱石」と印字されたラベルが貼られていて、チラシのほうには「ラドン温泉」とか「放射線ホルミシス温浴」などといった売り文句がいかにもあたたかみを感じさせるほかほかした書体ででかでかと記されていた。

また、白箱だらけのなかにまぎれこむようにして色やサイズや材質のちがっている容器もいくつか見うけられた。そのうちの、ふたつある赤い容器には黒字で「ラジウム226」と手書きされている——混ざり物なしの実物だとすれば、ガイガーカウンターが「危険」と判定をくだしたのはきっとこいつのせいなのだろう。緑色の蓋で閉じられた容器にはラベルも表記もないが、うつわじたいはプラスチックのクリアケースなのでそこに乾燥大麻がたんまりつまっているのは一目瞭然だった——それにより、深沢貴敏がだれからあのシンセミアを入手したのかがわかった気がした。

核爆弾テロはどうやら起こりそうにない。少なくとも今は、その危険性はひとまずぐっと低下したと見ていいのだろう。当の事実を素直によろこぶべきシチュエーションかもしれぬが、かといって、危機の芽はいっさいとりのぞかれたと断定できる状況ではない。そればかりか、むしろこの結果によって自分たちはたどるべき道筋を見うしない、菖蒲家をめぐる一連の調査は宙ぶらりんとなり、核危機回避の工作はついに完全な手づまりに陥ってしまったと言っても過言ではない。

心が迷子になってしまったようで判断が先に進まない。見こみちがいもはなはだしい真相に直面し、狐につままれたみたいな心地としか言いようがない事態だ。残念ながらこれはイリュージョン・マジックでもなければどっきりカメラでもありはしない。すべてはれっきとした現実のひとコマだが、この一ヵ月半の経験がまるごとデッドストックと化したかのごとく思えて腰くだけになり、ラリーやエミリー同様、阿部和重もしばし立ちあがれなくなってしまった。

だれもが押し黙るなか、永遠につづいてゆきそうな茫然自失の重く沈んだ空気をからかうみたいに、ブーンという機械音が上空から聞こえてきた。見たくもないのに音に釣られて天をあおぐと、ちょうど頭上を何機ものドローンがいっせいに飛びさってゆくのが目に入った。

今日もこの街のどこかで川上班の映画撮影が快調におこなわれているのだなと阿部和重は推しはかり、妻とそのチームがふだん通りの世界を生きていることにわずかながらも安堵をおぼえた。マルチコプターの群れは公園の奥へと消えていったから、もしかしたら園内の屋外カフェでロケ撮影が実施されているのかもしれないと想像すると、映記がばったり母親と再会してしまうアクシデントが浮かんできた。案外そんなファミリー・ロマンスも悪くないんじゃないかと無責任に思ってしまうのも、どん底にたたき落とされたばかりで気が滅入っているからだろう。

ドローンの通過がこの場にいる全員に行動再開をうながす合図だったかのごとく、やがて今度はだれかのスマホの着信音と振動音がつつましげに響きだした。するとエミリーがはっとなってみずからのNexus 5を手にして電話に出て、早足でその場から遠ざかっていった。他方ラリーはけわしい顔でダンガリーシャツの胸ポケットからビクトリノックスのスモールポケットナイフをとりだすと、網にかかった害獣を仕方なく放してやるような態度でなにも言わずに三上俊と若い相棒の拘束を解いてやっていた。

解放されたふたり組は謝罪ももとめぬどころかクレームひとつ口にせず、とにかくここから一刻も早く立ちさりたいという様子でそそくさとおかたづけにとりかかり、地面に散らばってしまった品々を黙々とスーツケースのなかにもどしていった。襲撃者の正体がわからぬせいか、はたまた違法薬物の所持がうしろめたいためか、それとも法令で規制対象とされている放射性物質の取扱免状を持たずその使用許可を所轄機関にとどけでてすらいないからか、ことを荒だてたくない事情をなにか彼らがかかえているらしいのがありありと伝わってきた。

そんなふたりのあわてっぷりを、少し離れてぼうっと眺めているうちに、風で足もとに飛ばされてきたいちまいのチラシに気づいて阿部和重はひろいあげた。なにげなく記載内容をたしかめてみると、「天然温泉に放射線ホルミシス効果をプラスする業務用ラジウム鉱石を格安販売」なる一文が記された下に、両手いっぱいに石ころをのせてにっこり微笑む三上俊のポートレートが印刷されているのを発見し、なるほどなと納得してしまう。

北朝鮮がらみの破壊工作員と目されていた男の素顔は、あっちこっちの温泉宿にラジウムのかたまりを売りつけてまわり、ときには乾燥大麻の裏取引にも手を染めるいかがわしいセールスマンなのかもしれない。ラリーにもそれを見せてやると、黙したまま彼は首を横に振り、チラシじたいを右手でぎゅうっと握りつぶしてしまった。

「ラリー」

電話を終え、こちらに歩みよって小声で話しかけてきたエミリーの顔つきはいちだんときびしく、新たな落胆の色までうかがえた。これ以上がっかりさせられることがなにかほかにあるのかと、諜報界の素人はみるみる戦々恐々となってしまう。

「なんだ？」

「悪い知らせよ」

「ジミーからか？」

「そう」

「どんな？」

「菖蒲リゾートにいたアフマド・モフセンは別人だった」

「なんだって？」

「ほんものの、イラン情報省《MOIS》の非公然工作員は昨日、ブリュッセルでベルギーの捜査当局に拘束されたそうよ」

「ほんものはブリュッセル？　ならわれわれが見たあれはなんなんだ」

「ややこしいけど、あれもアフマド・モフセン。ただしイラン情報省《MOIS》とは無関係の、単なるよく似た別人で、ホテル用インテリアの輸入販売業者だって」

「バカな、冗談じゃない、ペルシアンカーペットの売りこみにでもきていたっていうのか」

「どうかしらね、案外そうだったのかも」

「エミリー」

「なに？」

「それはほんとうの話なのか？」

「ええ」

ラリー・タイテルバウムの顔から途端に力が失われてしまったが、エミリー・ウォーレンは詳細を補足してとどめを刺しにかかった。

「ブリュッセルの件が未明にわかって、それはおかしいとなってあらためて神町にいた男の写真を顔認識システムにかけて調べているうちに、アフマド・モフセンの名前で登録された、工作員ではないほうのFacebookアカウントが見つかったそうよ。支局の人間が今朝方に本人に連絡して確認をとって、勤め先にも問いあわせたからまちがいないって。自宅は目黒区にあって、日本人の妻とその両親、そして三人の子どもたちと一緒に暮らしてる輸入販売業者というのが彼の素性。仕事柄、海外渡航も頻繁てわけ」

ラリー・タイテルバウムは急に黙りこみ、ただ朽ちてゆくのを待っている忘れさられた彫像のごとくぴくりとも動かなくなった。彼個人のみならず、世界に流れる時間そのものがとまり、宇宙ぜんたいがこれっきり活動をやめてしまいそうな末期的おもむきすら醸している。

この二ヵ月あまりずっと探しもとめてきたスーツケースの中身が核爆弾ではなかったと判明した矢先の、駄目押しのように発覚した手いたいひとちがいであり、はかりしれないショックを受けているのだろうと痛切に感じられてくる。かたわらにいるエミリーも、彼女の同僚と同等の失意と動揺を味わっているにちがいなく、ふたりに協力してきた自分だってそれと同様の心境なのだと思い、阿部和重はぎりっと奥歯を噛みしめた。

だしぬけに、パパッ、パー、などとクラクションの音が響いた。国道一三号線から神町西五丁目公園の駐車場へ入ってこようとしている一台のセダンが、出入口をふさいでいるミニバンをどかせと言ってきているのだ。車なんか乗る気分じゃないしもうちょい感傷にひたらせてほしいところだが、ほったらかしておくわけにもゆくまい。

仕方がないとあきらめ、はあと溜息をついてからのろのろと歩きだすと、ほどなく自分をすたすた追いぬいてゆく者がいて阿部和重はびっくりさせられた。つい今しがたまで絶望の淵にいたはずのそのおおきな背中が、ひとあし先にアルファードの運転席へ向かっているのを見てしまうと、いっぺん立ちどまって「マジか」とつぶやかざるをえなかった。

「阿部さん、鍵をください」

運転席のドアに手をかけてじっとしているラリーが、こちらには目もくれずにそう要求してきた。なぜ自分で運転する気なのだとか、どこへ行くつもりなのかとか、やけっぱちになってるんじゃあるまいなとか、質問があれこれ浮かんだが、やむにやまれぬ動機に衝き動かされているのだろうと察してやり、阿部和重はなにも言わずにアルファードの鍵を渡してやった。

助手席に阿部和重が座ってもラリーは特に表情を変えず、無言でアクセルを踏みつつハンドルをまわした。出入口の手前で停車しているセダンを先に駐車場へ入れてやってから、アルファードを国道一三号線に出し、三〇〇メートルほど走って最初の交差点を左に折れた。左手に神町西五丁目公園やＰＥＡＣＨの建物が見えるこの片側一車線道路をまた三〇〇メートルほどまっすぐ行けば、県道一八四号線とまじわることはふたりとも承知している。そこで右折を選び、約七〇〇メートル先の交差点で左折すれば、車は若木山方面を目ざすことになる。若木山のふもとにはなにがあり、それをいとなむのがどんな一家であるのかも、言うまでもなくふたりともじゅうぶんすぎるくらいに知りぬいている。

ラリー・タイテルバウムがトヨタ・アルファードを停めたのは若木一条通りの道端だった。通りの反対側に目をやると、道沿いに白い石づくりの門塀がかまえられていて、その奥につづくアプローチの先には客室数五〇室地下一階地上三階建て全室スイートルームの低層高級ホテルとPR動画で紹介されている白亜のコロニアル風建築物が見えている。つまりは敵の本拠地だが、こうなったら四の五の言っていられない。昨日からくも脱けだしてきたばかりの菖蒲リゾートに、まさか今日も訪れることになるとは思いもしなかったが、ラリーはみずから乗りこむ気まんまんのようだから、ついてきてしまった以上はお供せざるをえまい。そう腹をくくり、苦笑いしつつも阿部和重はシートベルトをはずして助手席のドアを開きかけた。

「阿部さん」

半身をひねって運転席へ顔を向けると、ラリーが身を乗りだすようにしてこちらをのぞきこんでいた。即座に「なに?」と反応すると、おもむろながら重々しい詰問調で彼はこう問いかけてきた。

「夢のなかでオビーに話しかけられたのは、ひょっとしたら実体験だったのかもしれないと阿部さんはおっしゃっていましたよね。阿部さん自身が夢と現実をとりちがえている可能性もあると。それについて、今はどう思います？　実際のところは、夢と現実のどちらだったんでしょうか？」

あらたまってなにかと思えばそのことか。温泉宿の駐車場で張りこみ中にしゃべったことだが、訊かれるまで頭から消えかけていたような事柄だけに、もはやおぼろげな実感しか残っておらず正確な事実を呼びおこせる自信がない。阿部和重は「うーん」となって首をかしげ、うやむやにしてやりすごす態勢に入ったが、たれ目がつり目になるほど力みながらラリーがこちらに見いってくるため無回答でごまかすのは無理だと悟る。

「どうでしょうか？　思いだせましたか？」

「いやあ、どうだったっけなあ——」出まかせをならべるわけにもゆかず、やましい隠しごとがあるわけでもないのに焦心にかられ、脇の下から汗がぽたぽたたれ落ちてくる。

「現実よりもクリアだったりする夢を長々と見ちゃってたんで、実体験の記憶と区別するのがむつかしいんだよね」

「それなら、しっくりこなくなるとおっしゃっていたことについてはどうです？　その違和感については——」

そう問われて、途端にああそうだったと脳裏にぱっと明かりが灯る。おぼろげだった実感が次第によみがえってきて、ひとつらなりの記憶に各経験ごとのくぎりがとんときざまれ、おさまるべき時系列のフォルダーに順序だって収納されてゆくような感覚を抱く。答えはもうすぐ見えそうだ。

「阿部さんはたしか、夢のなかの出来事がすべて自分自身の記憶や意識の反映だとするとしっくりこなくなると――」

「わかりました、ラリーさん、わかりましたよ」

「思いだせたということですか？」

「はいはい、思いだしました」

「ではどっちです？」

「あれは夢じゃないですね」

「夢ではない？」

「そう、夢ではありません、現実です。深沢が出てきた夢とごっちゃになってましたが、オビーさんと会った場面の記憶は現実だったからしっくりこなかったんです」

「ということはつまり――」

「彼女は実際に、スペシャルヒーリング・エリアでおれに話しかけていたんです」

「オビーはわたしのことを話していた？」

「ええ、『最初から彼はこちら側の人間なんですよ』とおれに教えてきて、それとラリーさんのビデオを――」

言いながら不意に、え、あれっと動転し、したたかな混乱をおぼえてしまう。このときはじめて浮上してきたひとつの疑いが、思いのほか深刻な事実を物語っていると気づいてしまった阿部和重は背筋が寒くなり、ただ絶句するしかない。

ラリー・タイテルバウムもそのことを重々に理解しているらしく、あえて二の句をつがず、血走ったまなこのみでみずからの胸のうちを助手席へ伝えようとしているふうに見える。ふたりで見つめあったまま押し黙り、五、六秒がすぎたところでラリーがやにわに体の向きを変え、Nexus 5を耳にあてた。だれかに電話をかけたようだが、通話先はだいたい想像がついた。

「わたしは今、ホテルの前にいるんだが、少し外に出て、ふたりで話さないか」

その申しいれは受けいれられたらしい。ひとこと述べただけで通話を切ると、はあと短く息を吐きだしたラリーは、ただちに車外へ出ていって道端に立ち、電話の相手があらわれるのを待ちはじめたからだ。

この場合、自分も一緒に外で待機するべきかどうか阿部和重は迷ってしまう。同行したからには最後までお供すると腹をくくったはずだったが、これはそうも言っていられなくなった。浅からぬ因縁を持つふたりのあいだに立ちいるのもためらわれるが、そんなこと以上に、今しがた浮上したばかりの疑惑が裏づけられてしまう瞬間に立ちあうのがおそろしいのだ。

待ちびとはほどなくしてやってきた。オブシディアンはひとりきりでその場に姿を見せ、歩きながら笑みを浮かべているのが遠目にもわかった。白い門塀を背にして立ち、道をはさんでラリー・タイテルバウムと向かいあった彼女には臆する様子などまったく見うけられない。約二ヵ月ぶりに対面したふたりはさっそく会話をかわしだしたものの、内容が聞きとれないのは臆病にも、車内にとどまることを阿部和重が選んでしまったせいだ。

だからふたりがどんな話をしているのかはまるでさだかでないが、運転席のドアウインドー越しに展開されている愛憎劇の印象は明らかに、ラリーのほうが影が薄く儚げに映った。あの巨大なアメリカ人が、もろくかよわいちいさな存在のごとくに見てとれる。信じられない情景だが、それがいま目の前で起きている現実なのだ。

●

ふたりのやりとりが終わったことを知らせたのは、運転席のドアが開く音だった。声が車内にとどかぬぶん、悲観ばかりがふくらんで窓外を見ていられなくなった阿部和重は、途中から助手席シートにもたれかかってうなだれていたため後半の対決を見のがしている。青ざめきった顔色のラリーが無言で車内に乗りこんできて、シートベルトも締めずに車を発進させたから警告音がピーピー鳴ってうるさかった。走りさる間際のドアウインドー越しに、通りの反対側で立ちどまってこちらを見おくろうとしているオブシディアンの姿がちらちら見え隠れしていた。

沈黙のうちに車が走りだしたので阿部和重も黙っていた。一〇〇メートルちょい直進すると早々に左へ折れ、山すそに沿ったゆるやかな曲線道路を二〇〇メートルちょい進んだあたりでさらに左方に曲がってトヨタ・アルファードを若木山公園の駐車場へ入れると、ラリー・タイテルバウムはパーキングブレーキをかけた。あからさまに雑な停め方をしているから、長居はしないつもりだろう。シートベルト未着用の警告音が鳴りっぱなしなので、耳ざわりだしさすがにこのまま帰るわけにはゆかないと思ったのかもしれない。

「運転、かわろうか？」

シートベルトの装着は済ませたものの、ラリーはなかなかハンドルを握ろうとしなかった。背もたれにだらりと身をあずけ、フロントウインドーの向こう側へ視線をやったきりいっこうに次の動作へ移らず、物思いにふけっている。それゆえいろいろとひきずっているのだろうと見て、阿部和重は運転の交代を買ってでたのだが、かえってきたのは意外にも謝罪の言葉だった。

「阿部さんに、わたしはお詫びしなければならない、それがわかりました」

「え？」

「うまく言えませんが、わたしは多くのまちがいを犯していたようです。阿部さんと映記くんには特にご迷惑をかけてしまった。このごたごたに巻きこんでしまったことをわたしは謝罪したい。今はそんな気持ちなのですが、しかしその、正直いってこれは自分にとっても――」

ラリーはつづきの語句を発せられず、口が半開きの状態でかたまってしまっている。頭にあるフレーズとぴったり合う日本語を見つけられずにこまっているのかもしれない。

「青天の霹靂」だろうかと思い浮かべるとその矢先、「寝耳に水」のほうが聞こえてきた。

「そう、寝耳に水と言いますか、降って湧いたような話で、理性的に受けとめるのに苦労してしまいます。そのためどこをどう説明したらよいものかと、記憶を整理しながら考えてみているのですが――」

「ラリーさん」

「なんでしょう？」

「これは勘で言うことだから、はずれてたら気を悪くしないでほしいんだけど」

「どうぞ遠慮なく」

「オビーさんがホテルでおれに話した、『最初から彼はこちら側の人間』だってことがでたらめじゃないとするとね――」

「はい」

「ラリーさんの行動はずっと、アヤメメソッドの影響下にあったたってこと？」

「そのようですね、どうやら」

「自分で腹を斬ったときだけじゃなく、おれんちにいたあいだも、そのあと神町にもどってきてからも？」

「ええ、おそらく」

「でもさ、ずっとっつってても、四六時中あやつられてたわけじゃないんでしょ？」

「それはそうだろうとは思います。ですが、自覚がないことなので自分ではなんとも言えません」

「そんなことになっちゃったのって、いつからの話？」

「面と向かってオビーとしゃべってみて、彼女ははったりを投げているわけじゃないとわたしは確信しました。彼女が『最初から』と言っているのも、大袈裟な表現ではないのでしょう。そうすると一四年前、いえ、もっとさかのぼりますね。オビーと出会ったのは一九九七年の夏祭りの日ですから、その年の秋口にはわたしは秘術をかけられていたのではないかと——」

「ほんとうに？」予想をはるかに超えた真実が告げられそうで阿部和重は露骨に驚きを顔に出してしまう。「てことは、ラリーさんは、自分が内通者に仕たてあげたはずのひとから逆に何年間も利用されてきたってわけ？」

「その可能性が高いです」

「それってたとえば、菖蒲家が事業とかで不利益をこうむらないように便宜をはかったり、ＣＩＡがあつめた情報を流してやったりってこと？」

「その程度でおさまる話ではありません」

「ほかになにが？」

「連邦政府機関の人脈汚染は、わたしが原因だったのです」

「え、どういうこと？」

「わたしがアヤメメソッドを使って、菖蒲家の傀儡を次々に増やしていたのです」

「嘘でしょ」

助手席からふたたび露骨な驚き顔を向けてしまったが、ラリー・タイテルバウムは決して目を合わせようとせず、フロントウインドー越しに遠くの一点を見すえるばかりだった。その横顔は、怒りにふるえているようでもあり、とりかえしのつかない事実によりもたらされる自責の念や自罰感情に耐えているふうでもある。こんな場面でかけるべき言葉をついぞ考えたことがなかった小説家は、まばたきもせずにただ正面をにらんでいる相手に対し、「それほんとなの？」などとこわごわ訊くのがやっとだった。

「残念ながら、ほんとうの話です」

「それじゃああの、本部のサムってひとも――」

「わたしの仕わざでしょうね。それとたぶん、おとといの夜、ホテルに捜査が入ることを菖蒲家にリークしたのもこのわたしにちがいない」

「ああ、なるほど――」

これっきり会話がフェードアウトしそうなほど、ふたりとも声に力がなく、間が空いてしまう。しかしこのシチュエーションでしんと静まりきるのも苦しいので、阿部和重はおのれの頭が空っぽであることとじたいを口にするしかない。

「あの、おれちょっと、なに言っていいのかわかんないんだけど――」

「大丈夫、わたしもですから」

「これって彼女は、オビーさんは――」

「オビーはいつもと変わりません。憎らしいほど余裕の態度でした」

「堂々と開きなおってたってこと？」

「いえ、もとからなんのやましさもないという、鈍感なまでの自然体です。こちらがようやく真実を悟ったことに、かわいそうにとあわれみをかけてくる始末ですから、もはやわたしを敵と見なす必要すら彼女は感じていないのでしょう」

「それはきつい」

「自分だけはあやつられる心配はないと思いこんでしくじってしまうのは、自信家にはよくある傾向だから、あまり気に病むなと言って笑ってもいましたね」

「痛烈ですね」

「正直、図星を突かれたような気がしました。あれほどひどい幻覚を見せられていたのに、わたしは常に自由に行動できていると信じきって、自分自身への疑いなどこれっぽっちも持っていなかった。じつに愚かで、浅はかでした」

「つうかラリーさん、もしかして今も秘術にかかりっぱなしってことない？」

「さっきオビーに今すぐ術を解くよう要求してみたのですが、彼女はすでに解放したと」

「ほんとなの？　いつ？」

「わたしがいきなり電話をかけてきたので、自力で真実にたどり着いたのだろうと察して通話中に解除キーをささやいておいたというのですが、ほんとうかどうかはわかりません。この先もわたしをあやつるために出まかせをうわ塗りした可能性もあります」

「どっちなんだろうか、まいりましたね」

「わたしが疑ってかかると、どのみちあなたはじゅうぶん役割を果たしてくれたから用ずみなのだとオビーは言いきっていました。それも信憑性のある話ではありますが――」

「仮にまだ解放されてないのだとしたら、ラリーさんもアヤメメソッドでひとをあやつれるのかな」

「それは無理だと思います」

「あ、そうなの」

「わたしは言ってみれば、アメリカの政府機関にマルウェアをひそかに拡散させる、自覚症状のない感染メールみたいなものとして利用されたにすぎませんから」

「自分でも意識しないうちに秘術の使い手にさせられて、政府関係者にアヤメメソッドのウイルスを伝染させてたってこと？」

「オビーの話から推測すると、おそらくわたしは対話感染型の遠隔操作プログラムを意識下に埋めこまれていたのでしょう。それは秘術の使い手なんてものではなく、風邪をひいた人間が特定の対象者に会うたびにスイッチが入ってくしゃみを放ち、ウイルスをばらまくといったような仕かけだったのではないかと思います」

お役所でくしゃみしまくって感染拡大か、などと想像してみると、無自覚ながら彼がやってしまったことの顰蹙ぶりがいっそう鮮明に見えてくる。しかもそれは、服薬や静養によって回復する病ではなく、みずからの発症にも気づかぬままターゲットをねらい撃ちして感染者を増やしてゆくわけだからことは深刻かつ重大である。もしも自分のしでかしたあやまちだったらと考えるともう生きた心地がしない。こうなると、目前の当事者を思いやってやるのはごくあたりまえの人情であり、阿部和重はおのずとソフトな物言いになる。

「アヤメメソッドのビギナークラスとか、略式版の開発とかって話もありましたよね。自分自身じゃ使えない秘術ってことは、そういうのともちがうのか」

「オビーはこういう言い方をしていました。あなたには実験台になってもらったんだと」

「実験台か——」

『仮面ライダー』ふうに言えば改造人間だな、などと三歳児の父親はふと思ってしまうが、もちろんそんなことは口には出さない。それにショッカーならぬ菖蒲家が改造をほどこしたのは肉体ではなく精神のほうであり、ラリー・タイテルバウムの身のうえに起こった事態そのものは『仮面ライダー』よりも『影なき狙撃者』に酷似している。彼自身が「狙撃者」に仕たてられずに済んだのは不幸中の幸いだったのかもしれぬが、長年にわたり身内の政府職員を何人もダークサイドへ転落させていた事実は、国の安全保障政策をささえる中央情報局《CIA》の一員であり、愛国者のひとりでもある男にとっては痛恨のきわみにほかなるまい。

「実験台というのは、アヤメメソッドのビギナークラス開設や略式版の開発などにものちのちつながってゆくデータをとられていたのだろうとわたしは解釈しています。せめてそれらの情報に最初に触れたときでも、あるいは、即席爆発装置《IED》で殺されかける幻覚にだまされていたことがわかった際にでも、わたしは自分自身の過去を冷静に検証しなおしておくべきでした。今さらになって、しかもよりによってオビーに真相を明かされることになる前に――」

「そういうのって、身におぼえとかはいっさいないの？」

「実験台にされていたということのですか？」

「それだけじゃなく、あやつられていろいろやらされてたこととかもこみで」

「ありませんね」

「変だなって記憶なんかも一個も残ってない？」

ラリーは首を横に振りながらこう推しはかった。「記憶はプログラムの実行ごとに改竄されるよう仕くまれていたとしか思えません。アヤメメソッドの場合、現実と見わけがつかない幻覚で当事者の記憶をねつぞうできますから」

「ああそっか」

「もっとも、にせの記憶と実体験とのずれが生みだす違和感が、わたし個人のキャパシティーをオーバーするくらいたくさん積みかさなっていたら、自覚をえるきっかけもえられたのかもしれません。心的なストレス障害や自律神経の失調などを通じて、その発端を探るうちに発覚するとか、そんなかたちでね。しかしそれもなかったということは、わたしはまだ、精神が壊れるほどの段階には達していないのでしょう」

「でもそんなの、自分ひとりじゃどうにもならんよね、ふせぎようがないじゃないですか」

「いや、ふせぎようはあったはずなのです。これについては自分自身に落ち度があったと認めざるをえません。わたしには滑稽なまでの過信がありました。いちはやく菖蒲家の人間と接触し、内通者との深い関係を構築できたという無闇に強すぎる自負が、現実を見あやまるもとになっていた。菖蒲家の実態も動向も常に正確に把握しえているという怠惰な思いこみが、自分だけはどこまでもクリーンだとするあまりにのどかで闇雲なあなどりにつながっていたわけです。そのあげくにこのざまですから、われながらもう目もあてられません」

ラリーの口からこれほど真摯な反省の言葉を聞かされるのははじめてであり、その仕事ぶりを一ヵ月半いじょうにわたりかたわらで見てきた者にとってはまことに同情を禁じえない談話でもある。ゆえにいささか接し方にこまってしまった阿部和重はただ、なぐさめの決まり文句やつくり笑いの代わりに彼の肩にそっと手を添えた。それがなにより友だちらしいふるまいに思えたからだった。ラリー・タイテルバウムは瞼を閉ざし、ひと呼吸おいてからさらに反省の弁をつづけた。

「もっと言えば、わたしには彼女を支配しているという驕りがありました。経歴を調べあげ、甘言を弄し、ときには脅しをかけて情報提供者としてとりこんだひときわ美しい存在を、自分の言いなりに動かせるという思いあがった意識です。オビーは賢明にも、そこにつけいったのでしょうから、彼女のほうがいちまいもにまいも上手だったわけです。秘術の使い手は正規継承者のみであるとする、石川手記にも書かれていた一子相伝の伝統を真に受けすぎていたことも油断につながっていたのでしょうが、いずれにしてもわたしは彼女を大いに見くびっていた。最初からおたがいに相手をたぶらかすことをもくろんで距離を縮めつつ、だましあいを演じて優位の確保にいそしんでいたわけですが、それはわれわれの世界ではめずらしくもなんともない、きわめてありふれた現実の一面です。にもかかわらず、先にこちらが主導権をとったと早合点し、たちまちオビーへの警戒を解いてしまった自分自身に今さらながら愕然とします。プロのスパイとしてはありえない致命的なミスですし、わたしは自分がどうかしていたとしか思えません」

●

ＰＥＡＣＨにもどると、ラリー・タイテルバウムは車庫入れを阿部和重にまかせて車を降り、エミリーの待つ地下一階カジノバーのＶＩＰルームへと直行した。若木山公園の駐車場で話しあうあいだ、スマホに何度も着信があったことに気がついて急いで帰ってきたためだ。巨体を持てあましているかのように重い足どりでラリーはのそのそ駆けていった。自分こそが国家反逆罪に問われるべきトロイの木馬だったと知ってしまった直後だけに、そのうしろ姿には覇気のかけらも感じとれず、立ちなおるまでにはそうとうに時間がかかりそうに見えた。

かたや阿部和重は、車のエンジンを切った途端に激しい疲労に襲われてしまった。今朝は早かったとはいえ、半日でこれでは身が持たないのでひとまず三〇二号室のベッドにでも寝ころがるしかない。

そうは思ったものの、車外の空気に触れたところでにわかに気が変わった。午前中にくりひろげたカーチェイスの結果は二度と思いだしたくもないが、あのとき上空を飛んでいったドローンの編隊が頭をよぎり、ひと休みする前に神町西五丁目公園を少しばかり散歩してみたい気分になったのだ。運がよければ、仕事中の妻を見かけることができるかもしれないというのがいちばんの動機だった。

気温が摂氏二〇度ちかくある、快い春の陽気などと天気予報で伝えられるような快晴の昼どきということもあり、屋外テラスのカフェ・パークサイドは全席が埋まっている。餌代のかかりそうな大型犬をつれている身なりのいい女性客が目だつが、もとからの神町住民か移住組かは、当然ながら見た目のみで見わけられるものではない。

はみ出るほどおおきな葉物野菜とか分厚くスライスしたチーズやアボカドとかを、スモークチキンだかスモークサーモンだかローストビーフだかと重ねて岩みたいにごついパンではさんだ、いかにも食べにくそうなサンドイッチをみんな慣れた手つきできれいに食べているから、この近所に住む常連客が多いのだろうか、などとも想像してみるが、むろんこれも短絡の域を出ない。単にたまたま手さきが器用で顎の強いひとたちが一堂に会しただけなのかもしれぬのだから、結局は銘々に直接ぶつかり聴取してみなけりゃ事実なんてひとつもわかりっこないのだ。

かように思いめぐらしつつカフェの横を通過し、公園の奥へと向かったが、映画撮影がおこなわれている様子はどこにもなかった。すれちがうのは数人の愛犬家らばかりであり、そのなかにも見知った顔はない。それでも今、ここにきたのは正解だったと阿部和重は感じている。

神町西五丁目公園はぜんたいに緑ゆたかで複雑に入りくんだ設計になっている。児童遊具場や健康遊具場や芝生広場や花壇などがエリアごとに植えこみやウッドフェンスや樹木でかこわれながら間隔を空けて設けられており、見とおしが利きづらいつくりのため、場所によっては園路をぶらついていても他人と出くわすことはほとんどない。死角がありすぎるのは子づれにとってリスキーだから満点ではないにしても、開放感と静けさをかねそなえたおちつける環境だけにひとりきりになりたいときには打ってつけなのだった。

そうか、おれはひとりになりたかったのかと、はたと自覚をえる。ラリーほどではないにせよ、午前中の出来事のせいで自分も結構まいっているのだなと気づかされた四五歳七ヵ月は、迷路じみた園路の散策をつづけるうちにいつしか公園の最奥にやってきていた。ここがどんづまりらしい。

どんづまりにたどり着いたからといって都合よく、適した心のリセット方法だとかが用意されているわけではない。そんなものはどこにもありはしないが、しかし静穏にひとり身を置き、ノイジーな情報の渦からいっとき解放されたことじたいは中年の身体にとってただしい取り組みだったようだと悟る。今後どうなるのかなどまるで見当もつかないし、すべて宙ぶらりんになってしまってなす術もない状況だが、そういうときでもおかまいなしにおなかは減ってぐうと鳴り、意識がそちらへそれていったからだ。

こんなざまでも食欲はあるのかと思うと、四五歳七ヵ月の胃袋はゼロ歳児の泣哭みたいにさあおれを満たせと自己主張しだす。ぐうぐうぐうぐううるさいから、ただちにひきかえしてＰＥＡＣＨの冷蔵庫でも漁ってみることにする。不意にあの食べにくそうなサンドイッチが思い浮かんだが、あんなこじゃれたもん食えるかよと自分に言いきかせ、頭のなかから即座にそのイメージを振りはらった。

空腹に好奇心が勝り、帰り道は往路とは別のルートをたどってみると、カフェのほうには向かわず公園の東側にある正門広場に出てきてしまった。正門を抜けてすぐのところに見えている道は、一時間くらい前にラリー運転の車で通ったあの片側一車線道路だ。その沿道には、二件のひき逃げ人身事故の目撃情報を募る立て看板が個別に設置されているほかに、交通規制の案内板が立てかけられていて、四月二五日金曜日にアメリカ合衆国大統領一行の車列がこのあたりを通るため一時通行どめとなることが予告されている。たしか予定では、エアフォースワンが山形空港に到着するのは午前中のはずだ。つまりオバマ大統領の神町訪問まで、あと二四時間を切っているというわけだ。

従業員控室のドアを開けると、室内には映記と麻生未央と二匹のマルチーズの姿しかなかった。つけっぱなしの液晶テレビから『午後のロードショー』のオープニング曲が聞こえており、本日放送されるのは『荒野の七人 真昼の決闘』だとほどなくわかるが、その画面を注目している者はいない——首都機能移転の恩恵をこうむってのことか、知らぬ間に山形県内でも関東ローカルの番組が観られるようになっていたのかと阿部和重は軽く驚く。三歳児はコンクリの床にしゃがみこみ、ドッグフードをぱくついている二匹のマルチーズをじっと見つめていて、三代目会長は電子煙草を片手に壁によりかかって伏し目になり、ちいさなものたちを見まもっているところだった。

「昼飯って食べちゃいました？」

「映記は食べた」

「麻生さんは？」

「あたしはまだ」

「ならこれ食べませんか？」

そう誘いかけ、阿部和重がテーブルのうえにひろげたのはあの食べにくそうなサンドイッチの紙づつみだった。公園の正門広場から往路のルートへもどった帰り道、カフェ・パークサイドの前を通りかかった際にテイクアウトＯＫの掲示が目にとまってしまい、素どおりできなかったのだ。麻生未央は「もらうよ」と応じたものの、こんなに食べきれるのかといぶかしむ顔をしている。昨夜の面子分でいいかと思い、でかいのを六人分も買ってきてしまったのだが、どうも多すぎたようだ。

「なにか食べるものある？」

絶妙のタイミングでドアが開き、腹ぺこだというエミリー・ウォーレンがランチのメンバーに加わった。テーブルを指さしてやると、まあいいかという程度の満足顔で彼女はうなずいてみせた。

これで残りのサンドイッチはみっつになった。譲二似の山本はどこにいるのか訊いてみると、面倒が起こって弟と外に出ているからとうぶん帰ってこないだろうと麻生未央は答えた。どんな面倒かといえば、このＰＥＡＣＨの敷地などをふくむ麻生興業所有地の売却額をめぐり、不動産屋との交渉がこじれているらしい。

「もう何ヵ月も揉めてるんだけど、まとまりかけたと思ったら、ここにきてまた森《もり》の息子がぐずぐず言って値切りだしやがったもんだから弟が切れちゃってね、戦争みたいになってんだよ」

「森って、あの森不動産ですか？」

「そうだよ」

森不動産というのは表と裏どちらの地元社会にも顔が利く、この地域で最も悪名たかい不動産業者だ。かつては麻生興業の子分格と見られていたわけだが、両者の土地取引がいさかいに発展しているとは隔世の感がある。首都機能移転の再開発にともない、森不動産は図に乗って本性をあらわにしてしまうくらいの巨額な利益をえたのかもしれず、新都においては裏社会の力関係にも変化が生じているようだと、神町出身者のひとりたる阿部和重は悟る。

「山本さんはご兄弟そろって麻生さんとこで働いてるんですか？」

「ちがうよ、弟ってのはあたしのだよ」

「ああ、麻生さんの弟さん」

「そう。繁彦《しげひこ》ってんだけど、うちら姉弟のすえっ子。歳かさねるごとに父親に似てきて喧嘩っぱやくなっちゃってね、まいっちゃうよ」

「弟さん、サンドイッチお好きですかね」

「パンなんか食べないよ。前にパン屋やらせてみたことあったけど、自分が好きじゃないもんだから一年も持たずにやめちゃったし」

そうすると、買いすぎた分を一個でも減らすにはラリーの登場を待つほかないわけだが、いっこうにこの場にあらわれる気配がない。彼はどうしたのか。喉もかわいてしょうがないといった様子で天然炭酸水をグラスについでいるエミリーに訊ねてみた。

「彼はさっき出ていったわ」

阿部和重は「え」と発してかたまってしまう。どん底からさらなるどん底へと突きおとされてしまったばかりのため、世界中を渡りあるいて死線をかいくぐってきた四六歳の大男でもひとりきりになりたい心境なのかもしれない。しかしそのままやけになって、むちゃくちゃな真似でも仕でかさなければいいが、などと不安がもたげてきたところ、それを見ぬいたかのようにエミリーがこう補足してきた。

「アーサーのことで見おとしがあるかもしれないと言って、わたしの車で倉庫街に出かけたのよ」

「あ、なんだ、そうなんですか」

「感傷的になって公園へ散歩にでも行ったのかと思った?」

「え?」

なんで知ってんのよと、あやうく訊きかえしてしまいそうになったが踏みとどまり、

「しかしよく立ちなおれたなあ」などと口にしてごまかした。どこで見られていたのかと動揺しつつ、サンドイッチからの推測だろうかと阿部和重は推しはかっていたが、それについてはエミリーは言及せず、深刻なほうの話題へと飛んだ。

「なにがあったのかはひと通り聞いたわ」

エミリー・ウォーレンはひとつ咳ばらいして言葉を選ぶようなしぐさをとった。問題のおおきさを受けとめて、彼女もそれなりに面食らったあとがうかがえる。

「わたしもショックを受けた。頭のなかがまっ白どころか、記憶がごっそり欠けちゃったんじゃないかってくらいにね。決してありえない事態なんかじゃなく、早い段階で想定しておかなきゃいけないようなことだったのに、今の今までその可能性から目をそむ

けてきてしまったのも問題。ラリーはそれをたいそう悔やんでいたけど、もちろんこんなのは彼だけの過失じゃないから――」

よほどおなかが減っていたらしく、エミリー・ウォーレンはサンドイッチをむしゃむしゃ頬ばりながら神妙な顔つきでそう語った。その食べっぷりを目にするうち、なんだかえらく頼もしいなと阿部和重は感じてしまう。勝負がついたも同然と思われた菖蒲家との戦いに、なおも彼女は白旗をあげるつもりがないことが伝わってきたからだ。エミリーはさらにこう言いたした。

「でもね、完璧じゃないのは菖蒲家だって一緒だから。かならず隙はある」

頼もしいとはいっても、さすがにそりゃ楽観視しすぎではと思いつつ、阿部和重はエミリーの顔をのぞきこむ。

「ありますかね」

「ええ、あるわ」

「根拠でも?」

「オブシディアンは実質的に、菖蒲家がアメリカに攻撃を仕かけていると自白したことになる。全面的にしらを切りとおすこともできたはずなのに、あの女がそうしなかったのは結局のところラリーとおなじ、思いあがりよ」

「なるほど」

「スーツケースはデコイだったといっても、あの一家がなんらかの計画を立てているのは確実。これはラリーが言ってたことだけど、一四年ぶりに彼が神町にやってくることになったのは、テロ対策センターや東アジア部の決定なんかじゃない。計画に必要な手駒として、菖蒲家が呼びよせたからラリーは神町にきて監視チームに入った。そうしてわたしたちの目をスーツケースに釘づけにさせて、裏でほんとうのたくらみを進めるためにアメリカの情報コミュニティーを攪乱する。おそらくそれが彼の役割だったわけ」

「ラリーさんは目くらましのために動きまわってたってこと？」

「きっとね。だから菖蒲家は、わざわざアーサー・アチソンなんて男まで神町に招いてたんでしょうよ」

たしかにそう考えると筋が通り、まっ暗闇にぽんと光明が射す感覚をおぼえる。阿部和重は「ははあ」と感嘆しつつ、食べにくそうなサンドイッチにがぶりと嚙みつく。そしてもしゃもしゃ口を動かすうち、だとすると、と転換をはさんで四五歳の頭は次なる興味へと移っていった。

だとすると、自分たちがたどるべき唯一の道は菖蒲家の「ほんとうのたくらみ」を突きとめることとなのはもはや明らかだが、それを果たしうるような具体策なんてあるのだろうか。エミリー・ウォーレンはその問いにどう答えるのか。

「ええ、あるわ」

具体策はあるとエミリーは即答した。だがつづけて、彼女は視線を遠くにやりながらこうつけ加えた。

「でもひどく手こずってる。明日までに間に合うか、正直ちょっと微妙ね」

　よほどおなかが減っていたらしく、言いおえるとエミリーは二個目のサンドイッチを頬ばりだした。食欲旺盛でたいへん結構だが、そうも空腹になるくらいに彼女を手こずらせているものとはなんなのか。この当然たる疑問に対し、ユマ・サーマン似のケースオフィサーは溜息まじりに返答した。

「アレックスに話しかけてるのよ。昨夜から何度も何度も。彼なら菖蒲家のほんとうのたくらみについて、なにか知っているかもしれないから。でも、いくら呼びかけてみても無反応。どうやらまだ、アレックス・ゴードンは『壊れたひと』のままみたいね」

●

ラリー・タイテルバウムがＰＥＡＣＨに帰ってきたのは午後七時半すぎだ。そのとき阿部和重は三〇二号室にいて、映記とともに入浴を終えたところだった。息子のきのこヘアーにドライヤーをかけ終わり、手にとったiPhone 5に「もどりました」とショートメッセージがとどいているのに気づいた日本人協力者は、長い夜になるであろう今宵に向けての覚悟をかためた。神町に大統領をむかえるための前夜祭は隣室でおこなわれることになっている。

　映記をつれて三〇三号室へ入ってみると、ＣＩＡの男女は対照的な表情を示した。窓辺にいるエミリー・ウォーレンは気だるそうなまなざしでこちらを一瞥し、液晶テレビのかたわらに立っているラリー・タイテルバウムは残りもののサンドイッチを食べながら微笑みかけてきた。エミリーは見た目どおりの心境だろうが、ラリーの心裏は読めないものがある。

表面上はふだんのラリーと変わりなく見えるから、だいぶ立ちなおってはいるのかもしれない。しかしそうは思いつつも、依然アヤメメソッドの影響下にあったりするんじゃないかと彼を疑う気持ちがないかといえば嘘になる。なんとも心ぐるしい、もやもやするシチュエーションにはまってしまったものだと阿部和重は早くも憂鬱になってくる。

こんな時刻まで倉庫街を探っていたのかと訊いてみると、そのあとついでに車列の通行ルートをチェックしていたのだと髭面のケースオフィサーは説き明かした。

「周辺のビルや見はらしのいい場所などをしらみつぶしに見てきたんです」

「それって、通行ルートを見おろして車列をねらい撃ちできるようなところってこと？」

「そうです。腑に落ちないことでもありますか？」

「いやてっきり、狙撃の心配はないのかと思ってたわ」

「なぜです？」

「大統領専用車って、ものすごく厚い防弾ガラスとか戦車なみの強度の装甲板で覆われてるから、銃撃されても弾なんかはじき飛ばしちゃってロケット弾でも壊れないんじゃなかった？　それこそ核爆弾でも持ちこまれなけりゃ平気なんじゃないの？　ちなみにこれももちろんWikipedia情報だけどさ」

ラリー・タイテルバウムは苦笑いを浮かべて首を横に振りながらこうかえしてきた。

「たとえそうであってもまんいちの場合にそなえておくのは必須です。大統領専用車《ザ・ビースト》が頑丈なのはたしかですが、ＲＰＧを撃ちこまれて無傷で済まないケースだってありえますし、そもそもなかにいる人間は物理的な衝撃に耐えられませんから。それに仮に大統領が無事だったとしても、車列が襲撃を受けた事実が残れば明日から世界は一変します。戦争を起こさないためには、武力攻撃じたいがあってはならないのです」

言われてみりゃそうかと思い、阿部和重はオーケー了解したと納得顔でうなずいた。

ラリーはさらにこのようにつづけた。

「スーツケース型核爆弾もイラン情報省《MOIS》の非公然工作員も、さしあたって菖蒲家の計画とは無関係らしいとわかりましたが、それで危機の全部が去ったわけではない。大統領の神町訪問がなんらかのかたちでねらわれているのはまちがいなさそうですから、ここで警戒をゆるめてその隙を突かれることだけは避けなければなりません」

「襲撃の事実だけでも世界がやばいことになるのなら、偽旗作戦の可能性も消滅しちゃいないわけか」

「それどころか――」眉間に皺を寄せた沈鬱たる面持ちでラリーはこう言いそえた。

「焦点がしぼれなくなったという意味では、あらゆる危機の可能性が開かれてしまったとも言えます」

それで彼は時間をかけてあちこち見てまわっていたのかと理解した日本人協力者は、

いったんラリーを背にして映記をソファーに座らせた。すると三歳児が、いきなり電話をよこせと訴えてきたためぎょっとなり、スマホ依存のはじまりかよと四五歳七ヵ月の父親はおののいてしまう。どうしたものかと迷うも、ここで下手に騒がれ開戦危機を高めちゃってはもとも子もない。かように判断し、神様これでもう最後にしますからとまたしてもおのれに禁じ手の使用を許可してしまった阿部和重は、お子さま向けのYouTube動画を適当に再生させたiPhone 5をやむなく息子に手わたし、CIAとのやりとりを再開させた。

「で、なにか気になるものはありましたか？」

「ありませんね」

「なにもなし？」

「ええ」

「倉庫街のほうは？」

「神町を発つ前にアーサーがあそこへ行った理由はすぐにわかりました」

「え、マジ」

「といっても、それはむしろ彼に関する疑惑を否定する結果になりましたが」

「なんだよ」

「北側の奥にある中規模の古い一棟倉庫に忍びこんでみたら、映画撮影の機材や小道具がしまってあったんです。身分をいつわって運営会社に問いあわせてみると、川上さんの撮影クルーが借りている倉庫だと確認がとれましたから、アーサーが立ちよったのは表の仕事がらみだったと判明したわけです」

「そういうことか――」阿部和重は落胆と安堵が入りまじったような気分でふんと鼻を鳴らすと、つづけてこう訊ねた。「つうかラリーさん、まさか全部の倉庫に忍びこんだの？」

「いえ、そんなわけはありません」

「なのによく、その一棟を特定できましたね」

「フォークリフトの運転手や作業員たちに、近ごろわたしみたいなガイジンをこのあたりで見かけなかったかと訊いてあるいたんです。自分は彼の部下だが、倉庫にしまってあるものを至急はこびださなければならないのに場所がわからずこまっていると。そうやってアーサーの行き先をしぼりこんでゆき、あとは何棟かピッキングで侵入してなかの荷物を調べていったわけです」

危ないところだったと阿部和重は内心ほっとした。ラリーに同行していたらおなじことをやらされたにちがいないから、公園の散歩を選んで助かったと言える。素人工作員の中年男が、嘘八百ならべつつ昼間っから無断侵入を重ねてなにごともなく帰ってこられるとは思えない。

「小道具のなかに、火器や弾薬もあったんでしょ」

つまらなそうに窓辺に突っ立っているエミリーがやにわに口をはさんできた。物騒な指摘をとうとつにぶつけてきたものだが、彼女の顔に切迫感や真剣味などは見られない。それに対し、ラリーも特に顔色や声色を変えることなく淡々とこんなふうに応じた。

「ハンドガンやアサルトライフルが大量にあったな。スナイパーライフルも何丁か見つけたし、それこそRPGまで壁に立てかけてあった。ただしどれも模造品だったが」

その話が意外に聞こえなかったのは、川上班製作の映画に武装集団による籠城シーンが存在することを、阿部和重はすでに山下さとえより知らされていたからだ。神町小学校で妻の仕事ぶりを見物させてもらうことになっていたあの日に撮影されたのが、まさに当のシーンだったはずだ。

「そういうのも、スーツケースやイラン人みたいに陽動に使われてたってことなの？」

「どうでしょうね」ラリーは自嘲するような笑みを浮かべている。「こちらにあったアーサーへの色濃い先入観が、そんな印象を生んでしまっただけとも考えられますから——ところでエミリー」

「なに？」

「冬にきみがつれていた武装警護員《GRS》はどうなった？　あの男の行方はつかめたのか？」

エミリーは首を横に振った。「大使とジミーにショートメッセージを送ったけど、それについての返事はまだないわ」

ラリーが言っているのは、彼自身も二ヵ月前に若木通り三丁目のセーフハウスで菖蒲カイトを尋問した際に顔を合わせている、民間軍事会社に所属するボディーガードのことだ。この一月ごろ、菖蒲家の危険性を認識したキャロライン・ケネディ駐日大使が、車両爆弾による暗殺未遂に遭ったと信じられていたエミリーの身を案じて帯同させていたのだが、その男は四月になって間もなくするとぱたりと姿を消してしまったのだという。

「きみ自身はどう思ったんだ？　いつも横にいた男がとつぜんいなくなったんだぞ」

「妙だとは思ったけど、あなただってとつぜんいなくなってるわけで、おまけにこっちはずっとそれどころじゃない状況でしょ。彼がいなくなったのは、契約が切れたか中東へ呼びもどされたんだろうとしか考えなかったわ。監視チームの解散も決定してたから」

「本人の発言はどうだ？　心あたりはないか？」

「心あたりもなにも、彼はいっさい無駄口たたかないひとだったからしゃべった内容なんてまるで記憶にないのよ。彼の口からじかに聞いたって言えるのはせいぜい、挨拶と名前くらいなんじゃないかしら」

「なんて名なんだ？」

「ＪＪよ、それだけ。本名かどうかもわからない。素性もデルタにいた退役軍人ってことしか聞いてないし。ほんとうに彼もあやしいと思ってるの？」

「そういうわけじゃない。しかしなにしろこんな緊急事態だ。ちょっとでも不審につながりそうなものはかたっぱしから検証したほうがいい。われわれらしくないやり方だが、しかしアレックスがあんな状態じゃまったくあてにできないからな。回復を待っている余裕だってありゃしない」

言いながらラリーがベッドの向こう側を顎で指したのでそちらをのぞいてみると、ぼんやり顔のアレックス・ゴードンが床にべたっと座りこんでいた。彼自身が作成したとされるインベスティゲーション・ボードを、映画でも観ているかのように無言で眺めているが、要するに彼は依然として、あっちの世界に行きっぱなしのまんまなのだ。これをなんとかしなけりゃならないのはおれの役目なんだよなと思い、途端に肩身がせまくなって阿部和重が責任を感じていると、エミリーがさっそくこう問いかけてきた。

「それであなたはどう？　相変わらずさっぱりなの？」

アレックス・ゴードンをこっちに強制召還するためのパスワードは思いだせたのかと彼女は訊いているのだ。それができていればただちに伝える約束だから、むろん答えはノーなのだが、決まりが悪くてなかなか返事がしづらい。

「ええとまあ、その通りのありさまで――」

案の定はあという溜息がかえってきたが、今回はダブルで聞こえてきたから心痛も倍増である。これにはいたたまれず、せめて格好だけでも努力はしているのだと見せたくなった四五歳七ヵ月の男は、クイズの解答が記された素敵な返信がとどいちゃいないかと思い、おそるおそる息子から iPhone 5 を拝借して着信をチェックしてみるも梨のつぶてだ――そのうえわが子からはぶうぶう文句を言われる始末である。

深沢貴敏に対し、アレックス・ゴードンを正気にもどすパスワードはなんだったかもっぺん教えてくれと昼からしつこく何回もショートメッセージを送ったり電話をかけたりしているのだがいっこうに反応がない。おおかたアメリカ合衆国大統領訪問を明日にひかえて菖蒲リゾートのレストランが繁忙期に入り、スマホを手にとる暇もあたえてもらえぬのだろうが、こういう肝心なときにかぎって使えねえとはなと、阿部和重はやつあたり気味に心で愚痴をこぼしてしまう。

「さっぱりって、ヒントになりそうなことでもいいから、ひとつでも思いあたるものはないの？」

「英語のフレーズってことしかおぼえてないんですよね。あとは、そのパスワードを三回となえるってことしか」

「三回となえる？」これを訊ねてきたのはラリーだ。

「ああ、だから彼の耳もとで、三回くりかえして言うといいらしいんですよ、英語のフレーズのパスワードを。つづけて三回ね」

「英語のパスワードを三回」

「つづけてとなえるんです、三回」

「三回つづけて」

「そうそう、三回」

「三回――」

そんな堂々めぐりの埒が明かないやりとりが耳ざわりで業を煮やしたみたいになり、エミリー・ウォーレンが声を荒らげてこう言いはなった。

「さんかいさんかいっていったいなんなの、かかとでも鳴らせってわけ?」

エミリーはなおも憤懣をぶちまけそうな剣幕だったが、それを制するようにラリーがなにかを探る顔つきで「静かに」と発した。すると下階のほうから不穏な物音が聞こえてくるのに気づき、一同ははっとなって顔を見あわせた。数人の男たちが奇声をあげ、ガラスや陶器などの割れ物がいくつも砕け散り、テーブルやキャビネットがなんらかの衝撃をこうむり破壊されているのをありありと想像させる喧騒が響きわたっている。

阿部和重はたまらず「マジかよ」とつぶやき、すがるような目で何度もCIAのふたりの顔色をうかがってしまう。この一週間たらず、楽園さながらの居心地を味わわせてくれていたPEACHの平穏が、こんなかたちで突如やぶられるとは毛ほども想定していなかっただけに、子づれの四五歳七ヵ月ははなはだ動揺していた。

「ドアを閉めておきましょう」

ラリーにうながされ、息子を抱きあげた阿部和重が開けっぱなしの鉄扉を閉ざすべく出入口へ向かってゆくと、廊下からひとがぬっと出現したため反射的に「うわっ」などと叫び声をあげてしまった。

あらわれたのはルイ・ヴィトン・キーポルを肩からかけて二匹のマルチーズを両脇にかかえた麻生未央だ。その表情には、彼女がこれまで見せたことのなかった鋭さが浮きぼりになっている。よくないことが起こっているのは明らかだった。

「ちんぴらが四、五人、裏口から入ってきて、でかいハンマー振りまわして暴れてるわ」

一階でエレベーターに乗りかけた矢先、半開きのドアからそれを見てとった麻生未央は、気配を察知されぬようゆっくり階段へ移動してゆき、日米合同チームに注意喚起をおこなうべく忍び足で三階まで駆けあがってきたのだという。三〇三号室のドアを閉めて鍵をかけ、阿部和重の叫び声を聞かれてしまったかもしれないから念のためにと明かりはスマホライトのみにとどめて室内照明はすべて消し、あっちに行きっぱなしの男いがいの面々を部屋の中央へあつめた三代目会長は、この突発事態のからくりを次のごとく推しはかった。

「酔っぱらったガキのいたずらとかはたまにあることなんだけど、これはそういうんじゃないと思う。タイミング的に、不動産屋のいやがらせじゃないかって気がするわ」

つまり森不動産の指示を受けた連中による計画的侵入ではないかと麻生未央は見ているわけだ。いまだ事務所に帰らぬ弟の繁彦と部下の山本にLINEで現状を問いあわせているところだが、既読もつかない状態がつづいている。とすると、交渉場所かどこかに彼らを足どめさせておき、その隙をねらって襲撃団を送りこんできたのではないかとも考えられるから、ただ単に館内を荒らしまくられるだけでは済まないかもしれない。三代目会長はそんな憂慮もつけ加えた。

鉄扉を閉ざしたおかげで遮音効果が働き、しばしの静寂が訪れたが、それも長くは持たなかった。阿部和重の叫び声を暴徒らは聞きのがさなかったらしく、騒乱の舞台が一階から二階、そしてすぐさま三階へと移されたことにより、その騒音は無慈悲な威圧感をまとって三〇三号室の内側にもやすやすと入りこんできてしまう。コンクリートの強度でもはかるかのように、スレッジハンマーを思いきり壁にたたきつける震動と音がNEU!的な開放感はともなわずに潜伏者の心をとことん追いこみ、窒息感すらもたらしてくる。時間が経つにつれ、麻生未央の予想どおりに進展しそうな雲ゆきが濃くなってきていた。

暴徒らの人数も年の頃も体格もさだかでない状況ゆえ、CIAの男女はアラモ以後の出方を決めかねているのか、ふたりとも腕を組んだまま押し黙っている。かたや、かくれんぼするよと言って膝に乗せた三歳児の耳をふさぎ、ベッドに腰をおろしている父親系男子としては、なにはなくとも危険を回避したいと祈るばかりだ。

だが、暗闇でじっと息を潜めている者の耳へさらにとどいてくるのはハンマーの打撃音のみならず、連発される爆竹の破裂音やヒューンパンと鳴るロケット花火の相次ぐ発射音だったりと、反社会的な無秩序の進行がやまない。そのため姿の見えぬ侵略者らの幻想がふくらむいっぽうとなり、やがては言葉も常識も通じぬ怪物から身を隠しているかのような錯覚さえ抱いたあげく、やるかやられるかの二者択一のほかにたどるべき道はもはやない気がしてしまう。

四五歳の父親がますます耐えがたい気持ちにさせられたのは、暴徒らがついに隣の三〇二号室へと足を踏みいれたことを察しとってしまった瞬間だ。電灯をつければ一目瞭然となる、日用品の転がる生活痕だらけの部屋だから、いやがらせ目的の連中ならば絶対に見すごすはずがない。

そんな予感を裏づけるかのごとくに事態は発展し、まずは目の前の壁をどんと揺さぶるハンマーの一撃によってならず者襲来の事実が三〇三号室にはっきりと告げられる。こちらの室内がしんとしているせいか、遮音壁はあまり役だたず、ナイトクラブのドア越しみたいに重低音がずんずん伝わってくるため隣室での狼藉ぶりが目に見えるようであり、神経を逆なでされて屈辱感に沈みそうだ。親子の着がえはスーツケースやドラムバッグにたたんで入れてあるものの、映記のおもちゃやわが創作の必需品たるMacBook Airは出しっぱなしになっている。そのことが頭をよぎった途端、阿部和重は一気に絶望的な境地に陥り思わず「ああ」ともらしてがっくりうなだれてしまった。

「未央、そのなか見せてちょうだい」

不意にエミリーが小声でそう催促し、麻生未央からルイ・ヴィトンを受けとってバッグの中身をごそごそ漁りだした。十数秒ののち、CIAの準軍事訓練でひと殺しのテクニックを身につけているはずの小枝好きレディーがなかからとりだしたのは、ハンドカフと催涙スプレーと鋲つきスパンキングパドルなるSMグッズだった。スパンキングパドルというのはその道の素人にはよくわからない代物だが、調理用のヘラみたいな形状をしていてマゾヒストのお尻をたたいたりする皮革製の性具である——鋲つきのそれは、打撃面にあまたのリベットをはめこんであるので輪をかけて痛みが増すらしい。

「行ってくるわ」

そう言って、エミリーはひとりきりでさっと部屋から出ていってしまった。阿部和重は「え」と発してびっくり顔になり、高ぶる感情が声に出るのをこらえつつも「行っちゃったけどいいの？　ひとりだよ？」などとラリーに問いかけずにはいられなかった。ラリー・タイテルバウムは大丈夫、大丈夫という具合に数回うなずいてみせたが、ハンマーを手にした四、五人のちんぴら相手にSMグッズなんかでなにができるというのか。

エミリーは二分もしないうちにもどってきた——あるいは三分かそこら経っているのかもしれないが、とにかく信じがたいくらいにすばやい往復だった。いくらなんでも早すぎるし息も切らしていないから、多勢に無勢は無理と踏んであきらめて帰ってきたのかと思いきや、あきれたことに騒音がぴたりとやんでいる。造作なく暴徒らの鎮圧を成功させた黒髪ボブのケースオフィサーは、三〇三号室の面々にこううながした。

「ふたり逃げたから、仲間をつれてくるかもしれない。映記になにかあるといけないし、とりあえず荷づくりしてここを出たほうがいいと思う」

映記を麻生未央にあずけ、ふたり分の荷物を運びだすため三〇二号室に入ってみると、見てしまったことを即座に後悔するほどのひどい荒らされように直面した。

衣類や布団や生活用品が散らばっているのはまだいい。しかしウルトラマンや怪獣のソフトビニール人形が蹂躙されてぺしゃんこになっていたり、『仮面ライダー』の変身ベルトやなりきりアイテムがぶち壊されてこなごなにされているのを目のあたりにするのは、わが子そのものが暴力を受けたのと変わらなく映り、数秒も直視できない。頭をかかえた阿部和重は、足腰の力が抜けてしゃがみこんでしまいたくなったが、ここは我慢せねばと自分に言いきかせてかろうじて踏んばった。

この惨状を三歳児の目に触れさせるわけにはゆかないが、捨ててしまうのも忍びないからおもちゃの残骸をそっくりドラムバッグにつめてゆく。

エミリーによれば、月にかわって鋲つきスパンキングパドルでのお仕おきを食らった連中は、後ろ手にハンドカフをかけられて浴室に押しこめられているらしい――容易になかから出てこられなくする仕かけとして、アームチェアをつっかえ棒のごとくななめにドアに立てかけて固定してあった。

MacBook Airはどこだろうかときょろきょろし、またもや持ち逃げされてしまったかと阿部和重はあやぶんだが、ほどなくすみっこの床に転がっているのを発見した。子どものおもちゃが全滅なのだから、むろん大人のノートパソコンが無傷で済むわけがなく、一見して脳裏に浮かんだのは無残の一語だ。液晶ディスプレーにもキーボード部分にも、スレッジハンマーによる見事な打撃痕が残されており、心なしかボディーが薄くなったようにも見えるから二度と起動はしないだろう。原稿やらなにやらの主要なデータはDropboxにバックアップしてあるとはいえ、愛機がご臨終になっちまった。泣かずにいられぬ場面だが、なげき悲しんでいるゆとりなどはありはしない。今は一刻も早く、ここを脱けだすことが先決なのだ。

各自の居室で荷物をまとめて三〇三号室に再集合し、日米合同チームの全員でかたまってエレベーターへ向かいかけたところ、だしぬけにぱっと館内ぜんたいの照明が消えてしまった。全館のブレーカーを落とされたらしい。逃げていったふたりが仲間をつれてもどったのか、もしくはふたりとも立ちさらず一階にでも潜んでいたのか。

いずれにせよ、電力供給が絶たれてはエレベーターを使用できないので逃げ道を階段に切りかえるしかない。暗闇を一列になって進むべく、テーザー銃とマグライトを手にしたラリーが先頭を行き、二番手にエミリーが立ってアレックス・ゴードンをささえて歩き、二匹のマルチーズを両脇にかかえた麻生未央がそれにつづき、映記を抱っこした阿部和重が最後尾についた。

ワイドビームにして近辺の照射範囲をひろげたマグライトで前方を照らし、なめらかに列をひきいて前進していたラリーの足がとまったのは、階段の一メートルほど手前だった。下階から猛然と駆けあがってくる者がいるのは、だだだという足音により最後尾にいても即わかった。とっさにそちらを見やると、従業員控室のキッチンから持ちだしたと思しき肉切り包丁が暴徒の右手に握られているのが目にとまる。

刃物を片手に長髪を振りみだして薄暗がりから飛びだしてくるその姿は、さながら『悪魔の沼』のネヴィル・ブランドのようでもあり、おそろしいことこのうえない。本気で殺しにきているのかという勢いで襲いかかろうとしてきた相手めがけて、ラリー・タイテルバウムはただちにテーザー銃からワイヤー針を発射する。それと同時に放電がなされ、凶器を振りかざした男はたちまち電気ショックを食らったはずだが、なぜだか襲撃の動きがとまらない。

マグライトで刃を受けとめ、ラリーがみずからの身を守ったのは胸もとを斬りつけられる寸前だった。テーザー銃が床に落下しごとんと鈍い音が響きどきりとさせられる。包丁とマグライトが十字に重なり、別の手でたがいの腕をつかみあってふたりの男は膠着状態を演じているが、どちらに転ぶかはまるで見とおせない。

均衡がくずれたのは、その体勢がわずかにずれてマグライトの先っぽがラリーのほっぺでふさがれ、光線がすっかり消滅したときだった。急にあたりがまっ暗になった瞬間、ばちばちというスパーク音とともに生じた閃光がネヴィル・ブランドの首もとに押しつけられ、当の男は今度こそ通路へばったり倒れこんだのだ。

支援攻撃をおこなったのはエミリーだ。今しがた荷物をまとめた際、彼女自身のダッフルバッグにしまってあった警棒型スタンガンをとりだしておいたのが奏功したらしい。同僚に感謝の笑みを向けたラリーは、自分を傷つけかけた包丁を暗がりへ放り投げていたから、役に立たなかったテーザー銃をひろってベルトに挿しこみつつ首をかしげていた──ワイヤー針が衣服に刺さって皮膚まで達しなかったのかもしれないと彼は推しはかっていた。

ほっとしたひとときが訪れたが、しかし事態は早くも暗転してしまう。倒れた男を後ろ手にして両手をプラスチックカフで拘束していると、焦げくさいにおいが鼻についてきたのだ。そればかりか、周囲がだんだん煙たくなってきて全員がごほごほ咳きこみだしてしまった。

「火をつけられたわ、キッチンが燃えてる」一階のありようをすみやかにチェックし三階に帰ってきたエミリーがそう報告した。「あの部屋からは出られない。未央、別の出口は？」

「大丈夫、反対側に非常口がある。そっちのほうがガレージに近い」

火のまわり具合はさだかでないが、のんびりしていれば煙を吸って御陀仏になるのは火を見るよりも明らかだ。とはいえこの暗闇のなか、ビッグサイズの荷物をたずさえながら急ぎ足で階段を降りたりすれば大転倒の危険もありうる。スーツケースはラリーに運んでもらえたものの、中身のつまったドラムバッグを背負って三歳児を抱っこしている中年男としては、決して踏みはずさぬよう慎重にいちだんいちだん足をおろしてゆかねばならず、さっきのかくれんぼとはまたひと味ちがったひじょうな緊張感を強いられてしまう。

一階まで降りきっても、燃えさかっているであろう従業員控室のほうには目もくれず、全員で小走りに急いで非常口を目ざした。PEACHを出るのも全員一緒のつもりだったが、あいにくそうはゆかなかった。三階に残してきた連中を焼死体にするのはさすがにまずいから、このあとあいつらもつれださねばならぬのでみんなは先に行っててくれと麻生未央が告げたのだ。するとエミリーが、自分も彼女を手つだうからふた手にわかれようと間髪いれずに提案してきた。かくして男たちだけが、トヨタ・アルファードに乗って先発することになってしまった。

「花と龍をお願いね」

麻生未央はそう口にしてマルチーズたちを映記にたくした——実際に二匹を受けとったのはラリーだが、父親の腕のなかにいる三歳児に顔を寄せて彼女は話しかけ、愛犬をゆだねた。それに対して息子がうんとうなずくのを目にした阿部和重は、自分もなにか言わなければとあわてて思いめぐらしたが間に合わなかった。煙と炎に飲みこまれつつある館内へ駆け足でひきかえしてゆくふたりの背中を見まもりながら、ただただ無事を祈ることしかできなかった。

●

炎上に見まわれたPEACHから脱出し、トヨタ・アルファードがおちついた先は山形空港の駐車場だった。阿部和重は近場のホテルにでも部屋をとり、明日にそなえて体を休めるべきではないかと主張したが、それを決めるのは女性たちと合流してからにしたいとしてラリーは首を縦に振らなかった。その表情は張りつめており、疑心を募らせていささか神経過敏になっている様子がうかがえた。

先ほどの暴徒襲来のタイミングが気に入らないのだとラリー・タイテルバウムは述べた。あの突発事態のからくりが、麻生未央の見たてた通りではない場合を彼は危惧しているのだ。

　あれが麻生興業と揉めているという森不動産のさしむけたごろつきではないのだとしたら、当然ながらアヤメメソッドによるあやつり芝居を疑わざるをえず、警戒のレベルを何段階もひきあげなくてはならなくなる。仮にそうだとすれば、敵のねらいはこちらを分断させて戦力を削ぐことなのかもしれないから、ふた組で別行動をとっている最中にわれわれのみで動きすぎないほうが賢明でもある。どこでなにが飛びでてくるかわからぬホラーフィルムみたいな状況だから、軽はずみな真似はいっそう避けなければならず、宿でうかうかひと息ついてなどいられない。だいいち今夜は、菖蒲家のほんとうのたくらみを突きとめるまでは安心してベッドで横になれるわけがないというのだった。

　現在時刻は午後九時三九分だ。山形空港の駐車場に着いて三〇分がすぎたが、エミリー・ウォーレンとも麻生未央とも連絡はとれていない。ここにアルファードを停めたばかりのときは、消防自動車のサイレンがＰＥＡＣＨのある方角へあつまってゆくようにして鳴りまくっていたから、消火活動は迅速におこなわれたにちがいない。放水が開始されたのはせいぜい十数分前かそこらであろうから、鎮火にはまだいたっていないだろうが、少なくとも周辺への延焼は食いとめられたのではないか。阿部和重はそうであることを願いつつ、夜空を見あげてあらためてふたりの女性の無事を祈った。

アレックス・ゴードンは依然あっちの世界に行きっぱなしのまんまだ。だがこの脱出劇のなか、彼は案外と従順についてきて、車に乗るのも逆らわずにいてくれたのはせめてもの救いだ。地下室の幽霊は今もアルファードのサードシートで静かに窓外を見つめており、眠りに就きそうな気配はちっとも感じさせない。マルチーズの花と龍は、飼い主とはなればなれになってしまってはじめは不安そうにしていたが、そのうちおびえ疲れたのか、セカンドシートで三歳児になでられているあいだに二匹とも寝入っていた。

三歳児自身もおねむの時間のはずだが環境の急変が眠気を遠のかせていた。空港のトイレにつれていったのが余計な興奮材料となり、完全に目が冴えてしまったわが子に阿部和重は手を焼かされる――眠たくないのにジュニアシートに囚われ身動きできないことにいらだち、おもちゃはどこだ遊び道具をかえしてくれ、といったふうにぐずつきだしてしまったのだ。

そんな状態の子どもにライダーベルトの残骸をあたえるわけにもゆかず、ここでもやむなく父親はYouTubeに頼るほかない。とはいえ、ニュートーイズが続々と紹介される扇情的な動画なんかを見せてしまったら、自分自身の失われたアークを思いだすなどして息子の目はなおのことかたくなるにちがいない。そのためこれは娯楽ではなくeラーニングであり、早期教育なのだと正当化させた映画学校出身者たる小説家は、古典作品をあつめた“The Best Children's Movies”なる再生リストをスタートさせ、ご立腹の映記にiPhone 5を渡してやった。

息子の機嫌をとったあと、阿部和重は気分転換に車外へ出た。がちがちに凝りかたまった中年の身体を前後左右に伸ばすなどして軽い柔軟体操をおこなっていると、もうひとりのミドルエージャーたるラリー・タイテルバウムも助手席から降りてきて外の空気を吸いこみだした。

摂氏一〇度くらいのややひんやりする外気のなか、ふたりは車にもたれて二、三分ほど語りあった。エミリー・ウォーレンと麻生未央は大丈夫なのだろうかと、何度目かになる問いを四五歳が向けると、心配はいらないと思うと四六歳は応じた。三階で暴徒らの拘束を解いているあいだにＰＥＡＣＨの一階は火の海になってしまっただろうが、それでも彼女たちは建物の外壁に設けられた非常用はしごを使って地上へ降りたのではないかとラリーは見ていた。エミリーには空港の駐車場で待つとショートメッセージを送っているが今のところ返事はないという。この流れで彼は、今回の件にも菖蒲家が関与している気がしてならないという推論を述べたのだった。

冷えてきたので車内へもどると、ふたりはちょっと驚く光景を目にする。サードシートのアレックス・ゴードンが、ジュニアシートのほうへ身を乗りだし、映記の手もとをのぞきこんでYouTube動画を一緒に観ていたのだ——正確には、三歳児はすでにまどろみのなかにあったから一緒にではなく、動画鑑賞をしていたのは地下室の幽霊ひとりきりだ。話しかけても相変わらず無反応のままだから、こっちに帰ってきたわけではなさそうだが、しかしなにゆえ彼はあっちの世界にいながらにして、現実とはっきりと見わけがつくつくりものにすぎないちっぽけなスクリーン上の映像なんかに関心を示しだしたのか。

「なるほど――」

半身を突きだし再生中の動画をたしかめたラリーが、合点がいったぞという顔をして助手席から降りてゆき、サードシートに乗りこんでアレックス・ゴードンの耳もとへキスするみたいに口を近づけていった。このとき、iPhone 5のスピーカーからは「虹の彼方に」のインストゥルメンタルが聞こえてきていた。それに重ねてやさしく語りかけるふうに、ラリー・タイテルバウムは「There's no place like home」とみたびつづけてとなえた。するとその拍子に、オズの国からカンザスへとドロシーが舞いもどってきたように、長身瘦軀の男がこっちの世界に帰還したのである。

翌四月二五日金曜日もおおきな音が鳴って目ざめたが、iPhone 5に着信があったわけでもなければめざましのアラーム音が響いたのでもない。車内の空気をふるわせているのは機械ですらなくどうやら生き物のようであり、人間の大人や子どもでもなくちいさくて尻尾のある四足動物たちだとやがてわかった。マルチーズの花と龍が、セカンドシートの窓の向こうを見つめて盛大にわんわん吠えつづけていたのだ。

夜を徹した聴取を終えたのち、仮眠のつもりで瞼を閉じてからそんなに経っていない気がする。午前六時をすぎたあたりで映記をトイレにつれていって二度寝させたあとだから、眠れたのはほんの一時間かそこらかもしれない。もうちょい休ませてくれよと阿部和重は思い、時計は見ずにまた瞼をおろすも中年の身体があちこちに痛みを感じてじっとしているのも苦痛になってきた。運転席に座りっぱなしで寝たおかげでまったく疲れがとれていないのだ。仕方がないので起きるしかない。

助手席のラリーも吠え声で寝ざめて目をこすっているが、頭はまだ働いていない様子だ。ジュニアシートの三歳児はちいさな体をめいっぱい伸ばして欠伸しており、夜どおし答えを要求されたアレックス・ゴードンはといえば、この騒がしいなかでもぴくりともせずサードシートを独占して横たわり、ぐっすり寝こんでいる。

ふたりの女性たちとはなおも合流はかなわぬものの深夜に連絡はとれた。ラリーが推測した通り、非常用はしごを使って脱出は可能だったとのことだが、逃げた全員が火傷や怪我をまぬかれず、麻生未央にいたっては高所より飛びおり着地した際に転んで地面についた左腕を骨折してしまったという。

それに加えて三代目会長は、罹災物件の所有者として消防や警察への対応のみならず、保険会社やインフラ事業者とのやりとりなどにも追われてなかなか現場を離れられず、消火が終了しかけた頃になってやっと麻生家の妹らと交代し、かかりつけ医のもとへタクシーで向かうことができたらしい——彼女にずっとつき添っているエミリーがそのように電話で伝えてきた。

それにしても、花と龍の吠え方は尋常じゃない。外でなにかあったのだろうか。その確認がてら、中年の身体をやわらげるべく屈伸でもしようと思い車外へ出てみると、なるほどこれは犬でなくとも大声をあげたくなってしまうと阿部和重は呆気にとられた。頭上の大空が見わたすかぎり、血塗られたみたいにまっ赤に染まっていたためだ。

寝ぼけまなこでそんなものを目撃してしまうと、ただちに脳裏で『地球最後の日』の上映がはじまり、三二倍速早おくりで流れる映像があっという間に天変地異や天体衝突のディザスターシーンを突きつけ脅しにかかってきた。やばいやばいと思うばかりで混乱しきって現実に頭がついてゆけなくなり、アルファードのボンネットに片手をついてひとり呆然と立ちつくしてしまう。

それでも次第に周囲のざわめきめいたものが聞きとれるようになり、この異変に直面し吠えたてているのは麻生家のマルチーズだけではないらしいと阿部和重は悟る。ここは空港の駐車場ゆえ住宅地とはだいぶへだたっているはずだが、にもかかわらず遠吠えがいくつも聞こえてくるということは、神町特別自治市に暮らす総勢数千匹の犬たちが今、いっせいにわんわん警報を発令しているのではあるまいか。

いつの間にやらかたわらにラリーが立っていた。阿部和重はすかさず彼にこう訊ねずにはいられない。

「まさかこれもアヤメメソッドのせいじゃないよね？」

「ちがいますね」

「なんでそう言いきれる?」

「みんなおなじものを見ているようですから」

それもそうかと阿部和重は納得した。幻覚というのは総じて個人的かつ主観的な体験にほかならない。とすると、犬や人間が同時におなじ景色を見てとっているこの現象は、現実に生じている出来事と言ってさしつかえあるまい。

現に今、山形空港の駐車場においてまっ赤な空を見あげているのは二匹のマルチーズやふたりのミドルエージャーのみにとどまらなかった。まわりを見まわしてみると、搭乗か到着いずれかのロビーに用があって車を駐車させた矢先なのであろう空港利用客らの何人もが、打ちあげ花火にでも魅せられているかのごとくのけぞり気味に突っ立ってぽかんと口を開けている。

こんな場面を『未知との遭遇』でも観たなと考えると、映画のスペクタクルが現実化したかのように感じられ、ことの重大性を再認識していいよいよそのときなのかとつい身がまえてしまう。しかしほどなく、アルファードのそばを通りかかったスケーターファッションの男が耳にスマホをあてながら「オーロラ、オーロラ」と興奮した口調で電話の相手に伝えているのが耳にとどき、四五歳七ヵ月の小説家ははっとなってああそれかと蒙を啓かれた。

「オーロラっつうことはこりゃあれか、ベテルギウスが爆発して磁気嵐になったのか——」

それをラリーに言ったつもりだったがかたわらに彼の姿はない。どこへ行ったのかときょろきょろすると、CIAテロ対策センター所属の作戦担当官はトヨタ・アルファードの運転席に着いてドアを閉めかけているところだった。

となると、日本人協力者のこのおれは助手席に座るしかないとなり、阿部和重は早足で車の反対側へ向かった。車内へ乗りこむ間際、何時になったんだろうとふと思い、スイス製自動巻きクロノグラフの文字盤に目を落とすとそろそろ午前一〇時をまわろうとしている時刻だとわかり、「え」と声をもらしてしまう。徹夜同然のため頭が鈍りすぎてしまい気づくのに遅れたが、もはや一刻の猶予もない状況だった。

「オバマ大統領、到着してないよね？」

「まだ東京です。先ほどオークラで天皇皇后両陛下からおわかれのご挨拶を受けたところのようです。もうすぐ羽田を発つ頃でしょうが、専用機が離陸した時点でエミリーに連絡が入ることになっているので、われわれにも彼女から知らせがくるはずです」

「でもラリーさん、マジでやるわけね？」

「ええもちろん。それ以外に打つ手はありませんから」

目ざすは神町中学校であり、目的は生徒の誘拐だ。これまで伏せられていた「真実」がアレックス・ゴードンから明かされた結果、そういう結論に達したのだ。

アメリカ人にとってポピュラーなフレーズであり、オブシディアンのフェイバリット・フィルムが出典でもあったから、オズへの旅人を呼びもどす常套句を察するのはラリーには決してむつかしいことではなかったという。だが、そのパスワードが通って知覚の扉を閉ざし、ようやくコミュニケーション可能になったとはいっても、アレックス・ゴードンとの対話はひと筋縄ではゆかなかった。

　必要な答えを聞きだすのに結局ひと晩かかってしまったのは、こっちの世界に帰ってきても彼はしばらく「壊れたひと」のままだったからだ。あの世にもどりたがる幽霊を現世につなぎとめておくのに苦労させられたばかりか、ときおり錯乱したり脱線しがちなこの話者の奇抜な言葉づかいがしばしば意味不明に陥ることから、はじめのうちはその解読にも骨を折らなければならなかった。

　サードシートでのやりとりを聞きとどけるため、阿部和重は花と龍を助手席に移動させてからセカンドシートへと移り、子どもみたいにうしろ向きに座ってヘッドレストをはずし、背もたれに両肘をついて観戦する態勢をとっていた。ならんで座席に着いているゴードン氏とタイテルバウム氏は、それぞれに上半身を内側にひねって視線をまじわらせているが、話はいっこうに噛みあわない。

　打開の目処が見えてきたのは明け方ちかくだった。アレックス・ゴードンが、ＰＥＡＣＨを脱けだす直前までインベスティゲーション・ボードに眺めいっていたことをラリーが思いだし、共同墓地へあつまった菖蒲家関係者の写真をためしに閲覧させてみたところ、不意にたしかな反応をえられて空気が一変した。参列者の顔をすべて見とおしたあと、「壊れたひと」はきっぱりとこんな感想を口にしたのだ。

「There are pistils, but no seed」

このフレーズをくりかえし訴えてきたから、アレックス・ゴードンはなんらかの核心情報を知らせようとしているのではないかと思われた。しかし聞いているほうにとってはポエムじみた暗号文としか受けとれず、長くたいへんな一日の終わりにいたって疲れきった中年のおつむでは、彼の言わんとしていることはさっぱり見当もつかない。

「雌しべはあるが種はない」とはどういう意味なのか。「女はいるが男はいない」とでも主張したいのか。もしくは「親はいるが育つものはない」だろうか。あるいはこれもまた、だれかの著作からの引用か。先代アヤメミズキ七回忌法要の野外セレモニーに参列した顔ぶれに対する、暗喩的な指摘ではあるのだろうが、それをいったいどのように解釈すればいいのか。こんなときに一休さんがいてくれたらなあと新右衛門さんなら思うことだろう。

「なるほど」

窓外の闇が薄らいできた頃にそうつぶやいたのはラリーである。アレックス・ゴードンのメッセージを受け、菖蒲家関係者の写真をじっくり見なおしていた彼は、見すごされていたひとつの事実に思いあたったという。それにより、「There are pistils, but no seed」の意味がおのずと理解できたらしい。

「というとつまり?」

「ここにないものが重要ということです」

「写真に写ってないものってこと？」

ラリー・タイテルバウムはうなずいた。自身の思いつきにかなりの自信を抱いている様子がうかがえる。

「このセレモニーには、菖蒲家関係者の主だった面々が全員集合しているとわれわれは思いこんでいましたが、じつはそうじゃなかった。列席していない重要人物がひとりいるのです」

「それが種ってことか」

「まちがいありません」

目を離した隙にアレックス・ゴードンはあっち、へ帰ってしまっていたが、パスワードはもうわかっているからすぐにつれもどせるのでちょっとほっといてやることにする。ラリーもおなじように思ったらしく、青白い男の横顔を一瞥するにとどめて彼は話をつづけた。

「それにしても迂闊でした。なぜこれまでそのことに疑問を持たなかったのか――」

アヤメメソッドの影響下にあったからではないかと、阿部和重はとっさに言いかけてしまう。若干の間が空いたから、ラリー自身もそこに頭が行ったのかもしれない。気まずい流れに上書きするべく四五歳は急いで四六歳にこう質問した。

「写真だけじゃなく、なにか気づいたことがほかにもあんの？」

「ええ」

「なんなんすか」

「われわれが目を通した菖蒲家ファイルは不完全なものだったと思いだしたんです。そういえばあれには、肝心なことがひとつ書かれていなかったと」

「ああ、そんなこと前に言ってましたねえ」

「その書かれていないことの内容を把握しているのは、もとのメモを書きのこしたアレックスただひとりです。そして彼が今ここで指摘した、菖蒲家関係者の集合写真に不在の種。このふたつがぴったり重なる一点がある」

「それが？」

「田宮光明というわけです」

その名前の重要性はおぼえているし本人にもおれはいっぺん会っていると、阿部和重は思う。母親の田宮彩香とともに彼女の内縁夫たる金森年生の家に暮らす中学一年生だが、アヤメメソッド正規継承者《ミューズ》の最側近とも目される謎めいた少年だ。

名前の重要性はおぼえているし本人にもいっぺん会っているにもかかわらず、言われてみればたしかに田宮光明には自分もさほど興味が向かわなかったし、だれも注意をはらわずにきたことは奇妙でならない——もっとも、まだ義務教育を受けているような子どもだから軽視されていたという側面は少なからずあるのだろうが。

詐術に長けた菖蒲家のやり方を踏まえれば、意図的に彼は監視の目から隠され守られていたとも考えられる。だとすればやはり、この中一男子こそが最も無視できない存在と見なされなければならなくなるわけだ。

エミリー・ウォーレンからラリーが受けとった「菖蒲家ファイル／２０１３―２０１４」を不完全なものにしている「書かれていないこと」が明らかになれば、かような中一男子の重要度が裏づけられるのかもしれない。なぜならその、「書かれていないこと」とは、菖蒲みずきと田宮光明がどのような結びつきにあるのかを説き明かす、出会いの真相を指しているらしいからだ。

「なるほど、田宮光明か」

「阿部さんは八日前に対面していますね」

「そうと知ってりゃあのときもっとなんかできたのかな」

「どうでしょうか」

「てゆうか、クリスティアーノ・ロナウドもいちまい噛んでるとかはない？」

「ロナウドとは？」

「金森年生ですよ、結構な悪党なんでしょ、どっかで悪だくみに関わっててもおかしくなさそうじゃないですか」

「それはなんとも言えませんが、どちらにしてもアレックスの話を聞かないうちに先走った判断をくだすのはやめておきましょう。ここでまた虚像を追いかけてしまってはとりかえしがつきませんから」

おっしゃる通りではある。今日までに、イスラエルやサウジアラビア、さらにはイラン情報省の非公然工作員や北朝鮮がらみの破壊工作員、そしてスーツケース型核爆弾、などといったきな臭い影にさんざん振りまわされてきたわけだから、まやかしはもうたくさんだ。

頼りたいのは事実のみだが、厄介なことにそれは一見したかぎりでは虚偽との見わけがつきにくい。今度の相手は国や機関じゃなく、神町営団二条通りに住んでいる中学一年生だから、意外に身近な場所に道が開けたことはありがたいものの、かといって虚実の線びきが見えやすくなるわけでもなかろうし、歩むべきその道は依然けわしいとも阿部和重は思う。

表むきには一年前、新任の担任教師とその受けもちの児童として知りあうところからはじまっている菖蒲みずきと田宮光明の関係が、どこでどうなればアメリカへのテロ攻撃へと発展することになるというのか。「テロリズム、インターネット、ロリコンといった現代的なトピックを散りばめつつ、物語の形式性を強く意識した作品を多数発表している」作家の頭脳をもってしても、そんな突拍子もなく物騒な経緯をたどる間柄などまるで想像もつかない。いくら片方が秘術の使い手であり、ふたりの実態が単なる先生と教え子の仲にはおさまりえないものなのだとしても、たった一年のあいだ教室でともにすごしただけで、超大国の元首であり自由世界のリーダーでもある人物を脅かすまでの計画に手を染めるようになるとは考えがたいからだ。

いずれにしても両者の絆がどんなものかを理解する必要がある。アレックス・ゴードンからそれを聞きださなければ、菖蒲家のほんとうのたくらみにも近づけそうにない。さしあたっての問題は、「壊れたひと」がこちらの問いにまともに答えてくれるのかということだが果たしてどうか。例によって楽観できない状況がつづいている。

ラリー・タイテルバウムがまずあらためて、「There's no place like home」とみたび連続してとなえると、上下ナイキのジャージをまとったドロシーは無事カンザスに帰ってきた。次に彼の名前を呼び、訊きたいことがあるのだとラリーが何度も英語で話しかけてみるが、かえってくるのはさっきとおなじ「There are pistils, but no seed」というメッセージばかりだ。「壊れたひと」どころか「壊れたレコード」状態と化している。

その意味はわかっているから「seed」について教えてほしいのだとせっついてみても、こまったことにアレックス・ゴードンはまともに答えてくれはしない。英会話はできないまでも、ふたりの対話が成立していないことだけは見てとれる阿部和重はじれったくなり、見るに見かねてついこんなふうに口をはさんでしまった。

「だから、田宮光明ですよ田宮光明、なにか知ってるんでしょ田宮光明のこと。田宮光明と菖蒲みずきのことですよ、頼むから普通にしゃべってくれよ」

セカンドシートで観戦している野次馬からいきなり日本語で畳みかけられて面食らったのか、アレックス・ゴードンはぎょっとした顔でにらみかえしてきた。心なしか目に力がこもって正気がすっかりもどったみたいに見えるのは、ショック療法的な効果でもあらわれたのか。

ラリー・タイテルバウムも迷惑そうに眉間に皺を寄せつつこちらを向き、ふんと鼻を鳴らしてみせた。この大切なときに邪魔すんなというわけだ。われにかえった阿部和重はやべえと思い、恐縮顔でぺこぺこ頭をさげるしかない。

だがその直後、予期せぬことが眼前で起こった——「壊れたひと」が、驚くほど流暢に、日本語でこうまくしたててきたのだ。

「そりゃわたしだってしゃべりたいし田宮光明のことを洗いざらいぶちまけてやりたいよ。ところがご覧の通りのありさまなんだからしょうがないじゃないか。あわれなザカリヤに無理な要求はするもんじゃないってことだよ、わかるだろう？　わからない？——んん、いや待てよ、びっくりだな、わたしの声が聞こえるか？　聞こえてる？　聞こえてるんだな？　Oh God、なんてこった、こりゃ要するに、そういうことかね。わははは、なるほどOK、すばらしい、いいだろう、さあ興奮してきたぞ、どこからいこうか？　さっそくわたしが調べあげたことを話そうじゃないか」

アレックス・ゴードンがとつぜん成就させた二段目の覚醒に、阿部和重もラリー・タイテルバウムも芝居じみた反応を示さずにはいられない。ふたりして黙りこみ、ちらりと横目でおたがいを見やり、戸惑いをわかちあったのだ。Ver.2の変化におよび、彼自身の素顔をとりもどしたらしいゴードン氏は、「壊れたひと」とは打ってかわってうっとうしいくらいに饒舌な男だった。

「お察しの通り、田宮光明こそがキーパーソンなんだ。菖蒲みずきは彼のために世界を変えようとしている。一族の罪ほろぼしとして、彼女は田宮光明の復讐劇に加担してるつもりなんだが、あくまでもそれはつもりであって本人の意向を完全に汲んでやっていることじゃなさそうだってのがこのメロドラマのポイントだ。つまりミューズは勝手に話をふくらませて、田宮光明が本気で望んじゃいなかったようなことにまで手を出してるふしがある。だから余計に面倒なことになっちまってるわけだ。子どもの復讐心を拡大解釈して、バカみたいに大袈裟な筋書を用意してドラマチックに盛りあげすぎたあまり、国会議事堂をぶっ壊して日本の首都機能を神町に持ってこさせてしまった。これ全部、菖蒲家の仕わざなんだ。ミューズや彼女の家族たちがやったことだよ。死人が出なかったといってもな、とんでもない話だ。なぜそこまでやるのかといえば、神町をクレンジングするためだ。住民を入れかえて、なにもかも新たにつくりかえた神町を、世界の中心として再出発させる気なんだよ。かつて若木山がそう見なされ、あの山のレプリカとして鎌倉大仏が建てられた時代のようにね。ほかにもなんか突飛なことが企画されているにちがいないが、正直いってどこをゴールにさだめているのかはわからない。もしやあんた、資金提供して映画を撮らせたりとか、文化事業にも積極的なんだから菖蒲家のくわだては悪いことばかりじゃないのかもって誤解しちゃいないか？　だとしたら冷静になったほうがいいぞ。スーツケース型の戦術核が新都に持ちこまれているかもしれないんだから、彼女たちをあまく見ないほうがいい。オバマ大統領がくるのは明日かい？　アメリカが犯した罪のつけを全額はらわされる機会になりかねないぞ。おそらくなんらかのことが起こるだろうが、おそろしい事態にならないようにとわたしは祈るのみだよ。地下室の幽霊にはどうすることもできないからね。わたしのナショナリティーはもはやアメリカにはないんだ。エメラルド色の夢のなかに生きているわたしはもうアメリカ人じゃない。いずれにしてもだ、ヘイあんた、わたしにかかった呪いの封印を解いてくれてどうもありがとう。たまたま麻生家のバックアップにめぐまれて、田宮光明の秘密に触れちまったものだから、わたしはミューズにひどくにらまれたらしくてね。秘密をもらさないようにアヤメメソッドで意識を拘束されて、アホみたいに持ってまわったしゃべり方しかできなくされちまってたんだよ。田宮光明はわたしのヴォルデモート卿だったたってわけだが、彼の名前をあんたがつづけてとなえてくれたことでどうやら禁忌じゃなくなったようだ。これでわたしも晴れて自由の身だから、訊かれたことにはなんでも答えるよ。ただし外には出ないぞ。陽に焼かれることにわたしの肌は耐えられないんだ。だから外出だけはなしだ。あんたのことは以前に調べてよく知っているから自己紹介はいらない。Wikipedia にだっていろいろと書いてあるしあれでじゅうぶんじゃないか。疑ってるならあててやるが、あんたは菖蒲あおばと同業の神町出身者だ、そうだろう阿部和重さん」

●

田宮光明の実父と実祖父は同日同所でともに爆死している。

実祖父とは母方の、田宮彩香の父である明《あきら》だ。そして実父のほうは、麻生興業に在籍していたよそ者の前科もちである隈元光博《くまもとみつひろ》という男だ。それは田宮家のパン工場で粉塵爆発が発生したことによる事故死とされているが、爆発の直前までふたりは激しくいがみあったあげく、暴力沙汰におよんでいた可能性が高いと見られている。二〇〇〇年八月二八日月曜日の、深夜の出来事だ。

あらそいの果てに両者が非業の死を遂げる直接の引き金となったのは、田宮家と麻生家という、終戦直後から手を結びつつ地元裏社会を牛耳ってきた二大ファミリーのあいだに生じた軋轢だった——田宮家の二代目当主たる明が、二〇いじょうも年下の麻生未央を一五年にわたり愛人にしてきたすえ、みずからの都合でいっぽう的に関係を終わらせた、という事情を踏まえれば、その降って湧いたような確執の背景には愛憎入りみだれる複雑な因縁があったとも考えられる。また当時、神町では怪文書がばらまかれるなどのすさまじい田宮家バッシングが巻き起こっていたこともあり、地元裏社会の亀裂というストーリーが信じられやすい状況もできていた。

だがそれは、直接の引き金ではあっても真の原因は別にあると受けとめているのが、ほかならぬ菖蒲家の四姉妹だ。田宮光明の実父と実祖父が同日同所でともに爆死するにいたったのは、もとをただせば自分たちの祖父がまいた種であり、アヤメメソッドが元凶にほかならない——一家の戦後史をつまびらかにするなかで、かような罪責の念を募らせていったところから姉妹の贖罪の日々がはじまったことは石川手記でも示唆されている。

もとをただせばそれは戦後占領期にさかのぼることになる。占領末期の一九五一年初冬に神町で起こった、数名の売春婦に対する組織的拉致監禁暴行事件と被害者一名の死――郡山橋事件と通称されるその凄惨きわまりない集団リンチの首謀者は、二〇〇〇年夏のバッシングでは田宮家の先代だったとするもっともらしいデマが流されていたが、真相は菖蒲家の家伝継承者とGHQ特務機関の共同による人心操作実験の一環でひきおこされた事態であったことは、石川手記にも記されている通りである。だが、死亡した売春婦が田宮光明の曾祖母にあたるという事実は、情報コミュニティーはおろかCIAでも共有されてはいない。

忌まわしい地元の恥部として、神町住民が風化させようとした郡山橋事件を、絶対に忘れさせまいとして復讐にあらわれたのが田宮光明の実父である隈元光博だ。母と祖母を蹂躙した連中への仇討ちをもくろみ、憎むべき果樹王国へとやってきた彼が、移住の目的を隠して麻生興業に職をえられたのは、受刑者仲間だった麻生繁彦の紹介があったからである。

隈元光博の母である光江《みつえ》は、ひとちがいで拉致され郡山橋事件の犠牲者となった氏名不詳の売春婦と占領軍アメリカ兵士とのあいだに産まれたいわゆる「GIベビー」だった。早くに夫と死別した彼女は、山形県南陽《なんよう》市の老舗温泉旅館で働きながら女手ひとつで息子を育てていたところさらなる不幸に襲われてしまう。赤湯《あかゆ》温泉に茶色い髪をして目鼻だちのととのった派手な美貌の仲居がいるという噂を聞きつけ、神町になおもはびこるよこしまな影が当の老舗旅館へと忍びより、しつこくつきまといだしたのだ。

光江の過去を嗅ぎつけ、陵辱のかぎりをつくすおぞましい残虐行為がくりひろげられた郡山橋事件の実態などもひきあいに出しつつ彼女をゆすりつづけ、なぶり者にしていた神町住民がいる。その男、松尾孝太《まつおこうた》の死体が白骨化した状態で見つかったのは、暴風雨の影響で神町の市街地が大規模冠水に見まわれた、二〇〇〇年八月一日火曜日のことだ。これは隈元光博が、母と祖母の恨みを晴らすべく三八口径ピストルでの殺害を実行し、復讐を果たした結果である。

その隈元光博と恋仲となり、親に隠れて密会を重ねるうちに身ごもった際、田宮彩香はまだ一八歳の女子高校生だった。ふたりがどれほどの感情で結びついたカップルであったかはたしかめようもないが、彩香自身が恋愛の幸福を味わえた期間はそう長いものではなかったにちがいないと想像できる。翌年の四月二八日土曜日に光明を産んだときにはすでに、子どもの父親ともみずからの父とも死別していた彼女は、同日に兄をも失っている——三兄妹の長兄である博徳《ひろのり》は、田宮家バッシングを扇動する悪党の手下となりひそかに悪事を働いていた女性中学校教師を問いつめ、片棒かつぎの言質をとった矢先に殺されてしまったのだ。かくして二〇〇〇年の夏、麻生家とならび戦後神町の裏社会を牛耳ってきた田宮家は、当主と跡つぎとパン工場をいっぺんになくして家屋敷も手ばなす羽目となり、実質的な崩壊をむかえている。

二〇〇〇年八月二八日月曜日の夜に神町で命を落としているのは田宮親子と隈元光博の三名にとどまらない。同夜に神町では、不穏な事件・事故がらみで一〇名の者が急死しているが、そのなかにはのちに田宮彩香の内縁夫となり、光明の養父となる金森年生が死にかけることになる自動車事故もふくまれている。それは五名の男たちが乗る暴走車両が川原へ落下し、四名が即死にいたった自損事故だが、現場となったのはまたもや郡山橋だった。

軽トラックの無謀運転による暴走事故として処理されたこの一件からは、菖蒲家の贖罪やたくらみに結びつくような内実は特に見いだせない。とはいえ、重傷を負いつつも唯一の生存者となった金森年生にとってのおおきな転機になっているという点では、見すごせない出来事ではある。

それは彼が整形手術をくりかえすきっかけとなったばかりでない。悪党連の仲間らといとなむ地元レンタルソフト店を舞台に収集した神町住民の表裏にわたる個人情報を独占し、思いのままに悪用できる状況をもたらしたという意味では、金森年生にとってその事故はまさに怪我の功名となった——仲間に死なれてしまった代わりに、お宝の山わけをする必要もなくなったのだから。

悪党としてひと皮むけた成果か、あるいは整形手術で別人の顔だちに変身したことがはずみとなったのか、金森年生は当の事故からほぼ一年後には、田宮彩香を誘いだして心を開かせることに成功している。天真爛漫な田宮家のすえっ子に長らく目をつけていたらしいこの男は、父と兄と生まれ育った実家を同時に失い若くしてシングルマザーとなった彼女の喪失感につけこみ、違法に稼いだ金でしばしば援助してやるなどして距離を縮めてゆく。

死にぞこないの小悪党はこれ以降、若いシングルマザーを籠絡したすえついには神町営団二条通りの自宅に移り住まわせ、母子に対する支配をじわじわ強めていったようだ。当の支配は金銭のみならず、ときおりドメスティックバイオレンスをまじえて飴と鞭の使いわけで進められた。傷つけられた田宮彩香はただちに息子と逃げだしたこともあったがやがて舞いもどってしまい、その後も彼女は金森年生とくっついたり離れたりをくりかえすうちに典型的な共依存の関係に陥り、いつしか内縁夫婦におさまっていたという次第らしい。

菖蒲みずきと田宮光明が最初に出会ったのは一年前ではない。はじめて顔を合わせた場所は小学校の教室でもない。ふたりはそれよりさらに三年も前の、二〇一〇年五月三日月曜日に、神町祭りの雑踏のなかで知りあっている。これは菖蒲家監視チームの記録にも残っている事実だが、当時のCIA東京支局長はそのふたりの急接近をまったく重視しなかった――お祭りの屋台がならぶにぎやかな参道で、小学三年生と女子大学生が長々と語らうことにいったいどんな危険が潜んでいるというのかと、秘術の脅威に鈍感な支局長は一笑にふしたようだ。

しかしアレックス・ゴードンはそれを軽く見なかった。彼はすでに、麻生未央より田宮家との因縁や二〇〇〇年夏の出来事についてくわしく教えられていたからだ。隈元光博をめぐる秘話も田宮家崩壊の内幕も頭のなかにあり、石川手記の内容にも精通している立場からすると、その事実には大いにそそられるものがあったらしい。連休中の伝統行事開催日とはいえ、菖蒲みずきがわざわざ帰郷し、田宮光明への接触をはかった意図には高い関心を持たざるをえなかったというのだ。

　なぜならそれは菖蒲家としては異例の行動だったからだ。あらかじめ田宮光明の素性を把握したうえで、菖蒲みずきはみずから彼に近づき話しかけているのは明らかだが、郡山橋事件にまつわる贖罪活動に取り組む四姉妹は従来、特定の人物に対する直接のコンタクトだけは徹底してひかえてきたはずなのだ——そうした原則を彼女たちが忠実に守っていることを内通者《オブシディアン》が証言している。とすると、ここにきてあえてルールをやぶってまで犠牲者遺族への接触に踏みきったのだとすれば、そこにはなんらかのせつなる思わくがあるのかもしれない。現にミューズは、その後も九歳の男児と会うためにたびたび神町へ帰ってきていた。

　かような経緯を経て、監視チームは一時的にリソースを田宮光明へ集中させることになる。チームをひきいるアレックス・ゴードンが、支局長を説き伏せて実施したのは金森年生宅の日常をまるはだかにしてしまうほどの本格的な調査だ。電気工事会社による漏電点検の勧誘をよそおい、金森母がひとりきりのときをねらってその住まいを訪れつつ、築年数の古い家なので電気設備や配線すべての検査と修理をつづけておこなうのに時間がかかるといつわりを告げておく。そして数人で居宅へあがりこんで作業に入り、ありったけの盗聴器と盗撮用小型カメラを母屋と離れ家の両方にとりつけたのである。

そうして日ごとあつめていった情報を、ひとつひとつ内通者《オブシディアン》にぶつけて照合するなかで見えてきたのが次のようななりゆきだったという。

菖蒲みずきは田宮光明に対し、つぐないをさせてほしいと率直に頼みこんでいる。子どもの耳には入れられぬどぎつい細部ははぶいてことの次第を説明しつつ、隈元家や田宮家が陥った苦境への責任が自分たち一家にはあると打ちあけ謝罪したうえでそう申しいれたようだ。加えてその際、祖父が犯した罪過の実像をとらえやすくする必要から、石川手記に書かれた人心操作術の秘伝についてもつつみ隠さず伝えることすら彼女はいとわなかったのである。

せめてもの罪ほろぼしとして、これからあなたが大人になるまでのあいだ望みどおりの生活を送れるように手だすけをしてさしあげたい——一歳下の男児へそんなふうに告げたというアヤメメソッド正規継承者は、この自分のことはランプの精みたいなものだと思っていつでもＳＯＳを発して呼びつけてくれてかまわないとも言いそえていたらしい。

これは金森年生によるドメスティックバイオレンスを念頭に置いた誘いかけだったと見られる。菖蒲みずきは、神町営団二条通りの住まいで田宮親子が母子ともに虐待を受けている事実をとうにつかんでいた——原則をやぶって直接のコンタクトをとったのは、その問題を深刻視したがゆえの行動だったようだ。恐喝や詐欺などで生計を立てる男のもとで小学三年生が生活することも彼女は憂慮していた。

そうした状況を終わらせるべく、まずは家庭事情への介入の権限をえるための呼び水として、つぐないと救援の約束を持ちかけたのだが秘術の使い手にも誤算があった。アヤメメソッドで簡単にひとをあやつってきたことの弊害として、日常のコミュニケーションでは相手の機微を気にかけぬ単刀直入な物言いになりがちのミューズは、子どもの説得にもまことに不なれだった。おかげで善導に失敗したあげく、逆に親への忠誠心をひきだしてしまい、内縁夫婦の仲をひき裂くことを田宮光明がかたくなにこばむ結果を生んだのだ。

あるいはそれは田宮光明が、離別と復縁をくりかえす共依存夫婦の理解に苦しみ、愛あるがゆえの波風なのかと子ども心に誤解していたせいなのかもしれない。もしくはのちのちなされうるかもしれぬ、養父からの仕かえしをおそれての拒否だった可能性もなくはない。

どちらにしても当人の同意なくして内政干渉は許されず、結論ありきで子ども心を誘導するわけにもゆかないと菖蒲みずきは考えていたらしい――これがそもそも人心操作実験の犠牲者に対するつぐないである以上は、田宮光明自身の意思まで秘術でみだりにあやつってはならないという道義的な理屈からだ。そのためミューズとしては妥協点を探らざるをえず、さしあたっては最低限の処置として、母子への虐待を封ずる暗示を金森年生にかけるにとどめるほかなかったようである。

しかし一家の過去をつぐない、ランプの精みたいに大人になるまで暮らしぶりを見まもると約束したからには、田宮光明がこのまま悪党の住み処で生活しつづけるのを黙認はできない。かといって、九歳の子どもを無理矢理に母親からひきはなすこともためらわれる。だとすれば善導をあきらめず、秘術であやつることなくただひたすらに話しかけて情理を説き、小学三年生に被害者の自覚をうながして金森年生への処罰感情でも持たせてゆくしかない。

菖蒲みずきはどうやらそんな判断をくだしたようだが、今度こそ失敗をまぬかれたかといえばとてもそうとは言いがたい結末にいたった。端的に彼女はやりすぎてしまった嫌いがある。なぜならミューズのその導きは、被害者の自覚や処罰感情どころか、宛先さえも異なる過大な復讐心を目ざめさせてしまったからだ。

田宮光明は神町営団二条通りの住まいを出たがらなかった。虐待がぴたりとやんでしまえば、悪党の住み処は小学三年生にとってなにかと便利な遊び道具《デジタルガジェット》がそろっており、むしろどこより居心地のいい環境となったからだ。金森年生はサイバー犯罪にも手を染め、内縁妻のつれ子もこき使うべくパソコン操作を仕こんで悪事の手つだいをさせていたから、暴君の重石がとれた光明は九歳児ながらやりたい放題ができるようになってよろこんでいたわけだ。そうして彼は、やっと手に入れた自由と万能感を堪能していったのだ。

サイバースペースでやりたい放題ができる知識と装備を持ち、やっと手に入れた自由と万能感を堪能する九歳児が増長してゆくのは自然の摂理と言える。だが、そんな善悪や虚実の区別がおぼつかない子どもに対し、アヤメメソッドなる人心操作術《スーパーパワー》の秘伝を打ちあけてしまったことはハイリスクな賭けだったと見ざるをえない。そして案の定、当の人心操作術《スーパーパワー》がどこまで通用するものなのかを田宮光明は強く知りたがるようになっていったから、菖蒲みずきはみずからの賭けに負けてしまったことになる。

超能力というのは往々にして、この世俗社会においては有効性の証拠がもとめられるものだ。小学三年生も当然のごとくそれを菖蒲みずきに要求した。秘術がほんとうのものでないのなら、大人になるまで助けるという約束も信じられないし、ランプの精は嘘つきだとしか思えなくなるだろう——こんなふうに、一家の罪をつぐなう相手に迫られてしまっては、アヤメメソッドの正規継承者としてはなにもしないわけにはゆかない。

証拠は示すが、それは道義的かつ有意義な行動がともなうものでなければならないと九歳児を諭したすえ、人心操作の格好なる対象として浮上したのが金森年生だった。養父には母も知らない裏の顔があるとして、田宮光明が次のように語ったことがその決定打となった。

その趣味を、だれにも悟られまいとして注意をはらい、常日ごろは自制しているようだが、金森年生には小児愛好者の裏顔がある。注意をはらって自制していても、たまに衝動を抑えられず外で見かけた女児に手を出しているらしい。同級生のひとりから、あなたのパパに若木山公園でいたずらされたと相談されたのがきっかけではじめてそういうことがわかり、ときどきこっそり跡をつけたりしてみたが、まだ確実な尻尾はつかめていない。しかし一緒に暮らしていて注視していると、テレビに映った少女を見つめるまなざしなどからたしかにそんな気配が感じられることはある。また同級生がひどい目に遭わされたら最悪なのでこれをどうにかしてほしい。インターネットでいろいろ調べてみたら、二〇〇五年五月二日月曜日に隣町で発生した天童市女児誘拐殺害事件という未解決事件があり、被害者の小学二年生が遺体で見つかったのは天童ではなくこの市内の関山大滝《せきやまおおたき》だというから、養父が犯人なのではないかと不安でならない。

もしも養父が未解決事件の犯人だとしたら、いたずら程度では済まない事態をふたたび起こしかねないから、絶対にそういうことがないようにしてほしい——かような田宮光明の要求に応え、ひとをあやつる秘術がほんとうのものだと証明するために菖蒲みずきがおこなったのは、金森年生の心身に女児への拒絶反応をプログラムすることだった。それはどういうものかといえば、半径十数メートル圏内に女児がいると認識した途端、本人が自主的にその場から遠ざかるまで反射的に嘔吐をくりかえしてしまうという動作指定だ。

心身へじかに働くこの接近禁止命令はすこぶる効いた。路上で吐きまくる金森年生の姿を目のあたりにした田宮光明は、アヤメメソッドがほんものであることを即座に認めたようだ。

ただしこれは九歳児には刺激が強すぎる実証のデモンストレーションだった。サイバースペースにとどまらず、現実世界でいつでもやりたい放題ができる方法があることを、順法精神の未熟な小学三年生に教えてしまったのは更地に怪物の種を植えつけたにひとしい。

怪物の種は、育ちざかりの無分別な欲望を栄養にしてみるみるうちに発芽し茎を伸ばし、さらなる自由と万能感を欲して人心操作術《スーパーパワー》をほしいままにする誘惑へとかりたてるだろう。播種した大人の責務として、怪物化する子どもの暴走をふせぐために絶えず寄りそい、その都度ブレーキをかけてやらなければならないが、田宮光明を秘術であやつることを菖蒲みずきはおのれにかたく禁じている。

したがってブレーキの役割につとめ、懸案の善導をなし遂げるにはただひたすらに話しかけ、情理を説いて怪物化へと向かう欲望を静め、対話を重ねて当人の理性をはぐくんでゆく以外に手がない。だが、親子でもない間柄の負い目ある立場にとって、それがきわめてけわしい道のりになるであろうことは明らかだった。

菖蒲家の謝罪とつぐないを受けいれるには、神町を浄化《クレンジング》するとともに、諸悪の根源を懲らしめる必要がある――復讐心を目ざめさせた田宮光明は、いつしかそんな条件をミューズに突きつけてくるようになったという。このとき九歳児の脳裏にあった諸悪の根源とは占領軍を意味しており、それはすなわちアメリカ合衆国を指していた。

サイバースペースでやりたい放題ができる知識と装備を有する九歳児が、ウェブ上に流出した石川手記を自力で入手し、その内容に目を通して郡山橋事件の内実をより詳細に把握してしまうのは時間の問題だったと言える。二〇一〇年の夏休みのあいだに、それを実行したすえに田宮光明が気づいたのは、曾祖母よりつづくみずからの血縁者のなかで唯一、なんの苦しみも味わわず、むごく痛ましい事件の実態にも触れずに災難からまんまと逃げおおせた者がいることだった。祖母光江の実父にあたる、氏名不詳の占領軍アメリカ兵士だ。

郡山橋事件の犠牲者である曾祖母と関係を持ったあと、その男は「GIベビー」ができたことも知らずに本国へ帰還したのだろうから、自身が守るべきものも守らずいっさいの責任を果たしもせず、ひとりだけ遠く無縁な世界で安穏と生きていったにちがいない。

田宮光明はそのように想像し復讐心をたぎらせていった。血縁者のだれもが不幸で悲惨な目に遭っていったなか、無責任な大人の男が無傷でひとり逃げきった、というストーリーがおさない正義感や憎悪を燃えあがらせた。現実には、彼の曾祖父はアメリカへは帰らず、朝鮮戦争に出征し安穏とは対極の地獄を見ていた可能性も低からずあったが、それにすぐさま思いあたらせてくれるほどの現代史の知識が当時の九歳児には欠如していた。

経歴もなにもさだかでない、名の知れぬ曾祖父についてわかっているのは、アメリカ人兵士という事実のみだった。それゆえ想像をくりかえすうち、小学三年生の思い描く相手は次第にひとのかたちではなくなってゆく。九歳の復讐者が頭に浮かべつづけるのはだんだんと、アメリカの一語のみになっていったのだ。アメリカという国そのものが、逃げのびた曾祖父とイコールで結ばれて憎むべき対象となり、やがては諸悪の根源と呼ばれる標的と化したのである。

その敵愾心のみなもとは、報復感情というよりも、どちらかといえば挑戦者の闘志のほうに近いのかもしれない。彼の復讐心は少なくとも、実父の隈元光博が母と祖母の恨みを晴らすために松尾孝太の銃殺をもくろんだのとは異質の意志にちがいなく、言い方を変えれば自己実現に似ているように思われる。

あるいはそれは、怪物化へと向かう欲望に衝き動かされた自由と万能感のさらなる追求であり、スーパーパワーによる別のスーパーパワーの打倒であり、世界最強の超大国《スーパーパワー》アメリカへの挑戦の意欲なのではあるまいか。そんな田宮光明と対話を重ねるにつれ、菖蒲みずきは善導をあきらめて方針の転換をはかり、九歳児が抱いた野望の実現に手を貸すことでつぐないとする道を結局は選んでしまったのかもしれない。

●

このように、iPhone 5 のテキスト作成アプリで文書にまとめたアレックス・ゴードンの調査内容を、阿部和重は早朝のうちにエミリー・ウォーレンのメールアドレスにあてて送っておいた。中年紳士の親切心から出た行為ではなく、エミリーとラリーの両方に頼まれておこなった、日本人協力者である小説家としてのひと仕事だった。これで次に合流するまでには、関係者全員が情報を共有できているはずだ。

一年分のたまりにたまったおしゃべりの欲求を爆発させたあと、さすがに語り疲れたらしいアレックス・ゴードンはトヨタ・アルファードのサードシートにころんと横になってたちまち寝入ってしまった。信憑性はともかく、じゅうぶんな量の「真実」を話してはくれたから好きなだけ眠ればいい──そんなふうなことを、助手席で自分も瞼を閉じそうになっているラリーがつぶやいたため気にかかり、彼の話にはどこか疑わしいところでもあるのかと阿部和重は訊ねた。

「もちろんゼロではありません。はっきりこの部分と特定はできませんが」

「ぜんたいの印象ってこと？　言葉づかいがうさんくさいとか、そういうの？」

「うさんくさいのはその通りですが、それよりも──」

「なんですか」

「オビーですよ」

「ああ、それか」

「情報源のたいはんは彼女ですから、全面的に真に受けていい話ではないわけです」

「菖蒲家の側の情報についてはそうなっちゃうか」

「ええ」

「でもさ、田宮光明のほうはかなりあてにできるんじゃないの？　盗聴器と隠しカメラで監視チームがあつめた一次情報なんだし」

「オビー経由の情報よりはあてにできるものが多いでしょうね。ですが、ミューズから田宮光明になんらかの指示が入っているという可能性も否定はできない」

「それって、アメリカ人がおまえんちに盗聴器やら隠しカメラやら仕かけまくってるから、家んなかではひと芝居うっとけとか、そういう指示ってこと？」

「そこまでではないにしても、ほんとうに重要なことは家では話すなとか」

「ああ、まあそれくらいならありえるか」

ラリーはおおきな欠伸をしていっそう瞼を重そうにしている。これでは体が持たないから、三〇分ほど仮眠をとっておこうかと彼は提案してきた。インパネ時計は午前六時を表示している。花と龍には駐車場のすみっこででも排尿させて、映記もいったん抱っこでトイレにつれていっておけば安心して少し眠れるなと算段し、阿部和重はそれに同意した。

トイレからもどり、ジュニアシートにおさめた三歳児をスムーズに二度寝させるのに成功した父親が運転席に着くと、助手席のラリー・タイテルバウムがまだ瞼を閉じきっていないと気づいてぎょっとなった。徹夜明けの血走ったまなこでこちらを見て、瀕死のドラキュラみたいな面をしてなにを言いだすかと思えば、ただちに出発しようなどと無茶な思いつきをぶつけてくる始末だ。田宮光明の身柄を早く拘束しておきたいから、神町営団二条通りへ向かいたいのだという。こんな朝っぱらに民家へ押し入ったら、たちどころに警察を呼ばれて多勢に無勢でそこであえなくゲームオーバーだぞと阿部和重はいさめた。

「エアフォースワンが羽田から飛びたつまでにあの子を捕まえればいいんでしょ? だったら仮眠とるくらいは時間あるじゃん。寝不足のせいで目的とげる前に事故っておしまいとかなったら洒落になんないし、今はひと休みしとこうよ。どのみち相手は中一の子どもひとりなんだから、平日の午前中なんて八時半くらいまでに登校するだけなんだし雲がくれなんかするわけないって」

ラリー・タイテルバウムは不服そうに首を振った。ならばせめて家の近辺で張りこみ、通学路へ出てきた田宮光明を車に押しこんで即刻つれされるようにしておきたいなどと、半開きの目で彼は食いさがってきた。阿部和重も首を左右に振って応じ、それでも八時頃に金森宅の近所へ行けば余裕で間に合う話だから、一時間は休憩すると主張してゆずらなかった。

そんなやりとりを何分かつづけているうちに、抗弁の意志に勝る強さの疲労と睡魔に襲われていたらしく、ラリーは口数が減っていってほどなく寝息を立てはじめた。それを見とどけほっとした阿部和重は、運転席の背もたれに身をあずけて深々と溜息をつき、瞼を閉じた。そうは言っても座席に座ったままではなかなか寝つけないんだよなおれ、などと彼は心でつぶやいたが、ほんの数秒もするとその四五歳の身体は反射機能や感覚が低下し意識もとぎれていた。

「オーロラっつうことはこりゃあれか、ベテルギウスが爆発して磁気嵐になったのか――」

●

それをラリーに言ったつもりだったがかたわらに彼の姿はない。どこへ行ったのかときょろきょろすると、CIAテロ対策センター所属の作戦担当官はトヨタ・アルファードの運転席に着いてドアを閉めかけているところだった。

となると、日本人協力者のこのおれは助手席に座るしかないとなり、阿部和重は早足で車の反対側へ向かった。車内へ乗りこむ間際、何時になったんだろうとふと思い、スイス製自動巻きクロノグラフの文字盤に目を落とすとそろそろ午前一〇時をまわろうとしている時刻だとわかり、「え」と声をもらしてしまう。徹夜同然のため頭が鈍りすぎてしまい気づくのに遅れたが、もはや一刻の猶予もない状況だった。

「オバマ大統領、到着してないよね？」

「まだ東京です。先ほどオークラで天皇皇后両陛下からおわかれのご挨拶を受けたところのようです。もうすぐ羽田を発つ頃でしょうが、専用機が離陸した時点でエミリーに連絡が入ることになっているので、われわれにも彼女から知らせがくるはずです」

「でもラリーさん、マジでやるわけね？」

「ええもちろん。それ以外に打つ手はありませんから」

助手席下のフロアにはラリーのダッフルバッグが置いてあるので足もとが窮屈でならない。が、運転席に移った巨体の持ち主はそれを我慢して数時間おねんねしていたのだからこちらも耐えねばなるまい。

車が走りだしたら花と龍がやっと吠えるのをやめてくれたので聴覚だけはやすらぎをえられた。振りかえってセカンドシートを見てみると、二匹は映記の膝もとに乗ったり降りたりしながら遊んでおり、三歳児に頭をなでられて機嫌がよくなっている。サードシートのほうは依然として熟睡中のようだ。

幹線道路へ出たアルファードは、山形空港の敷地を迂回するために時速一〇〇キロ近くのスピードで北上している。この速度超過の原因は自分にあると理解している阿部和重は、ドライバーに向かっておそるおそるこう述べてみた。

「しかしちょっと、寝すぎちゃいましたね、まさかこんなに経ってるとは――」

だから言ったろというふうに、ラリー・タイテルバウムがぎろりと横目でにらんできた。またもや足をひっぱり、ここまできてもなおスパイ映画の典型的現地協力者のお約束《おっちょこちょい》を演ずるばかりのみずからに恥じ入る阿部和重は、恐縮して二の句が出てこない。お小言をあれこれちょうだいしてしまうかと思われたが、ふだんは短気なケースオフィサーはすでに気持ちを切りかえているらしく運転に集中している。今さらこまかいことなど気にしちゃいられないから前進あるのみといった様子だ。

「この時間だと学校でがっつり授業中か――どうします？」

「変更はありません」

「いやだから、どうやって外につれだします？　担任とかに早退させるわけを説明しなくちゃなんないけど、親に頼まれてむかえにきたって言ったって、家に電話されたらいっぱつで嘘だってばれちゃうし」

「わたしがＦＢＩになりすまします。田宮光明の家族に重大な国際犯罪の嫌疑がかかっていて、その捜査にたずさわっていると伝えてから、重要証人として彼を保護しなければならなくなったとでも話せば二、三時間は稼げるでしょう」

やけに早口だなといささか面食らいつつ、「なるほど」と阿部和重は返答した。二、三時間その出まかせが通ってくれれば、オバマ大統領の神町訪問が終了するまでのあいだ第三者には邪魔されず、田宮光明を手もとに置いておけるだろうという目算だ。

つまりラリーは、菖蒲家が徹底してガードしてきた神町中学校一年男子を人質にとることで、アメリカ合衆国大統領の身の安全を確保しようともくろんでいるのである。成否の見とおしはまったく不透明だが、それ以外に打つ手がないのだから仕方がない。

神町中学校には五、六分ほどでたどり着いた。正門から入って左手に見える駐車場にアルファードを停めると、ラリー・タイテルバウムは一瞬たりとも躊躇することなく無言で車外へ出ていった。校舎へ向かってすたすた歩いてゆくそのうしろ姿にも、迷いはわずかも見うけられない。

あたりまえの話だが、彼は本気なのだと阿部和重は思う。ラリーは本気でＦＢＩになりすまし、授業中の教室から田宮光明をつれだすつもりなのだ。百戦錬磨のほら吹き《スパイ》とはいえ、この日本で証人保護だとか突拍子もないでたらめなんか言っちゃって大丈夫なのだろうかとどきどきがとまらない。息ぐるしいくらいの緊迫感で胸が押しつぶされそうだが、頭のなかでは反対に『ビバリーヒルズ・コップ』の軽快なテーマ曲が延々と流れてしまうのを制御できない。

「どうしたの？」

数分後、ラリーがひとりで帰ってきたため阿部和重はとっさにそう問いかけた。運転席に着くと、ラリー・タイテルバウムは溜息ひとつもらすことなくハンドルを握り、アルファードを発進させながらこう答えた。

「田宮光明は学校にきていません」

「え？」

「彼は今日、学校を休んでいます」

「病気ってこと？」

「理由は不明です。連絡がないので担任が自宅へ電話をかけたそうですが、だれも出ないと」

これにはにわかにぞっとなった。おそらく自分は今、顔面が限界まで蒼白になっているにちがいないと阿部和重は自覚する。やはり朝っぱらだろうがなんだろうがあのとき神町営団二条通りへ急行しておくべきだったのか。どやされるより沈黙のほうがつらいので、わかりきっている次の行き先をドライバーに訊いてみる。

「金森年生の住まいです、間に合えばいいですが――」

さらにぞっとしてしまうのは、これから金森年生宅へ駆けつけてもしも田宮光明が不在だった場合だ。家族全員であえて平日にショッピング、なんてことはまず似つかわしくない一家だしそれはないだろう。勝手に学校をさぼってアーケードゲームで遊んでいる、というのはいかにもありそうな中一男子の生態だが、ここで考えあわせなければならないのは、病欠でないとすればなぜわざわざ彼がこの日を選んで授業を欠席しているのか、だ。

オバマ大統領が神町を訪れる今日という日にあわせて休みをとったのだとすれば事態は深刻だ――田宮光明は菖蒲みずきと行動をともにしている可能性が高くなるからだ。そうなってしまったらもはやこちらには打つ手が完全になくなってしまう。

よくよく考えてみれば、菖蒲家がなにかたくらんでいるのなら、大統領到着間近のこの時間帯はあらかじめ立てた計画に沿って動きだしているにちがいない。とすると、怪物への意志を抱く中一男子もそれに同行していると見るのが必然的な帰結だ。こいつはたいへんまずいことになってしまったと思い、一気に悲観的になっていって阿部和重は胃薬がほしくなる。

「ラリーさん、田宮光明はきっと家にいないよ。たぶん菖蒲リゾートとか、菖蒲家の連中と一緒にいる気がするわ。そうだったらどうしようかな、全部おれのせいだわ――」

「そうかもしれませんが、そうじゃないかもしれません。どこにも出かけずひとりで家にいるってこともありえます。五分五分ってところでしょうが、われわれは在宅の可能性に賭けてみましょう」

　こんな切迫した状況だというのに、致命的なヘマを仕でかしたのかもしれない素人の役たたずを気づかってくれるのか心の友よと、阿部和重はありがたくて泣きそうになる。気が短いはずの米国紳士に表情でだけでも謝意を伝えたくなり、微笑みながら隣を見やると、いまだかつて名づけられたことのないような感情をたたえた凄みのある横顔に出会って四五歳の小説家は目をそらすしかなくなる。Google のサーチボックスに「狂人」と入れて画像検索したらずらっと出てくるイラストみたいな形相だ。ラリーのあんな顔つきはこれまで見たことがない。せっぱつまりすぎて、彼の頭はなかばおかしくなっているのかもしれないが、ことによるとこのおれだってもう似たような状態なんじゃないかと思われ寒気がしてくる。

　神町営団二条通りにも五、六分ほどでたどり着いた。金森年生宅のアプローチスペースに通ずる出入口から数メートル手前の路肩にアルファードを停めたラリーは、それをよこせというふうに、助手席下のフロアに置いてあるダッフルバッグを指さした。

「阿部さんはこれを」

　そう言ってラリーはバッグからとりだしたプラスチックカフ、いわゆる結束バンドを差しだしてきた。自分に同行して田宮光明の両手をこいつで縛れと指示しているわけだ。

テロ対策センター所属の作戦担当官自身は、おなじみのテーザー銃をおさめたホルスターを腰のベルトに装着させた。

「ヘイ、気をつけろよ」

昨夜ひと晩じゅう耳にした声が後部座席から放たれてきた。見ると、アレックス・ゴードンがサードシートから身を乗りだしていて、映記とともにマルチーズたちの体をなでなでしながらこちらのほうへ視線を投じていた。彼が目ざめてくれたことで、三歳児をあずけて車を離れられるから、これでラリーの指示をことわる理由がなくなってしまった。

「油断するなよふたりとも」

以前に金森宅を盗聴器や隠しカメラでのぞき見しまくっていた菖蒲家監視チームの前チーフが、ことさらに警戒をうながしてくるからにはなにかあるのだろうか。阿部和重は訊ねた。

「金森年生ですか?」

「そうだ、やつはこれを持ってる」

言いながら、アレックス・ゴードンは右手を拳銃のかたちにして発砲する真似をしてみせた。「Chief's Special だよ。わたしが知ってるかぎりじゃ弾は二発だけだったが、今はどうかな。あとで何発か買いたしてるかもしれないぞ」

ここでそんな脅しはやめてくれよと思い、四五歳七ヵ月の男は途端に足がすくんでしまう。しかしぐずぐずしてはいられない。運転席のドアをとっくに開けていたラリーが「行きましょう」と急きたてて先に出ていってしまったから、拘束役をまかされた阿部和重も彼につづくしかない。

二度目の訪問となる金森宅の玄関口に立った阿部和重が「ごめんください」と大声を張りあげると、前回と同様アポカリプティック・サウンドみたいな犬の吠え声がまず轟いた。その数十秒後、ビーグル犬を抱っこしてあらわれた老婦は今回は「税務署ではないのね?」とは訊いてこなかったが、ふたり組の訪問者を目にして動揺している様子はうかがえた——三歳児が一週間で髭面の巨漢に成長してしまったとでも誤解したのだろうか。

「田宮光明さんはご在宅でしょうか?」

老婦の返事は聞こえてこなかったが、その代わりに彼女はうんうんうなずいていたからひとつめの確認はとれた。田宮光明は出かけてない、少なくとも彼はまだ、菖蒲みずきと行動をともにしてはいないのだ。どうやら最悪の展開は回避できたらしい。ほっとしつつふたつめの確認をとる。

「今はどちらにいらっしゃいます?」

老婦の返事はまたしても聞こえてこない。ジェスチャーもないから危機を察し、義理の孫の身を案じて答えるのをためらっているのだろう。阿部和重は声を強めて質問をくりかえした。

「どちらにいらっしゃいますか？」

　老婦は変わらず答えない。その代わりに今度はビーグル犬がけたたましく吠えだした。すると家の奥から「うるっせえぞこらくそばばあ、さっさと黙らせろや」という怒鳴り声が飛んできた。中一男子が発した声じゃないのは即わかる。なぜならそれは聞いたことのある罵声だったからだ。金森年生も在宅中なのかと思い、阿部和重は急にそわそわしだしてさらに老婦を問いつめた。

「金森さん時間がありません、早くしないと光明さんはこれからとんでもない犯罪を起こしちゃいますよ。神町に今日、アメリカの大統領がくることはご存じですよね？　信じられないかもしれないけど、あの菖蒲リゾートの連中にそそのかされて、光明さんは大統領になにか攻撃するつもりなんですよ。おれたちはそれをとめるためにきたんです。このひとはＦＢＩですよ。下手したら税務署が入るより何倍もつらいことになります。だから彼の居場所を教えてください。光明さんはどこにいますか？　お願いします、彼はどこです？　教えてくれたら息子さんの稼ぎのことは税務署に内緒にしといてあげますから」

　税務署が効いたのかどうなのか、老婦は顔をぐにゃぐにゃにゆがめながらもようやく応答してくれた。といっても言葉ではなく、胸もとで右手をぐるりと円を描くように動かしてから、最後にその親指でみずからの背後を指ししめした。ぴんときて、阿部和重は小声でこう問いかけた。

「離れにいるの？」

老婦はこわごわな面持ちで一回だけうなずいてみせた。田宮光明は母屋ではなく離れ家のほうにいると、ふたつめの確認がとれた。中一男子をかばうためにいつわりを伝えている可能性もあるが、ここは彼女を信ずるしかないのではないか。そう思いつつ振りかえると、ラリーもおなじ考えのようだった。

「行きましょう」

母屋の裏手にまわりこむとすぐに、いちめん放置農園がひろがるばかりの土地があり、もともとは農機具倉庫として使われていた離れ家が十数メートル先に建っているのが見えた。アレックス・ゴードンによれば、シャッターがついているその軽量鉄骨造の建物内に今あるものは農機具ではなく、数台のパソコンとか商品撮影用の設備とか転売用の限定品や品薄品のつまった大量の段ボール箱などであり、さながらちいさな悪のAmazonオフィスの様相だという。

離れ家の側面にとりつけられたアルミサッシドアの前に立ち、円筒錠タイプのノブをつかみながらラリーがやや前かがみの姿勢で片耳を寄せて音を聞きとり、内部の状況を探ろうとしていた。邪魔にならないようかたわらで待機している阿部和重の耳には、だれの話し声もなんの物音も特に聞こえてこず、ただ高まるおのれの心音にあおられるばかりだ。

放置農園じたい風もなく静かだった。ここだけ切りとれば牧歌的で平和そのものといった風情だが、今日は上空のおもむきがいつもとすっかりさまがわりしている。うえを見あげれば依然として見わたすかぎりまっ赤に染まったままの空なので、自分たちが現実のなかにはいないような気がしてしまう――たとえオーロラだと理解していても、それは一度も経験にない光景ゆえ、目にするうちにどうしてもトライポッドが次々に出現しそうな不安がもたらされてくる。

五、六秒が経つとラリーが無言で首を縦に振り、突入の合図を示した。つづいて彼はそっとノブをまわそうとして握った手に力をこめていたが、内側から鍵がかかっているらしくドアを開けられない。中一男子が出てくるのを待つしかないかと阿部和重が思った矢先、こんな場合はこうするもんだとCIAの準軍事訓練で教わっていたのかどうかはさだかでないが、ラリー・タイテルバウムは考えあぐねるそぶりなど毛ほども見せずに右足をあげて力いっぱい靴底で踏みつけ、そのいっぱつでドアノブをふくむ施錠部品を破壊してしまった。

経年劣化がこちらに幸いしたのだろう、ノブの部分がまるごとはずれてしまったアルミサッシドアは、その影響でぶらーんというふうに外側へひとりでに開いてくれた。それにより見えてきたのは、大量の段ボール箱にかこまれ配線だらけになっている屋内の、中央あたりの壁際にすえられた大型チェストの前でしゃがみこんでいる田宮光明の姿だった――いちばん下のひきだしに片手をつっこんでなかを漁っている途中だったらしく、とつぜんに衝撃音が鳴って鍵のかかっていたドアが開けられたものだから、びっくりしてかたまってしまっている。加えてそんなかたちでだしぬけに登場したのが正体不明の大人ふたり組だったことから、中一男子は身の危険を感じてパニックになりかけているのかもしれなかった。

先に動きだしたのはラリーだった。なんらかの直感をえたみたいにクイックモーションでいきなりダッシュすると、ラリー・タイテルバウムはまっすぐに中一男子めがけて駆けていった。阿部和重もそれを追うようにして走りだした。ふたり組が迫ってくるのを目のあたりにした田宮光明は、はっとなってひきだしをごそごそやるのを再開し、急いでなかからなにかをとりだそうとしていた。

うなじにテーザー銃の先端をあてて肩をつかんでも、田宮光明はかまわず必死にひきだしのなかを漁りつづけていた。そのためラリーは、年の割に長身ながらも華奢な中学生の体を軽々とひっぱりあげ、腹ばいに寝かせてうえから押さえつけた。不つりあいにすぎる対決であり、制圧劇というよりエキシビションみたいなものだった。間もなくCIAからアイコンタクトを送られた阿部和重は、子ども相手にこれはと若干の罪悪感をおぼえつつも、うしろ手に固定した中一男子の両手首をプラスチックカフで縛った。

子ども相手にちょっとやりすぎの感がないではないが、ともかく怪物の拘束には成功した。最も肝心の日に致命的なヘマを仕でかしたのかもしれなかった素人は、ミスが帳消しになって緊張がゆるみかけ、思わず「はあぁ」と声をもらしてしまいそうになる。

しかしここはまだ折りかえし地点にすぎない。アドレナリンが出まくっている自覚があり、興奮のあまり見すごしていることも多々あるのかもしれぬと気づき、阿部和重はみずからに自制し慎重になれと言いきかせた。

田宮光明は外出間際だったことを、彼の出でたちが物語っていた。サマーニットのカットソーにカーゴパンツという服装でバックパックを背負っていたから、ひきだしのなかのものをとりだしたら彼はただちにどこかへ出かけるつもりだったのかもしれない。そうなっていたら今度こそ、中一男子はこの町のサンクチュアリたる菖蒲リゾートへと逃げこんでいたにちがいない。タイミングとしてはぎりぎりの危ないところだったわけだ。

拘束した田宮光明を立たせて、その左右両側をラリーとふたりではさんで歩かせた。中一男子はずっと無言をつらぬいているが、観念しておとなしくなっている様子ではあった。そうして離れ家を出た矢先、母屋のほうからずんずん歩みよってくるクリスティアーノ・ロナウドの似姿が目にとまり、これはまたまずいことになったぞと阿部和重は身がまえた。

「なにごとだよこれはよ、てめえらひとんちで勝手になにやってくれちゃってんだよ」

言いながら金森年生は至近距離までやってきてカットソーの胸もとをつかみ、両脇にいる男たちから田宮光明をひきはなそうとした。それはたちまち力の勝負へと発展する。切り札を奪われてたまるかと、ラリー・タイテルバウムが中一男子の右腕をつかんで放さなかったからだ。かくして胸もとと右腕のひっぱりあいとなり、のどかな静寂につつまれていた放置農園に口ぎたない罵りが響きわたることになる。

「放せっつってんだよこらてめ禿げ、なんなんだよこのくそ毛唐がよ」

いらだちを募らせた金森年生が、ラリーの脇腹を蹴りつけようとして左足を突きだしてきた。だが、いくら容姿がクリスティアーノ・ロナウドそっくりになってもキックの威力までは真似できるものではないらしい。蹴り足をあっさり片手ではらわれたあげく、そのまま体勢をくずされて転倒させられてしまった小悪党は、つづけざまにテーザー銃の銃口と冷厳なるまなざしに見おろされ、あわてふためく結果となったのだ。

瞬時の視認だったせいか、相手が握っている飛び道具を一撃必殺のハンドガンと見てとったらしく、あわてふためいた金森年生は彼自身のAmazonオフィスへと逃げるように駆けこんでいった。徹夜明けの髭面米国紳士は、ギャングかテロリストかと見まがう殺伐たる風貌と化していたから、撃ち殺されるととっさに判断し小悪党が身を隠したのは無理からぬ行動ではあった。そんな養父のふるまいをどう受けとめたのか、田宮光明はうしろ髪をひかれるみたいに振りかえってしばし歩くのをこばんでいたが、巨漢のアメリカ人から行くぞとせっつかれるうちにやがて抵抗をあきらめた。

「待てこら禿げ」

驚いたことに、小悪党はただ単に離れ家へ身を隠したわけではなかった。背後をかえりみると、形勢逆転を確信しきっているかのような面がまえをした金森年生が一丁のリボルバーを右手に握りしめてふたたび歩みよってきていた。あれがそうかと阿部和重はひと目で思いあたる。アレックス・ゴードンが「気をつけろよ」と警戒をうながしていた実弾二発入りの拳銃、スミス&ウェッソンM36チーフズ・スペシャルがこちらにねらいをつけて迫ってきていた。

電撃銃に対して火器を持ちだされてしまい、縮みあがるどころではない戦慄に襲われる。撃たれてもいないのにいっぱつ食らってしまったかのごとく、想像力のお仕事をしている四五歳七ヵ月は早くも胃のあたりがきりきりと痛くてならない。アレックス・ゴードンによれば、あれには最低でも二個の実包がこめられている可能性が高く、もしかすれば追加で買いたしていることだってじゅうぶんにありえるという話だ。そのうえ相手が相手である。順法精神がいちじるしく低く、かっかきちゃっている荒くれ者だけに、あとさき考えずにぶっ放して憂さを晴らそうとするような無鉄砲をやらかしてもおかしくはない。そんな展開ばかりが、修羅場なれしていない素人の脳裏を駆けめぐってしまう。

それからパンと発砲音が鳴るまでに二秒もかからない。ハンドガンをかまえて接近してくる金森年生を認めた途端、ラリー・タイテルバウムもテーザー銃を相手に向けて近づいていった直後だ。そのとき、ふたりのあいだのへだたりは三メートルもなかったように見えた。地べたに倒れたのはアメリカ人諜報員ではなく神町の小悪党だった——ワイヤー針がおなかに突きささって電撃を受けたロナウドのにせものは、全身をぴんと伸ばして呻き声をあげて苦しんでいた。M36チーフズ・スペシャルの銃口から発射された.38スペシャル弾は、ラリーには命中せずに彼の顔をかすめて母屋のほうへ飛んでいったらしかった――家の壁か柱にでもめりこんだか、跳弾となって最終的には放置農園の黒土のうえにでも転がったのだろう。

プラスチックカフで金森年生の拘束にとりかかるラリーからテーザー銃をあずかると、阿部和重はいちおう子どもを安心させておこうと思い、「スタンガンだから怪我はしてないと思うよ」と田宮光明に対しささやいてやった。中一男子はそれには無反応だったが、興味をそそいで注目しているものがあったせいでたまたま言葉が耳に入っていなかったのかもしれない。ラリー・タイテルバウムがいったんテーザーホルスターにつっこんだ三八口径をじっと見つめている様子がうかがえたため、さっきひきだしを漁っていた際の彼の探し物は、ひょっとするとあれだったのではなかろうかと小説家は推しはかった――テーザー銃とはかたちもおおきさも異なるものの、チーフズ・スペシャルは皮革製ホルスターのなかにきれいにすっぽりおさまっていた。

「そっちの彼もつれてくの?」

両手両足を縛られた小悪党を顎で指し、阿部和重がそう訊ねると、熟練ケースオフィサーは首を横に振りながら金森年生を力ずくで立たせ、ひきずるようにして離れ家のなかへとつれていった。三〇秒ほどすると外へもどってきたラリーは、はなはだ疲労をたたえた表情でひとつうなずき、「OK、行きましょう」と口にして田宮光明の右腕をつかんだ。その場を立ちさりかけたとき、離れ家の奥から「みつあきぃ、みつあきぃ」と中一男子に呼びかける悲愴な声が聞こえてきた。当の声の主は、ケーブルで体をぐるぐる巻きにされて柱に縛りつけられ、子どもを追いかけることができない状態になっていたのだ。

●

「金森年生がいつその銃を入手したのかはわからない。わたしが知っているのは、金森はあの離れにくるたびに、いつも熱心にそいつを手入れしていたってことだけだ。ランチのあとにひきだしからとりだしてはせっせとみがいて大事にしているのを毎日のように見かけたよ。しかしやつは、ガンコレクターとかマニアってタイプじゃない。実際、あそこで銃の類いはほかに見なかったしな。どっちかといえば、それはあいつのお守りみたいなものなんじゃないか。わたしにはそんなふうに感じられた。そういやいま思いだしたが、これは橋の下からひろってきたんだと話して、そこにいる少年にも何度か見せびらかしていたはずだ」

セカンドシートへ移りつつも、座面のスペースはマルチーズたちにゆずっているアレックス・ゴードンがそのように説明した――座席下のフロアに体を沈めて座っているのは、陽にあたらない工夫らしかった。

問題のリボルバーはサードシートにいるラリー・タイテルバウムの右手に握られていて、シリンダーの中身をチェックされているところだ――残りの弾数はいっぱつのみだというから、ストックを補充する気が金森年生にはなかったのかもしれない。うしろ手に固定された両手首を縛られたまま、ラリーの反対側に座っている田宮光明は、車に乗せられてからもひたすら押し黙ってただ窓外の風景を眺めていた。

「その銃は野川の川原でひろってきたんだって、金森年生はきみに言ってたよな？　なあおい、そうだよな？　ヘイ光明さん、聞こえてるんだろ？」

ハンドガン入手をめぐる証言を座席下からアレックス・ゴードンがもとめたが、田宮光明はやはり黙してなにも語らなかった。ラリー・タイテルバウムもその話題をひきつぎ、どうなんだと問いかけていたが、彼も返答はひとこともえられずに中一男子を隣で見はりつづけなければならなかった。

トヨタ・アルファードはこのとき神町西五丁目公園の駐車場を目ざしていた。麻生興業の事務所を出たエミリー・ウォーレンとそこで待ちあわせているためだ。火事の事後処理に追われている麻生未央は事務所に張りつかざるをえないらしく、花と龍はのちほど山本を公園へ使いに送ってひきとるので屋外テラスのカフェにいてくれとの伝言がエミリー経由でとどいていた。

当の伝言の追伸によれば、昨夜のＰＥＡＣＨ襲撃は土地取引価格交渉の決裂に憤慨した麻生繁彦がひきおこしてしまった事態とのことだった――森不動産二代目の愛車フェラーリ・４５８スパイダーに消火器を二本も投げつけて、車体をへこませてフロントウインドーのぜんめんにひび割れをつくってしまったのがそもそもの原因だったというから、なんとも気持ちのやり場にこまる顚末だ。無残にもPEACHは焦土と化し、セーフハウスとしてもラブホテルとしても休憩利用することはもはやかなわない。しかし一週間ほど親子で世話になり愛着を感じている場所でもあるから、阿部和重は最後にその焼け跡も心に銘記しておかなければと思いつつアルファードのハンドルを握っていた。

大統領専用機が羽田空港を飛びたったと知らせるショートメッセージがラリーのNexus 5にとどいたのは、四〇分ほど前の午前一〇時半すぎだった――すなわち今から二、三〇分後には、オバマ大統領は神町に到着する。

山形空港に着いた大統領は専用車に乗りこんですぐに陸路を移動するはずだ。その際の、大統領一行の車列台数は三五から四五台におよぶと言われている。そこには重火器装備の警護車をはじめとして、有害物質探知器や放射線量測定器や電波妨害装置を搭載した各車両に無線車や救護車などの支援車両が多数ふくまれており、さらに車列の前後を警護する日本警察の白バイやパトカーが加わることになっている。それらが大統領の危機回避を果たすべく臨機応変に働き、ほんのささいな異常でもすみやかに察知し、敵襲と見なせば武装した警護要員が即座に排除につとめるだろう。

空港の敷地を出て県道一八四号線を約一・八キロメートル走行したあと、大統領一行の車列は工事中の区間を避けるために神町西五丁目公園に沿って走る片側一車線道路を迂回路として通行すると見られている。迂回路を三〇〇メートルほど行ったところでまじわる県道一八四号線との交差点を右折し、つづいて二五〇メートルほど先の交差点で県道一二〇号線へと入れば、アメリカ合衆国大統領は日本の新たな中央官庁街にむかえられ、おそらくは沿道につめかけた無数のスマホカメラにかこまれながらその道をまっすぐ六、七〇〇メートル進み、新国会議事堂へたどり着くという道順が予想される。あるいは若木山の視察を済ませてから議事堂へと向かい、国賓恒例行事の国会演説をおこなって今回の訪日を締めくくるという予定を組んでいるのかもしれない。

神町西五丁目公園の駐車場に入ると、エミリー・ウォーレンがはしっこの車室に停められた車によりかかって腕を組んでいた。彼女の体をささえているのはリアバンパーがへこんだハッチバックのハイブリッド車ではなく、ボディーカラーがホワイトパールのSUVだった。その、三菱・パジェロの隣にアルファードをおさめると、座席下に身を置いたまま額を窓にくっつけて車外をのぞいたアレックス・ゴードンが、「Oh! That's my car!」などと子どもみたいに歓喜の声をあげたせいで花と龍がわんわん吠えだしてしまい、腹ぺこだとぐずっていた映記が二匹をなだめるという混沌たる状況が生まれていた。

昨日カーチェイスを演じたあのホンダ・インサイトは、火災現場から持ちだしそびれて使いものにならなくなってしまったのだという。そのため麻生家のガレージに長らく保管されていたこのSUVを未央よりたくされたのだとエミリーは開けた窓ごしに話してから、やっとまともなやりとりができるまでに回復した前任チーム長に鍵を手わたした。約一年ぶりに手のひらに載せた愛車の鍵を、アレックス・ゴードンは感慨ぶかげにしげしげ見つめていたが、しばらくすると自身の後任者へそれをそっと突きかえしてしまった。

「なぜ？」エミリーが不思議そうに訊ねた。

「なぜって、運転するとなったら外にも出なくちゃならないだろうし運転席は日光にさらされっぱなしになる。それはわたしの肌には不適切だからな。わたしはなるべく陽に焼かれないように、こうしてうしろのシートに隠れてなきゃならない。空の下を歩くのはすばやく必要最小限にとどめなけりゃならないから、いちばんいいのは陽が暮れたあとなんだが、運転は今みたいに朝も昼もってことになりがちだ。そういうわけだからその鍵はきみにあずけるよ。もしも気に入ったら車ごときみのものにしてくれてかまわないし、どうにでも好きに使ってくれ」

いまだ「壊れたひと」の名ごりがあるのかとエミリーは当惑しているらしく、なにも言いかえせずに肩をすくめて両手をひろげていた。そんな彼女を尻目に自分の荷物を運びだし、パジェロの助手席へと移動させているラリーに対して、黒髪ボブのケースオフィサーは目くばせして助言をもとめていたが、髭面の同僚は希望に応えない。そういうのに関わるのはごめんだといった具合に、ラリー・タイテルバウムは薄情に首を横に振るばかりだった。

「阿部さん、ひとまずここでおわかれです」

とうとつな別離の宣言だが、そのわけをラリーは次のように説明した。

CIAの三人は、これから田宮光明をパジェロに乗せて走りながら人質をとったことを連絡して菖蒲家と交渉し、解放の条件としてオバマ大統領の身の安全を確約させる。数時間後、訪問日程をすべて終えた大統領が無事に専用機で神町を発ったことを見さだめてから、人質の中一男子を神町営団二条通りの住まいへ送りとどけてやる。それでさしあたっての主要な任務は実質的に果たされたことになるから、典型的現地協力者のサポートは現時点で不要となる。したがって阿部親子とはここでおわかれとなるが、一連の作戦行動は国家機密にあたるため協力者の存在についてもいっさい秘匿せざるをえないから、今後の接触は保証できない。

「ひとまずってゆうかさ、それってもう会うことはないって話だよね」

ラリー・タイテルバウムは微笑みを浮かべていた。返事はないが、つまり答えはその通りだということなのだろう。三月三日が顔を合わせた最初の日だから、彼とは今日で五四日間ともにすごしたことになるわけだ。バイバイするとなると呆気ないものである。言いたいことはその都度ぶつけてもなお、いろいろと山のようにたまっていたにもかかわらず、こうも急にさようならを告げられると頭のなかは戸惑いしかなくなる。とにかくこれといった台詞がひとつも出てきやせず、小説家としてもこのおれはまったくの無能になり果ててるらしいとつくづく思い知らされてしまう。

田宮光明とアレックス・ゴードンはすでにパジェロの後部座席におさまっていた。エミリー・ウォーレンはその運転席でエンジンをかけ、いつでも出発できるように待機している。おなかを空かせた映記はアルファードの車内で辛抱づよくマルチーズたちと一緒に待ってくれている。ラリー・タイテルバウムと阿部和重のふたりだけが、車外で向かいあってわかれの場面に臨んでいるところだった。四六歳と四五歳はおたがい言葉を忘れたみたいに微笑みあっており、ハグでもすればいいのだろうかと思いがめぐるばかりだ。

この駐車場はまばらというか、昨日と同様に片手でかぞえられる台数の車しか見うけられない。だがひとの姿はちらほらあり、なぜか皆こちらのほうへ視線を投げてきているのが気になった。見世物の要素はどこにもないはずなのになんなんだと思うが、自意識過剰の勘ちがいかもしれないから気づかなかったことにするしかない。

「ちょっと待ってください」

そう言ってラリーがスマートフォンを耳にあてた。表情がみるみる張りつめてゆくのがわかり、雲ゆきがあやしくなってきたぞと思う。その矢先、にわかにあたりが騒がしくなってきて阿部和重はきょろきょろしてしまった。駐車場にちらほらいるひとびとがいっせいにうえを見あげている。二時間ほど前にも空港の駐車場で似たような光景を目のあたりにしたが、それとこれは事情が異なった。血塗られたみたいにまっ赤に染まった神町の空に、白地に青の塗装がほどこされ UNITED STATES OF AMERICA とロゴが記されたジェット旅客機があらわれたのだ。

アメリカ合衆国大統領専用機ボーイングVC－25が山形空港の滑走路へ着陸してゆくのを見とどけると、今度は風船がいきなりパンと割れたみたいにエミリーとラリーが同時にあわてた声を発した。

「ラリー急がないとまずいわ、駐車場の出入口が封鎖されてる、早く車を出さないと、交通規制がはじまってるからどこにも行けなくなってしまう」

運転席のドアウインドーを開けてそう急きたててきたエミリーに対し、電話を切ったラリーが首を左右に振りながらこう応じた。

「エミリー無駄だ、われわれの動向が菖蒲家に捕捉されている」

「え、なに？」

「われわれはずっと菖蒲家の関係者に監視されていたようだ。ここにいることも知られていて、車のナンバーまでばれている、二台ともだ」

「どういうこと？」

「オブシディアンから電話があった。ミューズが今から田宮光明をむかえに行くと言ってきた。逃げても町中の人間が追いかけていくことになるから、だれにも怪我をさせたくなければそこでおとなしくしているようにと脅されたよ」

そうこうしているうちに駐車場の出入口は完全に封鎖されてしまった。その出入口に面した国道一三号線もいつの間にか走行車両が一台もいなくなっているから、交通規制はとうに万全に実施されている模様だ。こんな状態でパジェロを走らせるには公的な許可をえなければ無理だろう。ケネディ駐日大使から日本政府にでも話を通してもらうしか手はなさそうだが、かといって仮に公道へ脱けだせたとしても、菖蒲家の脅しはブラフとは思えないから逃げきることはむつかしいかもしれない。

「あのさ、さっきからこっちをちらちら見てる連中がいるんだけど、あれがその監視役なんじゃないかな」

ラリーは周囲を見まわしながらうなずき、「それっぽいのが四、五人いますね」とつぶやいた。

「とりあえず公園のほうへ移ったほうがいいんじゃない？　ここだとさえぎるものがなんもないからおれらまる見えだし」

「そうね、そのほうがよさそう」

同意したエミリーはさっそく車のエンジンを切り、移動の準備にとりかかった。阿部和重も映記とマルチーズたちを車内から降ろすべくアルファードのパワースライドドアを開けた。ラリー・タイテルバウムだけがただひとり、次の行動に遅れてしばし立ちつくしていた——が、不意になにか思いたったみたいにパジェロの横へずかずか歩いてゆき、ひっぺがすような動作でリアドアを開けはなつと、車外へひっぱりだした田宮光明の背負っているバックパックに片手をつっこんでなかをごそごそ漁りだした。

バックパックからひきぬかれた手にはスマートフォンが握られていた。位置情報を菖蒲家に送っていたのはこいつの仕わざか、という目でラリーはそのiPhone 5をにらみつけ、一度は地面にたたきつけようとする所作を見せたが途中でこらえ、電源ボタンを長押しして「スライドで電源オフ」の操作をおこなう処置に切りかえていた。今さら手おくれかもしれないが、やらないよりはいいと思いながら阿部和重はそれを見つめていた。

「行きましょう」

電源を切ったiPhone 5をバックパックのなかへもどすと、絶対におまえを放さないという威圧感を漂わせてラリーは中一男子にぎゅっと身を寄せた。レッツゴーとうながすケースオフィサーの声はひどくしゃがれていたが、そのまなざしには断固たる意志の光が宿っていた。

●

神町西五丁目公園はぜんたいに緑ゆたかで複雑に入りくんだ設計になっているから、一時的に身を隠すには悪くない環境だろう。アスファルトの地面を小走りに進みながら阿部和重はふとそんな楽観を抱いたが、すぐに、いやそうじゃないと思いなおした。子どものかくれんぼじゃないのだから、植えこみやウッドフェンスなんかに頼るんじゃなくもっと適した潜伏先を早急に見つけださなければならない。しかしどこに敵の目があるか知れず、厳重な交通規制が敷かれて車も使えぬこんな状況下では、それは至難のわざ以外のなにものでもない。

阿部和重が映記を抱っこし、エミリーが花と龍を両脇にかかえ、ラリーが田宮光明の片腕をつかんで早足で駐車場をあとにした。アレックス・ゴードンはといえば、彼はパジェロに残ることを選んだ──スキンケアを重視するあまり、おてんとうさまのもとへは出られない地下室の幽霊は、車のトランクにまるまって隠れながらあっちの世界にひきこもることを切望したため、鍵だけ渡して置いてゆくしかなかったのだ。

駐車場のはしっこは公園の裏口に接しているので園内へと忍びいるのはたやすかった。くりかえし振りむいて後方をたしかめつづけているが、追っ手がやってきている気配は見あたらない。ということは、さっきいた四、五人の監視役らしき連中はうまくまけたのかもしれない。とはいえ、こんなときの早合点は命とりになりかねないこともこの五四日間の経験上よくわかっている。これ以上の楽観が浮かぶようならそいつは正常性ダイモスだか闘将バイアスとかいうやつだから、自分の考えを決して信じちゃならないと阿部和重はみずからに言いきかせる。

手はじめに向かった先は屋外テラスのカフェだった。花と龍をひきとることになっている譲二似の山本が、早めに着いて一服しているかもしれないと見こしたからだ。もしもこのタイミングで彼と落ちあえたら、交通規制エリア脱出の先導と危険のない潜伏先への案内をついでに頼めるかもしれない。たとえ権勢は陰り満身創痍ではあっても、麻生興業にはまだそれくらいの力が残っているはずだ。こちらは一週間さんざん厄介になっていて、そのうえ先方は火事の事後処理でたいへんな最中なのだからあつかましいとは思う反面、麻生家の三代目ならどうにかしてくれるだろうという身勝手な期待があった。

しかしそんな期待はひと目で散った。山本譲二と会えなかったばかりでなく、店にはだれもおらず椅子もテーブルもあらかたかたづけられてしまっていたのだ。

代わりにあったのが、「パークサイド・カフェは本日臨時休業いたします」と書かれた立て看板だった。交通規制の影響で客足が減るとでも見とおし、昨日のうちに休むことを店主が決めていたのかもしれない。なんにしてもやはり楽観視というのは害悪だと痛感させられる。それどころかこりゃおれたちは、どこまでもことごとく裏目に出る悪い流れにはまっているのではあるまいか。そう思ってしまうと途端に思考は逆流をはじめ、阿部和重は悲観を受けいれるしかなくなってゆく。

スマホを操作するためエミリーが花と龍をテラスのデッキにおろしたのを見て、自分も抱っこをやめると映記が言いだした。マルチーズたちをお世話したくなったようだ。ただでさえ、腹を空かせて不機嫌になりやすい状態の三歳児ゆえ、大爆発をふせぐには少しでも望みどおりにさせてやったほうが賢明かも、と四五歳の父親は判断する。急がばまわれというわけだ。椅子やテーブルが一脚もないせいでちいさな野外ステージみたいに映るデッキテラスの一角にちょこんとしゃがみこみ、白い二匹の小型犬とたわむれはじめた息子の無邪気な様子を目にすると、緊張がいくらかながらほぐれてくる。

しかしたった二、三秒後には緊張が倍にふくらんでしまう。沿道警備か園内のパトロールにあたっているらしい警察官ふたり組がだしぬけに目の前を通りかかったからだ。スマホを操作中のエミリーも犬と遊ぶ映記もその父親も、職務質問を誘うような餌はひとつもぶらさげていないと言いきれる。だが、よその家庭の中一男子とペアを組んでいるラリー・タイテルバウムのたたずまいには、はっきりと不審者のそれが認められる。なにより最悪なことに、彼の腰ベルトに装着されたテーザーホルスターには三八口径のリボルバーが今も入れっぱなしになっているのだ。ここで田宮光明が一回でも「おまわりさん」と呼びかければ全部おじゃんになってしまうだろう。

どうかどちらも気にとめないでくれよと阿部和重は祈った。警察官には素どおりしてもらいたいし田宮光明には黙っていてほしい。そんなのは虫がよすぎる話かもしれないが、ここまできて全部おじゃんはいくらなんでもあんまりだし、この世界の安全保障体制にとってもまことにまずいことになってしまう。

Nexus 5の液晶ディスプレーに視線を落としつつ、ときおり上下左右にせわしなく眼球を動かしなりゆきを見まもっているエミリー・ウォーレンも、おなじ懸念を秘めているのがそのしぐさからうかがえる。ラリー・タイテルバウムは左手で中一男子の肩を抱くような姿勢をとっているが、右手はいつしかちゃっかりホルスターに添えられている。とはいえ、チーフズ・スペシャルを警官の目から隠すつもりでそうしているのか別の用途のためかは素人には見わけがつかない。

実際は一〇秒にも満たないだろうが、体感では一〇時間くらいが経ったところで警察官の姿は見えなくなり、阿部和重は思わず溜息をついてしまってエミリーにきつくにらまれた。われながらこれはヘマをやらかしたぞと即座に自覚し反省する。

田宮光明は今回、警察官に助けをもとめることをしなかったが次回もそうとはかぎらない。彼がＳＯＳを発しなかったわけは単に気がまわらなかったのかそれとも踏んぎりがつかなかっただけなのか。そのどちらなのかはさだかでないが、こちらがほっとして溜息をもらしたのを見てとり、拉致グループにとってさっきはピンチの状況だったのかと中一男子が解釈し、ふたたび警官があらわれたら声を出してしまおうと決心することはたぶんにありうるのだ。

ブーンという機械音が聞こえてきたので反射的に上空を見あげると、一機のドローンが頭上へ飛んでくるのが目に入ったが、なんだか挙動があやうい——故障しているみたいにふらついていて今にも地面に落下しそうだ。あれも川上班の機体だろうか。法規制の整備は進んでいないから、報道撮影の名目があれば承認はえられるのかもしれない。オバマ大統領の新都訪問の模様を無事カメラにおさめなければ家には帰れないのだと妻は先月メールに書いていたから、この近辺でロケ撮影をおこなっている可能性はいつにも増して高い。

そうだとすればまさに、「ワルキューレがんがんに鳴っちゃってる」状態で仕事の追いこみに差しかかっているところにちがいない。空撮中に電波妨害装置で墜とされなければいいがといささか心配しつつ、今日という日は彼女にとってもアポカリプス・ナウか、などとふと思ってしまうが、ここでばったり撮影クルーと出くわすかもと考えると、ロケ現場にはなにがあっても近づかないと山下さとえにかたく誓ったことが想起されてやべえと感じ、要解決の課題がありすぎて阿部和重は頭をかかえたくなる。ドローンはどうやらほんとうに芝生広場のあたりで墜落してしまったらしかった。

どこかに電話をかけていたエミリーがNexus 5を耳から離すと、ラリーが彼女に「どうだった？」と訊ねた。

「駄目、つながらないわ」

「なになに？」会話に乗りおくれた阿部和重が声を低めて首をつっこんだ。

「カフェは営業してないけど、急いで会いたいからおなじ場所で山本を待ってると未央にメッセージを送ったのよ」

「なるほど、それで返事は？」

「山本は一〇分いじょう前に事務所を出てるから、もう着いてなきゃ変だと。交通規制で足どめされてるのかもね」

「山本さんとじかに連絡をとれないんですか」

「だから今かけたのよ。番号を未央に送ってもらって電話してみたけどつながらないわけ。通話がかかりにくい状態になってるってアナウンスが流れたから、回線の問題ね」

身動きをとるのがいっそう困難になってきたとわかり、阿部和重をあわせた三人の大人たちはそれぞれに沈鬱の色を浮かべている。頼りの山本でもかいくぐれない状況では、交通規制エリアからの脱出はほとんど不可能にひとしいし危険のない潜伏先になどとうていたどり着けやしないだろう。

そんななかでもアヤメメソッドの使い手ならば規制だろうが検問だろうがジェダイ・マスターのごとくやすやす突破してくるにちがいあるまいから、菖蒲みずきのほうがそろそろこの場に登場するのではないかとあせりが募るばかりだ。町中の人間が追いかけていくことになるなどと脅すくらいだから、ミューズは集団をひきつれてやってくるのかもしれず、そうなってまわりを大勢にとりかこまれる展開へと持ちこまれたらこちらはもはや逃げようがない。

かような憂惧で頭がいっぱいになっていたところへとつぜんパトカーのサイレンが響いてきて、胸に電撃でも食らったみたいにどきりとしてしまう。サイレンは遠くへ走りさっていったのでこの緊迫じたいはつかの間のものではあったが、どきりとするのは一度きりで済まなかった。あまたのどきりがつまった箱でも開けてしまったかのように、心臓によくない出来事がここから間を置かずに相次いでいったのだ。

これまでずっと無言をつらぬき生ける屍のごとくなんの意思表示も見せていなかった田宮光明が、突如はあと溜息をついて地べたに座りこんだのが次なるどきりのきっかけだった。依然としてうしろ手に拘束された格好ながらも、中一男子はみじんもおびえてなどおらず、それどころか自分を捕まえた大人たちの反応を気にかけるそぶりもなく勝手に休憩をとりだす始末であり、余裕綽々といった態度がうかがえる。確実にCIAはなめられているが、スーパーパワーのうしろ盾を持つがゆえの自信なのであろうと受けとめれば、一二歳のその沈着ぶりにも合点がゆかないでもない。

とはいえ田宮光明のとうとつなるシットインにあきれかえっている暇はなかった。それと重なるようにして着信が入ったらしく、エミリー・ウォーレンはすみやかにとりだしたNexus 5を左耳にあてて応答しはじめた。彼女は英語で話しだしたから、かけてきたのは譲二似の山本や麻生未央ではなく東京支局長のジェームズ・キーンだろうと思われた。エミリーが電話しているかたわらで、阿部和重はひとつの気がかりをラリーに告げた。

「なんかまた、ちらちらこっち見てるやつらがいる気がするんだけど」

それに気づいたことがさらなる動悸につながっていた。気のせいであればいいのだがと阿部和重は思ったが、こまったことに髭面ケースオフィサーの返答はこうだった。

「ええ、七、八人いますね」

エミリー・ウォーレンは早口でたくさんしゃべっていたが電話じたいはごく手みじかに終わらせていた。やはり直属上司からの連絡であり、現状を問われて彼女はざっとそれを説明したという。ジェームズ・キーンはケネディ駐日大使とともに大統領一行に同行しており、もうすぐ車列が走りだして山形空港を出発する状況だと知らせてきたようだ。窮地に立っている部下にはただちにサポートの手配を約束してくれたらしいが、こんなときに手が空いている警護スタッフなど果たして近くにいるのだろうか。

ジェームズ・キーンとのやりとりをエミリーが伝えおわるのとほぼ同時に、ここにきて何度目かになるサプライズが起こった。まさかCIAの会話を聞きとったからなのかと警戒させるタイミングで、田宮光明がおもむろに立ちあがったのだ。

これにはなにごとかと目を見はってしまったが、一秒もたたぬうちにその理由らしきものが視界に入ってきた。こともあろうに、さっき通りすぎていったパトロール中の警察官ふたり組が、三倍の人数になってもどってきてしまった。おまけに警官たちが歩いてくる園路の反対側へ視線を向けると、こちらも七、八人から十数人に増えている菖蒲家の監視役みたいな連中が散見され、年齢性別混成の集団がこのデッキテラスのほうへにらみを飛ばして圧力をかけてきている。悪い流れはいまだ健在のようだ。中一男子は今度こそ警官に助けをもとめるつもりかもしれない。

「おまわりさん」

そう呼びかけたのは田宮光明ではなくエミリー・ウォーレンだったため、隣にいた阿部和重は「え」と声がもれるのを抑えられずはなはだどぎりとさせられる。空耳か異次元へ放りこまれでもしたのかと混乱していると、あえてやっているのだと仲間に知らせるようにエミリーはことさらに大声を張りあげ、みずからパトロール中の六人組に歩みよっていってふたたび「おまわりさん」と話しかけた。なるほど彼女は先手を打って警察官とのコミュニケーションをはかり、中一男子のSOSを阻止したのか。ラリーの横顔を見やると、とっくにそれを見ぬいていたらしく彼は同僚の行動には目もくれず、視線を十数人の集団へと集中させていた。

善意の情報提供者をよそおい警察官に接触したエミリー・ウォーレンは、駐車場のほうを指さしながら向こうで不審物を見かけたのだといつわりを述べている様子だった。ボストンマラソンのテロ事件で仕かけられていた爆弾に似ている気がした、などと補足してやると、警官らは顔を見あわせたりけわしい面持ちになったりして、今からそこへ案内してほしいと彼女に要請した。かくして黒髪ボブの小枝好きレディーに誘導され、警察官六名は架空の圧力鍋爆弾を見つけだすべく急ぎ足で立ちさっていった。とっさのエミリーの機転により、深刻な危機はひとまず避けられた模様だ。

とはいえ息つく暇はない。警官らがいなくなっても、ゾンビみたいに増殖しつつこちらをひたすらじっと見つめてくる年齢性別混成の集団があとにひかえているからだ。

エミリーにより警察官がつれさられても、田宮光明はまるで平然としていた。公僕など端から眼中になかったとでもいうかのような、中学一年生らしくない豪胆なおちつきだ。なぜだと問う必要はなかった。そのわけが明らかになるのにほんの数秒も要さない。いつの間にか七、八人から十数人になり、さらに十数人から数十人に増え、デッキテラスにいるこちらを一五、六メートルの距離をへだてて半円にとりかこんでいる集団の中央にはオブシディアンの姿があり、彼女の隣には菖蒲みずきが立っていたのだ。煙とともに一瞬にして出現したかのような黒装束のふたりは、つい何秒か前まではそこにいなかったことが信じられぬくらいほかのだれより圧倒的な存在感をまとい、数十人のひとびとをしたがえてラリーと対峙していた。

「ラリー、彼を解放しなさい」

ラリー・タイテルバウムの言いはなった回答は「Ｎｏ」だ。そう答えるや否や、彼は腰にさげたホルスターから三八口径のリボルバーをひきぬき、グリズリーのごとき勢いで田宮光明をひきよせてがぶりと嚙みつくみたいにはがい締めにした。そしてその銃口を中一男子の顎の下へぐいと押しあてると、集団に向かってうしろへさがれと怒鳴り声を放ったラリーは、オブシディアンをまっすぐににらみつけて次のように表明した。

「わたしは一時間でも二時間でもこうしているつもりだ。なにがあっても彼を放しはしないぞ」

オブシディアンはあきれ顔で首を横に振った。そのかたわらにいる菖蒲みずきは、いっさいの意思を欠いた血の通わぬ存在のごときおもむきを醸してたたずんでいる。年齢性別混成のゾンビ集団の顔ぶれをはしのほうまで見てゆくと、菖蒲カイトもそこに加わっているのがわかった。菖蒲リゾートの警備員や客室係らで構成される関係者の一団なのだろうか。

「ラリー、そんなことをしたってなんの意味もないってあなたわかってるはずよ。ここにいる彼女がだれなのか知ってるでしょう。彼女こそが、あなたたちがミューズと呼んでいる菖蒲家の家伝継承者よ。たったワンフレーズでも彼女が歌声を放てばあなたのその抵抗はたちまち無に帰することになるでしょう。だからもうあきらめなさい。敗北を受けいれて、その子を傷つけず家に帰しなさい」

それに対してもＣＩＡの熟練ケースオフィサーは「Ｎｏ」と言いかえした。そのうえ敵を挑発するみたいに、右手に握ったチーフズ・スペシャルをわざわざいったん頭上に掲げ、ハンマーを起こす動作をオブシディアンらに見せつけるようにしてからあらためて彼は銃口を田宮光明の顎下に突きつけた。

三八口径の弾倉にはいっぱつだけだが実弾が装塡されていることを承知している阿部和重は、はらはらしすぎて見ちゃいられないしそもそもこんなのは賛同できないやり方だと思う。いくら怪物を相手にしているとはいえ、さすがに彼はまちがった行為に出ちゃいないか。撃鉄を起こした銃器を一二歳の子どもに向け、引き金にかかった指にちょっとでも力がこめられたらズドンと鳴ってしまうという神経衰弱ぎりぎりの局面を大いに不安視している一児の父は、ラリーは正気なのかと疑わざるをえなかった。

「彼女が唇を動かしたのが見えたらわたしはこの銃を撃つ。それがどういう結果を生むかは予想するまでもない。術の効果があらわれる前に、弾丸が彼の頭をつらぬくことになるだろう。そんな場面を目のあたりにしたくはないはずだ。だれだって目をそむけたくなる痛ましい惨事が起こるぞ。これで理解できたと思うが、あきらめるのはそちらのほうだよオビー。わたしは本気だ。なにがあろうとわたしはいま言った通りのことをやる。だからおしゃべりもおしまいだ。彼女でもきみでもどちらでも、口を開いたのが目に入ったらわたしは決して躊躇はしない。そういうわけであとはおたがい沈黙を守るとしよう。といってもたかだか一、二時間の話だよオビー。大統領が無事に発つまでのあいだ、ここでこうしてにらみあいをつづけていようじゃないか」

やはりラリーは正気じゃないぞと見てとった矢先、阿部和重はいきなり背筋に怖気が走るのをおぼえて戸惑った。けれどもその理由はまだわかっていない。目下のシチュエーションのなにがそう感じとらせているのかが鮮明には見えていない。これは妙だしものすごくいやな気分がしてならない。それにこの、あるべきものがない気がする感じはいったいなんだろう。動悸が高なり、かつてないほどの胸さわぎがしている。先を急ぐ身体反応に頭が追いついてゆかない。

撃鉄を起こした銃器を一二歳の子どもに向けることへの異議から生じた、新たな戦慄。そしてこの、あるべきものがない感じ。わけがわからぬまま、みぞおちがえぐられるような鈍痛に襲われた父親はふと、そこにいるべきはずの息子を捜してデッキテラスを見まわしてみるが、どこにも姿が見あたらない。そばにいるべきかけがえのない存在が近くにいない。なりふりかまわず「いない、いない、映記がいない」とパニックになっていって声をあげ、視線を何周も何周もまわしてみるがわが子にはさっぱり出会えない。なんということだ、三歳の幼児がいなくなっているのに今ごろになって気づくとは。

「映記がいない、どこ行ったんだ、ああなにやってんだおれは！」

ひょっとして菖蒲家がかどわかしたのかと直感し、阿部和重が顔をあげたところ、ちようどおなじ疑念を抱いたらしいラリーがそれをさっそくオブシディアンにぶつけた。しかし長年にわたりダブルエージェントとしてＣＩＡを陥れてきた菖蒲家の番頭格は、ますますあきれたというふうに首を横に振ってこう即答してきた。

「ねえラリー、わたしたちはあなたとはちがうのよ。ちいさな子どもを人質にとるような真似なんてしない。そんなひどいことをわざわざする必要がないもの──」

オブシディアンが話している途中だったが、阿部和重はいても立ってもいられず走りだしていた。花と龍もいなくなっているから、きっと映記はマルチーズたちと一緒に園内のどこかで遊んでいるにちがいない。そう推しはかり、まずは児童遊具場へと向かってみることにする。三歳の息子を捜してやにわに駆けだしてゆく中年の父親を制する者は菖蒲家の側にもひとりもいなかった。園路へと出て、集団を背にして全速力で走ったあげくに思いきりすっ転んでしまったが、痛みを感ずる余裕すら持てずにすばやく起きあがり、『フューリー』のカーク・ダグラスみたいに死にものぐるいでわが子の居どころを捜しもとめた。

児童遊具場には一〇秒もかからずに着いた。とはいえここにも映記やマルチーズたちの姿はない。名前を何度も呼び、遊具の物陰や植えこみの裏などを徹底的に調べたが三歳児も小型犬もどこにもいない。ならば次は健康遊具場かと思い、即刻ダッシュしようとするが、日ごろの運動不足がたたって息ぐるしくてならず、心臓も爆発しそうなほどに早鐘を打っているため情けないくらいに瞬発力が落ちていて速力もあがらない。しかし痛いだの苦しいだのと言っていられる状況ではないからもちろん休まず四五歳七ヵ月の男はさらに両脚を酷使した。ぜいぜいはあはあいうおのれのあえぎ声ばかりが聴覚を満たしているが、やがてそれらは追いつめられる心理描写の効果音にしか感じられなくなってゆく――だがそこへ、この五四日間に何度か耳にしたピーという笛の音が不意に遠くのほうから聞こえてきて、阿部和重ははっとなった。

あれは犬笛の音だ。つづけてまたまたピーと鳴っているから確実にそうだろう。ということは、それを吹いているのは映記にちがいなく、息子はマルチーズたちを呼びよせようとしてピーピー笛を響かせているのかもしれない。だとすれば急いでその場へ駆けつけなければならない。

いったん立ちどまり、音が鳴っている方向を探った。犬笛が響いているのは公園の東側だ。とすると、映記がいるのは正門広場かもしれない。そうあたりをつけ、阿部和重はふたたび駆けだした。あそこはひろびろとしているから犬たちもはしゃぎやすそうだ。自由に走りまわる二匹を笛で招きよせる遊びに興ずる三歳児の情景がぱっと脳裏に浮かんでくる。息子の居場所がほの見えてきたおかげで、児童遊具場を出た直後よりも力をとりもどせている実感があり、二本の脚もいっそうきびきびと動いた。昨日たまたま園内を散歩しておいたのもよかったと思う。道に迷わず、最短のルートで正門広場へたどり着けそうだった。

そうこうするうちに、正門広場の景色が前方にひろがってきた。しかしそこにいるはずと期待していた三歳児とマルチーズたちの姿はなぜだか見あたらない。どこだどこだときょろきょろしながら広場内へと入ってゆくと、またもやピーと聞こえてきた。よくよく耳をすましてみれば、今度は位置情報の測定誤差をはっきりと認識させられてしまう。犬笛が鳴っているのは広場の外のようだ――なおのことよくよく耳をすましてみると、広場というより公園の外、片側一車線道路のほうから笛の音が響いてきているのがわかった。まさか映記とマルチーズたちは、車道へ出ていってしまったのではないか。

まずい車に轢かれると思い、阿部和重は全力をこめてもう一度ダッシュした。だが力みすぎたのか、足がもつれた四五歳七ヵ月の身体は前のめりになってその場にすっ転んでしまう。二度目の転倒だし右の頰や手のひらをすり剝き出血しているがむろん痛みなど感じている余裕はない。幾度も重ねて響いてくる犬笛の音を耳にするうち、わが子にパパ早くきてと呼ばれている気になってすばやく起きあがりかけたところ、思いがけない場面が視界に入りこんできて目を見はってしまう。屋外テラスへと直結する園路から、ひとりの大男がすごい勢いで飛びだしてきたのだ。あれはラリーじゃないかと気づくのにも一瞬も要さない。ラリー・タイテルバウムが両手をおおきく振って正門広場を突っきり、犬笛の鳴る片側一車線道路へと父親よりも先に駆けつけようとしていた。

●

そのとき目にした光景を自分は生涯わすれないだろうと、なにもかもが終わったあとに阿部和重は思うことになる。それがどんなふうに起こったのかを正確に知るには、まずはブライアン・デ・パルマの映画のように一連の出来事を振りかえらなければならない。

阿部和重が映記の捜索に出ていったあとも、ラリー・タイテルバウムははがい締めにした田宮光明の顎下に銃口を突きつけつつ菖蒲家の一団と対峙していた。手はじめに宣言した通り、ラリーはその膠着状態を一時間でも二時間でも維持してみずからの任務を果たそうとしていたようだ。しかしながらそこへピーという犬笛の音が響いてきたことにより、事情が一変してしまう。

その音はこの五四日間に何度も耳にしていたから、ラリーにとっても犬笛を吹いているのが三歳児であることは明白だった。これであの半狂乱と化した父親も、息子と間もなく再会できるだろうと彼は内心ほっとしたかもしれない。ところがいっこうに笛の音がやまず、親子がデッキテラスへ帰ってくる気配もない。あるいは阿部和重はとりみだすあまり、わが子の吹奏する犬笛のピーが耳に入ってすらいないのではないか。ラリー・タイテルバウムはかように懸念し、菖蒲家とにらみあうかたわら次第に憂慮を深めていったのかもしれない。

位置関係上、ラリー・タイテルバウムのいた屋外テラスからは笛の音が聞きとりやすかったことがわかっている。聞きとりやすいから、それが鳴っている場所の見当をつけるのにもとりたてて難儀はしなかったのだろう。ほどなくして、映記の居どころが車道にそうとう近いあたりだと察しとったラリーは、このままではたいへんなことになりかねないという判断にいたったのだと思われる。

CIAテロ対策センター所属の作戦担当官として、アメリカ合衆国大統領の危機をとりのぞくという重大な責務を完遂せねばならぬ状況にあった彼が、バラク・オバマと阿部映記のどちらの身を守るべきなのかをそのとき天秤にかけてはかったのかどうかはさだかでない。いずれにしても結果的には、子どもが車に轢かれる危険性が高いとラリーは推断した。そうあやぶんだ途端に衝き動かされたのであろうラリー・タイテルバウムは、とうとうおのれの任務を放棄し、田宮光明を解放して公園の東側へ向かって走りだしてしまったのだ。

正門を抜けて園外へ出ていったラリーが目にしたのは、片側一車線道路のどまんなかにいて花と龍を懸命に抱きあげようとしている映記の姿だった。口にくわえた犬笛をピーピー鳴らしつつ、マルチーズたちを一緒に両脇にかかえようとしているが、幼児のちいさな体で二匹同時の抱っこはなかなかうまくゆかない。

それにしても、映記と二匹のマルチーズはいつから路上でそうしていたのか。沿道の警備をまかされていた警察官はどこへ行ってしまったんだと、自分を棚にあげがちな親ならクレームをつけたくなるところだが、おそらくそこはエミリーがつれさった巡査らの持ち場だったのだろうと阿部和重はのちのち理解することになる。エミリー・ウォーレンのいつわりが効果を発揮しすぎたことにより、警察が沿道警備の人員を不審物の捜索へとまわし、加えて車列の先遣にあたるパトカーが走りさったあとの真空時間帯というタイミングだったからこそ、花と龍を追いかけて車道へ出てゆく三歳児をつれもどす者がその場にいなかったと考えられるのだ。

県道一八四号線と国道一三号線の交差点を通過した直後に接続するこの区間はゆるやかな曲線道路になっていて、減速せずに入ってくる車が多いため、ドライバーは路上にひとがいると気づいても対応に遅れが出やすく事故が頻発している。そんな道路上に映記の姿を見つけてしまったラリーは、ただちにガードレールを飛びこえてアスファルトの路面を駆けてゆく。悪い予感があたったと、そのとき彼はとっさに思ってしまったかもしれない。車道へ足を踏みいれればすぐに、四〇を超える台数の車がスピードをゆるめずどんどん接近してきているのが見えたはずだからだ。それを目のはしっこでとらえたラリー・タイテルバウムは、三歳児と二匹をいっぺんにかかえて歩道へ逃れるのは間に合わないと踏んだのだろう――道の中央でたたずみ、車列の進路に立ちはだかる格好をとった彼は、伸ばした両手を左右に振って大統領一行に緊急停車を迫ったのだ。

ラリー・タイテルバウムがそのとき右手に三八口径のリボルバーを握っていたことは、不幸な偶然の重なりだったと言うほかない。映記のもとへ駆けつける直前まで彼は、自分自身の任務に忠実に菖蒲家とのつばぜり合いを演じていたわけだが、そういった事実は大統領専用車の警護スタッフにとってはあずかり知らぬことであり、酌量の対象にはなりえない――または逆に、公園における瀬戸際の攻防をリアルタイムで承知する汚染人脈が車列のどこかにまぎれこみ、菖蒲家の計画を阻害しているとしてラリーの排除に動いたと推察することもできるが、どのみちそれは確証のない話だ。

ラリーは大統領一行の車列を停車させることには成功した。映記と二匹のマルチーズが車にはね飛ばされるのを彼はふせいだのだ——だが、銃を片手にアメリカ合衆国大統領を足どめさせた以上、無事では済まない。

大統領の行く手をはばむ不とどき者へ即座にそう思い知らせるかのように、四六歳のフィラデルフィア人が身にまとう色あせたダンガリーシャツの表面には、いつしか赤い光の点がぽつりと照射されている。ハンドガンを所持した不審者が路上にあらわれたという突発事態を受け、緊急停車の措置をとった車列の一〇台目で待機していた武装警護要員が先頭車両のそばまでやってきて、レーザーサイトでねらいをさだめたのだ。車列の何台目かに乗っているキャロライン・ケネディ駐日大使やCIA東京支局長ジェームズ・キーンが不審者の人相を認めていれば、あれは連邦政府の職員だとして射撃は中止されたにちがいない——しかし後方の車内にいるふたりには、先頭車両の前に立ちはだかる人物の確認はむつかしく、要請がなければ現場を視認する必要性も持ちえない。かくして、その後ほどなく単発射撃《セミオート》にセットされたM4カービンのトリガーがひかれて5.56×45mm NATO弾がいっぱつ発射され、ラリー・タイテルバウムのへその右横あたりがまっ赤に染まることになる——奇しくもそれは五四日前、彼みずからナイフで斬り裂いたのとおなじ箇所だったようだ。

●

正門を抜けて園外へ出ていった阿部和重が目にした光景は、映記とマルチーズたちをかばうようにして道路のどまんなかでたたずみ、大統領一行に立ちはだかって車列を停めさせたラリーの姿であり、彼が腹部に銃弾を食らった瞬間だった。四五歳七ヵ月の日本人は、頭をかかえながらそのときなにか叫んだような記憶はあるが、自分が発したのがどんな言葉だったかを彼は一語もおぼえていない。直面した場面から受けたショックがおおきすぎて、言葉にすらなっていない声をあげていたという感覚は残っているから、意味のない語句をただ口にしていただけだったのかもしれない。おまけにショックがおおきすぎる場面の直後には、予想だにしなかった椿事に遭って驚かされ、言語を忘れた小説家は絶句するしかなくなってしまう。

被弾してしまったラリー・タイテルバウムがくずれおちる直前、あたかも彼の正面をカーテンでふさぐかのようにして次々に空から降りおちてくるものがあった。何機ものドローンが、ラリーの足もとから二、三メートル前方の路上めがけてつづけざまに墜落してきたのだ。

それはさながら宙空に生まれた滝の流れのようでもあり、二発目、三発目の狙撃から被弾者を守るためワルキューレが刹那的に遣わした盾にも見えた。車列の先頭車両とラリーとのあいだにある十数メートルの間隔のアスファルトに、滝の流れを模したあとのマルチコプターが無防備に続々たたきつけられていって一部が砕け散り、半壊した機体がいくつも乱雑に転がっていって最後には路面に機械部品の絨毯が敷かれたみたいになっていた。墜ちてくるものがついにひとつもなくなると、ラリー・タイテルバウムが今度は膝からくずれおちていって路上にひざまずいてしまった。そこへ駆けよっていった阿部和重は、わが子の名を呼ぶより先に血まみれの中年男の名前を連呼し、ふらついている相手に両手をさしのべて今にも倒れそうな体をささえてやった。

「ラリーさん？　ラリーさん？」

「Okay,okay」

「聞こえてる？」

「ええ、聞こえていますよ」

「ごめん、おれがぼさっとしてたせいで」

「いえ、わたしのミスです」

「おれのせいだって、全部ぶち壊しだ、弁解の余地もないわ」

「でも、映記くんが見つかりましたから」

「申し訳ない、ありがとうラリーさん、ほんとおれなんつっていいか――」

「I know, I know――それより阿部さん」

「なんです？」

「ジョージ・クルーニーみたいだったでしょう？」

言いながらラリー・タイテルバウムは微笑んでいたが、手に力が入らなくなってきたらしく握っていたリボルバーを路面に落下させた。ごとんという金属音が響いて反射的にそちらを見やった阿部和重は、ハンマーを起こした状態の銃がアスファルトに落ちた衝撃で誤作動を起こし、トリガーがひかれたことに気づいてひやっとしてしまう。しかし銃声もなければ立ちのぼる硝煙もなく、弾丸が発射された形跡はまるでない。

まさか発砲ずみかと胸が騒いでラリーと視線を合わせると、血まみれのアメリカ人は握りこぶしにした左手を目の前に持ってきてぱっと開いてみせた。その手のひらには、まごうかたなき実弾がいっぱつ載っかっている――真鍮色をした全長四センチほどのそれは、やがて意思でもあるみたいにアスファルト上へみずからころりと転がりおちていった。

とすると、田宮光明の顎下に銃口を突きつけたときもシリンダーから弾は抜いてあったということか――そうなのだとすれば、アルファードの車内で残りの弾数をチェックした際に抜きとったまま、ラリーはポケットにでもしまっていたのかもしれない。むろんそれでも、一二歳の子どもに死の恐怖をあたえた事実に変わりはなく、さっきの彼の行動は決して許されるものではない――しかし最低限の安全は確保していたのかと知った阿部和重は、ラリー・タイテルバウムはあの場でかろうじて、わずかにではあれ正気を保ってはいたのだと思うことにした。

「急いで病院に行こう、ラリーさん立てる？」

ど素人がひと目で診断したかぎりでは、急所ははずれて致命傷は避けられたように見うけられるものの、とにかく出血がひどいのでぐずぐずしちゃいられないのはたしかだと思われた。怪我人からの返事がなく、路面に尻をくっつけてぐったりしているためあらためて「立てる？」と訊いてみるも、急性貧血のせいかラリーは朦朧となっていてとてもじゃないが歩行できる様子ではない。

となると、この四五歳七ヵ月の男が四六歳の巨体を独力で抱きあげ、車道の外へつれだすほかあるまい。そう腹をくくり、ラリー・タイテルバウムの背後にまわって脇へ両手を挿しいれ彼の体を持ちあげようとするが、どんなに力をそそいでも微動だにしない。気合をこめ、歯を食いしばり、うなり声を発してくりかえし試みつづけるが、持ちあがるどころか逆に地中へめりこんでいってるみたいに重力がまとわりついてくるばかりであり、中腰の姿勢をひたすら強いられ立ちあがるまでに体力をいっさい使いはたしてしまいそうだ。

「パパ」

ほったらかしにしていたわが子より呼びかけられて振りかえってみると、二匹のマルチーズを両脇にかかえるチャレンジを見事に達成させたことを三歳児が仁王立ちでアピールしていた。息子に先を越されてしまったわけだが、親としても臨時の救護役としてもそれはよろこばしい展開ではある。ご覧の通りパパは手が離せないので、そのまま花と龍を抱っこして公園まで歩いていってくれないかなとうながすことができるからだ。

どうだという面がまえで父親を見つめている映記を早口で褒めたたえつつ、次はあっちへひとりでもどれるかな、などとわが子の挑戦意欲をかきたてるつもりでなにげなく歩道のほうへ目をやった阿部和重は、そこで思いもよらぬ光景にゆきあたった。公園の正門前に、サイズも種類も異なる二、三〇匹の犬がかたまっておすわりしており、街頭パフォーマンスでも見物するみたいに路上の人間たちを眺めていたのだ。十中八九、散歩中に笛の音に呼びよせられた近所の飼い犬らの群れと見てまちがいないだろう。

「阿部さん」

だしぬけに名を呼ばれて驚いて振りむくと、今度は目の前に犬でも子どもでもなく大人の男の山本譲二が立っていた――むろん歌い手のほうでもなく、譲二に似ていて麻生興業に籍を置く若い衆の山本である。待ちあわせ場所の神町西五丁目公園にやっと到着しかけたところでこの状況に出くわし、つい先ほどまでエミリーと電話で連絡をとっていたらしい。まことに願ってもない登場だ。

四五歳七ヵ月の男がどんなに力をそそいでも微動だにしなかったラリー・タイテルバウムの体を、若い山本は両脇に手を挿しいれて難なく持ちあげ、ななめに立たせた状態にしてうしろ向きになって後退しながら歩道へとひきずっていった。八方ふさがりが打開されひとまずほっとした阿部和重は、腰が抜けたようになってしゃがみこみひと呼吸おいたのち、ならばこちらは三歳児とマルチーズたちを運びださねばと思いたったものの気づけばその必要はなかった。正門前にあつまった犬の群れに誘われたのか、映記は花と龍をかかえてとっくに歩きだしていたからだ。

ひとあし遅れで息子を追いかけていった阿部和重は、ガードレールの手前で歩をゆるめてそういえばと左方を向き、車道の南側を見てみたが、そこに停まっている車はもはや一台もなかった。数分前まで緊急停車していた四〇を超える台数の車列は、嘘みたいにきれいさっぱり消えうせていた。路面にラリーの血痕が残り、マルチコプターの残骸が敷きつめられた道を避けるルートを選びなおし、脇道にそれるかUターンするかしていつの間にか立ちさっていたようだ。この先なにごともなければ、オバマ大統領一行は日本での訪問日程をすべて終えて二、三時間後には神町を飛びたち、第二の訪問先である韓国を目ざしているはずだが――菖蒲家と田宮光明の暴走を食いとめきれなかった以上、その先ゆきはまったく見とおしえない。

歩道にもどった阿部和重は、犬の群れにかこまれ聖者のごとくふるまっている映記とマルチーズたちを抱きあげると、急ぎ足で山本を追いかけた。麻生興業の若い衆はすでにラリーを公園内の正門広場へ運びこみ、メディカルキットをたずさえたエミリーと合流しているようだ。

遠目ながらもその様子に接して安心感がふくらみかけたが、正門をくぐりかけた矢先にふと、広場の奥に悪霊みたいな黒装束のひと影を認めてしまって阿部和重はぎょっとなった――ここからはだいぶ距離があるものの、独特の存在感を放つがゆえ、菖蒲みずきがひとりきりでたたずんでいるのだとひと目でわかった。加えておなじ方向から、バックパックを背負った栗色ヘアーの少年がこちらへすたすた歩いてくるのが目にとまる。脇目も振らずやってくる一二歳の怪物におそれをなし、四五歳七ヵ月の男は思わず立ちどまりかけたが見むきもされなかった。田宮光明は横を素どおりして車道のほうへさっさと行ってしまった。ここはスーパーパワーによる別のスーパーパワーの打倒をもくろむ中一男子がどこへ向かったのかを見とどけるべきだったのかもしれない。だが、そんな思いつきをえる心のゆとりはなく、ただふうとひとつ息をつくので精いっぱいだった阿部和重は、すぐに歩みを再開させて血まみれのラリー・タイテルバウムのもとへと急いだ。

「ラリーさん」

うしろ姿に声をかけたが返事はなかった。ゴムポンプの付属する腰部コルセットみたいな黒いベルトを胴まわりに巻きつけられているラリーは、エミリー・ウォーレンと山本に両脇をささえられて北側の園路へと進み、正門広場をあとにするところだった——黒いベルトは応急処置として装着された腹部用の止血帯らしい。

パジェロを停めてある駐車場へ向かうのだろうと推しはかり、阿部和重は自分もつき添ってついてゆこうとしたが、急に映記がじたばたしはじめたのでいったん足をとめなければならなかった。わけがわからず抱っこをやめて降ろしてやると、三歳児がいきなり反対方向へ走りだしたので「そっちじゃないよ」と言いながら振りかえったそのとき父親の瞳に映ったのは、二ヵ月ぶりの再会を果たした母子による抱擁だった。園内に陣どり何機ものドローンを駆使して大統領一行の車列を撮影していた妻が、偶然に息子の顔を見つけておいでおいでして抱きよせたらしかった。

妻子が抱きつきあう様子に涙ぐみつつしばらく眺めいってしまったが、こうしちゃいられないと阿部和重ははっとなる。ここでじっとしているうちに、血まみれで死にかけているラリー・タイテルバウムは医療機関へ向かうべく車で発ってしまうだろう。とっとと行かなければというその思いが露骨に表情に出ていたらしく、しゃがんで息子を抱きしめている監督のかたわらでスタンバイしている山下さとえがこちらをにらんでうなずき、左手でしっしっと追いはらうしぐさをして早く行けとうながしてくれた。二匹のマルチーズをかかえた非力な典型的現地協力者は、敏腕アシスタントに一礼してからまわれ右して公園の裏口を目ざして駆けていった。

裏口を抜けた途端に「ああ」と嘆声がもれた。神町西五丁目公園の駐車場には、相変わらず片手でかぞえられる台数の車しか見うけられなかったが、はしっこの車室にはもう三菱・パジェロの姿はなかったからだ。

出入口は封鎖が解かれていて、交通規制も解除されて国道一三号線は車の往来が復活しているから、重傷者を搬送しなければならないSUVが出発をためらう理由などありはせず、それは当然の推移ではあった。最後にバイバイすら言えなかったことが悔やまれるが、自分自身が間に合わなかったのだからこのさみしい現実をあまんじて受けいれざるをえない。菖蒲家の監視にあたってきた三人のCIAをひとりで見おくり、園内へもどろうとしていたところだったらしい山本が、裏口を背にして立ちつくしている阿部和重に両手を差しだしてきた。

「阿部さんありがとうございます」

ハグでもしてくれるのだろうかと思ってぼんやりしていると、麻生興業の若い衆はすっと体を寄せてきてこちらの腕のなかにいた二匹のマルチーズをひきとった。ああそうだったわと、花と龍の存在に遅れて気づいた自由業の中年男は笑ってごまかすしかない。

「わかれ際になんか言ってました？」

「エミリーさんですか？」

「うん」

「メールすると」

「メールする――麻生さんにってことかな」

「ええおそらく」

「なるほど」

花と龍は山本によくなついているようだ。二匹の面倒を見るのも彼の仕事のうちらしく、ナイロンジャケットのポケットからスティック状のジャーキーをとりだしてさっそくあたえてやるあたり、わんわんのあつかいを心えているのがうかがえる。思えばマルチーズたちはあれが本日の一食目じゃないか。そしておれも映記も朝からまだなにも食べていないのだったと今さら思いあたった阿部和重は、みるみる空腹をおぼえてしまう。

「ほかは特になにも？」

「エミリーさんですか？」

「彼女も、それからラリーさんも、なんも言ってなかった？」

「そうですね。なにしろああいう状況で、急いでらっしゃいましたし」

「たしかにね、そりゃそうだ」

「はい」

花と龍がひとしきりジャーキーを食べるのを見とどけたあと、そろそろ自分も妻子のもとへもどらなければと阿部和重は思い、山本にわかれを告げることにした。親子ともども一宿一飯どころか一週間も寝食を世話になったことへの感謝を伝えようとすると、麻生興業の若い衆が不思議そうに空を見あげているのでこちらも釣られてしまう。

「あれ青いな、オーロラもう終わっちゃってたのか」

血塗られたみたいにまっ赤に染まっていた神町の空がすでにいつもの外観をとりもどしていた。しかし山本の興味を惹いているのはそのことではないようだ。

「でも阿部さん、今度はあそこに満月が出てますよ」

彼が言う通り、西の空に満月のごとく明るく光るものがあったが、これはアポロ一一号が降りたったかぐや姫の故郷ではなさそうだ。あれはきっと、超新星爆発を起こしたベテルギウスの放つ最後の輝きにちがいない。それを今、こんなふうに、遠く離れた地球の人類が天体ショーとして目撃しているのかと考えると、なぜだか妙にもの悲しい気持ちにさせられてしまう。直径が太陽の一〇〇〇倍におよぶほどの巨星が堕ちるさまを、六四〇年おくれで世界中の人間たちが今、大宇宙のスペクタクルとして観察している。そのことが、なにかとりかえしのつかない深刻な出来事であるかのようにも思われてきてますます気がふさぎ、阿部和重は家族のもとへと急ぎたくなった。

「山本さん」

「なんでしょう」

わかれ際、どうしても頭から消せぬ気がかりを言葉にせずにはいられず、四五歳の男とは比較にならぬくらいに修羅場なれしているであろう若き極道に対し、阿部和重はこのように問いかけた。

「山本さんから見て、ラリーさんの怪我の具合はどうですか、助かりますかね」

それに対し、麻生興業の若い衆は二秒ほど黙りこんでからこう答えた。

「五分五分ですね」

●

「ヘイSiri、〝OSANAGI-YAMA〟ってなんのこと？」

「はい、こちらが見つかりました」

五二歳のバラク・オバマは少々がっかりさせられる。〝OSANAGI-YAMA〟なるミステリアスな文字列について、Siriの提示してきた情報はまるで大した内容ではないように思えたからだ。それが日本の新都にあるとされる標高一八三メートルの山の名称だと知ってしまうと、魔法が解けたみたいにたちまち高揚感が薄れてきて、謎は謎のままにしておくにかぎるというつまらない教訓に屈した気分すら味わわされる。この夜は寝つきも悪く三時間しかベッドで休めなかった。

しかしそんな気分もひと晩たてばチェンジできるのは、強い好奇心と探究心があればこそだ。住所や氏名や身長が判明したからといって当人の内面まで見とおせるわけではない。山だっておなじことであり、その意味では依然として〝OSANAGI-YAMA〟についての謎も変わらず謎のままだと言える。

〝OSANAGI-YAMA〟の内面はまだなにもわかっていない。標高わずか一八三メートルしかないとはいえ、ただの小山とあなどるべきではないだろう。その名を記した紙片を筒状にまるめてわざわざゴルフクラブのラバーグリップのなかにおさめておき、アメリカにはじめて誕生したこの「太平洋系大統領」の目に触れさせようとするからには、それを仕こんだ者にはそうおうのねらいがあるにちがいないためだ。さしあたっては当の意図を解明したいとバラク・オバマの好奇心と探究心は深く望んでいる。

かくしてひそかなリサーチは継続される。人工知能秘書機能アプリケーション・ソフトウェアSiriとの深夜の内緒話が病みつきになっている五二歳のバラク・オバマは、就寝前の欠かせぬ息ぬきのひとときをもっぱら〝OSANAGI-YAMA〟をめぐる情報探索に費やすようになる。その過程でどんな真実が明るみに出てきたかといえば、あまりに意外な由緒来歴だ。アメリカの第四四代大統領はいつしかみずからのルーツをさかのぼることになる。そして Siri とのやりとりを重ねるうち、初来日した六歳の時分に母親につれられ「冷たい雨の中、鎌倉の大仏を見に行」くはるか以前より、自分自身と鎌倉市長谷の大仏として知られる高徳院阿弥陀如来坐像のあいだには「浅からぬ因縁があった」ことを彼は突きとめるのだ。

「ヘイ Siri、ヤスケってなにものなの？」

「はい、こちらが見つかりました」

この問いに対し、Siri が最初に示したのは Wikipedia の項目「弥助」である。その日本語版では、当の歴史上の人物についてまず次のように説明されている。

弥助[1]（やすけ、生没年不詳）は、戦国時代の日本に渡来した黒人で、宣教師所有の奴隷として、戦国大名・織田信長への献上品とされたが、信長に気に入られ、その家臣に召し抱えられた[2]。

太平洋系のみならず、アフリカ系初となるアメリカ合衆国大統領が「戦国時代の日本に渡来した黒人」たる弥助に関心を持ったのはひとつの自然なりゆきにちがいない。これも深夜の内緒話がきっかけだ。就寝前の情報探索により、“OSANAGI-YAMA” を本拠地としている菖蒲家の一族史とアヤメメソッドなる秘術についてのひと通りを把握したバラク・オバマは、その歴史秘話にひとりの黒人侍が登場することに驚きをおぼえ、もう少しだけこのストーリーにつきあってみようという気持ちになってさらにSiriへと質問を投げかけてゆく。

「戦国大名・織田信長」の「家臣」となった「十人力の剛力」の持ち主たるモザンビーク出身の男は、主君亡きあといったいどんな人生を送ったのだろうか。通説では京都の南蛮寺へひきわたされたとされるものの、実際のところは国史の裏で暗躍する菖蒲一族にひきとられ、“OSANAGI-YAMA”にて秘術の修行に取り組んだのだと人工知能は答える。

そうして一〇年の歳月をかけて術を習得したのちに、帰郷の願いが師匠に聞きいれられて日本を出た弥助は、身につけた人心操作術を活かして長年かけて世界中を渡りあるいたすえ、ついにアフリカ大陸南東部への帰還を果たすにいたる。当時はポルトガル領とされていたモザンビークで植民地支配と奴隷制度の打破を決意し、熱い使命感にかられた弥助は、持続可能で有効な戦いをつづけるには秘術の継承者育成が必須との考えにおよび、妻をめとって多くの子どもをもうけてゆく。

かようにしてアフリカの地に定着し、代々にわたり受けつがれていった弥助の血統と秘術の伝統は、やがてはモザンビークを出て又隣の国ケニア西部の村ニャンゴマ・コゲロへと移ることになる——すなわちそれこそが、あなたがたオバマ一族の出自にほかならないのです、ミスター・プレジデント。

血の通わぬ秘書は深夜にそんな夢物語を聞かせてたびたび笑わせてくれる。そのためついつい毎晩のごとく長話ししてしまうのだが、とはいえこれは内緒のままにしておかなければまずそうだぞと、宵っぱりの「ハイテク・ガイ」は思っている。

鎌倉大仏は国政中枢の地に“OSANAGI-YAMA”を再現するべく菖蒲一族が秘術を弄して建立をくわだてたものだという昔話もなかなか愉快だが、そのニンジャファミリーの分派にあたるのがニャンゴマ・コゲロのわがオバマ一族だとは、バーサーズどころの騒ぎではない。ゆえに六歳のあなたが、「冷たい雨の中、鎌倉の大仏を見に行」ったのは運命にひきよせられてのことだったのです、などというSiriの主張とあわせてミシェルに聞かせたら、iPadごとほうむりさられる羽目となるにちがいない。

そう想像し、何度も首を横に振る五二歳のバラク・オバマ自身にとっても、当の史話はフォークロアというより単なるネットロア以外のなにものでもない。アメリカの最高司令官たる立場としては、一笑にふしておしまいにするべきくだらないジョークにすぎない。

しかしそんな気分もひと晩たてばチェンジできるのは、強い好奇心と探究心があればこそだ。じつは大統領職に就いて間もない時期、菖蒲家に関してはSiriのみならず政府内の正規のルートからも情報をえている。そのため一二〇〇年もつづく一族史やら他人をあやつる秘術やらを、『レゴ ニンジャゴー』の設定とかとひとくくりにしてかたづけるわけにはゆかないとバラク・オバマは考えをあらためる。

正規のルートたるＣＩＡのブリーフィングによれば、アヤメメソッドなるものには常時監視を要するほどの危険性が認められるという。幻覚性のハーブやキノコの向精神作用を最大限に活用するらしいその秘術は、情報操作の高度な実現性とはかりしれない影響力を有しているというから、人工知能の語った荒唐無稽な話のどこかにも、信憑するにたるなにかがふくまれているのかもしれない。

そう思うと、ゴルフクラブに紙片を仕こんで"OSANAGI-YAMA"の名をオバマ一族の末裔に知らせようとした者の意図がなおのこと気になってくる。好奇心と探究心がいっそうそそられ、自制がむつかしくなるばかりだ。かくして、「条約調印の間」におけるひそかなリサーチはさらに継続されることになり、Siriとの内緒話は家族や側近にも明かされずにくりかえされてゆく。

●

国賓訪問の最終日たる二〇一四年四月二五日金曜日、五二歳のバラク・オバマは朝からひどくおちつかない。一時間後には新都・神町に降りたつ予定だが、訪日日程の締めくくりとして果たさねばならぬ新国会議事堂での演説を前にナーバスになっているわけではない。菖蒲流の分派にあたるオバマ一族の末裔たるこの自分が、とうとう若木山へ足を踏みいれることへの期待でそわついているのだ。

おそらくはそこで、ゴルフクラブにあの紙片を仕こみこちらにコンタクトをとってきた人物が正体をあらわすことだろう。つまりは菖蒲一族のマスターが、弟子筋の帰還をよろこんで出むかえてくれるはずである。そのときこそ、わが一族のなかで脈々と受けつがれながらも一時的に封印された秘術の記憶がよみがえり、大いなる力がふたたび発現することになるにちがいない。そうなれば、国民により選ばれし者たる第四四代アメリカ合衆国大統領は見事にレームダック状態からの脱却を遂げ、理想どおりに残りの任期を全うしうるというわけだ。

そんな筋書を思い浮かべつつ、羽田空港で専用機に搭乗したバラク・オバマは、一時間後に窓外に見えてきた神町の空がまっ赤に染まっていることに気づいて早くも心が浮きたつのを感じてしまう。これはオーロラだとの説明が機長より入ったが、弥助の子孫を自認してしまったアメリカの元首はそれだけのものじゃないぞとこっそり首を横に振る。人知を超えた霊力を宿す巨大なレッドアゲートが若木山の核であるからには、この空の色はたまたまの自然現象などではなかろうし、天よりの祝福と受けとめるのが最も妥当なふるまいにほかなるまい。

なぜならいよいよそのときが近づいているからだ。四〇〇年いじょうも昔に枝わかれして以来、まじわることのなかったふたつの一族が本日、再会を果たすのだからあとは万事とどこおりなく運ぶのを祈るばかりである。

菖蒲家のホテルに戦術核が隠されているなどとＣＩＡがにわかに騒ぎだし、若木山への立ちよりをキャロラインが強硬に反対するものだから、今さらデニスにしつこく視察の意図をせんさくされるようになってしまったが、そういう邪魔がいつどこでまた入るかわかったものではない。入山の際、土壇場でひっくりかえされるおそれはなおあるから、妨害の隙をあたえぬためにも主要なスタッフにはもういっぺん釘を刺しておいたほうがいいだろう。千載一遇の機会を無駄にしてしまってはならない。

午前一一時半をまわった時刻に大統領専用機は山形空港の滑走路に着陸する。レッドカーペットが敷かれたタラップを降りる際、見あげてみた神町の空はやはりまだ赤く染まったままだと認めたバラク・オバマは、これなら若木山での師弟再会のセレモニーはうまくゆくであろうと確信する。はじめて訪れた神町の気候は東京よりもすずしめでそれなりに心地いい。

滑走路上では四〇を超える台数の車両が若木山への直行をひかえて待機している。大統領専用車に乗りかえる間際、CIA東京支局長ジェームズ・キーンがJJなる武装警護要員とこそこそ打ちあわせているのが目にとまり、いったん立ちどまったバラク・オバマは視察の邪魔はするなよとキーンに耳うちして釘を刺しておく。その近くにいたキャロラインにもおなじことを約束させ、もちろんデニスにも重ねて念を押しておく。しかし山形空港を出発した車列が通行ルートを二キロメートルほど走ったのち、道の途中で急停車したものだからはやる気持ちに水をさされ、バラク・オバマは溜息をつかずにいられない。そうまでして若木山の視察をはばみたいのかと勘ぐり、専用車に同乗する首席補佐官を思わずにらみつけてしまったが、先頭車両より無線で入った報告によるとそれは誤解だったとわかる。

緊急停車したのはハンドガンを所持した不審者が路上に立ちはだかって進路をふさいでいることが理由だという。大柄のその男は爆弾ベストを身にまといつつひとりの幼児を人質にとっていて、大統領をひきわたせと要求してきているからまぎれもなくテロリストだ。顔だちのみで判断すれば白人の男らしいが極右のレイシストだろうか。グループでの犯行かそれともローンウルフ型か。張りつめた空気のなか見えない相手の想像をふくらませているうちに警護チームがすみやかに対応の検討にとりかかり、人質を傷つけることなくただちに排除可能との結論がくだされる。幼児を無事に解放させるためにも迅速な決行が望ましいとなり、ほどなくすると武装警護要員一名による発砲で爆弾ベストの下部にとりつけられた起爆スイッチは破壊され、テロリスト自身も無力化したとの続報が入る。

ところがここから事態は混沌となってゆく。この祝福すべき四〇〇年ぶりの師弟再会の日を血でよごすとはなにごとかと、あたかも天が怒り心頭に発してしまったかのようにまっ赤な空がやにわに雷鳴を轟かせ、四方八方に向けて無数の稲光を放ちだしたのだ。その影響か、先頭車両の五、六メートル前方の地点へいきなり日本警察航空隊と報道機関の中型ヘリコプターが立てつづけに墜落してきたため通行が不可能となり、大統領一行は急遽ルートを変更して若木山を目ざさなくてはならなくなる。突如はじまった落雷は戦地での空襲なみにすさまじい勢いで相次いでおり、巡航ミサイルの精密爆撃というより戦略爆撃機の無差別絨毯爆撃のごとく神町全土へ雷撃を食らわせてひとびとの逃げ場を奪っている模様だ。

その数分後、大統領一行の車列は脇道にそれて移動を再開させる。さしあたり、車内にいれば雷撃の被害は受けないとはいえ、ほんの数秒の間も置かずに連続する雷鳴と稲光の波状発生は容赦なく心のゆとりを削りとり、肉体に爪あとひとつ残すことなく精神を瀬戸際まで追いつめてゆく。

自然災害のおよぼす恐怖は、いっぽう的になされる制御不能な危害を受けいれざるをえないことから生まれる無力感や絶望感だと、バラク・オバマはつくづく思い知らされる。たとえ世界最強の超大国《スーパーパワー》アメリカを統べる存在でも、これに終わりはあるのだろうかと不安が頭をよぎった途端、深淵に飲みこまれそうになるのを避けられず、両手が汗でぐっしょり濡れてしまう。

ついに若木山のふもとへ到着したものの感慨にふける暇などはない。集中豪雨ならぬ集中豪雷の最中ゆえか、シークレットサービスはこれをどうやらほんとうに戦略爆撃機の無差別絨毯爆撃とでも勘ちがいしているらしく、バラク・オバマは大統領専用車《ザ・ビースト》を降りるとすぐに駆け足で誘導されて山すその防空壕へと案内される。爆撃がやむまでこのなかにいてくださいミスター・プレジデント、などと警護隊のひとりは口にしていたから、ジョークを言っているのでなければ彼らはアメリカが攻撃を受けていると本気で思いこんでしまっているのだ。

念願どおり邪魔の入る余地がない師弟再会のシチュエーションとなったが、第二次大戦下に防空壕として利用された洞窟でひとりきりというのはいささか心ぼそくはある。まっ暗でなにも見えないため、身動きをとるのにガイドが必要になったバラク・オバマは、ジャケットの内側に隠し持っていたiPad AirをとりだしてSiriを呼びだす。

「ヘイSiri、若木山に着いたよ。ここは洞窟のなかで暗すぎるからきみにサポートしてほしい。マスターはどこだろうな」

「That place... is strong with the dark side of the Force. A domain of evil it is. In you must go.」

Siriの返答が変だ。人知を超えた霊力のホットスポットに入りこんだ影響で通信にみだれが生じているのかもしれない。しかしどのみち先へ進む以外にやるべきことはないのだから、言われた通りにしてみるほかない。マスターはこの暗闇の奥で待っているのかもしれないのだからと思いなし、バラク・オバマは暗中を一歩、二歩とゆっくり前進する。

それにしてもここは暗すぎるばかりでなく、外とは打ってかわってあまりにも静かだ。雷鳴はまったく聞こえてはこない。耳にとどくのは自分自身の息づかいと足音だけ。Siriはもう大丈夫だろうか。ためしにふたたび話しかけてみる。

「ヘイSiri、あっちにはなにがあるんだろうな」

「Only what you take with you.」

Siriは不調のままかと思いつつさらに一歩、二歩とゆっくり前進してゆくと、闇をまさぐるみたいに差しだした左手の指先が壁らしきものにあたる。行きどまりかもしれない。iPad Air の液晶ディスプレーの明かりをそちらへ向けてみたところ、たしかに目の前にはコンクリート壁があり、行きどまりだとわかる。これ以上は進めないのだとすれば、出入口へもどるしかないのだろうか。マスターにはまだ会えずにいるというのに。液晶ディスプレーの明かりであちらこちらを照らしてみる。すると左手に通路がつづいているのが見てとれる。ここは曲がり角だったようだ。さっそく歩きだそうとした右足になにかかたいものがぶつかり、しゃがみこんで確認してみるとそこにはフットボールを三、四倍のおおきさにしたような岩石が転がっている。液晶ディスプレーの明かりに照らしだされたそれはまっ赤に輝いており、これこそが霊山若木山の核をなすレッドアゲートではないのかとバラク・オバマはしたたかに興奮をおぼえ、そっと触れてみる。

不意にひとの気配を感じて立ちあがる。左方からほどなく、フードつきのマントをはおった山羊髭の男があらわれ、のっしのっしと歩いてこっちに迫ってくる。その顔は三年前にアボタバードで討ちとったはずのあの男にそっくりだ。そんなバカなと思いつつ、二、三歩あとへしりぞくと、マントの男が左手で握っている筒状のデバイスからいっぽんの赤い光線が伸びてきてサーベルをかたちづくる。あれは「遠い昔、はるかかなたの銀河系で…」のサーガに登場する、ライトセーバーではなかろうか。

オサマに似た男がライトセーバーを手にしていると認めた瞬間、バラク・オバマの iPad Air も筒状に変形し青い光線を発するライトセーバーになり変わる。赤いライトセーバーであやうく袈裟斬りにされそうだったが青いライトセーバーがそれを受けとめ戦闘開始となり、洞窟の暗闇のなか、赤と青の光が激しくぶつかりあってぶんぶん音も響きわたる。

すばやく振りまわされる二撃、三撃をなんとかかわしはしたものの、バラク・オバマはなかなか反撃に出られず防戦いっぽうとなり、畳みかけてくる打撃の圧力を受けているうちに体勢をくずされてしまう。そこへすかさず下から切りあげる太刀筋で赤いライトセーバーが襲ってきて、利き手の左手首をばっさり斬りおとされてしまった選ばれし者は、顔中をゆがめて呻き苦しみながら両膝を地面につく。勝負がついて攻撃をやめたマントの男は頭にかぶったフードをはずし、今度は赤いライトセーバーではなく片手をさしのべて仲間になれとでも誘いかけてきているようだが、薄あかりに浮かぶその顔はやはりどこからどう見てもオサマ・ビン・ラディン本人としか思えない。

なぜだ、三年前にDEVGRUが仕とめるところをわれわれはシチュエーションルームでしかと目撃したというのに、この男はぴんぴんしているじゃないか。アメリカの最高司令官は、今しがた自分の左手を奪った相手に対し、貴様はオサマなのかと問いかけずにはいられない。

「No, I am your father.」

バラク・オバマは頭を左右に振ってなんべんもＮｏと叫びつづける。そうしていれば眼前の亡霊を消しされるのだと信じているかのように何度でも叫んで否定する。ここにきたのはまちがいだったと後悔にもかられだしているがあとの祭りでしかない。さしのべられる手を振りはらい、いっさいの交渉を拒絶するべく視界をさえぎるように手のひらで顔を覆うと、斬りおとされた左手がもとにもどっているのに気づいて目を見はってしまう。これは幻覚を見せられているのだと悟り、このまやかしはいつからはじまっていたのかとSiriに訊ねてみるが、人工知能はうんともすんとも言わなくなってしまった。

はっとして顔をあげてみると、そこにはすでにオサマの姿はない。しかしその代わりに、別の人間ふたりがならんでたたずみこちらをじっと見おろしている。なにものなのだとたしかめるべく、iPad Airの液晶ディスプレーの明かりを向けた先には、バックパックを背負ってカーゴパンツを穿いている少年と黒装束の若い女の全身像が浮かびあがる。どちらも日本人のようだが、いったいだれなのだろうか。

地面に膝をついているバラク・オバマに対し、少年が差しだしてきた右手には銃身の短いリボルバーが握られている。銃口が自分の額へ向けられてくるイメージを脳裏で先どりしたアメリカ合衆国大統領は、五人目になるのかと観念しかけるが、目の前にあるのは弾丸の出口ではなくグリップだ。ハンドガンは前後が逆むきになっている。まっすぐに目を合わせてみると、彼はうなずいてみせたから、受けとれと言っているのだろう。少年より渡されたのはスミス&ウェッソンM36チーフズ・スペシャルだ。シリンダーには.38スペシャル弾がいっぱつだけ装塡されているが、この銃でどうしろというのだろうか。まさかこれで自殺しろとでもいうのか。彼らの意図はまるで読みとれない。

質問しようと顔をあげてみると、少年と黒装束の女はこちらに背を向けて立ちさろうとしている。あわてたバラク・オバマはこう訊ねずにはいられない。あなたがたがマスターか。しかしその答えはえられない。この銃にはどういう意味があるのだと大声で問いかけても、ふたりは立ちどまりも振りかえりもしない。やがてその姿が闇のなかに消えさり、二、三秒が経過したところで洞窟にクリアライトがぱあっと射しこんできたため五二歳の男はとっさに瞼を閉ざす。「そろそろ時間です、ミスター・プレジデント」と声が聞こえてきたので警護隊がむかえにあらわれたようだとわかるが、視界が復活するにはもうしばらくかかりそうだ。

●

この銃でどうしろというのだろうか。あれから一年と五ヵ月が経ってしまったが、バラク・オバマは五四歳になっても少年の意図をつかみかねている。若木山の洞窟で手わたされて以来、当のリボルバーに触れない日はない第四四代アメリカ合衆国大統領は、ひとりきりになるたびにそれをどのように使うべきかを考えつづけている。ホルスターにおさめて肌身はなさず持ちあるくほどではないにしても、できうるかぎり身近な場所に置くようにはつとめている。ウエストウイングにいるあいだはオーバルオフィスのレゾリュート・デスクのひきだしにいつもしまってあり、移動中は愛用のブリーフケースに忍ばせている。

しかし本日、すなわち二〇一五年九月二八日月曜日は朝からトラウザーズのウエストバンドにM36を挿しいれて携帯している。少年の意図が理解できたわけではないが、今日という日はなぜだかそうせずにはいられない。あるいは頭のなかで絶えず、ミック・ジャガーが「ギミー・シェルター」の例の一節を唄いつづけているせいかもしれない――それは「**バラク・オバマの ipod プレイリストを入手**」(Nifty Music Network/2008.07.01 09:55) においても紹介されていた、以下のフレーズだ。

最も好きなトラックはストーンズの「ギミー・シェルター」(この曲の有名な「War, children It's just a shot away」=戦争だ、子供たちよ 目前に迫る のフレーズが好きだとのこと)。

今日という日はペンシルベニア・アベニュー一六〇〇番地ではなく、マンハッタンのイーストサイドにある国連本部ビルが主たる仕事場となる。アメリカの大統領として第七〇回国連総会に出席し、一般討論演説に臨むことになっているからだ。総会議場へ入る前にトイレで用をたしたバラク・オバマは、手を洗いおわってふと鏡と向かいあったところでついこんな台詞を口にしてしまう。

「You talking to me?」

言った直後に左手を背後にまわしてさっとリボルバーをとりだし、鏡のなかの男に銃ロを突きつけてやる。そこに映っているのは自分自身だが、五四歳の脳裏に浮かんでいるのは別人だ。これから二年ぶりの首脳会談をおこなうことになる相手、「クマと格闘し、石油を掘る男性」の肖像を思い描いてバラク・オバマはにらみつけている。追加制裁を科すぞと脅しても冒険主義をあらためず、悪逆無道のやりたい放題をいっこうにやめぬその男が、国際社会の秩序をめちゃくちゃにしつつあるためだ。このままではウクライナやシリアのみならず、世界ぜんたいが「ますます混乱を極める」ことになりかねず、五四歳の頭髪すべてがまっ白に染まるのも時間の問題である。

「You talking to me?」

一般討論演説の壇上でバラク・オバマは思わずそうもらしかける。頭のなかで「最も好きなトラック」が流れだし、ミック・ジャガーが「戦争だ、子供たちよ 目前に迫る のフレーズ」をくりかえし唄っているせいかもしれないがそれだけが理由ではない。聴衆のなかに元KGBのやんちゃ男を見つけた拍子に反射的に血が騒ぎ、こういうときの決まり文句が口を衝いて出そうになったのだ。

いつしかセンターベントの隙間をくぐり、ジャケットの内側へと入りこんでいる自分の利き手が、腰に挿した三八口径のリボルバーに触れてしまっている。つづいてグリップを握り、ハンマーを起こし、トリガーに指をかけるまでの動作がなめらかになされてゆく。加えてこまったことに、もはやだれが唄っているのかもわからぬ「戦争だ、子供たちよ 目前に迫る」のリフレインが、ノーベル平和賞受賞者の脳裏をすっかり占拠してしまっている。そのうえ当の歌声は、こんな命令に聞こえないでもないから始末に負えない――ウラジーミル・プーチンは目と鼻の先にいるぞ、今がチャンスだ、とっととやっちまえ。

五四歳のバラク・オバマは首を横に振る。アメリカの大統領はもちろんそんなことはしない。少なくとも第四四代にはそれをやる意志はない。悲惨きわまるシリア情勢の早期解決を壇上で訴えつつ「我々がもっと効率的に連携できなければ、その報いを受けるだろう」とみずから述べている最中にそういうバカな真似はしない。

プーチンはじつにわずらわしい男ではあるものの解くのが不可能な難問というほどではない。冒険主義なら中国も負けず劣らずだが、四日前の首脳会談で「既存の大国と新興の大国とは必ず衝突するという『トゥキディデスの罠』という説に私は賛同しない」とか「大国とりわけ米国と中国の間ではできるだけ衝突を避ける必要がある」と習近平に対しはっきり伝えたばかりなのだから、こちらも自分の言葉に責任を持たなければならない。

むろん人道危機の解消と人権状況の改善は最大の急務だ。自由と民主主義への脅威の排除もおこたってはならない。ならばそれらをどう実践するかについては、「衝突を避け」つつ「効率的に連携」するためのトリックをあみだすのが結局はいちばんの近道かもしれない。

ひと筋縄ではゆかない権威主義国家であれ、度しがたいテロ支援国家であれ、違法脱法に走りがちでも完全なる無法を生きているわけではない。どの国であろうと体制維持にかかるコストで四苦八苦していることに変わりはなく、そこで守られている一定のルールこそが国政統治の最ももろい部分と言える。

その意味で、国家にとって真に厄介な相手は敵国でも周辺国でもなく、ましてや国連でもない。それは体制維持につながる一定のルールをときに脅かすものだが、組織や個人でもなければ生き物ですらなく、主体性を欠きつつも人間の感情や欲望にじかに働きかけ、あまねく世界に存在し毒にも薬にもなりえて流動性に富むかたちのない勢力だ。そんな勢力との適切なつきあい方を知る者は、いまだこの世のどこにもいないはずだから、当の方法を探しあて、交渉のトリックとして利用できるようにすることがなによりも急がれる。

いずれにせよ、そもそもがわが師たるあの少年は、あとさき見ない自殺行為で破滅せよという意図でこの銃をたくしたのではないだろう。

だから振りだしにもどり、この銃でなにをなすべきなのかを継続して考えてゆかなければならないのだとバラク・オバマは思いいたる。そうしてゆくことでしか、マスターの真意をのぞき見る機会はもたらされないだろうからだ。

バラク・オバマはその後もM36を常にかたわらに置き、洞窟でそれをたくされた意味を問うてゆく。ときおりiPodを再生させてもいないのに「お気に入り」が頭で鳴りやまず、だんだん責めさいなまれているかのような心地になってきて葛藤をきたすこともあるが、敗色濃厚のレームダックだからといって彼は決して理想の追求をあきらめたりはしない——どの曲のどんなフレーズが脳裏で流れているのかといえば、「**バラク・オバマのipodプレイリストを入手**」において紹介されている次のくだりである。

特にディランの曲でお気に入りは「マギーズ・ファーム」で「I try my best/ To be just like I am/ But everybody wants you/ To be just like them.」＝私は最善を尽くす、自分らしく在る為に でも皆が求めてくるのは 私が奴らのようになることなんだ」この曲のフレーズがいつも語りかけてくるんだ…と語った。

二〇一七年一月二〇日金曜日に大統領を退任するまでの日々、バラク・オバマは少年の意図を休まず考えてきたがなおも答えは見いだせず、神町からも依然なんの音沙汰もない。師の真意が明かされる気配はゼロだ。

明日には新たな選ばれし者がやってきてしまうオーバルオフィスですごす最後の日、バラク・オバマはレゾリュート・デスクの前に立ってこうべをたれつつ物思いにふける。

ここにあるなにもかもを明けわたすことにはなるものの、神町より持ちかえったリボルバーだけは後任にひきついではならない。そう思い、ひきだしからとりだしたM36を愛用のブリーフケースにおさめておく。任期中にその使い道を理解することはなかったが、これからも持ちあるき、考えつづけてゆくのが自分自身の責務だと彼は受けとめている。

大統領職じたいは今日かぎりでも、自分の仕事はおそらくまだ終わっていないと自認している五五歳五ヵ月の男は、退任後の準備をとうに進めてはいる。それについては昨年一一月の悪夢の直後に受けた『ローリング・ストーン』誌によるインタビュー「**大統領選翌日のオバマ大統領最後のインタヴュー：トランプの勝利、これからの自分**」のなかで軽く触れ、こんなふうにみずから語ってもいる。

そうだな。まず政権を引き継いだらしばらく休ませてもらって、妻を慰労したい。そして大統領職を退いた最初の1年間は、本の執筆をしながら私の大統領センターを設立しようと考えている。ここでは次世代のリーダーの育成に力を入れたい。ストーリー立て、メッセージの発信、テクノロジーやデジタルメディアの利用などの方法論を見直すことで、より説得力を持って全国的に我々の政策を広めることができるのではないだろうか。そうすれば、気候変動問題や経済的不平等問題に取り組むことの重要性を、サンフランシスコやマンハッタンだけでなく全米に伝えることができる。私は今後も積極的に活動していくつもりだ。ミシェルも引き続きよりアクティブに活動する。「草の根レベルで人々と力を合わせれば、必ず変化（change）は起きる」という信念を持っていたから、我々はここに来ることができた。政府機関が頼りにならないと思ったら、国民はあらゆる方法で揺さぶることができる。

ここからきっとまた、一族の伝統が再興するだろうと理想主義者は見とおしている。秘術のノウハウを思いだし、あの力さえとりもどせれば、どんな相手であれ「あらゆる方法で揺さぶること」はたしかに可能なはずなのだ。

さしあたってはそうした希望を胸に秘め、「次世代のリーダーの育成に力を入れ」てゆき、四年ないしは八年におよぶ次なる選ばれし者の時代を耐えしのぶしかないだろう。その、長く困難な闘いへと臨むうちに、かたちのない勢力と適切につきあう術も徐々に見えてくるかもしれない。バラク・オバマは確実にそれを果たせると強く信じている。

●

「アレクサありがとう」

「またいつでもどうぞ」

七二歳の阿部和重は今度こそ深い満足をおぼえた。

やり方さえ工夫すれば、子どものおもちゃでもここまでに完成度を高められるのだ。

今回でみっつめのバージョンとなる再現映像は、かなり正確な事実に近づけたという手ごたえがある。前二回よりもかくだんに精度があがっているのはまちがいない。これほどの仕あがりなら、一老人の往時の武勇伝にもみんなちょっとは関心を向けてくれるのではないかと思うが——そうあまくもないのがこの二六年間の現実だ。

映記がこれを見て、三歳の時分のあの日々を思いだしてくれればいいのだが、こういうときにかぎってあいつは留守かと阿部和重は鼻を鳴らす。息子は今エディンバラに行っていて、ついでにヨーロッパ各地の天文施設をまわってくるそうだから、帰りがいつになるのかわからない。

二九歳になった映記はマウナケア天文台で研究活動に従事している。幼児期にこわがったブラックナイト衛星やアブダクション・ケースへの恐怖を克服し、地元のハワイ大学マノア校を経て天文学を職業にできるまでに育ってくれたのだから親としては御の字である。エディンバラへの渡航目的も仕事だ。ダイソン球の可能性が指摘される天体の観測が昨今相次いでいることを受け、テクノシグネチャー研究の専門家ネットワークによる国際会議が開催されるのだという。要するに宇宙人の話かと七二歳の父親も興奮せずにはいられない。上司の板垣《いたがき》主任研究員が妻の出産に立ちあうため出席できないとなり、代役としてはじめてその会議に出席することになったというから、発表前の新事実があるのなら教えろとしつこく迫ってみたが息子の口はかたかった。

七二歳の阿部和重が、二〇一四年春の五四日間をオバマ政権の内幕と組みあわせつつ3Dホログラフィー映像で再現することを思いついたのは、昨年五月に機密が解かれたCIA資料が今年になり一般公開されたのがきっかけだ。

家族であれ友人知人であれ、この二六年間だれに話しても一笑にふされるばかりだった世界平和への貢献譚が、これでついに出まかせではないと認めてもらえる。当の資料公開により、連邦政府機関のお墨つきという強力な裏づけをえたのだから、信憑性が最大級にあがったと言っても過言ではない。そんなわけで、自分の身のまわりではいっせいに手のひらがえしが起こるものと期待したのだったが、結果的にはあてがはずれた。そもそも当人いがいで、二六年も昔の個人的な体験談に興味を寄せる者などひとりもいなかったのだ。

せっかく機密が解除されたのだから、せめて家族だけでも耳を傾けてほしいのだが、興味が湧かないというのはどうしようもない。ならばこちらもそれに見あった方法を案出せねばならぬようだと阿部和重は知恵をめぐらせる。二六年間ずっと一笑にふされるばかりというのは心を鍛えるし意固地にもする。七二歳の男がなにがなんでもという気持ちになり、あとにひけなくなっていたのだ。

そんななか、再現映像の作製を思いついたのは孫とおもちゃで遊んでいたときだ。三年前、石ノ森章太郎生誕一〇〇年を記念し一〇年ぶりに企画を再始動させた特撮ドラマ『仮面ライダー』の新シリーズにも、当然ながら変身ベルトが登場するのだが、これの商品版がまたおもちゃの域を超えてしまっていて売れに売れている。二〇一〇年代に映記が買いそろえていた平成シリーズの変身ベルトやなりきりアイテムも結構なハイテクぶりではあったが、それがこの二〇四〇年の最新技術を導入してさらなる進化を遂げており、昭和第一期シリーズ世代の七二歳としてはただあきれるほかなかった。

二〇四〇年の最新技術を導入した変身ベルトの最上位機種にはオリジナルストーリ

ー・モードというのが搭載されている。ユーザーの考えたストーリーをホログラム・タッチパネルか音声か脳波のいずれかの手段で変身ベルトに入力すると、その独自構想に沿った3DCG映像がAmazon Alexaの専用スキルで自動作成され、Amazon Echo Showの全周立体ホログラフィック・ディスプレーで室内のすみずみにとぎれなく上映されてゆくという仕くみだ。映像と音声はユーザーのアクションに連動するからひとりっ子でも迫力あるバトルシーンの臨場感を安全に味わうことができる。子どもにとってはベルトを起動させた途端に『仮面ライダー』の世界に入りこめるだけでなく、みずから発想した展開どおりに遊べてしまうのだから、これ以上のなりきり商品はないだろう。

この変身ベルトのオリジナルストーリー・モードを活用し、二六年前の出来事の再現映像をつくってみるというのはどうか。孫と一緒に仮面ライダーになりきる最中、不意にそんな着想をえた阿部和重は、浅知恵かもしれぬがやる価値はあろうと結論した。どうせみんな公文書にいちいち目を通すのが面倒なのだろう。それならビデオみたいに気楽に観られるものを用意してやれば、家族全員でいっぺんに視聴できるしまさかいったん座ったソファーから逃げだすことはあるまい。二六年ぶん機器別に保存していたホームムービーをまとめていっぽんに編集したことにでもして、リビングで上映会をやろうとか誘ってみりゃいいのだ。これが七二歳なりの思いつきだった。

前二回の失敗はとどのつまりは情報の過不足と視点のかたよりに起因した。一回目の作製はあくまでCIA資料に忠実に五四日間のいきさつを構成してしまったがゆえに自分自身の影があまりにも薄い再現映像となり、二回目はおなじ資料にもとづきつつも大部分をみずからの記憶を軸に組みたててみたところ、今度は世界背景のほうがいかにも書きわりじみた大味なものにしかならなかった。

この反省を活かし、三回目は公文書と自分の記憶の両方を同程度に組みあわせ、入念に時間をかけて一場面ずつ入力していった。孫がキンダーガーテンに行っているあいだの午前から午後にかけて、仕事もせずに毎日こつこつ脳波や音声やホログラム・タッチパネルを使いわけて実体験のデータを打ちこんでいった。

おかげですべての作業を終えるのに三ヵ月も費やしてしまったが、そうするだけの甲斐はあったと思える上々の仕あがりに阿部和重は深く満足している。その三ヵ月間に三度の大統領候補テレビ討論会が開かれて一般投票の結果も出ており、今はもうすぐ選挙人投票がおこなわれるという一二月の第二週だが、史上ふたり目となる日系アメリカ人大統領誕生は実質的に確定している状況でもある。

日本がアメリカ合衆国五一番目の州となって一〇周年となる今年は、州内各地でさまざまな記念式典が催されており、表むきには一年を通して祝祭ムードがつづいていた。州の権限が幅ひろく認められているアメリカでは、合衆国憲法の規定上、従来の慣習を変える必要性は案外とちいさい範囲におさまり、連邦法に反する箇所をのぞけば日本国憲法も州憲法としてひきつがれ、日本語も公用語として使用できる。

そうしたことから、日本州民は市民生活の面では極端な変化を経験せずに済んではいるものの、ここ数年は州内のそこかしこで米国流への適応疲れが表面化してきているのも事実であり、文化的にはノスタルジックな日本回帰の保守化傾向が主流となってきている。ただ、それにしては再分離独立をとなえる政治的な声は奇妙と言っていいほどまったく聞こえてこないとも指摘しうるのだが、その理由は明白だと阿部和重は思っている。

二〇年前、まだ主権国家だった当時の日本国内で突如として拡大しはじめたアメリカ合衆国への加盟運動は、当初は国中のだれの目にも奇異に映っていたはずだ。運営主体が不明瞭ながらも、あらかじめ組織化された言論活動としてあらわれたという点でまず、かねてより散発的に保守派論壇人が個々にネタにしていた日米合邦論の主張とはいささか毛色の異なる印象をあたえていた。

といっても、それはせいぜい泡沫政党やカルト集団による売名騒動くらいにしか見なされず、賛同者が増えると予想することじたい悪い冗談としてかたづけられてしまうキワモノの悪めだちにすぎなかったのだが――その割にはしぶとく生きのこり、飽きられる様子がなかった。数年を経てもなかなか鎮静化しないばかりか社会への定着が進み、毎週末にふたつの都内と各政令指定都市でデモ行進が実施されるまでに急成長を示してもいたため、反発やあざけりの反応は徐々に圧されてゆくいっぽうとなった。

そうした一連の経緯には既視感があり、阿部和重は当の運動を自然発生的なものとは見ていなかった。首都機能移転先が神町に決まったときの流れとそっくりじゃないかと彼は思っていたのだ。最初はどこを見まわしても反対者しかいなかったにもかかわらず、気づけば国民投票をもとめる声すらあがりだしたあげく、とうとう国会で議論される段階にまで達している始末だ。かようなあやしいなりゆきを目のあたりにしてしまうと、ひとつの疑念が確信へと昇華するのを思いとどまらせるものはもはやなにもない。まちがいなくこれは、菖蒲家が陰で糸をひいているのだと断定せざるをえなかった。

神町の浄化を果たした菖蒲家は、計画の次なるステップとしてアメリカを内側から乗っとるつもりなのだろう。田宮光明の野望を実現させるべく、二〇一〇年の時点よりそういうグランドデザインを描いて連中は動いていたのかもしれない。最終的には、ワシントン記念塔のかたわらに若木山のレプリカでもつくらせるか、それともホワイトハウスと連邦議会議事堂をセットで神町に移転させる気だろうか。

聞くところによるとあの一家は現在、ビジネス面ではホテル経営から手をひき、ヘルスケア事業のみを存続させている状態だというが、イスラエルと共同開発に取り組んでいたとされる略式版アヤメメソッドを完成させたのかどうかはさだかでない。どのみちそんなものがなくとも、菖蒲みずきが唄いつづければ思いのままにことが運ぶのだろうから、日本とアメリカの併合は避けられまいと阿部和重は見とおしていた。

島国特有の地形か火山国の地熱かなにかにでも影響されてのことか、この国で風むきを変えるのはほんの一瞬あればいいようだが、そこに菖蒲家の関与があるのならまたたく間さえいらない。現に、州加盟運動が世間にひろまりだして五年がすぎた頃にはメディア上での処遇もころっとさまがわりしていた。

活字であれ電波であれ、日本がアメリカに加わることのメリットを強調する特集が次々に組まれてゆき、あっという間にそれは全国で日常の風景と化してしまっていた。かねてよりの日米合邦論者らが、州加盟は属国からの格あげであると訴え、日本人がアメリカで政治的イニシアチブをとれるようになれば、これまで棚あげにされてきたもろもろの懸案が一挙に解決できるといった論調を展開するのは日々の天気予報なみにありまえのひとコマとなった。

そんな内容のニュースバラエティーや討論番組がテレビで放送されるたび、あまたのSNSアカウントが同調の投稿をばらまいてゆくのも毎度おなじみのパターンだった。親米保守派どころか右を見ても左を見てもといった具合にSNS上では「#51」が共通の合言葉として利用され、論議のさらなる拡散にひと役買っていた。やがては出場選手全員の背番号を「51」にして試合をおこなうプロ野球球団もあらわれるなど、ジャンルを問わず日本中が全面的なアメリカナイゼーションの達成を請う空気で一色になっていた。合邦反対の意をひとことでももらせば、非国民よばわりされてしまう倒錯的状況すら出現していた。

それに対してアメリカ国内の反応はふたつに割れていた。早々に合邦阻止へと動いたのは極東におけるパワーバランスの一変を危惧する中国であり、人種比率の大幅な変化を憂える華人ネットワークはさかんに反対デモやロビー活動をくりひろげていた。そのいっぽうで、上下両院の連邦議員のあいだでは五一番目の州誕生は意外なくらいに歓迎されていた。太平洋戦争での敗戦を機に親米民主主義国家への転身に成功した日本の、よくも悪くも人畜無害なイメージと技術立国としての実績はまだかろうじて活きていたらしく、マスメディアにとりあげられる声にも反感の色は滅多に見うけられなかった。

そうした政治情勢を生んでいた要因のひとつは資源問題であると指摘されていた。殊に注目されていたのは「**南鳥島の海底に数百年分のレアアース、世界経済変える『潜在力』**」（CNN／2018.04.17 Tue posted at 19:08 JST）とかつて報じられたことのある「膨大な量の」海洋鉱物資源だ。日本の産学共同研究プロジェクトが「世界需要の780年分のイットリウム、620年分のユウロピウム、420年分のテルビウム、730年分のジスプロシウム」等々を効率的に採掘しうる技術の確立にいたった事実が、アメリカの政財界で少なからず好感されていたのはたしかなことだった。そのような内実に目をつけた欧州メディアは、これは持参金つきの縁談なのだと揶揄をまじえて日米合邦の背景事情を解説していた。

いずれにせよ、日米両国内がそれほどの歓迎色を帯びてしまえば障害はないも同然だった。国民投票での賛成多数と国会での超党派による決議を経て、まずは日本側からアメリカ連邦議会への働きかけがくりかえしなされていった。そののちに、州人口に応じて割りあてられる下院議席数の特例制限を盛りこむことでアメリカ側に要請が受けいれられたすえ、日本の州加盟を承認する法案が上下両院で可決された。かような推移のもと、合衆国憲法第四章「連邦条項」第三条「新州および連邦財産条項」第一項の規定により、両国の併合が決定したのは二〇三〇年二月のことだ。

当の法案に署名することになったのは、偶然のめぐりあわせかどうかはさておき、史上初の日系アメリカ人大統領として一年前に就任したユーマ・テラダである。元イリノイ州選出上院議員の経歴を持ち、民主党から立候補したこの日系大統領の誕生は、結果的には日本にとってアメリカ国内での合邦議論に好影響をもたらしたようだが、その点もあわせて菖蒲家の筋書どおりに進展したのであろうことは想像にかたくない——などとつぶやき、阿部和重はしばしば周囲に煙たがられていた。

日本国憲法は州憲法としてひきつがれたが、合衆国憲法第四章第四条「共和政体条項」、修正第一条「信教・言論・出版・集会の自由、請願権」、修正第一四条「市民権、法の適正な過程、平等権」に反するとして象徴天皇制は廃止され、皇室は宗教法人への移行が決まった。かくして一〇年前、日本はアメリカ合衆国五一番目の州となったのだ。

●

みっつめのバージョンとなる再現映像の仕あがりに満足し、変身ベルトを装着したままリビングのソファーに身をあずけて感慨にふけっていたところ、玄関ドアの開閉チャイムが鳴って阿部和重ははっとなる。時計を見やるとすでに午後三時をまわっており、孫の帰宅だとわかって立ちあがったが、留守中におもちゃを勝手にいじっていたことがばれたら怒られるぞとあせりだした七二歳は、それでなにをすりゃいいんだっけと混乱しきょろきょろしてしまう。

至急デバイス一式をトイボックスにおさめるんだと思いたち、変身ベルトのとりはずしにかかるが、廊下から響いてくる三歳児のはつらつたる声音が今さら手おくれだぞと宣告している。ベルトをとり、床に散らばったなりきりアイテムをひろいあつめていると、そこへ今度はエディンバラの映記よりビデオ通話着信が舞いこんだことを音声アシスタントAmazon Alexaが知らせてきたものだから余計にあわてさせられる。ビデオ通話などあとまわしにすればいいものを、長年にわたる習慣のせいで電話だ電話だと体が呼応するのを抑えられない昭和生まれの七二歳は、孫の接近という非常時にもかかわらず着信への応答を優先してしまう。

ここオアフは午後三時すぎだからあっちは深夜の二時すぎのはずだ。父親にビデオ通話などかけてきたことは過去に二、三度あったくらいなのに、わざわざいったいなんの用だろうか。ひょっとして会議での発表を済ませたことで情報解禁となり、宇宙人にまつわる新事実を教えてくれる気にでもなったのか。

きっとそれだと思ってにわかに興奮した阿部和重は、Alexaが眼前に示した一五インチ程度のホログラフィック・ディスプレーを見つめてみる。背後で孫の怒声が轟いているが、おっかないのでしばらく知らんぷりするしかない。ホログラム映像上の息子は宿舎のベッドに腰をおろして眠そうな顔をしており、会議参加者のために開かれたパーティーからついさっき帰ったばかりだが、早く伝えておきたいことがあって連絡したのだと述べている。要するに宇宙人の話かと訊いてみると、映記はちがうと即答してサブウィンドーを表示させ、ひとつの動画メッセージを再生させた。

そこに映しだされた人物の容姿は、二六年前の春に五四日間ともに暮らしたあの男ととてもよく似ていた。頭頂部まで禿げあがっていて髭をたくわえているところもおなじだった。あまりにもうりふたつだが、見た目が二六年前とまるで変わっていないので本人ではありえない。実際、当人はマイケルと名のったから別人だと即座に判明したのだが、同時に明らかとなった事実が両者の相似性にこれ以上ない根拠をあたえた。UCバークレーでプラネタリーサイエンスを専攻していたと自己紹介したから、彼がラリー・タイテルバウムの息子であるのはまちがいなさそうだった。

エディンバラで催された天文学者の国際会議で知りあった映記とマイケルは、日ごといろいろと語らううちに次第に学問外のことも話題にしあうようになったという。この日のパーティーでは、ふたりはすっかり打ちとけて長々とおしゃべりをかわしていたらしいが、あるいはそれぞれなんらかの勘が働いて浅からぬ縁を感じていたのかもしれない。

そんななか、若い日系研究者の話す家族のプロフィールに強い既知感があり、聞けば聞くほど初耳とは思えなくなっていったマイケルが、それが父親からしきりに聞かされた日本での思い出ばなしとあきれるくらい一致していることに気づいたのだという。ある小説家の親子と東京の家で一ヵ月半たらずのあいだすごしたあと、車で首都へおもむき、そこで合流した仲間たちとともに闘った日々のことを、ラリーはたびたび懐かしがっていたようだ。

「さっそくLAに連絡して、映記の名前を出してみると、めずらしく父は笑ってみせて饒舌になりました」

動画メッセージの人物はこちらにそう語りかけてきて、以前に何度も目にしたことのあるあの微笑みを浮かべていた。そんな表情に触れてしまうと、これはどうやらほんとうのことのようだと阿部和重も思わずにはいられない。ラリー・タイテルバウムは生きているのだ。

●

その週末、阿部和重は朝早くに起きてセルフドライビングカーの配車サービスを利用し、ひとりでダニエル・K・イノウエ国際空港へ向かった。ロサンゼルス国際空港行きのハワイアン航空国内線に乗るためだ。

あらゆるコミュニケーションをデバイスの翻訳機能まかせにしてきたことのつけがまわり、七二歳になっても英語力の向上が見られない阿部和重は、機上ではひたすら無口に徹するしかない。隣席のご婦人からフランクに話しかけられてもにっこり笑顔をかえすのみという体たらくゆえ、オアフに移り住んで一〇年になるが個人的な交友関係は減るいっぽうとなり、ここ最近は皆無にひとしい。その社交性の欠如を本人自身が問題視していないせいもあり、あれはどうにもならないし見こみがないと家族には見きりをつけられている。そんな男が友だちと会ってくると言って本土へ出かけたものだから、ジョークとしか受けとめられず、三歳の孫でさえまともにとりあってはくれなかった。

高額運賃の超音速機は使わなかったので、ロサンゼルス国際空港への到着は五時間ほどかかってしまったが、そのあいだじゅう二〇一四年の五四日間を想起していた阿部和重にとっては瞬時のテレポートみたいなものだった。満足な仕あがりとなった再現映像は怒りの三歳児により全データを削除されてしまったので二度と観られなくなったが、三ヵ月の入力作業のおかげで今は自力で頭のなかに鮮明な記憶を呼びおこすことができるからそれもＯＫだ。

空港からの移動はまたセルフドライビングカーの配車サービスを利用するので七二歳はひきつづき無口のますごすことになる。次に目ざすのはロサンゼルス市北部のバーバンクだ。その住宅街の一角に、ラリー・タイテルバウムの住まう一軒家があるとマイケルが教えてくれた。車で三〇分もあればたどり着ける場所だ。

マイケルによれば、二六年前に死にかけて間もない頃にＣＩＡを退職したラリーは、その後は五、六年ほどスパイ映画やドラマ製作の軍事諜報分野の顧問スタッフとして映像製作スタジオに雇われていたという。スタジオの仕事を辞めたのは、民間諜報企業にスカウトされたためだというから、彼はちっとも懲りていないようであり、生涯スパイをつづける気ですらいるのかもしれない。

それにしても、と阿部和重は思う。この二六年間、安否不明でさっぱり消息がつかめなかったラリーともうすぐ再会できるというのは不思議な感覚ではある。二〇年前には、麻生興業を経由しエミリー・ウォーレンに問いあわせてみようと試みたこともあったが、どちらとも連絡はつかなかった。あの五四日間じたいが全部まぼろしだったかのごとくずっとだれとも音信不通だったのだ。なにごともあきらめちゃならんという教訓は二〇四〇年でも通用するらしい。

そんなふうに考えているとふと、ラリー・タイテルバウムが夜中にいきなり血まみれで押しかけてきて、一ヵ月半たらずの期間わが家で生活した日々の一場面が思いだされてくる。いつだったたか、子そだてとはどんなものかとラリーに問われ、意外性の連続というのはあると思うと答えたあと、阿部和重はこんな気がかりを打ちあけたことがあった。

「思ってもみなかったのは、赤ん坊に言葉をおぼえさせることに罪悪感を持ったんです」

「なぜです?」

「なぜなんでしょうね。自分でも理由がよくわからなかったんですけど——」

「型にはめてしまうことへの抵抗感でしょうか？」

「ああ、もしかしたらそれに近いのかもしれません」

「その意識は、今もありますか？」

「多少はありますね」

「減ってはいるわけだ」

「うん」

「言語の獲得は、ひととして社会で生きていく以上はやむをえませんしね」

「まあそうなんだけど――でもまだ、完全にはなくならないなあ」

「なぜなんでしょう」

「赤ん坊って言ってみりゃ、未知数そのものって存在だから、親はポテンシャルしか見ないというか、ポテンシャルを見すぎちゃうところがある。そうすると、ひとつひとつの型にはめちゃうことで、可能性をひとつひとつ削ってくみたいに思えて、それがおそろしく感じられたってことなのかもしれない」

「なるほど」

「で、そのおそろしさがいまだに残りつづけてるのかもしれない」

「それがさっきおっしゃった――」

「罪悪感なんでしょうね」

「そういうことですか」

「罪悪感といえば、三歳とかになると今度は毎日かならずと言っていいほど嘘ついて接しなきゃならないってのもあるな」

「方便の嘘というやつですか」

「ええ」

「それもやむをえないことだ」

「でもね、嘘は駄目とか言ってるその口で、躾と称して自分自身が信じちゃいないようなことまで子どもに言いきかせるってのは、なんか悪いことしてる感じがなくもない」

「親はだれもがみな嘘つきなんですね」

「残念ながらそれは避けようがない」

「しかし嘘つきになるということなら、スパイも負けていませんよ」

「小説家もね」

話し相手のいない車内はさみしかろうと、ひとりきりの乗客をおもんぱかってくれたのか、出発時からAIがカーオーディオで音楽を流してくれている。旅行者むけの選曲というわけではなかろうが、タイトルに「アメリカ」とつく楽曲ばかりが耳にとどいた。サイモン&ガーファンクルを聴いているうちに、それまで無言をつらぬいていた阿部和重は釣られてつい鼻歌を唄いだしていた。

バーバンクまではあと一〇分ほどの距離らしい。窓外を眺めていると、かつてハリウッドサインと呼ばれていた看板が遠くに見えてくる。今ではHOLLYWOODのLがひとつ抜けてHOLYWOODになってしまっているが、それがだれの仕わざなのかはわかるようでわからない。

●

跋詩《エピローグ》

おれだって　アメリカを歌う

色は黒いが　おれは兄弟
客がくると　そのおれを
奴らは台所で食えと追い払うが
おれは笑って
うんと食って
そして　強くなる

明日
おれはテーブルに坐るだろう
客がきても
誰もおれに言えやしまい
「台所で食えよ」と
そのときには

おまけに
奴らはおれが美しいのに気がついて
恥入ることだろうって

おれだって　アメリカだ

Langston Hughes／斎藤忠利訳

May U live 2 see the Dawn

Prince

謝辞

本作を書きあげるに際して参照したものは多岐にわたる。文書、映像、音楽、ゲーム、美術、催事、ウェブコンテンツ、等々の多数の分野の先行諸作に本作は多くを負っている。タイトルの記載や引用のかたちで作中で直接に言及されているものもあれば、明示されていない創作物も多々ある——アメリカ合衆国への日本の州加盟をめぐる記述については、阿川尚之「日本が合衆国51番目の州になれば……」(「諸君！」一九九八年一〇月号)を参考にしていることを明らかにしておきたい。ここにすべてを列挙することはさしひかえるものの、それらの作者と作品への謝意ははっきりと記しておかなければならない。

腹部外傷とその処置をめぐる記述については、日本赤十字社医療センター救急科／救命救急センターの山下智幸医師より詳細なご指導をいただいた。こちらの希望をはるかにうわまわる充実した内容の回答書をお寄せくださったことに、深く感謝を申しあげたい。

また、本作を書きすすめるうえで不可欠だったのはあまたの報道情報である。ジャーナリズムによる果敢な可視化の積みかさねがなければ、本作はたいそう薄っぺらい書物になっていただろう。世界中の報道機関と取材記者に敬意を表したい。加えて作品終盤に、「**国連総会演説、シリア情勢巡り米ロが応酬**」（ＣＮＮ／2015.09.29 Tue posted at 10:18 JST）と「**習近平、オバマ大統領との会談で相互信頼増強を強調**」（人民網日本語版／２０１５年09月26日 10:14）からの引用があることもここに明記しておく。

本作『Orga(ni)sm』は、『シンセミア』『ピストルズ』につらなる三部作の完結篇である。第一部『シンセミア』の連載開始が一九九九年だから、ぜんたいの終了までに二〇年もの歳月が流れたことになる。この三部作をご担当くださった編集者の方たち、朝日新聞出版／池谷真吾氏、講談社／山口和人氏、須藤崇史氏、森山悦子氏、文藝春秋社／丹羽健介氏、吉安章氏、鳥嶋七実氏に対し、ここであらためて深謝を伝えたい。『シンセミア』での連載写真をひきうけてくださった相川博昭氏にも厚くお礼を申しあげる。

さらに、ＣＴＢの三枝亮介、寺田悠馬の両氏にも、いつもありがとう、そしてこれからもよろしくと記しておきたいと思う。

それからこの三部作の舞台である神町にも万謝を捧げなければならない。わたくしが神町を書くのはこれで最後である。住民のみなさんはどうぞご安心いただきたい。

最後に、この小説を妻と息子に捧げたい。ふたりの存在なくしては、本作はおろか、わたくしの現在そのものがありえないと断言できる。

なお、『Orga(ni)sm』の物語もまた完全なるフィクションとして構成されており、実在する個人、団体、そして現実の神町とはいっさい関係がないことをここに明記しておく。

二〇一九年四月三〇日　阿部和重

解説——Whatever Gets You Thru The Night

柳楽　馨

阿部和重『Orga(ni)sm』の文庫化をまずは祝福しよう。これはすこし特別な作品だ。『シンセミア』と『ピストルズ』に続く『Orga(ni)sm』で、阿部はみずからの故郷を舞台にした壮大な「神町サーガ」を終わらせた。そればかりか、『ピストルズ』が完成したころの阿部は、小説を書くのは次で最後でもいいと考えていたそうだ。しかし筆を折るどころか新しい長編『ブラック・チェンバー・ミュージック』を書きあげた阿部は、むしろ『Orga(ni)sm』からはじまる新しい季節のなかにいるようにも思える。

阿部にとって終わりでもはじまりでもある『Orga(ni)sm』は、まるで日曜日のようだ。阿部の小説を読み続けてきていまだにわからないのは、作中の出来事の日付が、どうしてわざわざ曜日まで明記されるのかということだ。『Orga(ni)sm』では、「二〇一四年三月三日月曜日」にアメリカ人ラリー・タイテルバウムが「阿部和重」の家に転がりこむ。実はCIAのスパイだったラリーに押しきられ、三歳の息子・映記とともに故郷の神町に向かった「阿部和重」はテロを防ぐために右往左往する。そして「四月二五日金曜日」には、一生忘れられない体験が「阿部和重」を待っている。重大な出来事が起こる曜日として日曜日にこだわるから、「日曜日の人なんですよ、阿部和重は（笑）」と批評家・蓮實重彥は語ったことがある。これは貴重な指摘だが、といっても、阿部の小説でそこまでわかりやすく日曜日にだけ事件が起こるわけではない。ともかく、一週間は日曜日で終わるようにも、日曜日からはじまるようにも見える。同様に、阿部の終わりとはじまりが、『Orga(ni)sm』では重なりあう。

それだけに『Orga(ni)sm』の文庫化は喜ばしい。優れた小説はけっきょく、誰かに新しく読まれ、すでに読み終えてから再び読まれることだけを求めている。この「解説」に目を通す者が『Orga(ni)sm』をこれから読みはじめるのか、すでに読み終えたのか、どちらにしても、阿部の作品を読み続けることよりも大切なことなどない（以下の記述は『Orga(ni)sm』その他の作品の核心に触れることに注意されたい）。

阿部はしばしば、他人の秘密をのぞき見る行為に注目する。『シンセミア』の若者たちによる盗撮・監視なども含めて、こうした「警察」的な主題が阿部の小説の傾向のうちのひとつである。陰謀を暴くＣＩＡ局員が出てくる『Orga(ni)sm』も例外ではない。そして『Orga(ni)sm』で描かれるのは、（まっとうな）警察がどこにもいない世界である。正体不明で瀕死のアメリカ人が訪ねてきても、「阿部和重」は警察に助けを求めたりはしない。そうかと思えばオバマ大統領は、もはや米国は世界の安全と秩序に責任を負ったりはしない、「米国は世界の警察官ではない」と認めてしまう。二〇一四年の三月には「あろうことかロシアがウクライナ南部のクリミア半島を違法に併合してしまう」が、引退した警察官でしかないアメリカがロシアの暴挙を止められなかったことの代償を、二〇二二年の世界は目撃しているところだ。

しかし（まっとうな）警察のいない世界とは、（ろくでもない）警察だらけの世界でもある。蓮實重彦はかつて、『シンセミア』の変態不良警官・中山正を「ただの警官ではあり得ない」警官だと語っていた。少女（の糞便）への愛につき動かされる中山こそ、阿部にとっての「警察」の典型なのだ。『ピストルズ』でも、約四〇名の殺気だった集団がいるところにパトカーが一台きりでやってきて、何もせず立ち去ってしまう。警察は必要なときにはどこにもいないが、不要なときにはつきまとってくる。目下最新の短編「There's A Riot Goin' On」の主人公は、嫌がらせのように警察から職務質問されてばかりだ。『Orga(ni)sm』では、日本の新たな首都・神町を訪れた「オバマ大統領」の車列が、よりによって「阿部和重」の息子の映記を轢きそうになる。「沿道の警備をまかされていた警察官はどこへ行ってしまったんだ」と、親ならずとも思わずにいられない。ジャック・デリダ的な「代補」にも似て、阿部の世界で警察は不足かつ過剰であり、適当なあんばいで都合よく機能することはまずない。

そんな作品世界には、なにか差し迫った危機を告げる音がなんどもなんども鳴り響く。あたかも、通報する電話の音が鳴り続けるだけでいっこうに警察にはつながらないのに、街中でパトカーのサイレンが聞こえるかのようだ。阿部の小説を読むなら、コツコツ／

トントン／ジリンジリンなどの擬音語が思い浮かぶ場面に要注意だ。『シンセミア』の大きな鼠は、人間たちの「複数の足音」がやかましく響いた直後に猫に喰われた。扉へのノックや警報やアラームなどの「不穏な音響」のなかでも、阿部はとくに「足音」にこだわりがあるように見える。『ピストルズ』では、人の心を操る秘術を受け継ぐ菖蒲家とかかわりをもった書店主が、四種類のアロマオイルの小瓶を渡される。「紙袋よりとりだした小瓶を、机の上にひとつひとつ並べてみると、しんとした室内に、コッン、というちっちゃな足音が四度ひびいた」。足などない小瓶の音すら「足音」と書く阿部にとって、扉をノックする音も「足音」になるらしく、『ブラック・チェンバー・ミュージック』では文字通り足でノックする音が不穏に響く。「突如がんがん鉄扉が蹴られる音が響きだす。四、五回でやんだからあの男にちがいないと察していよいよかと思い、横口健二は生きた心地がしなくなってくる」。

これらは以前から阿部の作品で反復されてきた特徴だが、他方で『Orga(ni)sm』からはじまったのは「反復」そのもの、文字通りの反復である。『Orga(ni)sm』での語句の反復は尋常ではない。『Orga(ni)sm』とも深く関わる『ミステリアスセッティング』を阿部はケータイ小説として発表したが、まさかそれ以来、小説をiPhoneで書いていて予測変換にたよりっきりなのかと思うくらい、『Orga(ni)sm』での語句の反復は尋常ではない。「電話が鳴って目ざめたが、iPhone 5の着信音ではない」という一文など、一言一句そのままで三回使われ、「電話が鳴って目ざめたが」の部分ならばさらにもう三回使われている。

こうも反復の多い阿部作品は、『Orga(ni)sm』が最初で最後かもしれない。ママである「川上」が留守なので、まだ三歳にもならない映記は「パパー、パパー、パパー、パパー」とひたすら「阿部和重」を呼ぶが、こういった反復ならこれまで通り、喫緊の事態を告げる警報に似た言葉とみなせる。『シンセミア』の小悪党・金森年生が再登場して、『Orga(ni)sm』終盤では「みつあきぃ、みつあきぃ」と悲しげに息子を呼ぶ。それは『ピストルズ』の菖蒲みずきとともに、ひそかに「オバマ大統領」を狙う少年・田宮光明のことだ。父と息子のどちらがどちらを呼ぶのかなどの違いはあるが、これらの言葉の反復はまだ理解できる。しかし、「電話が鳴って目ざめたが」のような語句までがなぜ反復されるのか、いまひとつわからない。

以下はあくまでも仮説だが、『Orga(ni)sm』に先だって、阿部が伊坂幸太郎との合作で『キャプテンサンダーボルト』を書き、そして蓮實重彥の『伯爵夫人』の批評を書いたことがヒントになる。『Orga(ni)sm』を書くにあたり、「自分以外の著者の言葉に深くかかわること」が大きな助けになったと阿部は語っている。その『伯爵夫人』論で阿部は、たとえば歯ブラシで歯を磨くときのような「異種同士による摩擦運動」に注目した。なにかとなにかがゴシゴシと擦れあう運動もまた「反復」の一種であり、ここで性交が想起されるのは偶然ではない。現に阿部は『シンセミア』で、男性器を意味する「魔羅」を、「摩擦」の「摩」で「摩羅」と書いていた。阿部は、反復することで、ふと何か反復しえないはずのもの、ほんとうに新しい一度きりのなにかを生み出そうとする。反復しえないものの反復とは、たとえば、ありもしなかった出来事が過去の記憶としてよみがえることだろう。『Orga(ni)sm』の「阿部和重」はだしぬけに、「そういえばあの日も雨だったと思いだす。笑い疲れてベッドから起きあがれず、薄暗い静かな部屋で雨音を聞きつつじっとしていた夏の午後の情景がよみがえる」。しかし『Orga(ni)sm』のどこにも、この雨音の響く夏の日がいつだったのかを示す記述はない。その日が何年何月何日の何曜日かまで書いてしまう阿部らしからぬ例外的な「あの日」は、何度読んでも私にとって『Orga(ni)sm』のもっとも印象的な箇所のうちのひとつだ。今回、文庫版で改めてこの箇所を読んで私は、青山真治『サッド ヴァケイション』のなかで、大降りの雨の朝に部屋の窓の外へと手を伸ばした浅野忠信が、ともに暮らしはじめた中国人の少年に「雨」や「空」といった単語を教える場面を思いだした。ただの感傷かもしれないが。

このありえない夏の日の雨の記憶は美しいが、その情景が即座に「レゴブロックみたいにくずれだして」しまうのは、おそらく、この場面全体がアイソレーション・タンクのなかで眠る「阿部和重」の夢だからである。孤立した人間の反復は不毛だ。自分の性器を自分で擦るだけの反復からは新しいものが生まれない。阿部にとっての伊坂や蓮實のように、「阿部和重」にはアメリカ人ラリー・タイテルバウムが必要なのだ。『Orga(ni)sm』の終盤でラリーは、任務よりも三歳の映記を守ることを優先し、そのために狙撃されて倒れる。

そこへ駆けよっていった阿部和重は、わが子の名を呼ぶより先に血まみれの中年男の名前を連呼し、ふらついている相手に両手をさしのべて今にも倒れそうな体をささえてやった。

「ラリーさん？　ラリーさん？」

「Okay, okay」

「ラリーさん」と「Okay」の反復は一目瞭然だが、ラリーの返答が全角アルファベットの「ＯＫ」ではなく半角の「Okay」であることを見逃してはならない。日本語の達者なラリーとは違って、「阿部和重」にはネイティブスピーカーと話せるほどの英語力はない。だからラリーが「阿部和重」のまえで英単語“okay”を使うとき、つねに日本風の縦書きで「ＯＫ」と書かれるが、『Orga(ni)sm』全体でここだけはそれが「Okay」になる。これは、日本人とアメリカ人が、お互いの差異を消すことなく、日本語と英語のままで実現させた対話なのだ。それは奇跡と呼ばれるに値する。

『Orga(ni)sm』の最後では、二〇四〇年、かつて日本と呼ばれていた国がアメリカ合衆国の五一番目の州となってから一〇年が経過していることが語られる。「七二歳になっても英語力の向上が見られない阿部和重」が、カリフォルニア州バーバンクにむけて車を走らせていると、「かつてハリウッドサインと呼ばれていた看板」は、「HOLLYWOODのLがひとつ抜けてHOLYWOODになってしまっている」。それは映画を愛する（元）

日本人、つまり阿部和重のような人物の仕わざに決まっている。地名Hollywoodを「神聖な森林（holy wood）」と誤解して「聖林」という当て字を用いた日本人は、こうしてアメリカを内側から変化させて融合する。この場面には、ルビ付きで「聖林《ハリウッド》」という表現を用いた蓮實重彥『伯爵夫人』の記憶が流れこんでいるのかもしれない。それはそれとして、『Orga(ni)sm』の締めくくりに阿部が引用した「夜明けを見るまで生きられますように」という願いをこめた言葉を読んだ瞬間、ひとは、疾走を続けるこの小説家のデビュー作が『アメリカの夜』だったことを思い出す。アメリカのみならず世界をつつむこの暗い夜の終わりを目撃するには、我先に阿部和重の車に乗りこむしかない。そして、阿部和重のすべての小説を読んでは読み返しながら過ごす、長い長い旅に出るのだ。

（文学研究者）

初出
「文學界」2016年11月号～2019年6月号
単行本
2019年9月　文藝春秋刊

DTP制作　ローヤル企画

本書の無断複写は著作権法上での例外を除き禁じられています。
また、私的使用以外のいかなる電子的複製行為も一切認められておりません。

文春文庫

オーガ(ニ)ズム　下

定価はカバーに
表示してあります

2023年2月10日　第1刷

著　者　阿《あ》部《べ》和《かず》重《しげ》
発行者　大沼貴之
発行所　株式会社　文藝春秋

東京都千代田区紀尾井町 3-23　〒102-8008
TEL　03・3265・1211㈹
文藝春秋ホームページ　http://www.bunshun.co.jp
落丁、乱丁本は、お手数ですが小社製作部宛お送り下さい。送料小社負担でお取替致します。

印刷製本・大日本印刷

Printed in Japan
ISBN978-4-16-792000-5

（　）内は解説者。品切の節はご容赦下さい。

池井戸　潤
民王
夢かうつつか、新手のテロか？　総理とその息子に非常事態が発生！　漢字の読めない政治家、酔っぱらい大臣、バカ学生らが入り乱れる痛快政治エンタメ決定版。　（村上貴史）
い-64-6

乾《いぬい》　くるみ
イニシエーション・ラブ
甘美で、ときにほろ苦い青春のひとときを瑞々しい筆致で描いた青春小説——と思いきや、最後の二行で全く違った物語に！「必ず二回読みたくなる」と絶賛の傑作ミステリ。　（大矢博子）
い-66-1

乾　くるみ
リピート
今の記憶を持ったまま昔の自分に戻る「リピート」。人生のやり直しに臨んだ十人の男女が次々に不審な死を遂げて……。『イニシエーション・ラブ』の著者が放つ傑作ミステリ。　（大森　望）
い-66-2

井上荒野
ママがやった
七十九歳の母が七十二歳の父を殺した。「ママはいいわよべつに、刑務所に入ったって」——男女とは、家族とは何か？　ある家族の半世紀を描いた、愛を巡る八つの物語。　（池上冬樹）
い-67-5

伊坂幸太郎
死神の精度
俺が仕事をするといつも降るんだ——七日間の調査の後その人間の生死を決める死神たちは音楽を愛し大抵は死を選ぶ。クールでちょっとズレてる死神が見た六つの人生。　（沼野充義）
い-70-1

伊坂幸太郎
死神の浮力
娘を殺された山野辺夫妻は、無罪判決を受けた犯人への復讐を計画していた。そこへ人間の死の可否を判定する〝死神〟の千葉がやってきて、彼らと共に犯人を追うが——。　（円堂都司昭）
い-70-2

阿部和重・伊坂幸太郎
キャプテンサンダーボルト（上下）
大陰謀に巻き込まれた小学校以来の友人コンビ。不死身のテロリストと警察から逃げきり、世界を救え！　人気作家二人がタッグを組んで生まれた徹夜必至のエンタメ大作。　（佐々木　敦）
い-70-51

石持浅海
殺し屋、やってます。
《650万円でその殺しを承ります》――コンサルティング会社を経営する富澤允。しかし彼には、殺し屋という裏の顔があった……。殺し屋が日常の謎を推理する異色の短編集。（細谷正充）
い-89-2

石持浅海
殺し屋、続けてます。
ひとりにつき650万円で始末してくれるビジネスライクな殺し屋、富澤允。そんな彼に、なんと商売敵が現れて――殺し屋が日常の謎を推理する異色のシリーズ第2弾。（吉田大助）
い-89-3

伊東　潤
悪左府の女
冷徹な頭脳ゆえ「悪左府」と呼ばれた藤原頼長が、琵琶の名手に密命を下し、天皇に仕える女官として送り込む。保元の乱へと転がり始める時代をダイナミックに描く！（内藤麻里子）
い-100-4

伊東　潤
修羅の都
この鎌倉に「武士の世」を創る！　頼朝と政子はともに手を携え、目的のため弟義経、叔父、息子、娘を犠牲にしながらも邁進していく。その修羅の果てに二人が見たものは……。（本郷和人）
い-100-5

伊吹有喜
ミッドナイト・バス
故郷に戻り、深夜バスの運転手として二人の子供を育ててきた利一。ある夜、乗客に十六年前に別れた妻の姿が。乗客たちの人間模様を絡めながら家族の再出発を描く感動長篇。（吉田伸子）
い-102-1

岩井俊二
リップヴァンウィンクルの花嫁
「この世界はさ、本当は幸せだらけなんだよ」秘密を抱えながらも愛情を抱きあう女性二人の関係を描き、黒木華、Ｃｏｃｃｏ共演で映画化された、岩井美学が凝縮された渾身の一作。
い-103-1

岩井俊二
ラストレター
「君にまだずっと恋してるって言ったら信じますか？」裕里は亡き姉・未咲のふりをして初恋相手の鏡史郎と文通する――不朽の名作『ラヴレター』につらなる、映画原作小説。（西崎　憲）
い-103-2

（　）内は解説者。品切の節はご容赦下さい。

いとうみく
車夫
家庭の事情で高校を中退し浅草で人力車夫として働く吉瀬走。大人の世界に足を踏み入れた少年と、同僚や客らとの交流を瑞々しく描く。期待の新鋭、初の文庫化作品。（あさのあつこ）
い-105-1

いとうみく
車夫2　幸せのかっぱ
高校を中退し浅草で人力車をひく吉瀬走。陸上部時代の同級生が会いに来たり、ストーカーにあったりの日々の中、行方不明だった母親が体調を崩したという手紙が届く。（中江有里）
い-105-2

伊与原　新
ブルーネス
地震研究所を辞めた準平は、学界の異端児・武智に「津波のリアルタイム監視」計画に誘われる。個性が強すぎて組織に馴染めないはぐれ研究者たちの無謀な挑戦が始まる！（巽　好幸）
い-106-1

伊岡　瞬
祈り
東京に馴染めない楓太は、公園で信じられない光景を目にする。炊き出しを食べる中年男が箸を滑らせた瞬間——。都会の孤独な二人の人生が交差する時、心震える奇跡が。（杉江松恋）
い-107-1

伊岡　瞬
赤い砂
男が電車に飛び込んだ。検分した鑑識係など3名も相次いで自殺する。刑事の永瀬が事件の真相を追う中、大手製薬会社に脅迫状が届いた。デビュー前に書かれていた、驚異の予言的小説。
い-107-2

歌野晶午
葉桜の季節に君を想うということ
元私立探偵・成瀬将虎は、同じフィットネスクラブに通う愛子から霊感商法の調査を依頼された。その意外な顛末とは？　あらゆる賞を総なめにした現代ミステリーの最高傑作。
う-20-1

歌野晶午
ずっとあなたが好きでした
バイト先の女子高生との淡い恋、美少女の転校生へのときめき、人生の夕暮れ時の穏やかな想い……。サプライズ・ミステリーの名手が綴る恋愛小説集は、一筋縄でいくはずがない!?（大矢博子）
う-20-3

上田早夕里
薫香のカナピウム
生態系が一変した未来の地球、その熱帯雨林で少女は暮らす。ある日現われた〈巡りの者〉と、森に与えられた試練。立ち向かうことを決めた彼女たちの姿を瑞々しく描く。（池澤春菜）
う-35-1

冲方　丁
十二人の死にたい子どもたち
安楽死をするために集まった十二人の少年少女。全員一致で決を採り実行に移されるはずのところへ、謎の十三人目の死体が!?　彼らは推理と議論を重ねて実行を目指すが。（吉田伸子）
う-36-1

冲方　丁
剣樹抄
父を殺され天涯孤独の了助は、若き水戸光國と出会う。異能の子どもたちを集めた幕府の隠密組織に加わり、江戸に火を放つ闇の組織を追う！　傑作時代エンターテインメント。（佐野元彦）
う-36-2

大沢在昌
魔女の笑窪
闇のコンサルタントとして裏社会を生きる女・水原。男を一瞬で見抜くその能力は、誰にも言えない壮絶な経験から得た代償だった。美しいヒロインが、迫りくる過去と戦う。（青木千恵）
お-32-7

大沢在昌
極悪専用
やんちゃが少し過ぎた俺は、闇のフィクサーである祖父《じい》ちゃんの差し金でマンションの管理人見習いに。だがそこは悪人専用住居だった！　ノワール×コメディの怪作。（薩田博之）
お-32-9

奥田英朗
イン・ザ・プール
プール依存症、陰茎強直症、妄想癖など、様々な病気で悩む患者が病院を訪れるも、精神科医・伊良部の暴走治療ぶりに呆れるばかり。こいつは名医か、ヤブ医者か？　シリーズ第一作。
お-38-1

奥田英朗
空中ブランコ
跳べなくなったサーカスの空中ブランコ乗り、尖端恐怖症で刃物が怖いやくざ……。おかしな症状に悩める人々を、トンデモ精神科医・伊良部一郎が救います！　爆笑必至の直木賞受賞作。
お-38-2

（　）内は解説者。品切の節はご容赦下さい

（　）内は解説者。品切の節はご容赦下さい。

奥田英朗
町長選挙
都下の離れ小島に赴任することになった、トンデモ精神科医の伊良部。住民の勢力を二分する町長選挙の真っ最中で、巻き込まれた伊良部は何とひきこもりに！　絶好調シリーズ第三弾。

お-38-3

恩田　陸
まひるの月を追いかけて
異母兄の恋人から兄の失踪を告げられた私は、彼女と共に兄を捜す旅に出る。次々と明らかになる事実は、真実なのか――。恩田ワールド全開のミステリー・ロードノベル。（佐野史郎）
お-42-1

恩田　陸
夜の底は柔らかな幻　（上下）
国家権力の及ばぬ〈途鎖国〉。特殊能力を持つ在色者たちがこの地の山深く集う時、創造と破壊、歓喜と惨劇の幕が切って落とされる！　恩田ワールド全開のスペクタクル巨編。（大森　望）
お-42-4

荻原　浩
幸せになる百通りの方法
自己啓発書を読み漁って空回る青年、オレオレ詐欺の片棒担ぎ、リストラを言い出せないベンチマン……今を懸命に生きる人々を描いたユーモラス&ビターな七つの短篇。（温水ゆかり）
お-56-3

荻原　浩
ギブ・ミー・ア・チャンス
漫才芸人を夢見てネタ作りと相方探しに励むフリーターを描く表題作ほか、何者かになろうと挑み続ける、不器用で諦めの悪い八人の短篇集。著者入魂の「あと描き」（イラスト）収録。

お-56-4

大崎　梢
プリティが多すぎる
文芸志望なのに少女ファッション誌に配属された南吉くんこと新見佳孝・26歳。くせ者揃いのスタッフや10代のモデル達のプロ精神に触れながら変わってゆくお仕事成長物語。（大矢博子）
お-58-2

大崎　梢
スクープのたまご
週刊誌編集部に異動になった信田日向子24歳。「絶対無理！」怯える気持ちを押し隠し、未解決の殺人事件にアイドルのスキャンダル写真等、日本の最前線をかけめぐる！（大矢博子）
お-58-3

大山誠一郎
密室蒐集家
消え失せた射殺犯、密室から落ちてきた死体、警察監視下で起きた二重殺人。密室の謎を解く名探偵・密室蒐集家。これぞ究極の密室ミステリ。本格ミステリ大賞受賞作。（千街晶之）
お-68-1

大山誠一郎
赤い博物館
警視庁付属犯罪資料館の美人館長・緋色冴子が部下の寺田聡と共に、過去の事件の遺留品や資料を元に難事件に挑む。超ハイレベルで予測不能なトリック駆使のミステリー！（飯城勇三）
お-68-2

太田紫織
銀河の森、オーロラの合唱
地球へとやってきた、慈愛あふれる宇宙人モーンガータ（見た目はほぼ地球人）。オーロラが名物の北海道陸別町で宇宙人と暮らす日本の子どもたちが出会うちょっとだけ不思議な日常の謎。
お-69-2

大島真寿美
渦　妹背山婦女庭訓 魂結び
浄瑠璃作者・近松半二の生涯に、虚と実が混ざりあい物語が生まれる様を、圧倒的熱量と義太夫の如き心地よい大阪弁で描く。史上初の直木賞＆高校生直木賞W受賞作！（豊竹呂太夫）
お-73-2

尾崎世界観
祐介・字慰
クリープハイプ尾崎世界観、慟哭の初小説！　売れないバンドマンが恋をしたのはピンサロ嬢――。「尾崎祐介」が「尾崎世界観」になるまで。書下ろし短篇「字慰」を収録。（村田沙耶香）
お-76-1

垣根涼介
午前三時のルースター
旅行代理店勤務の長瀬は、得意先の社長に孫のベトナム行きの付き添いを依頼される。少年の本当の目的は失踪した父親を探すことだった。サントリーミステリー大賞受賞作。（川端裕人）
か-30-1

垣根涼介
ヒート アイランド
渋谷のストリートギャング雅《みやび》の頭《ヘッド》、アキとカオルは仲間が持ち帰った大金に驚愕する。少年たちと裏金強奪のプロフェッショナルたちの息詰まる攻防を描いた傑作ミステリー。
か-30-2

文春文庫　最新刊

一人称単数　村上春樹
各々まったく異なる八つの短篇小説から立ち上がる世界

名残の袖　仕立屋お竜　岡本さとる
「地獄への案内人」お竜が母性に目覚め…シリーズ第3弾

夜の署長3　潜熱　安東能明
病院理事長が射殺された。新宿署「裏署長」が挑む難事件

武士の流儀（八）　稲葉稔
清兵衛が何者かに襲われた。翌日、近くで遺体が見つかり…

セイロン亭の謎　平岩弓枝
セレブ一族と神戸の異人館が交錯。魅惑の平岩ミステリー

オーガ（ニ）ズム　上下　阿部和重
米大統領の訪日を核テロが狙う。破格のロードノベル！

禿鷹狩り　禿鷹Ⅳ〈新装版〉　逢坂剛
極悪刑事を最強の刺客が襲う。禿富鷹秋、絶体絶命の危機

サル化する世界　内田樹
サル化する社会での生き方とは？　ウチダ流・警世の書！

「司馬さん」を語る　菜の花忌シンポジウム　司馬遼太郎記念財団編
司馬遼太郎生誕百年！　様々な識者が語らう「司馬さん」

もう泣かない電気毛布は裏切らない　神野紗希
俳句甲子園世代の旗手が綴る俳句の魅力。初エッセイ集

0《ゼロ》から学ぶ「日本史」講義　中世篇　出口治明
鎌倉から室町へ。教養の達人が解きほぐす激動の「中世」

人口で語る世界史　ポール・モーランド　渡会圭子訳
人口を制する者が世界を制してきた。全く新しい教養書

シベリア鎮魂歌　香月泰男の世界〈学藝ライブラリー〉　立花隆
香月の抑留体験とシベリア・シリーズを問い直す傑作！